pocket**book**

ЧАРЛЬЗ БУКОВСКИ

Женщины

МОСКВА
2016

УДК 821.111-31(73)
ББК 84(7Сое)-44
Б90

Charles Bukowski
WOMEN

Copyright © 1978 by Charles Bukowski.
Published by arrangement with HarperCollins Publishers, Inc.

Перевод с английского *Максима Немцова*

Составитель серии *Александр Жикаренцев*

Оформление серии *Андрея Саукова*

Оригинал-макет подготовлен
Издательским домом «Домино»

Буковски, Чарльз.
Б90 Женщины : роман / Чарльз Буковски ; [пер. с англ. М. Немцова]. — Москва : Издательство «Э», 2016. — 432 с. — (Pocket book).

ISBN 978-5-699-37887-6

Чарльз Буковски — один из крупнейших американских писателей XX века, автор более сорока книг, среди которых романы, стихи, эссеистика и рассказы. Несмотря на порою шокирующий натурализм, его тексты полны лиричности, даже своеобразной сентиментальности.

Роман «Женщины» написан им на волне популярности и содержит массу фирменных «фишек» Буковски: самоиронию, обилие сексуальных сцен, энергию сюжета. Герою книги 50 лет, его зовут Генри Чинаски, и он является неизменным альтер-эго автора. Роман представляет собой череду более чем откровенных сексуальных сцен, которые объединены главным — бесконечной любовью героя к своим женщинам, любованием ими и грубовато-искренним восхищением.

УДК 821.111-31(73)
ББК 84(7Сое)-44

© Немцов М., перевод с английского, 2016
© Издание на русском языке, оформление.
Издательство «Э», 2016

ISBN 978-5-699-37887-6

БЛАГОДАРНОСТИ

Благодарность выражается редакторам антологии «Огни большого города № 4», «Интенсива первого лица», «Хастлера» и «Рогнерз мэгэзин», где первоначально публиковались некоторые главы отсюда.

Сколько хороших мужиков оказалось под мостом из-за бабы.

                                        Генри Чинаски

Этот роман — художественное произведение, и ни один персонаж не призван намеренно изображать реальное лицо или сочетание реальных лиц, живых или же мертвых.

1

Мне уже стукнуло 50, и в постели с женщиной я не был четыре года. Друзей-женщин у меня не водилось. Я смотрел на женщин всякий раз, когда проходил мимо на улицах или еще где, но смотрел без желанья и сознавая тщетность. Дрочил я регулярно, но сама мысль завести отношения с женщиной — даже на не-сексуальной основе — была выше моего воображения. У меня имелась дочь 6 лет, внебрачная. Она жила с матерью, а я платил алименты. Я был женат много лет назад, когда мне исполнилось 35. Тот брак длился два с половиной года. Моя жена со мною разошлась. Влюблен я был всего один раз. Она умерла от острого алкоголизма. Умерла в 48, а мне было 38. Жена была на 12 лет моложе меня. Я полагаю, сейчас и она уже умерла, хотя не уверен. 6 лет после развода она писала мне длинные письма к каждому Рождеству. Я ни разу не ответил...

В точности не помню, когда впервые увидел Лидию Вэнс. Лет 6 назад, наверное, я только-только бросил службу на почте, где просидел двенадцать лет, и пытался стать писателем. Я был в ужасе и пил больше обычного. Пробовал писать первый роман. Каждую ночь за работой я выпивал пинту виски и две полудюжины пива. Курил дешевые сигары, печатал, пил и до зари слушал классическую музыку по радио. Я поставил себе целью десять страниц в ночь, но всегда только на следующий день узнавал, сколько написал на самом деле. Обычно я поднимался утром, блевал, потом выходил в переднюю комнату и смотрел на тахту — сколько страниц. Свою десятку я всегда превышал. Иногда там лежало 17, 18, 23, 25 страниц. Конечно, работу каждой ночи нужно было либо чистить, либо выбрасывать. На первый роман у меня ушла двадцать одна ночь.

Хозяева двора, где я тогда обитал, сами жившие на задворках, считали меня полоумным. Каждое утро, когда я просыпался, на крыльце у меня стоял большой коричневый бумажный пакет. Содержимое менялось, но обычно внутри лежали помидоры, зеленый лук, редис, апельсины, банки супа, красный лук. Довольно часто по ночам я пил с хозяевами пиво, часов до 4—5 утра. Старик отрубался, а старуха и я держались за руки, и я ее иногда целовал. В дверях всегда припечатывал ей по-настоящему. Она была ужасно морщиниста, но что ж тут поделаешь. Она была католичкой и выглядела очень славно, когда надевала розовую шляпку и воскресным утром отправлялась в церковь.

Я думаю, что познакомился с Лидией Вэнс на своем первом поэтическом чтении. Оно проходило в книжном магазине на Кенмор-авеню — в «Подъемном мосту». Опять-таки, я был в ужасе. Надменен, но в ужасе. Когда я вошел, оставались только стоячие места. Перед Питером, заправлявшим лавочкой и жившим с черной девчонкой, лежала куча налички.

— Вот говно же,— сказал он мне,— если б я всегда мог так их сюда напихивать, мне б еще раз на Индию хватило.

Я вошел, и они зааплодировали. В смысле поэтических чтений мне предстояло порвать себе целку.

Я читал 30 минут, потом попросил перерыв. Я еще был трезв и чувствовал, как на меня из темноты пристально смотрят глаза. Подошли поговорить несколько человек. Затем во время затишья подошла Лидия Вэнс. Я сидел за столом и пил пиво. Она возложила обе руки на край, нагнулась и посмотрела на меня. У нее были длинные каштановые волосы — приличной длины,— выдающийся нос, а один глаз не совсем сочетался с другим. Но от нее исходила жизненная сила — от такой не отмахнешься. Я чувствовал, как между нами побежали вибрации. Некоторые — замороченные и нехорошие, но все равно они были. Она посмотрела на меня, я посмотрел на нее. На Лидии Вэнс была замшевая ковбойская куртка с бахромой на вороте. Груди у нее ничего. Я сказал ей:

— Мне бы хотелось содрать с вашей куртки бахрому — с этого мы могли бы начать.

Лидия отошла. Не сработало. Никогда не знаю, что говорить дамам. Ну и корма же у нее. Я наблюдал за этой прекрасной кормой, когда Лидия отходила. Зад джинсов обнимал ее, и я следил за этой женщиной, пока она отчаливала.

Я закончил вторую половину чтений и забыл о Лидии, как забывал обо всех женщинах, которых обгонял на тротуарах. Забрал свои деньги, подписал несколько салфеток, несколько клочков бумаги, потом поехал назад, домой.

Я по-прежнему работал каждую ночь над первым романом. До 6.18 вечера я никогда писать не садился. В это время я отмечался на проходной своего крыла терминала на почтамте. А они заявились в 6 вечера: Питер с Лидией Вэнс. Я открыл дверь. Питер сказал:

— Смотри, Генри, смотри, что я тебе привез!

Лидия запрыгнула на кофейный столик. Джинсы сидели на ней еще туже. Она мотала длинными каштановыми волосами из стороны в сторону. Она была безумна; она была дивна. Впервые я задумался, не заняться ли с ней любовью. Она принялась читать стихи. Свои. Это было очень плохо. Питер пытался ее остановить:

— *Нет! Нет! Никаких рифм в доме Генри Чинаски!*

— Да пусть читает, Питер!

Я хотел поглядеть на ее ягодицы. Она расхаживала взад-вперед по старенькому кофейному столику. Затем пустилась в пляс. Она размахивала руками. Поэзия была ужасна, тело и безумие — отнюдь.

Лидия спрыгнула.

— Как тебе понравилось, Генри?
— Что?
— Поэзия.

— С трудом.

Лидия замерла со своими листиками стихов в руке. Питер ее облапал.

— Давай поебемся,— сказал он ей.— Кончай, давай поебемся!

Она его оттолкнула.

— Ладно,— сказал Питер.— Тогда я уезжаю.

— Ну и вали. У меня своя машина,— ответила Лидия.— Я к себе и сама доберусь.

Питер подбежал к двери, остановился и обернулся:

— Ладно, Чинаски! Не забывай, что́ я тебе привез!

Он хлопнул дверью и был таков. Лидия присела на тахту, поближе к двери. Я сел примерно в футе и посмотрел на нее. Выглядела она великолепно. Я боялся. Я протянул руку и коснулся ее длинных волос. Они были волшебны. Я отдернул руку.

— И все эти волосы в самом деле твои? — спросил я. Я знал, что так оно и есть.

— Да,— ответила она,— мои.

Я взялся рукой за ее подбородок и очень неумело попробовал повернуть ее голову к себе. Я никогда не уверен в таких случаях. Я слегка ее поцеловал.

Лидия подскочила:

— Мне надо идти. Я плачу няньке.

— Послушай,— сказал я,— останься. Заплачу я. Останься на немного.

— Нет, не могу,— ответила она.— Идти надо.

Она пошла к дверям, я следом. Открыла дверь. Потом обернулась. Я потянулся к ней еще один, последний раз. Она запрокинула голову и выделила мне крохотный поцелуй. Затем отстранилась и вложила какие-то машинописные листки мне в руку. Дверь закрылась. Я сел на тахту с бумагами в руке и стал слушать, как заводится ее машина.

Стихи были скреплены вместе, откопированы и назывались «ЕЁЁЁЁЁ». Я прочел несколько. Интересны, полны юмора и чувственности, но плохо написаны. Авторы — сама Лидия и три ее сестры, все вместе — такие задорные, такие храбрые, такие сексуальные. Я отбросил листики и раскупорил пинту виски. Снаружи было темно. Радио играло в основном Моцарта, Брамса и Бе.

2

Через день или около того по почте пришло стихотворение от Лидии. Длинное и начиналось так:

Выходи, старый тролль,
Выходи из темной норы, старый тролль,
Выходи на солнышко с нами, и
Давай мы вплетем маргаритки тебе в волосы...

Дальше поэма рассказывала мне, как хорошо будет танцевать в полях с нимфообразными женскими существами, которые принесут мне радость и истинное знание. Я убрал письмо в комод.

На следующее утро меня разбудил стук в стеклянную панель входной двери. На часах было 10.30.
— Уходите,— сказал я.
— Это Лидия.

— Ладно. Минутку.

Я надел какие-то штаны, рубашку и открыл дверь. Потом сбегал в ванную и проблевался. Попробовал почистить зубы, но только блеванул еще раз: от сладости зубной пасты вывернуло желудок. Я вышел.

— Ты болеешь,— сказала Лидия.— Мне уйти?

— Да нет, все нормально. Я всегда так просыпаюсь.

Лидия выглядела хорошо. Сквозь шторы просачивался свет и сиял на ней. Она подбрасывала в руке апельсин. Тот вращался в солнечном свете утра.

— Я не могу остаться,— сказала она,— но хочу тебя кое о чем попросить.

— Давай.

— Я скульптор. Я хочу вылепить твою голову.

— Ладно.

— Надо будет прийти ко мне. Студии у меня нет. Придется у меня дома. Ты ведь не будешь из-за этого нервничать, правда?

— Не буду.

Я записал ее адрес и как добраться.

— Постарайся подъехать часам к одиннадцати. После обеда дети из школы приходят, и это отвлекает.

— Буду в одиннадцать,— пообещал я.

Я сидел напротив Лидии в обеденном уголке. Между нами лежал крупный ком глины. Она принялась задавать вопросы.

— Твои родители еще живы?

— Нет.

— Тебе нравится Лос-Анджелес?
— Мой любимый город.
— Почему ты так пишешь о женщинах?
— Как — так?
— Сам знаешь.
— Нет, не знаю.
— Ну, я думаю, жалко, если человек, который пишет так хорошо, просто ни черта не знает о женщинах.

Я ничего не ответил.

— Черт возьми! Куда Лиза девала?..— Она стала шарить по комнате.— Ох мне эти девчонки, вечно убегают с маминым инструментом!

Нашелся другой.

— Приспособим вот этот. Посиди спокойно теперь, расслабься, но не шевелись.

Я сидел к ней лицом. Она работала над комом глины какой-то деревянной штукой с проволочной петлей на конце. Помахала мне ею из-за кома. Я наблюдал. Глаза Лидии смотрели на меня. Большие, темно-карие. Даже ее плохой глаз — тот, что не совсем подходил к другому,— выглядел здóрово. Я тоже смотрел на нее. Лидия работала. Шло время. Я был в трансе. Потом она сказала:

— Как насчет прерваться? Пива хочешь?
— Прекрасно. Да.

Когда она двинулась к холодильнику, я пошел следом. Она вытащила бутылку и захлопнула дверцу. Стоило ей повернуться, я схватил ее за талию и притянул к себе. Я прильнул к ней ртом и телом. Бутылку с пивом она держала в вытянутой руке, на отлете.

Я поцеловал Лидию. Потом поцеловал еще раз. Она оттолкнула меня.

— Ладно,— сказала она,— хватит. Работать пора.

Мы снова сели, я допивал пиво, Лидия курила сигарету, а глина лежала между нами. Звякнул дверной звонок. Лидия поднялась. Там стояла толстая тетка с неистовыми, умоляющими глазами.

— Это моя сестра, Глендолина.

— Здрасьте.

Глендолина подтащила стул и заговорила. Говорить она *умела*. Она б говорила, если б даже стала сфинксом, если б даже стала камнем, она бы говорила. Я просто не знал, когда она устанет и уйдет. Даже когда я перестал слушать, похоже было, что меня избивали крохотными шариками от пинг-понга. Глендолина не имела ни представления о времени, ни малейшего понятия о том, что, быть может, помешала нам. Она все говорила и говорила.

— Послушайте,— сказал я наконец,— когда вы уйдете?

И тут начался сестринский спектакль. Они заговорили между собой. Обе стояли, размахивая руками друг у друга перед носом. Голоса набирали пронзительности. Обе грозили друг другу физическими увечьями. Напоследок — когда уже замаячил конец света — Глендолина совершила гигантский изгиб торсом, выбросилась в дверной проем сквозь оглушительный хлопо́к летней двери и пропала из виду. Но мы по-прежнему слышали ее, заведенную и стенавшую, до самой ее квартиры в глубине двора.

Мы с Лидией вернулись в обеденный уголок и сели. Она взялась за инструмент. Глаза ее заглянули в мои.

3

Однажды утром, несколько дней спустя, я вошел к Лидии во двор, когда сама она появилась из переулка. Она сидела у своей подруги Тины, жившей в многоквартирном доме на углу. Выглядела она в то утро электрически, почти как в первый раз, когда пришла ко мне с апельсином.

— У-у-у-у,— сказала она,— у тебя новая рубашка!

Так оно и было. Я купил себе рубашку, потому что думал о Лидии, о том, как увижу ее. Я знал, что она это знает и посмеется надо мной, но не возражал.

Лидия отперла дверь, и мы зашли внутрь. Глина сидела в центре стола в обеденном уголке под влажной тряпкой. Лидия стянула ткань.

— Что скажешь?

Она меня не пощадила. И шрамы были, и нос алкаша, и обезьянья пасть, и сощуренные до щелочек глаза — и тупая довольная ухмылка тоже была на месте, ухмылка счастливца, нелепого: словил удачу и еще не понял, за что. Ей 30, мне — за 50. Наплевать.

— Да,— сказал я,— здо́рово ты меня. Мне нравится. Но, похоже, ты ее почти закончила. Мне будет тоскливо, когда ты все сделаешь. У нас с тобой было несколько великолепных дней и утр.

— Это помешало твоей работе?

— Нет, я пишу, лишь когда стемнеет. Днем никогда не могу писать.

Лидия взяла свой отделочный инструмент и посмотрела на меня:

— Не волнуйся. Мне еще много. Я хочу, чтобы на этот раз все получилось, как надо.

В первом перерыве она достала из холодильника пинту виски.

— А-а,— сказал я.

— Сколько? — спросила она, подняв высокий стакан для воды.

— Напополам.

Она смешала, и я сразу же выпил.

— Я слыхала о тебе,— сказала она.

— Что, например?

— Как ты скидываешь мужиков со своего парадного крыльца. И бьешь своих женщин.

— Бью своих женщин?

— Да, мне кто-то говорил.

Я схватил Лидию, и мы провалились в самый долгий поцелуй за все это время. Я прижал ее к краю раковины и начал тереться об нее хуем. Она оттолкнула меня, но я снова поймал ее на середине кухни.

Рука Лидии схватила мою и втолкнула ее за пояс джинсов в трусики. Кончиком пальца я нащупал маковку ее пизды. Та была влажной. Продолжая целовать ее, я пробирался пальцем поглубже. Потом вытащил руку, оторвался от нее, дотянулся до пинты и налил еще. Снова сел за кухонный столик, а Лидия обогнула его с другой стороны, тоже села и посмотрела на меня. Затем опять принялась за глину. Я медленно тянул виски.

— Слушай,— сказал я.— Я знаю, в чем твоя трагедия.

— Что?
— Я знаю, в чем твоя трагедия.
— Что ты имеешь в виду?
— Ладно,— ответил я.— Забудь.
— Я хочу знать.
— Я не хочу оскорблять твои чувства.
— Но я хочу знать, что ты мелешь.
— Ладно, если еще нальешь, скажу.
— Хорошо.— Лидия взяла пустой стакан и налила половину виски и половину воды. Я снова все выпил.— Ну? — спросила она.

— Черт, да ты сама знаешь.
— Что знаю?
— У тебя большая пизда.
— Что?!
— Это не редкость. У тебя двое детей.

Лидия сидела, молча ковыряя глину. Затем отложила инструмент. Отошла в угол кухни рядом с черным ходом. Я смотрел, как она наклоняется и стаскивает сапоги. Потом стянула джинсы и трусики. Пизда ее была на месте, смотрела прямо на меня.

— Ладно, подонок,— сказала она.— Сейчас я тебе покажу, что ты ошибся.

Я снял ботинки, штаны и трусы, встал на колени на линолеум, а потом опустился на нее, весь вытянулся. Начал целовать. Отвердел я быстро и почувствовал, как проникаю внутрь.

Я начал толчки... один, два, три...

В переднюю дверь постучали. Детский стук — крохотные кулачки, яростные, настойчивые. Лидия быстро спихнула меня.

— Это *Лиза!* Она не ходила сегодня в школу! Она была у...— Лидия вскочила и принялась натягивать одежду.— Одевайся! — приказала она.

Я оделся, как мог, быстро. Лидия подошла к двери — там стояла ее пятилетняя дочь:

— МАМА! МАМА! Я порезала пальчик!

Я забрел в переднюю комнату. Лидия посадила Лизу себе на колени.

— У-у-у-у, дай *мамочке* посмотреть. У-у-у-у, дай *мамочке* поцеловать тебе пальчик. *Мамочка* сейчас его вылечит!

— МАМА, больно!

Я взглянул на порез. Тот был почти невидим.

— Слушай,— наконец сказал я Лидии,— увидимся завтра.

— Мне жаль,— ответила она.

— Я знаю.

Лиза подняла на меня глаза, слезы всё капали и капали.

— Лиза никому не даст мамочку в *обиду*,— сказала Лидия.

Я открыл дверь, закрыл дверь и пошел к своему «меркурию-комете» 1962 года.

4

В то время я редактировал небольшой журнальчик, «Слабительный подход». У меня имелось два соредактора, и мы считали, что печатаем лучших поэтов своего времени. А также кое-кого из иных. Одним редактором был недоразвитый студент-недоучка Кеннет Маллох 6-с-хвостиком футов росту (черный), которого содержала отчасти его мать, а отчасти — сестра. Другим был Сэмми Левинсон (еврей), 27 лет, живший с родителями, которые его и содержали.

Листы уже отпечатали. Теперь предстояло сброшюровать их и скрепить с обложками.

— Ты вот что сделаешь,— сказал Сэмми.— Ты устроишь брошюровочную пьянку. Будешь подавать напитки и немного трепа, а *они* пускай работают.

— Ненавижу пьянки,— сказал я.

— Приглашать буду я,— сказал Сэмми.

— Хорошо,— согласился я и пригласил Лидию.

В вечер пьянки Сэмми приехал с уже сброшюрованным журналом. Он был парнем нервного склада, у него подергивалась голова, и он не мог дождаться, когда же увидит напечатанными собственные стихи. Он сброшюровал «Слабительный подход» сам, а потом присобачил обложки. Кеннета Маллоха нигде не нашли: вероятно, либо он сидел в тюрьме, либо его упекли в дурдом.

Собрался народ. Я знал очень немногих. Я пошел к хозяйке на задний двор. Та открыла мне дверь.

— У меня большая гулянка, миссис О'Киф. Я хочу, чтобы вы с мужем тоже пришли. Много пива, претцелей и чипсов.

— Ох господи, нет!

— В чем дело?

— Я видела, что за люди туда заходят! Такие бороды, и волосья, и тряпье дранозадое! Браслеты, бусы... вылитая банда коммунистов! Как ты только таких людей *терпишь?*

— Я тоже этих людей терпеть не могу, миссис О'Киф. Мы просто пьем пиво и разговариваем. Это ничего не значит.

— За ними глаз да глаз нужен. Они из тех, что трубы воруют.

Она закрыла дверь.

Лидия приехала поздно. Вошла в двери актрисой. Первым делом я заметил на ней большую ковбойскую шляпу с лавандовым перышком, приколотым сбоку. Не сказав мне ни слова, она немедленно подсела к молодому продавцу из книжного магазина, увлеченно завязала с ним беседу. Я начал пить потяжелой, а из моего разговора несколько испарились энергия и юмор. Продавец был парень ничего, пытался стать писателем. Его звали Рэнди Эванс, но он слишком глубоко влез в Кафку, чтобы добиться хоть какой-то литературной ясности. Мы считали, что лучше его не обижать, а печатать в «Слабительном подходе» — журнал к тому же можно было распространять через его магазин.

Я допил пиво и немного побродил вокруг. Вышел на заднее крыльцо, сел на приступок в переулке и стал смотреть, как большой черный кот пытается проникнуть в мусорный бак. Я подошел. Стоило мне приблизиться, кот спрыгнул с бака. Остановился в 3–4 футах, наблюдая за мной. Я снял с мусорного бака крышку. Вонь поднялась ужасающая. Я срыгнул в бак, уронив крышку на мостовую. Кошак подпрыгнул и всеми четырьмя лапами встал на край бака. Помедлил, а потом, сияя под полумесяцем, нырнул внутрь с головой.

Лидия все еще разговаривала с Рэнди, и я заметил, как под столом одна ее нога касается продавцовой. Я открыл себе еще одно пиво.

Сэмми смешил народ. У меня это получалось немного лучше, когда хотелось рассмешить народ, но в тот вечер я был не в настроении. 15 или 16 мужиков и всего две тетки — Лидия и Эйприл. Эйприл была жирной и сидела на диете. Она растянулась на полу. Примерно через полчаса она поднялась и свалила с Карлом, перегоревшим наспидованным маньяком. Поэтому осталось человек 15–16 мужиков и Лидия. На кухне я нашел пинту скотча, вытащил ее с собой на заднее крыльцо и то и дело прикладывался.

По ходу ночи мужики начали постепенно отваливать. Ушел даже Рэнди Эванс. Остались наконец только Сэмми, Лидия и я. Лидия разговаривала с Сэмми. Сэмми острил. Я даже сумел рассмеяться. Затем он сказал, что ему надо идти.

— Не уходи, пожалуйста, Сэмми,— попросила Лидия.

— Пускай идет парень,— отозвался я.

— Ага, мне пора,— сказал Сэмми.

После его ухода Лидия наехала:

— Вовсе не нужно было его выгонять. Сэмми смешной, Сэмми по-настоящему смешной. Ты его обидел.

— Но я хочу поговорить с тобой наедине, Лидия.

— Мне нравятся твои друзья. У меня не получается знать столько народу. Мне *нравятся* люди!

— Мне — нет.

— Я знаю, что тебе — нет. А *мне* нравятся. Люди приходят увидеть тебя. Может, если б они не приходили тебя увидеть, они бы тебе больше нравились.

— Нет, чем меньше я их вижу, тем больше они мне нравятся.

— Ты обидел Сэмми.

— Хрен там, он пошел домой к мамочке.

— Ты ревнуешь, в тебе нет уверенности. Ты думаешь, я хочу лечь в постель с каждым мужчиной, с которым разговариваю.

— Нет, не думаю. Слушай, как насчет немного принять?

Я встал и смешал ей. Лидия зажгла длинную сигарету и отпила из стакана.

— Ты отлично выглядишь в этой шляпе,— сказал я.— Это лиловое перышко — нечто.

— Это шляпа моего отца.

— А он ее не хватится?

— Он умер.

Я перетянул Лидию к тахте и взасос поцеловал. Она рассказала мне об отце. Тот умер и оставил всем 4 сестрам немного денег. Это позволило им встать на ноги, а Лидии — развестись с мужем. Еще она рассказала, как у нее было что-то вроде срыва и она некоторое время провела в психушке. Я поцеловал ее еще.

— Слушай,— сказал я,— давай приляжем. Я устал.

Чарльз Буковски

К моему удивлению, она пошла за мной в спальню. Я растянулся на кровати и почувствовал, как она села рядом. Потом закрыл глаза и определил, что она стягивает сапоги. Я услышал, как один сапог ударился о пол, за ним другой. Я начал лежа раздеваться, дотянулся и вырубил верхний свет. Потом разделся еще. Мы поцеловались еще немного.

— У тебя сколько уже не было женщины?
— Четыре года.
— Четыре года?
— Да.
— Я думаю, ты заслужил немного любви,— сказала она.— Мне про тебя сон приснился. Я открыла твою грудь, как шкафчик, там были дверцы, и я их распахнула и увидела, что у тебя внутри много всяких пушистых штуковин — плюшевых медвежат, крохотных мохнатых зверюшек: такие мягкие, что потискать хочется. А потом мне приснился другой человек. Он подошел и дал какие-то куски бумаги. Он был писателем. Я эти куски взяла и посмотрела на них. И у кусков бумаги был рак. У его почерка был рак. Я слушаюсь своих снов. Ты заслужил немного любви.

Мы снова поцеловались.

— Слушай,— сказала она,— только когда засунешь в меня эту штуку, вытащи сразу перед тем, как кончить. Ладно?
— Я понимаю.

Я влез на нее. Это было хорошо. Что-то происходило, что-то подлинное, причем с девушкой на 20 лет моложе меня и, в конце концов, реально красивой. Я сделал толчков 10 — и кончил в нее.

Она подскочила.

— Ты сукин сын! Ты кончил у меня внутри!

— Лидия, просто уже так *давно*... было так хорошо... я ничего не мог сделать. Оно ко мне подкралось! Христом-богом клянусь, я ничего поделать не мог.

Она убежала в ванную и пустила воду. Стоя перед зеркалом, она пропускала длинные каштановые волосы сквозь щетку. Она была поистине прекрасна.

— Ты сукин сын! Боже, какой тупой студенческий трюк. Это говно студенческое! И хуже времени ты выбрать не мог! Значит, мы теперь сожители! Мы сожители теперь!

Я придвинулся к ней в ванной:

— Лидия, я тебя люблю.

— Пошел от меня к чертовой матери!

Она вытолкнула меня наружу, закрыла дверь, и я остался в прихожей слушать, как набегает в ванну вода.

5

Я не видел Лидию пару дней, хотя удалось позвонить ей за это время раз 6–7. Потом наступили выходные. Ее бывший муж, Джералд, на выходные всегда забирал детей.

Я подъехал к ее двору в ту субботу около 11 утра и постучался. Лидия была в узких джинсах, сапогах, оранжевой блузке. Ее карие глаза казались темнее обычного, и на солнце, когда она открыла мне дверь, я заметил естественную рыжину в ее темных волосах. Поразительно. Она позволила себя поцеловать, заперла за нами дверь, и мы пошли к моей машине. Мы выбрали пляж — не купаться, стояла середина зимы,— а просто заняться чем-нибудь.

Мы поехали. Мне было хорошо от того, что Лидия — в машине со мной.

— Ну и *пьянка* же была,— сказала она.— И вы называете это брошюровочной вечеринкой? Да это прямо какая-то брюхатовочная вечеринка была, во какая. Сплошь ебля!

Я вел машину одной рукой, а другую держал у нее между бедер. Я ничего не мог с собой сделать. Лидия вроде бы не замечала. Пока мы ехали, моя рука вползла ей совсем между ног. Она продолжала говорить. Как вдруг сказала:

— Убери руку. Это моя пизда!
— Извини,— ответил я.

Никто из нас не произнес ни слова, пока не доехали до стоянки на пляже в Венеции.

— Хочешь сэндвича с колой или еще чего? — спросил я.

— Давай,— ответила она.

Мы зашли в маленькую еврейскую закусочную взять еды и потащили все на поросший травой бугорок, откуда хорошо смотрелось море. У нас были сэндвичи, соленые огурчики, чипсы и газировка. На пляже почти никто не сидел, и еда была прекрасна и вкусна. Лидия не разговаривала. Я поразился, насколько быстро она ела. Она вгрызалась в сэндвич с дикостью, делала огромные глотки колы, съела пол-огурца одним махом и потянулась за горстью картофельных чипсов. Я же, напротив,— едок очень неторопливый.

Страсть, подумал я, в ней есть страсть.
— Как сэндвич? — спросил я.
— Ничего. Я проголодалась.
— Они тут хорошие сэндвичи готовят. Еще чего-нибудь хочешь?
— Да, шоколадку.
— Какую?
— О, все равно. Какую-нибудь вкусную.

Я откусил от сэндвича, отхлебнул колы, поставил все на землю и пошел к магазину. Купил две шоколадки, чтоб у нее был выбор. Когда я шел обратно, к бугорку двигался высокий негр. День стоял прохладный, но рубашки на негре не было, и тело перекатывалось сплошными мускулами. Лет двадцать с хвостом, пожалуй. Он шел очень медленно и прямо. У него была длинная гибкая шея, а в левом ухе болталась золотая серьга. Он прошествовал перед Лидией по песку, между бугорком и океаном. Я подошел и сел рядом.

— Ты видел этого парня? — спросила она.
— Да.
— Господи боже, вот сижу я с тобой, ты на двадцать лет меня старше. Мне могло бы достаться вот такое. Черт, ну что со мной не так, а?
— Смотри. Вот пара шоколадок. Выбирай.

Она взяла одну, содрала бумажку, откусила и заглоделась на молодого и черного, уходившего вдаль по песку.

— Я устала от этого пляжа,— сказала она,— поехали ко мне.

Мы не встречались неделю. Потом как-то днем я оказался у Лидии — мы лежали на кровати и целовались. Лидия отстранилась.

— Ты ничего не знаешь о женщинах, правда?
— Ты о чем?
— Я имею в виду — прочитав твои стихи и рассказы, я могу сказать, что ты ничего не знаешь о женщинах.
— Еще чего скажешь?
— Ну, в смысле, для того, чтобы мужчина меня заинтересовал, он должен съесть мне пизду. Ты когда-нибудь ел пизду?
— Нет.
— Тебе за пятьдесят и ты ни разу не ел пизду?
— Нет.
— Слишком поздно.
— Почему?
— Старого пса новым трюкам не научишь.
— Научишь.
— Нет, тебе уже слишком поздно.
— У меня всегда было замедленное развитие.

Лидия встала и вышла в другую комнату. Потом вернулась с карандашом и листком бумаги.

— Вот смотри, я хочу тебе показать кое-что.— Она принялась рисовать.— Вот, это пизда, а вот то, о чем ты, вероятно, не имеешь понятия,— секель. Вот где самое чувство. Секель прячется, видишь, он выходит время от времени, он розовый и очень *чувствительный*. Иногда он от тебя прячется, и ты должен его найти, только *тронь* его кончиком языка...

— Ладно,— сказал я.— Понял.

— Мне кажется, ты не сможешь. Говорю же, старого пса новым трюкам не научишь.

— Давай разденемся и ляжем.

Мы сняли все и растянулись. Я начал целовать Лидию. От губ — к шее, затем к грудям. Потом дошел до пупка. Передвинулся ниже.

— Нет, не *сможешь*,— сказала она.— Оттуда выходят кровь и ссаки, только подумай, кровь и ссаки...

Я дошел дотуда и начал лизать. Она нарисовала мне точную схему. Все было там, где и должно быть. Я слышал, как она тяжело дышит, потом стонет. Это меня подстегнуло. У меня встал. Секель вышел наружу, но был он не совсем розовым, он был лиловато-розовым. Я начал его мучить. Выступили соки и смешались с волосами. Лидия все стонала и стонала. Потом я услышал, как открылась и закрылась входная дверь. Раздались шаги, и я поднял голову. У кровати стоял маленький черный мальчик лет 5-и.

— Какого дьявола тебе надо? — спросил я его.

— Пустые бутылки есть? — спросил он меня.

— Нет, нету у меня никаких пустых бутылок,— ответил ему я.

Он вышел из спальни в переднюю комнату и ушел через входную дверь.

— Боже,— произнесла Лидия,— я думала, передняя дверь закрыта. Это был малыш Бонни.

Лидия встала и заперла входную дверь. Потом вернулась и вытянулась на кровати. Было около 4 часов дня, суббота.

Я занырнул обратно.

6

Лидия любила вечеринки. А Гарри любил их устраивать. Вот мы и поехали к Гарри Эскоту. Тот редактировал «Отповедь», маленький журнальчик. Жена его носила длинные полупрозрачные платья, под которыми мужчины видели ее трусики, и ходила босиком.

— Первое, что мне в тебе понравилось,— говорила Лидия,— это что у тебя нет телевизора. Мой бывший муж смотрел в телевизор каждый вечер и все выходные напролет. Нам даже любовь приходилось подстраивать к телепрограмме.

— Ммм...

— И еще мне у тебя понравилось, потому что грязно. Пивные бутылки по всему полу. Везде кучи мусора. Немытые тарелки и говняное кольцо в унитазе, и короста в ванне. Ржавые лезвия валяются в раковине. Я знала, что ты станешь пизду есть.

— Ты судишь о человеке по тому, что его окружает, верно?

— Верно. Когда я вижу человека с чистой квартирой, я знаю: с ним что-то не в порядке. А если там слишком чисто, то он пидор.

Мы подъехали и вылезли. Квартира была наверху. Громко играла музыка. Я позвонил. Открыл сам Гарри Эскот. У него была нежная и щедрая улыбка.

— Заходите,— сказал он.

Литературная толпа вся была уже в сборе, пила вино и пиво, разговаривала, кучкуясь. Лидия возбудилась. Я осмотрелся, потом сел. Сейчас должны подавать обед. Гарри хорошо ловил рыбу — лучше, чем писал, и уж гораздо лучше, чем редактировал. Эскоты жили на одной рыбе, ожидая, когда таланты Гарри начнут приносить хоть какие-то деньги.

Диана, его жена, вышла с рыбой на тарелках и стала ее раздавать. Лидия сидела рядом со мной.

— Вот,— сказала она,— как надо есть рыбу. Я деревенская девчонка. Смотри.

Она вскрыла рыбину и ножом сделала что-то с хребтом. Рыба легла двумя аккуратными кусками.

— Ой, а мне *понравилось*,— сказала Диана.— Как вы сказали, откуда вы?

— Из Юты. Башка Мула, штат Юта. Население сто человек. Я выросла на ранчо. Мой отец был пьяницей. Сейчас он умер уже. Может, поэтому я и с этим вот...— Она ткнула большим пальцем в мою сторону.

Мы принялись за еду.

После того как рыбу съели, Диана унесла кости. Затем был шоколадный кекс и крепкое (дешевое) красное вино.

— О, кекс хороший,— сказала Лидия,— можно еще кусочек?

— Конечно, дорогуша,— ответила Диана.

— Мистер Чинаски,— сказала темноволосая девушка из другого угла,— я читала переводы ваших книг в Германии. Вы в Германии очень популярны.

— Это мило,— ответил я.— Вот бы они еще мне гонорары присылали...

— Слушайте,— сказала Лидия,— давайте не будем обо всякой литературной муре. Давайте *сделаем* что-нибудь! — Она подскочила, бортанув меня бедром.— ДАВАЙТЕ ТАНЦЕВАТЬ!

Гарри Эскот надел свою нежную и щедрую улыбку и пошел включать стерео. Включил он его как можно громче.

Лидия затанцевала по всей комнате, и моленький белокурый мальчик с кудряшками, что клеились ему ко лбу, к ней присоединился. Они затанцевали вместе. Остальные поднялись и тоже пошли танцевать. Я остался сидеть.

Со мною сидел Рэнди Эванс. Я видел, как он тоже наблюдает за Лидией. Он заговорил. Он все говорил и говорил. Слава богу, я его не слышал — музыка играла слишком громко.

Я смотрел, как Лидия танцует с мальчиком в кудряшках. Двигаться Лидия умела. Ее движения таились на грани сексуального. Я взглянул на других девчонок: они, похоже, так не умели. Но, подумал я, это просто потому, что Лидию я знаю, а их нет.

Рэнди продолжал болтать, хоть я ему и не отвечал. Танец окончился, Лидия вернулась и снова села рядом.

— У-у-ух, мне кранты! Наверно, не в форме.

На вертак упала следующая пластинка, и Лидия встала и подошла к мальчику с золотыми кудряшками. Я продолжал пить пиво с вином.

Пластинок было много. Лидия с мальчиком все танцевали и танцевали — в центре внимания, пока остальные двигались вокруг, — и каждый танец был интимнее предыдущего.

Я по-прежнему пил пиво и вино.

Шел дикий громкий танец... Мальчик с золотыми кудряшками поднял руки над головой. Лидия прижалась к нему. Это было драматично, эротично. Они держали руки высоко над головой и прижимались друг к другу телами. Тело к телу. Он отбрасывал назад ноги, то одну, то другую. Лидия подражала ему. Они смотрели друг другу в глаза. Надо признать — они были хороши. Пластинка крутилась и крутилась. Наконец замерла.

Лидия вернулась и села рядом.

— Я в самом деле выдохлась,— сказала она.

— Слушай,— сказал я,— мне кажется, я слишком много выпил. Может, нам пора отсюда убираться.

— Я видела, как ты их заливал.

— Пошли. Эта вечеринка не последняя.

Мы поднялись уходить. Лидия сказала что-то Гарри и Диане. Когда она вернулась, мы пошли к дверям. Когда я их открывал, подошел мальчик с золотыми кудряшками.

— Эй, мужик, что скажешь про меня и твою девушку?

— Нормально.

Когда мы вышли на улицу, меня стошнило, все пиво с вином попросились наружу. Они лились и брызгали на кусты — по тротуару — целый фонтан в лунном свете. В конце концов я выпрямился и рукой вытер рот.

— Ты из-за парня, правда? — спросила она.

— Да.

— Почему?

— Почти казалось, что вы ебетесь, может, даже лучше.

— Это ничего не означало, это был просто *танец*.

— Предположим, я хватаю вот так тетку на улице? А под музыку, значит, можно?

— Ты не понимаешь. Всякий раз, когда я заканчивала танцевать, я же возвращалась и садилась с *тобой*.

— Ладно, ладно,— сказал я,— погоди минутку.

Я стравил еще один фонтан на чей-то умиравший газон. Мы спустились по склону от Эхо-парка к бульвару Голливуд.

Сели в машину. Она завелась, и мы поехали на запад по Голливуду к Вермонту.

— Ты знаешь, как мы называем таких, как ты? — спросила Лидия.

— Нет.

— Мы их называем,— сказала она,— обломщиками.

7

Мы снизились над Канзас-Сити, пилот сказал, что температура 20 градусов*, а я — вот он, в тонком калифорнийском спортивном пиджачке и рубашке, легковесных штанах, летних носочках и с дырками в башмаках. Пока мы приземлялись и буксировались к рампе, все тянулись за своими пальто, перчатками, шапками и шарфами. Я дал им выйти, а затем спустился по переносному трапу сам. Французик подпирал собою здание: ждал меня. Французик преподавал драматургию и собирал книги, в основном — мои.

---

* По Фаренгейту — 6,7 °С. *(Здесь и далее прим. переводчика.)*

— Добро пожаловать в Канзас-Ссыте, Чинаски! — сказал он и протянул мне бутылку текилы. Я хорошенько глотнул и пошел за ним к автостоянке. Багажа со мной не было — один портфель, набитый стихами. В машине было тепло и приятно, и мы передавали бутылку друг другу.

На дорогах лежал ледяной накат.

— Не всякий сможет ездить по этому ебаному льду,— сказал Французик.— Надо соображать, что делаешь.

Я расстегнул портфель и начал читать Французику стих о любви, который вручила мне Лидия в аэропорту:

«...твой хуй лиловый, согнутый как...»

«...когда я выдавливаю твои прыщи, пульки гноя, как сперма...»

— Бля-А-А-А! — завопил Французик.

Машину пошло крутить юзом. Французик заработал баранкой.

— Французик,— сказал я, подняв бутылку с текилой и отхлебнув,— а ведь не выберемся.

Машина слетела с дороги в трехфутовую канаву, разделявшую полосы. Я передал ему бутылку.

Мы вылезли из кабины и выкарабкались из канавы. Мы голосовали проходившим машинам, делясь тем, что оставалось на донышке. Наконец одна остановилась. Парняга лет двадцати пяти, пьяный, сидел за рулем:

— Вам куда, друзья?

— На поэтический вечер,— ответил Французик.

— На поэтический вечер?

— Ага, в Университет.

— Ладно, залазьте.

Он торговал спиртным. Заднее сиденье было забито коробками пива.

— Пиво берите,— сказал он,— и мне тоже одну передайте.

Он нас довез. Мы въехали прямиком в центр студгородка и встали перед самым залом. Опоздали всего на 15 минут. Я вышел из машины, проблевался, а потом мы зашли внутрь. Остановились купить только пинту водки, чтобы я продержался.

Я читал минут 20, потом отложил стихи.

— Скучно мне от этого говнища,— сказал я,— давайте просто поговорим.

Закончилось все тем, что я орал слушателям всякую хренаторию, а те орали мне. Неплохая публика попалась. Они делали это бесплатно. Еще через полчасика пара профессоров вытащила меня оттуда.

— У нас есть для вас комната, Чинаски,— сказал один,— в женском общежитии.

— В женской общаге?

— Ну да, хорошая такая комнатка.

...И правда. На третьем этаже. Один препод купил шкалик вискача. Другой вручил мне чек за чтения плюс деньги за билет, и мы посидели, попили виски и поговорили. Я вырубился. Когда пришел в себя, никого уже не было, но полшкалика оставалось. Я сидел, пил и думал: эй, ты — Чинаски, легенда Чинаски. У тебя сложился образ. Ты сейчас в общаге у теток. Тут сотни баб, *сотни.*

На мне были только трусы и носки. Я вышел в холл и подошел к ближайшей двери. Постучал.

— Эй, я Генри Чинаски, бессмертный писатель! Открывайте! Я хочу вам кой-чего показать!

Захихикали девчонки.

— Ну ладно же,— сказал я.— Сколько вас там? Двое? Трое? Неважно. И с тремя справлюсь! Без проблем! Слышите меня? Открывайте! У меня такая ОГРОМНАЯ лиловая штука есть! Слушайте, я сейчас ею вам в дверь постучу!

Я взял кулак и забарабанил им в дверь. Те по-прежнему хихикали.

— Так. Значит, не впустите Чинаски, а? Ну так ЕБИТЕСЬ В РЫЛО!

Я попробовал следующую дверь:

— Эй, девчонки! Это лучший поэт последних восемнадцати сот лет! Откройте дверь! Я вам кой-чего покажу! Сладкое мясцо вам в срамные губы!

Попробовал следующую.

Я перепробовал все двери на этом этаже, потом спустился по лестнице и проработал все на втором, потом — на первом. Вискач у меня был с собой, и я притомился. Казалось, я покинул свою комнату много часов назад. Продвигаясь вперед, я пил. Непруха.

Я забыл, где моя комната, на каком этаже. В конце концов, мне теперь хотелось только одного — до нее добраться. Я снова перепробовал все двери, на этот раз молча, крайне стесняясь своих трусов с носками. Непруха. «Величайшие люди — самые одинокие».

Снова оказавшись на третьем этаже, я повернул одну из ручек — и дверь отворилась. Вот мой портфель стихов... пустые стаканы, бычки в пепельнице... мои штаны, моя рубашка, мои башмаки, мой пиджак. Чудесное зрелище. Я закрыл дверь, сел на постель и прикончил бутылку виски, которую таскал с собой.

Я проснулся. Стоял день. Я находился в странном чистом месте с двумя кроватями, шторами, телевизором и ванной. Похоже на мотель. Я встал и открыл дверь. Снаружи лежали снег и лед. Я закрыл дверь и огляделся. Необъяснимо. Без понятия, где я. Жуткий бодун и депрессуха. Я дотянулся до телефона и заказал междугородный звонок Лидии в Лос-Анджелес.

— Детка, я не знаю, где я!
— Я думала, ты полетел в Канзас-Сити?
— Я тоже. А теперь не знаю, где я, понимаешь? Я открыл дверь, посмотрел, а там ничего нет, один накат на дорогах, лед и снег!
— Где тебя поселили?
— Последнее, что помню,— мне дали комнату в женской общаге.
— Ну, так ты, наверное, таким ослом себя там выставил, что тебя переселили в мотель. Не волнуйся. Обязательно кто-нибудь придет и о тебе позаботится.
— Боже, неужели в тебе нет ни капли сострадания к моему положению?
— Ты сам себя ослом выставил. Ты в общем и целом всегда себя ослом выставляешь.
— Что ты имеешь в виду — «в общем и целом всегда»?
— Ты просто пьянь паршивая,— сказала Лидия.— Прими теплый душ.

Она повесила трубку.

Я дошагал до кровати и на ней растянулся. Милый номер, но ему недостает характера. Проклят буду, если полезу под душ. Я подумал было включить телевизор.

В конце концов, я уснул...

В дверь постучали. Явились два ясных молоденьких мальчика из колледжа, готовые доставить меня в аэропорт. Я сидел на кровати и надевал ботинки.

— У нас есть время пропустить парочку в аэропорту перед взлетом? — спросил я.

— Конечно, мистер Чинаски, — ответил один, — все, что вам угодно.

— Ладно, — сказал я. — Тогда попиздюхали отсюда.

8

Я вернулся, несколько раз трахнул Лидию, подрался с ней и одним поздним утром вылетел из международного аэропорта Лос-Анджелеса на чтения в Арканзасе. Сравнительно повезло — весь ряд достался мне одному. Командир представился, если я правильно расслышал, как Капитан Пьянчуга. Когда мимо проходила стюардесса, я заказал выпить.

Я был уверен, что знаю одну из стюардесс. Она жила на Лонг-Биче, прочла несколько моих книжек, написала мне письмо, приложив свое фото и номер телефона. Я узнал ее по фотографии. Так никогда и не довелось с нею встретиться, но я звонил ей несколько раз, и одной пьяной ночью мы орали друг на друга по телефону.

Она стояла прямо, пытаясь не замечать, как я вылупился на ее зад, ляжки и груди.

Мы пообедали, посмотрели «Игру недели», послеобеденное винище жгло глотку, и я заказал пару «кровавых Мэри».

Когда мы добрались до Арканзаса, я пересел на маленькую двухмоторную дрянь. Стоило пропеллерам завертеться, как крылья задрожали и затряслись. Похоже, вот-вот отвалятся. Мы оторвались от земли, и стюардесса спросила, не хочет ли кто выпить. К тому времени выпить надо было уже всем. Она спотыкалась и колыхалась между кресел, продавая напитки. Потом объявила, громко:

— ДОПИВАЙТЕ! СЕЙЧАС ПРИЗЕМЛИМСЯ!

Мы допили и приземлились. Через пятнадцать минут снова поднялись в воздух. Стюардесса спросила, не хочет ли кто выпить. К тому времени выпить надо было уже всем. Потом она объявила, громко:

— ДОПИВАЙТЕ! СЕЙЧАС ПРИЗЕМЛИМСЯ!

Меня встречали профессор Питер Джеймс и его жена Сельма. Сельма походила на кинозвездочку, только в ней было больше класса.

— Здорово выглядишь,— сказал Пит.

— Это твоя жена выглядит здорово.

— У тебя есть два часа до выступления.

Пит привез меня к ним. У них был двухэтажный дом с комнатой для гостей на нижнем уровне. Мне показали мою спальню, внизу.

— Есть хочешь? — спросил Пит.

— Нет, меня блевать тянет.

Мы пошли наверх.

За сценой, незадолго до начала, Питер наполнил графин для воды водкой с апельсиновым соком.

— Чтениями заправляет одна старушка. У нее бы в трусиках все скисло, если б она узнала, что ты пьющий. Она неплохая старушенция, но до сих пор считает, что поэзия — это про закаты и голубок в полете.

Я вышел и стал читать. Аншлаг. Удача моя держалась. Они походили на любую другую публику: не знали, как относиться к некоторым хорошим стихам, а на других смеялись не там, где нужно. Я продолжал читать и подливал себе из графина.

— Что это вы пьете?
— Это,— ответил я,— апельсиновый сок пополам с жизнью.
— У вас есть подруга?
— Я девственник.
— Почему вы захотели стать писателем?
— Следующий вопрос, пожалуйста.

Я почитал им еще немного. Рассказал, что прилетел сюда с Капитаном Пьянчугой и посмотрел «Игру Недели». Рассказал, что в хорошей духовной форме я могу съесть все с тарелки и сразу ее вымыть. Почитал еще стихов. Я читал, пока графин не опустел. Тогда я сказал, что чтения окончены. Последовало сколько-то раздачи автографов, и мы отправились на пьянку к Питу домой...

Я исполнил свой индейский танец, свой танец живота и свой танец «Не-Можешь-Срать-Не-Мучай-Жопу». Тяжело пить, когда танцуешь. И тяжело танцевать, когда пьешь. Питер знал, что делал. Он выстроил кушетки и стулья так, чтобы отделить танцующих от пьющих. Каждый мог заниматься своим делом, не беспокоя остальных.

Подошел Пит. Оглядел всех женщин в комнате.
— Какую хочешь? — спросил он.
— Что, вот так просто?
— Наше южное гостеприимство.

Приметил я там одну, постарше прочих, с выступавшими зубами. Но зубы выступали у нее безупречно — расталкивая губы, как открытый страстный цветок. На этих губах я хотел ощутить свои. На ней была короткая юбка, а колготки являли миру хорошие ноги, которые постоянно скрещивались и раскрещивались, когда она смеялась, пила, одергивала юбку, никак не хотевшую их прикрывать. Я подсел к ней.
— Я...— начал было я.
— Я знаю, кто вы. Я была на вашем чтении.
— Спасибо. Мне бы хотелось съесть вам пизду. Я уже наловчился. Я сведу вас с ума.
— Что вы думаете об Аллене Гинзберге?
— Послушайте, не сбивайте меня. Я хочу вашего рта, ваших ног, вашего зада.
— Хорошо,— ответила она.
— Тогда до скорого. Я в спальне внизу.

Я встал, покинул ее, выпил еще. Молодой парень — по меньшей мере 6 футов и 6 дюймов ростом — подошел ко мне:
— Послушайте, Чинаски, что-то не верю я, будто вы живете на банухе, знаетесь с торговцами наркотой, сутенерами, блядьми, торчками, игроками, драчунами и алкашами...

— Отчасти это правда.

— Чушь собачья,— изрек он и отошел. Литературный критик.

Потом подошла блондиночка, лет 19, в очках без оправы и с улыбкой на лице. Улыбка с него не сползала.

— Я хочу вас выебать,— заявила она.— Все дело в вашем лице.

— Что у меня с лицом?

— Оно величественно. Я хочу уничтожить ваше лицо своей пиздой.

— Может получиться и наоборот.

— Не будьте так уверены.

— Вы правы. Пизды неуничтожимы.

Я вернулся к кушетке и начал заигрывать с ножками той, в короткой юбке и с влажными лепестками губ, ее звали Лиллиан.

Вечеринка закончилась, и я спустился с Лилли вниз. Мы разделись и сели, подпершись подушками,— пить водку и водочный коктейль. У нас было радио, и радио играло. Лилли рассказала, что много лет работала на то, чтобы ее муж смог закончить колледж, а получив кафедру, он подал на развод.

— Это невежливо,— сказал я.

— Вы были женаты?

— Да.

— И что?

— «Ментальная жестокость», судя по тому, что записано в протоколах.

— И это правда? — спросила она.

— Конечно — с обеих сторон.

Я поцеловал Лилли. Это было так хорошо, как я себе и представлял. Цветок рта раскрылся. Мы сцепились, я всосался ей в зубы. Мы разъединились.

— Я думаю, что вы,— сказала она, глядя на меня широко раскрытыми и прекрасными глазами,— один из двух-трех лучших писателей на сегодняшний день.

Я быстро потушил настольную лампу. Еще некоторое время целовал Лилли, играл с грудями и телом, затем опустился сверху. Я был пьян, однако, думаю, получилось ничего. Но после этого никак иначе не смог: всё скакал, скакал и скакал. Я был твёрд, но кончить никак не удавалось. В конце концов я скатился с нее и уснул...

Наутро Лилли, растянувшись на спине, лежала и храпела. Я сходил в ванную, поссал, почистил зубы и умылся. Потом заполз обратно в постель. Развернул ее к себе и начал играть с разными ее частями тела. Мне всегда хочется с бодуна — причем не есть хочется, а засадить. Ебля — лучшее лекарство от похмелья. Как хорошая смазка для деталей. Изо рта у нее так воняло, что губ-лепестков уже не хотелось. Я влез. Она слабо застонала. Мне вкатило. Не думаю, что впихнул ей больше двадцати раз — и кончил.

Через некоторое время я услышал, как она встала и прошла в ванную. Лиллиан. К тому времени, как она вернулась, я уже почти спал, повернувшись к ней спиной.

Через 15 минут она вылезла из постели и стала одеваться.

— Что такое? — спросил я.

— Мне пора отсюда идти. Надо детей вести в школу.

Лиллиан закрыла дверь и побежала вверх по лестнице.

Я встал, дошел до ванной и некоторое время смотрел на свое отражение в зеркале.

В десять утра я поднялся к завтраку. Там я нашел Пита и Сельму. Сельма выглядела здорово. Где только находят таких Сельм? Псам этого мира Сельмы никогда не достаются. Псам достаются только суки. Сельма подала нам завтрак. Она была прекрасна, и владел ею один человек, преподаватель колледжа. Почему-то не совсем правильно. Образованные выскочки, не подкопаешься. Образование стало новым божеством, а образованные — новыми плантаторами.

— Чертовски хороший завтрак, — сказал я им. — Большое спасибо.

— Как Лилли? — спросил Пит.

— Лилли была очень хороша.

— Сегодня вечером надо будет читать еще раз, ты в курсе. В маленьком колледже, консервативнее.

— Хорошо. Буду осторожен.

— Что читать собираешься?

— Старье, наверное.

Мы допили кофе, прошли в гостиную и сели. Зазвонил телефон, Пит ответил, поговорил, затем повернулся ко мне:

— Парень из местной газеты хочет взять у тебя интервью. Что ему сказать?

— Скажи ладно.

Пит передал ответ, затем подошел и взял мою последнюю книгу и ручку.

— Я подумал, тебе стоит что-нибудь здесь написать для Лилли.

Я раскрыл книгу на титульном листе. «Дорогая Лилли,— написал я.— Ты всегда будешь частью моей жизни...

Генри Чинаски».

9

Мы с Лидией вечно ссорились. Она была вертихвосткой, и это меня раздражало. Когда мы выходили поесть, я был уверен, что она приглядывается к какому-нибудь мужику на другом краю ресторана. Когда заходили мои друзья и у меня была Лидия, я слышал, что разговаривает она все интимнее и сексуальнее. Она всегда специально подсаживалась к моим друзьям как можно ближе. Лидию же раздражало мое пьянство. Она любила секс, а мое пьянство мешало нам заниматься любовью.

— Либо ты слишком пьян, чтобы трахаться вечером, либо слишком болеешь, чтобы трахаться утром,— говорила она. Лидия впадала в ярость, если я хоть бутылку пива при ней выпивал. Мы с нею разбегались как минимум раз в неделю — «навсегда»,— но вечно как-то умудрялись помириться. Она закончила лепить мою голову и подарила ее мне. Когда мы разбегались, я ставил голову в машину на переднее сиденье, вез к дому Лидии и оставлял у двери на крыльце. Потом шел к телефонной будке, звонил ей и говорил:

— Твоя чертова башка стоит за дверью!

Так голова ездила туда и обратно.

Мы опять расстались, и я свалил с себя эту голову. Я пил: снова свободный человек. У меня имелся молодой приятель, Бобби, довольно никакой пацан, работавший в порнографической книжной лавке. На стороне он прирабатывал фотографией. Жил в паре кварталов от меня. Бобби было трудно и с самим собой, и с его женой Вэлери. Как-то вечером он позвонил и сказал, что хочет привезти ко мне Вэлери переночевать. Отличный план. Вэлери было 22, совершенно чу́дная, с длинными светлыми волосами, безумными голубыми глазами и красивым телом. Как и Лидия, она провела некоторое время в сумасшедшем доме. Немного погодя, я услышал, как они заехали на лужайку перед моим двором. Вэлери вышла. Я вспомнил, как Бобби рассказывал мне, что когда знакомил с Вэлери своих родителей, те заметили по поводу ее платья, что, мол, оно им нравится, а она ответила:

— Ага, а как насчет остальной меня? — И задрала платье на бедрах. Трусиков на ней не было.

Вэлери постучала. Я услышал, как Бобби отъехал. Я впустил ее в дом. Выглядела она прекрасно. Я налил два скотча с водой. Ни она, ни я ни о чем не говорили. Мы выпили, и я налил еще два. После этого сказал:

— Давай, поехали в бар.

Мы сели в мою машину. Бар «Агрегат для клея» находился прямо за углом. На той неделе, правда, мне там велели больше не наливать, но, когда мы вошли, никто даже не пикнул. Мы сели за столик и заказали выпить. По-прежнему не разговаривали. Я просто смотрел в эти безумные голубые глаза. Мы сидели рядом, и я ее поцеловал. Губы ее были прохладны и приоткрыты. Я поцеловал ее еще раз, и мы прижались друг к другу ногами. Славная у Бобби жена. Бобби ненормальный, что раздает ее налево и направо.

Мы решили поужинать. Заказали себе по бифштексу, пили и целовались, пока ждали. Барменша сказала:

— О, да вы влюблены! — и мы оба рассмеялись. Когда принесли бифштексы, Вэлери сказала:

— Я свой не хочу.

— Я свой тоже не хочу,— ответил я.

Мы пили еще часик, а потом решили вернуться ко мне. Подъезжая к передней лужайке, я увидел в проезде женщину. Лидия. В руке она держала конверт. Я вышел из машины с Вэлери, и Лидия посмотрела на нас.

— Кто это? — спросила Вэлери.

— Женщина, которую я люблю,— объяснил я.

— Кто эта сука? — завопила Лидия.

Вэлери повернулась и побежала по тротуару. Я слышал ее высокие каблучки по мостовой.

— Заходи давай,— сказал я Лидии. Она вошла в дом следом за мной.

— Я пришла сюда отдать тебе это письмо и, похоже, вовремя зашла. Кто это?

— Жена Бобби. Мы просто друзья.

— Ты ведь собирался ее выебать, правда?

— Но послушай, я же ей сказал, что люблю *тебя*.
— Ты ведь собирался ее выебать, правда?
— Но послушай, детка...

Вдруг она меня толкнула. Я стоял перед кофейным столиком, а тот стоял перед тахтой. Я рухнул спиной на столик, упал чуть ли не под тахту. Услышал, как хлопнула дверь. А когда поднимался, уже завелась машина. Лидия уехала.

Сукин сын, подумал я, то у тебя аж две бабы, а через минуту — уже ни одной.

10

Я удивился наутро, когда ко мне постучалась Эйприл. Эйприл — это та, что сидела на диете и была на вечеринке у Гарри Эскота, а потом слиняла с наспидованным маньяком. Было 11 утра. Эйприл вошла и села.

— Я всегда восхищалась вашей работой,— сказала она.

Я достал ей пива и взял себе.

— Бог — это крюк в небесах,— сказала она.
— *Ладно*,— сказал я.

Эйприл была тяжеловата, но не очень жирна. Большие бедра и крупная задница, а волосы свисали прямо вниз. Что-то уже в одних ее размерах — матерых, будто и обезьяна ей была бы под силу. Ее умственная отсталость привлекала, поскольку Эйприл не играла в игры. Она закинула одну ногу на другую, показав огромные белые ляжки.

— Я посеяла зернышки помидоров в подвале того дома, где живу,— сказала опа.

— Я у тебя возьму, когда взойдут,— ответил я.

— У меня никогда не было водительских прав,— сказала Эйприл.— Моя мать живет в Нью-Джерси.

— А моя умерла,— ответил я, подошел и подсел к ней на тахту. Потом схватил и поцеловал. Пока я целовал Эйприл, она смотрела мне прямо в глаза. Я оторвался.— Давай ебаться,— сказал я.

— У меня инфекция,— ответила Эйприл.

— Чего?

— Вроде грибка. Ничего серьезного.

— А я могу заразиться?

— Выделения такие, типа молочка.

— А я могу заразиться?

— Вряд ли.

— Давай ебаться.

— Я не знаю, хочется ли мне ебаться.

— Хорошо будет. Пошли в спальню.

Эйприл зашла в спальню и начала снимать одежду. Я снял свою. Мы забрались под простыни. Я начал играть с ней и ее целовать. Потом оседлал. Очень странно. Будто пизда у нее поперек. Я знал, что я внутри, я чувствовал, что вроде должен быть внутри, но все время сползал куда-то вбок, влево. Я все горбатил и горбатил ее. Такой вот восторг. Я кончил и скатился.

Позже я отвез ее домой, и мы поднялись к ней в квартиру. Долго разговаривали, и ушел я, лишь записав номер квартиры и адрес. Проходя по вестибюлю, я узнал почтовые ящики этого дома. Я разносил сюда почту много раз, когда служил почтальоном. Я вышел к своей машине и уехал.

11

У Лидии было двое детей: Тонто, мальчик 8 лет, и Лиза, 5-летняя малышка, прервавшая нашу первую поебку. Мы сидели вместе за столом как-то вечером, ужинали. Между нами с Лидией все шло хорошо, и я оставался на ужин почти каждый вечер, потом спал с Лидией и уезжал часов в 11 на следующее утро, возвращался к себе проверить почту и писать. Дети спали в соседней комнате на водяной постели. Старый домишко — Лидия снимала его у бывшего японского борца, который теперь занялся недвижимостью. В Лидии он был очевидно заинтересован. Ну и ладно. Милый старый домишко.

— Тонто,— сказал я за едой,— ты знаешь, что когда твоя мама кричит по ночам, я ее не бью. Ты ведь знаешь, кому *на самом деле* плохо.

— Да, знаю.

— Ну так зашел бы да помог.

— Не-а. Я ее знаю.

— Слушай, Хэнк,— сказала Лидия,— не натравливай на меня детей.

— Он самая большая уродина в *мире*,— сказала Лиза.

Лиза мне нравилась. Когда-нибудь станет настоящей сексапилкой — и не просто так, а личностью.

После ужина мы с Лидией ушли в спальню и растянулись на кровати. Лидия торчала от угрей и прыщиков. У меня плохая кожа. Она придвинула лампу поближе к моему лицу и приступила. Мне нравилось. У меня от этого все зудело, а иногда вставал. Очень интимно. Иногда между выдавленными прыщами

Лидия меня целовала. Сперва она всегда трудилась над моим лицом, а потом переходила к спине и груди.

— Ты меня любишь?

— Ага.

— У-у-у, посмотри, какой!

Угорь с большим желтым хвостом.

— Славный,— сказал я.

Она лежала на мне во весь рост. Потом вдруг перестала давить и посмотрела на меня.

— Я тебя в могилу еще положу, ебарь ты жирный!

Я засмеялся. Лидия поцеловала меня.

— А я засуну тебя обратно в психушку,— сказал я.

— Перевернись. Давай спиной займусь.

Я перевернулся. Она выдавила у меня на загривке.

— У-у-у, вот хороший какой! Аж выстрелил! Мне в глаз попало!

— Очки надевать надо.

— Давай заведем маленького *Генри!* Только подумай — маленький Генри Чинаски!

— Давай обождем немного.

— Я хочу маленького *сейчас же!*

— Давай подождем.

— Мы только и делаем, что дрыхнем, жрем, валяемся да трахаемся. Как слизни. Слизневая любовь, вот как это называется.

— Мне нравится.

— Ты раньше здесь писал. Ты был занят. Ты приносил сюда чернила и рисовал свои рисунки. А теперь идешь домой и все самое интересное делаешь там. Здесь ты только ешь да спишь, а с утра первым делом уезжаешь. Тупо.

— Мне нравится.

— Мы не ходим на вечеринки уже несколько месяцев! Мне нравится встречаться с людьми! Мне *скучно!* Мне так скучно, что я уже с ума схожу! Мне хочется что-то делать! Я хочу ТАНЦЕВАТЬ! Я *жить* хочу!

— Ох, блядь.

— Ты слишком старый. Тебе только бы сидеть на одном месте да критиковать всех и вся. Ты не хочешь ничего делать. Тебе все нехорошо!

Я скатился с кровати и встал. Начал надевать рубашку.

— Что ты делаешь? — спросила она.

— Выметаюсь отсюда.

— Ну вот, пожалста! Как только что не по-твоему, ты вскакиваешь и сразу за дверь. Ты никогда не хочешь ни о чем разговаривать. Ты идешь домой и напиваешься, а на следующий день тебе так худо, что хоть ложись и подыхай. И вот *тогда* ты звонишь мне!

— Я ухожу отсюда к чертовой матери!

— Но почему?

— Я не хочу оставаться там, где меня не хотят. Я не хочу быть там, где меня не любят.

Лидия помедлила. Потом сказала:

— Хорошо. Давай, ложись. Мы выключим свет и просто будем тихо вместе.

Я помедлил. Затем сказал:

— Ну, ладно.

Я разделся целиком и залез под одеяло и простыню. Ляжкой прижался к ляжке Лидии. Мы оба лежали на спине. Я слышал сверчков. Славный тут район. Прошло несколько минут. Потом Лидия сказала:

— Я стану великой.

Я не ответил. Прошло еще несколько минут. Вдруг Лидия вскочила с кровати, вскинула руки к потолку и громко заявила:

— Я СТАНУ ВЕЛИКОЙ! Я СТАНУ ИСТИННО ВЕЛИКОЙ! НИКТО НЕ ЗНАЕТ, НАСКОЛЬКО ВЕЛИКОЙ Я СТАНУ!

— Ладно,— сказал я.

Потом она добавила уже тише:

— Ты не понимаешь. Я стану великой. Во мне больше *потенциала*, чем в тебе!

— Потенциал,— ответил я,— ни фига не значит. Надо дело делать. Почти у любого младенца в люльке больше потенциала, чем у меня.

— Но я это СДЕЛАЮ! Я СТАНУ ИСТИННО ВЕЛИКОЙ!

— Ладно, ладно,— сказал я.— А пока ложись обратно.

Лидия легла обратно. Мы не целовались. Тут уж не до секса. Я устал. Слушал сверчков. Не знаю, сколько времени прошло. Я уже почти уснул — не совсем, правда,— когда Лидия вдруг села на кровати. И завопила. Вопль был громкий.

— В чем дело? — спросил я.

— Лежи тихо.

Я стал ждать. Лидия сидела не шевелясь минут, наверное, десять. Потом снова упала на подушку.

— Я видела Бога,— сказала она.— Я только что увидела Бога.

— Слушай, ты, сука, ты с ума меня свести хочешь!

Я встал и начал одеваться. Я рассвирепел. Я не мог найти свои трусы. Да ну их к черту, подумал я. Пусть валяются, где валяются. Я надел на себя все, что у меня было, и сидел на стуле, натягивая башмаки на босые ноги.

— Что ты делаешь? — спросила Лидия.

Я не смог ей ответить и вышел в переднюю комнату. Моя куртка висела на спинке стула, я взял ее и надел. Выбежала Лидия. В голубом неглиже и трусиках. Босиком. У Лидии были толстые лодыжки. Обычно она носила сапоги, чтоб их спрятать.

— ТЫ НИКУДА НЕ ПОЙДЕШЬ! — заорала она.

— Насрать,— сказал я.— Я пошел отсюда.

Она на меня прыгнула. Обычно она бросалась на меня, когда я был пьян. Теперь же я был трезв. Я отступил вбок, и она упала на пол, перевернулась и оказалась на спине. Я переступил через нее на пути к двери. Она была в ярости, пузырилась слюна, Лидия рычала, скалила зубы. Она походила на самку леопарда. Я взглянул на нее сверху вниз. Безопаснее, когда она лежит на полу. Она испустила рык, и только я собрался выйти, как она, дотянувшись, вцепилась ногтями в рукав моей куртки, потащила на себя и содрала его прямо с руки. Рукав оторвался в плече.

— Господи ты боже мой,— сказал я,— посмотри, что ты сделала с моей новой курткой! Я ведь только что ее купил!

Я открыл дверь и выскочил наружу с голой рукой.

Только я успел отпереть машину, как услышал, что за спиной по асфальту шлепают ее босые ноги.

Я запрыгнул внутрь и запер дверцу. Нажал на стартер.

— *Я убью эту машину!* — орала она. — *Я прикончу эту машину!*

Кулаки ее колотили по капоту, по крыше, по ветровому стеклу. Я двинул машиной вперед, очень медленно, чтобы не покалечить Лидию. Мой «меркурий-комета» 62-го года развалился, и я недавно купил «фольксваген» 67-го. Я его драил и полировал. В бардачке даже метелка из перьев лежала. Я медленно выезжал, а Лидия все молотила кулаками по машине. Едва я от нее оторвался, сразу дернул на вторую. Бросив взгляд в зеркальце, я увидел, как Лидия стоит одна в лунном свете, не шевелясь, в своем голубом неглиже и трусиках. Все нутро мне корежило и переворачивало. Я болен, не нужен, печален. Влюблен в нее.

12

Я поехал к себе, начал пить. Врубил радио и нашел какую-то классическую музыку. Вытащил из чулана свою лампу Коулмэна. Выключил свет и сел забавляться с нею. С лампой Коулмэна можно много разных штук проделать. Например, погасить ее, а потом снова зажечь и смотреть, как она разгорается от жара фитиля. Еще мне нравилось ее подкачивать и нагнетать давление. А уж какое удовольствие просто на нее смотреть. Я пил, смотрел на лампу, слушал музыку и курил сигару.

Зазвонил телефон. Лидия.

— Что ты делаешь? — спросила она.

— Сижу просто так.

— Ты сидишь просто так, пьешь, слушаешь классическую музыку и играешься с этой своей проклятой лампой!

— Да.

— Ты вернешься?

— Нет.

— Ладно, пей! Пей, и пускай тебе будет хуже! Сам знаешь, эта дрянь тебя однажды чуть не прикончила. Ты больницу помнишь?

— Я ее никогда не забуду.

— Хорошо, пей, ПЕЙ! УБИВАЙ СЕБЯ! И УВИДИШЬ, НАСРАТЬ МНЕ ИЛИ НЕТ!

Лидия повесила трубку, и я тоже. Что-то подсказывало мне, что она беспокоится не столько о моей возможной смерти, сколько о своей следующей ебле. Но мне нужны каникулы. Необходим отдых. Лидии нравилось ебстись по меньшей мере пять раз в неделю. Я предпочитал три. Я встал и прошел в обеденный уголок, где на столе у меня жила пишущая машинка. Зажег свет, сел и напечатал Лидии 4-страничное письмо. Потом зашел в ванную, взял бритву, вышел, сел и хорошенько хлебнул. Вытащил лезвие и чиркнул средний палец правой руки. Потекла кровь. Я подписал свое письмо кровью.

Потом сходил к почтовому ящику на углу и сбросил конверт.

Телефон звонил несколько раз. Лидия. Она орала мне разное.

— Я пошла ТАНЦЕВАТЬ! Я не собираюсь одна тут рассиживать, пока ты там нажираешься!

Я ей сказал:

— Ты ведешь себя так, будто я не пью, а хожу с другой теткой.

— Это еще хуже!

Она повесила трубку.

Я продолжал пить. Спать совсем не хотелось. Вскоре настала полночь, потом час, два. Лампа Коулмэна все горела...

В 3.30 зазвонил телефон. Снова Лидия.

— Ты все еще пьешь?

— Ну дак!

— Ах ты сучья рожа гнилая!

— Вообще-то, как раз когда ты позвонила, я сдирал целлофан с этой вот пинты «Катти Сарк». Она прекрасна. Видела бы ты ее!

Лидия шваркнула трубкой о рычаг. Я смешал себе еще. По радио играла хорошая музыка. Я откинулся на спинку. Очень хорошо.

С грохотом распахнулась дверь, и вбежала Лидия. Задыхаясь, остановилась посреди комнаты. Пинта стояла на кофейном столике. Лидия увидела ее и схватила. Я подскочил и схватил Лидию. Когда я пьян, а она безумна, мы почти друг друга стоим. Она держала бутылку высоко в воздухе, отстраняясь от меня и пытаясь выскочить с нею за дверь. Я схватил ее за руку с бутылкой и попытался отобрать.

— ТЫ, БЛЯДЬ! ТЫ НЕ ИМЕЕШЬ ПРАВА! ОТДАЙ БУТЫЛКУ, ЕБ ТВОЮ МАТЬ!

Потом мы оказались на крыльце, мы боролись. Споткнулись на ступеньках и свалились на тротуар. Бутылка ударилась о цемент и разбилась. Лидия поднялась и побежала. Я услышал, как завелась ее машина. Я остался лежать и смотреть на разбитую бутылку. Та валялась в футе от меня. Лидия уехала. Луна все еще сияла. В донышке того, что осталось от бутылки, я разглядел еще глоток скотча. Распластавшись на тротуаре, я дотянулся до него и поднес ко рту. Длинный зубец стекла чуть не выткнул мне глаз, пока я допивал остатки. Затем я встал и зашел внутрь. Жажда была ужасна. Я походил по дому, подбирая пивные бутылки и выпивая те капли, что оставались в каждой. Из одной я порядочно глотнул пепла, поскольку пивные бутылки часто были мне пепельницами. 4.14 утра. Я сидел и наблюдал за часами. Будто снова на почте работаю. Время обездвижело, а существование стало пульсирующей непереносимой ерундой. Я ждал. Я ждал. Я ждал. Я ждал. Наконец настало 6 часов. Я пошел на угол в винную лавку. Продавец как раз открывался. Он впустил меня. Я приобрел еще одну пинту «Катти Сарк». Пришел домой, запер дверь и позвонил Лидии.

— У меня тут пинта «Катти Сарк», с которой я сдираю целлофан. Я собираюсь выпить. А винный магазин теперь будет работать целых двадцать часов.

Она повесила трубку. Я выпил стаканчик, а потом зашел в спальню, повалился на постель и уснул, даже не раздевшись.

13

Неделю спустя я ехал по бульвару Голливуд с Лидией. Развлекательный еженедельник, выходивший тогда в Калифорнии, попросил меня написать им статью о жизни писателя в Лос-Анджелесе. Я ее написал и теперь ехал в редакцию сдавать. Мы оставили машину на стоянке Мозли-сквер. Мозли-сквер — это квартал дорогих бунгало, в которых музыкальные издатели, агенты, антрепренеры и прочая публика устраивают себе конторы. Аренда там очень высокая.

Мы зашли в один из бунгало. За столом сидела симпатичная девица, образованная и невозмутимая.

— Я Чинаски,— сказал я,— и вот моя статья.

Я швырнул ее на стол.

— О, мистер Чинаски. Я всегда очень восхищалась вашей работой!

— У вас тут выпить чего-нибудь не найдется?

— Секундочку...

Она поднялась по ковровой лестнице и снова спустилась с бутылкой дорогого красного вина. Открыла ее и извлекла несколько бокалов из бара-тайника. Как бы мне хотелось залечь с нею в постель, подумал я. Но ни фига не выйдет. Однако залегает же кто-то с нею в постель регулярно.

Мы сидели и потягивали вино.

— Мы дадим вам знать по поводу статьи очень скоро. Я уверена, что мы ее примем... Но вы совсем не такой, каким я ожидала вас увидеть...

— То есть?

— У вас такой мягкий голос. Вы кажетесь таким милым.

Лидия расхохоталась. Мы допили вино и ушли. Когда мы шли к машине, я услышал оклик:

— Хэнк!

Я обернулся — в новом «мерседесе» сидела Ди Ди Бронсон. Я подошел.

— Ну, как оно, Ди Ди?

— Недурно. Бросила «Кэпитол Рекордз». Теперь вон той вот конторой заправляю.

Она махнула рукой. Еще одна музыкальная компания, довольно известная, со штаб-квартирой в Лондоне. Ди Ди раньше частенько заскакивала ко мне со своим дружком, когда у него и у меня было по колонке в одной подпольной лос-анджелесской газетке.

— Да у тебя тогда все нормально вроде,— сказал я.

— Вот только...

— Только что?

— Только мне нужен мужик. Хороший мужик.

— Ну так дай мне свой номер, и я погляжу, смогу ли тебе его найти.

— Ладно.

Ди Ди записала номер на полоске бумаги, и я сложил ее себе в бумажник. Мы с Лидией подошли к моему старенькому «фольку» и залезли внутрь.

— Ты собираешься ей позвонить,— сказала она.— Ты собираешься позвонить по этому номеру.

Я завел машину и выехал на бульвар Голливуд.

— Ты собрался звонить по этому номеру,— продолжала она.— Я просто знаю, что ты позвонишь по этому номеру!

— Хватить гундеть! — сказал я.

Похоже, впереди еще одна плохая ночь.

14

Мы снова поссорились. Я вернулся к себе, но не хотелось сидеть в одиночестве и пить. В тот вечер проходил заезд упряжек. Я взял с собой пинту и поехал на бега. Прибыл рано, поэтому успел прикинуть все цифры. К концу первого заезда пинта была, к моему удивлению, более чем наполовину пуста. Я мешал ее с горячим кофе, и шла она гладко.

Я выиграл три из первых четырех заездов. Позже выиграл еще и экзакту* и опережал долларов на 200 к концу 5-го заезда. Я сходил в бар и сыграл с доски тотализатора. В тот вечер мне выпала так называемая «хорошая доска». Лидия усралась бы, видя, как ко мне плывет столько бабок. Она терпеть не могла, когда я выигрывал на скачках, особенно если сама проигрывала.

Я продолжал пить и ставить. К концу 9-го заезда я был в выигрыше на 950 долларов и сильно пьян. Я засунул бумажник в один из боковых карманов и медленно пошел к машине.

Я сидел в ней и смотрел, как проигравшие отваливают со стоянки. Я сидел, пока машины не иссякли, и лишь тогда завел свою. Сразу же за ипподромом располагался супермаркет. Я увидел освещенную будку телефона на другом конце автостоянки, заехал и вылез. Подошел и набрал номер Лидии.

— Слушай,— сказал я,— слушай меня, сука. Я сегодня сходил на скачки упряжек и выиграл девятьсот пятьдесят долларов. Я победитель! Я всегда буду победителем! Ты меня не заслуживаешь, сука! Ты со мною в игрушки играла? Так вот, кончились игрушки! Хватит с меня! Наигрался! Ни ты мне не нужна, ни твои проклятые игры! Ты меня поняла? Приняла

---
* Экзакта — ставка на двух выбранных лошадей, которые придут 1-й, 2-й или 3-й в любой последовательности.

к сведению? Или башка у тебя совсем жиром заплыла, как твои лодыжки?

— Хэнк...

— Да.

— Это не Лидия. Это Бонни. Я сижу с детьми за Лидию. Она сегодня ушла на весь вечер.

Я повесил трубку и пошел обратно к машине.

15

Лидия позвонила мне утром.

— Каждый раз, когда ты будешь напиваться,— заявила она,— я буду ходить на танцы. Вчера вечером я ходила в «Красный зонтик» и приглашала мужчин потанцевать. У женщины есть на это право.

— Ты шлюха.

— Вот как? Так если и есть что-то похуже шлюхи — это скука.

— Если есть что-то похуже скуки — это скучная шлюха.

— Если тебе моей пизды не хочется,— сказала она,— я отдам ее кому-нибудь другому.

— Твоя привилегия.

— А после танцев я поехала навестить Марвина. Я хотела найти адрес его подружки и увидеться с ней. С Франсиной. Ты сам ведь как-то ночью ездил к его девчонке Франсине,— сказала Лидия.

— Слушай, я никогда ее не еб. Я просто слишком напился и не мог ехать домой после тусовки. Мы даже не целовались. Она разрешила мне переночевать на кушетке, а утром я поехал домой.

— Как бы то ни было, когда я доехала до Марвина, я раздумала спрашивать у него адрес Франсины.

У родителей Марвина водились деньги. Дом его стоял на самом берегу. Марвин писал стихи — получше, чем большинство. Марвин мне нравился.

— Ну, надеюсь, ты хорошо провела время,— сказал я и повесил трубку.

Не успел я отойти от телефона, как тот зазвонил снова. Марвин.

— Эй, угадай, кто ко мне вчера посреди ночи нагрянул? Лидия. Постучалась в окно, и я ее впустил. У меня на нее встал.

— Ладно, Марвин. Я понимаю. Я тебя не виню.

— Ты не злишься?

— На тебя — нет.

— Тогда ладно...

Я взял вылепленную голову и загрузил в машину. Доехал до Лидии и водрузил голову на порог. Звонить в дверь не стал и уже собрался уходить. Вышла Лидия.

— Ты почему такой осел? — спросила она.

Я обернулся.

— Ты не избирательна. Тебе что один мужик, что другой — без разницы. Я за тобой говно жрать не собираюсь.

— Я тоже за тобой говно жрать не буду! — завопила она и хлопнула дверью.

Я подошел к машине, сел и завел. Поставил на первую. Она не шелохнулась. Попробовал вторую. Ничего. Тогда я снова перешел на первую. Лишний раз проверил, снято ли с тормоза. Машина не двигалась с места. Я попробовал задний ход. Назад она поехала. Я тормознул и снова попробовал первую. Машина не двигалась. Я все еще был очень зол на Лидию. Я подумал: ну ладно же, поеду на этой злоебучке домой задом. Потом представил себе фараонов, которые меня остановят и спросят, какого это дьявола я делаю. Ну, понимаете, офицеры, я поссорился со своей девушкой и добраться до дому теперь могу только так.

Я уже не так сердился на Лидию. Я вылез и пошел к ее двери. Она втащила мою голову внутрь. Я постучал.

Лидия открыла.

— Слушай,— спросил я,— ты что, ведьма?

— Нет, я шлюха, уже забыл?

— Ты должна отвезти меня домой. Моя машина едет только *назад*. Ты эту дрянь заговорила, что ли?

— Ты что — серьезно?

— Пойдем, покажу.

Лидия вышла со мной к машине.

— Все работало прекрасно. Потом вдруг ни с того ни с сего она едет только задним ходом. Я уже домой так пилить собирался.

Я сел.

— Вот смотри.

Я завел и поставил на первую, отпустив сцепление. Машина рванулась вперед. Я поставил вторую. Она перешла на вторую и поехала еще быстрее. Перевел на третью. Машина мило катила дальше. Я развернулся и остановился на другой стороне улицы. Подошла Лидия.

— Слушай,— сказал я,— ты должна мне поверить. Еще минуту назад машина ехала только задом.

А теперь с ней все в порядке. Поверь мне, пожалуйста.

— Я тебе верю,— ответила она.— Это Бог сделал. Я верю в такие вещи.

— Это наверняка что-то значит.
— Оно и значит.

Я вылез из машины. Мы вошли к Лидии.

— Снимай рубашку и ботинки,— сказала она,— и ложись на кровать. Сначала я хочу выдавить тебе угри.

16

Бывший японский борец, теперь занимавшийся недвижимостью, продал дом. Лидии приходилось съезжать. В доме жили она, Тонто, Лиза и пес Живчик. В Лос-Анджелесе большинство хозяев вывешивает один и тот же знак: ТОЛЬКО ВЗРОСЛЫМ. С двумя детьми и собакой найти квартиру очень сложно. Лидии могла помочь только ее привлекательность. Необходим был хозяин-мужчина.

Сначала я возил их всех по городу. Без толку. Потом стал держаться подальше и оставался в машине. Все равно не срабатывало. Пока мы ездили, Лидия орала из окна:

— В этом городе есть хоть *кто-нибудь*, кто сдаст квартиру женщине с двумя детьми и собакой?

Неожиданно случай подвернулся в моем же дворе. Я увидел, как люди съезжают, и сразу пошел и поговорил с миссис О'Киф.

— Послушайте,— сказал я,— моей подруге нужно где-то жить. У нее двое детишек и собака, но все они ведут себя хорошо. Вы позволите им заселиться?

— Я видела эту женщину,— ответила миссис О'Киф.— Ты разве не замечал, какие у нее глаза? Она сумасшедшая.

— Я знаю, что она сумасшедшая. Но мне она небезразлична. У нее и хорошие качества есть, честно.

— Она же для тебя слишком молода! Зачем тебе такая молоденькая?

Я засмеялся.

Мистер О'Киф подошел сзади к жене и взглянул на меня сквозь сетчатую летнюю дверь.

— Да он пиздой одержимый, только и всего. Очень все просто, он пиздостраделец.

— Ну так как? — спросил я.

— Ладно,— ответила миссис О'Киф.— Вези...

И вот Лидия взяла напрокат прицеп, и я ее перевез. Главным образом одежда, все вылепленные Лидией головы и большая стиральная машина.

— Мне не нравится миссис О'Киф,— сказала мне Лидия.— Муж у нее вроде ничего, а сама она мне не нравится.

— Она из правильных католичек. К тому же тебе надо где-то жить.

— Я не хочу, чтобы ты пил с этими людьми. Они стремятся тебя погубить.

— Я плачу им каких-то восемьдесят пять баксов аренды в месяц. Я им как сын. Я просто обязан с ними иногда хоть пива выпить.

— Как сын — *хуйня!* Ты им почти ровесник.

Прошло недели три. Заканчивалось субботнее утро. Предыдущую ночь я у Лидии не ночевал. Я вымылся в ванне и выпил пива, оделся. Выходных я не любил. Все вываливают на улицы. Все режутся в пинг-понг, или стригут свои газоны, или драят машины, или едут в супермаркет, или на пляж, или в парк. Везде толпы. У меня любимый день — понедельник. Все возвращаются на работу, и никто глаза не мозолит. Я решил съездить на бега, несмотря на толпу. Так и суббота убьется. Я съел яйцо вкрутую, выпил еще пива и, выходя на крыльцо, запер дверь. Лидия во дворе играла с Живчиком, псом.

— Привет,— сказала она.

— Привет,— ответил я.— Я поехал на бега.

Лидия подошла ко мне.

— Послушай, ты же знаешь, что́ у тебя от бегов бывает.

Она имела в виду, что с ипподрома я всегда возвращался усталым и не мог заниматься с ней любовью.

— Ты вчера вечером напился,— продолжала она.— Ты был ужасен. Ты напугал Лизу. Я вынуждена была тебя выгнать.

— Я еду на скачки.

— Ладно, валяй, поезжай на свои скачки. Но если ты уедешь, то, когда вернешься, меня здесь уже не будет.

Я сел в машину, стоявшую на передней лужайке. Отвернул стекла и завел мотор. Лидия стояла в проезде. Я помахал ей на прощанье и выехал на улицу. Стоял славный летний денек. Я поехал в Голливуд-парк. У меня новая система. С каждой новой системой я все ближе и ближе к богатству. Дело только во времени.

Я потерял 40 долларов и поехал домой. Заехал на лужайку и вышел из машины. Обходя крыльцо на пути к своей двери, я увидел миссис О'Киф, шедшую по проезду.

— Ее нет!
— Что?
— Твоей девушки. Она съехала.

Я не ответил.

— Она наняла прицеп и загрузила свои пожитки. Она была в ярости. У нее эта большая стиральная машина, знаешь?
— Ну.
— Так вот, эта штука — тяжелая. Я б ее не подняла. А она не давала даже своему мальчишке помогать. Просто подняла сама и засунула в прицеп. Потом забрала детей, собаку и уехала. А за неделю вперед еще уплочено.
— Хорошо, миссис О'Киф. Спасибо.
— Ты сегодня выпить-то зайдешь?
— Не знаю.
— Постарайся.

Я отпер дверь и вошел. Я одалживал ей кондиционер. Тот сидел теперь в кресле возле чулана. На нем лежала записка и голубые трусики. В записке дикие каракули: «Вот твой кондиционер, сволочь. Я уехала. Я уехала насовсем, сукин ты сын! Когда станет одиноко, можешь сдрочить в эти трусики. Лидия».

Я подошел к холодильнику и достал пива. Выпил, подошел к кондиционеру. Подобрал трусики и постоял, размышляя, получится или нет. Затем сказал:

— Блядь! — и швырнул их на пол.

Я подошел к телефону и набрал номер Ди Ди Бронсон. Та была дома.

— Алло? — сказала она.
— Ди Ди,— ответил я,— это Хэнк...

17

У Ди Ди дом стоял в Голливудских Холмах. Ди Ди жила там с подругой, тоже директором, Бьянкой. Бьянка занимала верхний этаж, Ди Ди — нижний. Я позвонил. Было 8.30 вечера, когда Ди Ди открыла. Около 40, черные, коротко стриженные волосы, еврейка, хиповая, с закидонами. Она была ориентирована на Нью-Йорк, знала все имена, какие надо: нужных издателей, лучших поэтов, самых талантливых карикатуристов, правильных революционеров, кого угодно, всех. Она непрерывно курила траву и вела себя так, будто на дворе начало 60-х и Время Любви, когда она была слегка известнее и намного красивее.

Долгая серия неудачных романов окончательно ее доконала. Теперь у нее в дверях стоял я. От ее тела много чего осталось. Миниатюрна, однако фигуриста, и многие девчонки помоложе сдохли бы, только б заиметь ее фигуру.

Я вошел в дом следом за ней.

— Так Лидия, значит, отвалила? — спросила Ди Ди.

— Я думаю, она поехала в Юту. В Башке Мула на подходе танцульки в честь Четвертого июля. Она их никогда не пропускает.

Я уселся в обеденный уголок, пока Ди Ди откупоривала красное вино.

— Скучаешь?
— Господи, не то слово. Плакать хочется. У меня все кишки внутри изжеваны. Наверное, не выкарабкаюсь.
— Выкарабкаешься. Мы тебе поможем пережить Лидию. Мы тебя вытащим.
— Значит, ты знаешь, каково мне?
— Со многими из нас по нескольку раз так было.
— Начать с того, что этой суке никогда до меня не было дела.
— Было-было. И до сих пор есть.

Я решил, что лучше уж сидеть в большом доме у Ди Ди в Голливудских Холмах, чем торчать одному в собственной квартире и гундеть.

— Должно быть, я просто не очень умею с дамами,— сказал я.
— Ты с дамами достаточно умеешь,— сказала Ди Ди.— И ты отличный писатель.
— Уж лучше б я с дамами умел.

Ди Ди подкуривала. Я подождал, когда она закончит, затем перегнулся через стол и поцеловал ее.

— Мне от тебя хорошо. Лидия вечно нападала.
— Это вовсе не значит того, что ты думаешь.
— Но это может быть неприятно.
— Еще как.
— Не подыскала еще себе дружка?
— Пока нет.
— Мне тут славно. Как тебе удается в чистоте все держать?

— У нас есть горничная.

— Во как?

— Тебе понравится. Она большая и черная, и бросает работу, стоит мне уйти. Потом забирается на кровать, ест печенье и смотрит телик. Каждый вечер в постели я нахожу крошки. Я скажу ей, чтобы приготовила тебе завтрак, когда уеду утром.

— Ладно.

— Нет, постой. Завтра же воскресенье. По воскресеньям я не работаю. В ресторан поедем. Я знаю одно место. Тебе понравится.

— Ладно.

— Знаешь, наверное, я всегда была в тебя влюблена.

— Что?

— Много лет. Знаешь, когда я раньше к тебе приезжала, сначала с Берни, потом с Джеком, я всегда тебя хотела. Но ты меня никогда не замечал. Ты вечно сосал свою банку пива или бывал чем-то одержим.

— Спятил, наверное, почти совсем спятил. Почтовое безумие. Прости, что я тебя не заметил.

— Можешь заметить теперь.

Ди Ди налила еще по бокалу. Хорошее вино. Мне она нравилась. Хорошо, когда есть куда пойти, когда все плохо. Я вспомнил, как было раньше, когда все бывало плохо, а пойти некуда. Может, для меня это и полезно было. Тогда. Но сейчас меня не интересовала польза. Меня интересовало, как я себя чувствую и как перестать чувствовать себя плохо, когда все наперекосяк. Как снова почувствовать себя хорошо.

— Я не хочу тебя выебать и высушить, Ди Ди,— сказал я.— Я не всегда хорошо отношусь к женщинам.

— Я же тебе сказала, что люблю тебя.

— Не надо. Не люби меня.

— Хорошо,— ответила она.— Я не буду тебя любить, я буду тебя *почти* любить. Так сойдет?

— Вот так гораздо лучше.

Мы допили вино и отправились в постель...

18

Утром Ди Ди повезла меня на Сансет-стрип завтракать. Ее «мерседес» был черен и сиял на солнце. Мы ехали мимо рекламных щитов, ночных клубов, модных ресторанов. Я съежился на сиденье, кашлял и курил взатяжку. Я думал: что ж, бывало и хуже. В голове промелькнула сцена-другая. Однажды зимой в Атланте я замерзал, полночь, денег нет, спать негде, и я брел по ступенькам к церкви в надежде зайти внутрь и согреться. Церковные врата были заперты. В другой раз, в Эль-Пасо, я спал на скамейке в парке, а утром меня разбудил фараон, наддав по подошвам дубинкой. И все же я не переставал думать о Лидии. Все хорошее, что было в наших отношениях, крысой расхаживало по моему желудку и грызло внутренности.

Ди Ди остановила машину у элегантной забегаловки. Солнечный дворик со стульями и столиками, люди сидели и ели, беседовали и пили кофе. Мы прошли мимо черного мужика в сапогах, джинсах и с тяжелой серебряной цепью, обмотанной вокруг шеи.

Его мотоциклетный шлем, очки и перчатки лежали на столе. Он сидел с худой блондинкой в комбинезоне травяного цвета, она посасывала мизинец. В ресторане было битком. Все молодые, прилизанные, никакие. Никто на нас не таращился. Все тихонько разговаривали.

Мы вошли, и бледный худосочный юноша с крошечными ягодицами, в узеньких серебристых брючках, 8-дюймовом ремне с заклепками и сияющей золотой блузке провел нас к столику. Уши у него были проколоты, он носил крохотные голубые сережки. Его усики, словно прочерченные карандашом, казались лиловыми.

— Ди Ди,— сказал он,— что происходит?

— Завтрак, Донни.

— Выпить, Донни,— сказал я.

— Я знаю, что ему нужно, Донни. Принеси «золотого цветка», двойной.

Мы заказали завтрак, и Ди Ди сказала:

— Нужно немного подождать, чтобы приготовили. Они тут всё готовят под заказ.

— Не трать слишком много, Ди Ди.

— Это все списывается на представительские.— Она вытащила черный блокнотик: — Так, давай поглядим. Кого я приглашаю сегодня на завтрак? Элтона Джона?

— Разве он не в Африке?..

— О, правильно. Ну а как тогда насчет Кэта Стивенса?*

---

* Кэт Стивенс (Стивен Деметре Георгиу, р. 1948) — английский поп-фолк-певец, автор песен. После обращения в ислам в 1977 г. принял имя Юсуф Ислам. В США издавался звукозаписывающей компанией «Айленд».

— Это еще кто?
— Ты что, не знаешь?
— Нет.
— Так я его *открыла*. Будешь Кэтом Стивенсом.

Донни принес вышить, и они с Ди Ди поговорили. Казалось, они знают одних и тех же людей. Я же не знал никого. Меня трудновато привести в восторг. Мне было наплевать. Мне не нравился Нью-Йорк. Мне не нравился Голливуд. Мне не нравилась рок-музыка. Мне вообще ничего не нравилось. Возможно, я боялся. Вот в чем все дело — я боялся. Мне хотелось сидеть в одиночестве в комнате с задернутыми шторами. Вот от чего я тащился. Я придурок. Я ненормальный. А Лидия уехала.

Я допил коктейль, и Ди Ди заказала еще один. Я стал ощущать себя содержантом, и это было клево. Так легче развеять тоску. Нет ничего хуже, чем когда нищаешь и тебя бросает женщина. Пить нечего, работы нет, одни стены, сидишь, пялишься на них и думаешь. Так женщины на тебе отвязываются, но им самим от этого больно, и они слабнут. Или же мне просто нравилось в это верить.

Завтрак был хорош. Яйца с гарниром из разных фруктов... ананасы, персики, груши... молотые орехи, заправка. Хороший завтрак. Мы доели, и Ди Ди заказала мне еще выпить. Мысль о Лидии по-прежнему оставалась во мне, но Ди Ди была мила. Разговаривала определенно, и меня это развлекало. Она могла меня рассмешить, а мне того и подавай. Смех мой весь сидел внутри, ожидая случая вырваться ревом наружу: ХАХАХЛХАХА, о боже мой, о господи

ХАХАХАХА. Когда это произошло, стало так хорошо. Ди Ди знала кое-что о жизни. Ди Ди знала: что случилось с одним, случалось с большинством из нас. Жизни наши не так уж сильно различаются — хоть нам и нравится думать, будто это не так.

Боль странна. Кошка убивает птичку, дорожная авария, пожар... Боль нагрянет, БАХ, и вот она уже — сидит на тебе! Настоящая. И для всех, кто смотрит со стороны, ты выглядишь по-дурацки. Будто вдруг сделался идиотом. От этого нет средства, если только нет знакомого, который соображает, каково тебе и как помочь.

Мы вернулись к машине.

— Я знаю, куда тебя свозить, чтобы ты развеялся,— сказала Ди Ди. Я не ответил. За мною ухаживали, как за инвалидом. Я им и был.

Я попросил Ди Ди остановиться возле бара. По ее выбору. Бармен ее знал.

— Вот здесь,— сказала она мне при входе,— тусуются многие сценаристы. И кое-кто из мелкой театральной публики.

Я невзлюбил их всех немедленно — рассиживают с умными и высокомерными рожами. Взаимоуничтожаются. Хуже нет для писателя — знать другого писателя, а тем паче — нескольких других писателей. Как мухи на одной какашке.

— Давай возьмем столик,— сказал я. Вот он я, писатель на шестьдесят пять долларов в неделю, сижу рядом с другими писателями — теми, что на тысячу долларов в неделю. Лидия, подумал я, я уже близок. Ты еще пожалеешь. Настанет день, и я буду ходить по модным ресторанам и меня станут узнавать.

У них заведется особый столик для меня в глубине, поближе к кухне.

Мы взяли себе выпить, и Ди Ди на меня взглянула:

— Ты хорошо вылизываешь. Ты так вылизываешь, как мало кому удается.

— Лидия научила. Потом я добавил несколько штрихов от себя.

Темнокожий мальчуган вскочил и подошел к нашему столику. Ди Ди нас представила. Мальчуган был из Нью-Йорка, писал для «Вилидж войс» и других тамошних газет. Они с Ди Ди немного похлестались громкими именами, а потом он ее спросил:

— А чем твой муж занимается?

— Конюшню держу,— ответил я.— Кулачных бойцов. Четверо хороших мексиканских парней. Плюс один черный, настоящий танцор. Сколько вы весите?

— Сто пятьдесят восемь. Вы сами дрались? Судя по лицу, вам перепало изрядно.

— Перепало изрядно. Можем поставить вас в категорию сто тридцать пять. Мне нужен левша в легком весе.

— Откуда вы узнали, что я левша?

— Сигарету в левой руке держите. Приходите в спортзал на Мейн-стрит. В понедельник с утра. Начнем вас тренировать. Сигареты исключить. Погасите этого сукина сына немедленно!

— Послушайте, чувак, я же писатель. Я работаю на пишущей машинке. Вы никогда ничего моего не читали?

— Я читаю только столичные газеты — про убийства, изнасилования, результаты схваток, авиакатастрофы и Энн Лэндерс*.

— Ди Ди,— сказал он,— у меня интервью с Родом Стюартом через полчаса. Мне надо идти.— Он ушел.

Ди Ди заказала нам еще выпить.

— Почему ты не можешь относиться к людям порядочно? — спросила она.

— От страха,— ответил я.

— Вот и приехали,— сказала она и направила машину в ворота голливудского кладбища.

— Мило,— ответил я,— очень мило. О смерти-то я и забыл.

Мы немного поездили. Большинство могил возвышалось над землей. Как маленькие домики с колоннами и парадными ступенями. И в каждом — запертая железная дверь. Ди Ди остановила машину, и мы вышли. Она попробовала одну дверь. Я наблюдал, как у нее при этом виляет зад. Подумал о Ницше. Вот мы какие: германский жеребец и еврейская кобылка. Фатерлянд бы меня обожал.

Мы вернулись к «М. Бенцу», и Ди Ди притормозила перед одним из блоков побольше. Тут всех засовывали в стены. Ряды за рядами. У некоторых — цветы в вазочках, но почти все — увядшие. В нишах цве-

---

* Эстер («Эппи») Полин Фридман Ледерер (1918–2002) — американская журналистка, ведущая синдицированной колонки советов под псевдонимом «Энн Лэндерс».

тов обычно не было. В иных лежали супруг с супругой, аккуратно, рядышком. В нескольких случаях одна из двойных ниш пустовала и ждала. Во всех покойником был муж.

Ди Ди взяла меня за руку и завела за угол. Вот он, почти в самом низу, Рудольф Валентино*. Скончался в 1926-м. Долго не прожил. Я решил дожить до 80. Подумать только: тебе 80, а ебешь 18-летнюю. Только так и обжулить смерть в игре — если тут вообще можно сжульничать.

Ди Ди подняла цветочную вазочку и опустила себе в сумочку. Стандартный прикол. Тащи все, что не привязано. Все принадлежит всем. Мы вышли оттуда, и Ди Ди сказала:

— Я хочу посидеть на лавочке Тайрона Пауэра**. Он у меня любимый был. Я его обожала!

Мы пошли и посидели на лавочке Тайрона рядом с могилой. Потом встали и перешли к могиле Дугласа Фербенкса-старшего***. Хорошая. Своя лужица пруда перед надгробьем. В пруду плавали кувшинки и головастики. Мы поднялись по какой-то лестнице, и там, за могилой, тоже было где посидеть. Ди Ди и я сели. Я заметил трещину в стенке надгробья: туда и обратно сновали маленькие рыжие муравьи.

---

* Рудольф Валентино (Родольфо Гульельми ди Валенитино, 1895–1926) — американский киноактер, амплуа героя-любовника.

** Тайрон Эдмунд Пауэр-мл. (1914–1958) — американский киноактер, прославился своими романтическими ролями.

*** Дуглас Фербенкс-ст. (Дуглас Элтон Томас Уллман, 1883–1939) — американский киноактер, режиссер, сценарист и продюсер, звезда немого экрана, прославился ролями в романтических комедиях и приключенческих фильмах. Отец актера Дугласа-Фербенкса-мл. (1909–2000).

Я немного понаблюдал за ними, потом обхватил Ди Ди руками и поцеловал — хорошим, долгим-долгим поцелуем. Мы наверняка будем хорошими друзьями.

19

Ди Ди надо было встретить сына в аэропорту. Тот возвращался домой из Англии на каникулы. Ему 17, рассказала она мне, и его отец — бывший концертный пианист. Но подсел на спиды и кокс, а потом сжег себе пальцы в какой-то аварии. Играть на фортепиано больше не может. Они уже некоторое время в разводе.

Сына звали Ренни. Ди Ди рассказывала ему обо мне по телефону через всю Атлантику. Мы добрались до аэропорта, когда с рейса Ренни уже выпускали пассажиров. Ди Ди и Ренни обнялись. Он был высок и худ, довольно бледен. Прядь волос свисала на один глаз. Мы пожали руки.

Я пошел за багажом, пока Ренни и Ди Ди болтали. Он обращался к ней «мамуля». Когда мы вернулись к машине, он забрался на заднее сиденье и спросил:

— Мамуля, ты забрала мне велик?
— Заказала. Утром возьмем.
— А он хороший, мамуля? Я хочу с десятью скоростями, ручным тормозом и креплениями на педалях.
— Это хороший велосипед, Ренни.
— А ты уверена, что он будет готов?

Мы поехали обратно. Я остался на ночь. У Ренни была своя спальня.

Утром все сидели в обеденном уголке, дожидаясь прихода горничной. Ди Ди в конце концов поднялась сама готовить нам завтрак. Ренни сказал:

— Мамуля, а как разбивают яйцо?

Ди Ди взглянула на меня. Она знала, о чем я думаю. Я не проронил ни звука.

— Ладно, Ренни, иди сюда, я покажу.

Ренни подошел к плите. Ди Ди взяла яйцо:

— Видишь, просто разбиваешь скорлупу о край... вот так... и яйцо само вываливается на сковородку... вот так...

— О...

— Это легко.

— А как его готовить?

— Мы его жарим. В масле.

— Мамуля, я не могу есть это яйцо.

— Почему?

— Потому что желток растекся!

Ди Ди обернулась и посмотрела на меня. Ее глаза умоляли: «Хэнк, черт возьми, ни слова...»

Несколько утр спустя мы снова собрались в обеденном уголке. Мы ели, а горничная хлопотала на кухне. Ди Ди сказала Ренни:

— Теперь у тебя есть велосипед. Сегодня съездишь за кока-колой? Мне иногда хочется одну-другую вечером выпить.

— Но, мамуля, эти кока-колы такие тяжелые! Ты что, сама их взять не можешь?

— Ренни, я работаю весь день и устаю. Кока-колу купишь ты.

— Но, мамуля, там же горка. Мне придется через горку педали крутить.

— Нет там никакой горки. Какая еще горка?
— Ну, *глазами* ее не видно, но она там есть...
— Ренни, купишь кока-колы, ты меня понял?

Ренни встал, ушел в свою спальню и хлопнул дверью.

Ди Ди смотрела в сторону.

— Проверяет меня. Хочет убедиться, что я его люблю.

— Я куплю кока-колы,— сказал я.

— Да нет, все в порядке,— сказала Ди Ди.— Я сама.

В конце концов ее никто не купил.

Мы с Ди Ди заехали ко мне через несколько дней забрать почту и осмотреться, когда зазвонил телефон. Лидия.

— Привет,— сказала она,— я в Юте.
— Я получил твою записку,— ответил я.
— Как живешь? — спросила она.
— Нормально.
— В Юте летом славно. Ты бы приехал? В поход сходим. Все мои сестры здесь.
— Я прямо сейчас не могу.
— Почему?
— Ну, я с Ди Ди.
— С Ди Ди?
— Ну, да...
— Я знала, что ты позвонишь по этому номеру,— сказала она,— я же тебе сказала, что позвонишь!

Ди Ди стояла рядом.

— Скажи ей, пожалуйста,— попросила она,— чтобы дала мне до сентября.

— Забудь о ней,— говорила Лидия.— Ну ее к черту. Приезжай сюда со мной повидаться.

— Я же не могу все бросить только потому, что ты позвонила. А кроме того,— добавил я,— я даю Ди Ди до сентября.

— До сентября?

— Да.

Лидия завопила. Долгим громким воплем. Потом бросила трубку.

После этого Ди Ди не пускала меня домой. Как-то раз, когда мы сидели у меня и просматривали почту, я заметил, что телефонная трубка снята.

— Никогда так не делай,— сказал я Ди Ди.

Она возила меня на длинные прогулки по всему побережью. Брала путешествовать в горы. Мы ходили на гаражные распродажи, на рок-концерты, в кино, в церкви, к друзьям, на ужины и обеды, на представления иллюзионистов, пикники и в цирки. Ее друзья фотографировали нас вместе.

Путешествие на Каталину оказалось кошмарным. Я ждал вместе с Ди Ди на причале. Бодун меня мучил подлинный. Ди Ди нашла алказельцер и стакан воды. Помогло же только одно — молоденькая девчонка, сидевшая напротив. С прекрасным телом, длинными хорошими ногами и в красной мини-юбке. К этой мини-юбке она надела длинные чулки, пажи, а под низом виднелись розовые трусики. Даже туфли на высоком каблуке у нее были.

— Ты ведь на нее смотришь, правда? — спросила Ди Ди.

— Не могу оторваться.
— Она профурсетка.
— Конечно.

Профурсетка встала и пошла играть в пинбол, виляя задницей, чтобы помочь шарикам попадать куда нужно. Потом села снова, приоткрыв еще больше, чем раньше.

Гидросамолет сел, разгрузился, а затем мы вышли на пирс ждать посадки. Гидросамолет был красным, постройки 1936 года, с двумя пропеллерами, одним пилотом и 8 или 10 местами.

Если не травану в этой штуке, подумал я, можно считать, что я обул весь мир.

Девчонка в мини-юбке садиться в него не стала.

Ну почему каждый раз, когда видишь такую бабу, ты всегда с какой-то другой бабой?

Мы сели, пристегнулись.

— О,— сказала Ди Ди,— здорово! Пойду посижу с летчиком!

— Давай.

И вот мы взлетели, и Ди Ди встала и пересела к летчику. Я видел, как она болтала с ним, себя не помня. Она поистине наслаждалась жизнью — или же просто делала вид. В последнее время мне это было по барабану — это ее возбужденное жизнелюбие: меня она несколько раздражала, но по большей части я не ощущал ничего. Мне даже скучно не было.

Мы полетели и приземлились, посадка оказалась грубой, мы пронеслись низко мимо каких-то утесов, нас тряхнуло и поднялись брызги. Как в моторной лодке сидишь. Затем мы дотелепались до другого пирса, и Ди Ди вернулась и рассказала мне про гидросамолет, летчика и их беседу. Из палубы там вырезали здоровенный кусок, и она спросила пилота:

— А это безопасно?

И тот ответил:

— А черт его знает.

Ди Ди заказала нам номер в гостинице на самом берегу, на верхнем этаже. Холодильника не было, поэтому она купила пластмассовую ванночку и напихала туда льда, чтобы я мог студить пиво. Еще в номере стоял черно-белый телевизор и была ванная. Класс.

Мы пошли прогуляться вдоль берега. Туристы наблюдались двух типов: либо очень молодые, либо очень старые. Старые везде расхаживали попарно, мужчина и женщина, в сандалиях, темных очках, соломенных шляпах, прогулочных шортах и рубашках диких расцветок. Жирные и бледные, с синими венами на ногах, лица их вспухали и белели на солнце. У них все ввалилось, со скул и из-под челюстей свисали складки и мешочки кожи.

Молодые были стройны, точно их отлили из гладкой резины. Девчонки безгрудые, с крошечными задиками, а мальчишки — с нежными мягкими лицами, ухмылялись, краснели и смеялись. Однако все выглядели довольными: и студенты, и старики. Делать им было почти нечего, но они нежились на солнышке и казались осуществленными.

Ди Ди пошла по магазинам. Она ими наслаждалась — покупала бусы, пепельницы, игрушечных собачек, открытки, ожерелья, статуэтки, и похоже было, что торчит она абсолютно от всего.

— У-у-у, *смотри!* — Она беседовала с лавочниками. Похоже, те ей нравились. Она пообещала писать одной даме письма, когда вернется на большую землю. У них оказался общий знакомый, игравший на ударных в рок-группе.

Ди Ди купила клетку с двумя неразлучниками, и мы вернулись в гостиницу. Я открыл пиво и включил телевизор. Выбор был ограничен.

— Пойдем еще погуляем,— предложила Ди Ди.— Так хорошо снаружи.

— Я буду сидеть здесь и отдыхать,— сказал я.

— Ты не против, если я без тебя схожу?

— Валяй.

Она поцеловала меня и ушла. Я выключил телевизор и открыл еще пиво. На этом острове делать больше нечего — только напиваться. Я подошел к окну. На пляже подо мной Ди Ди сидела рядом с молодым человеком, счастливая, болтала, улыбалась и размахивала руками. Молодой человек ухмылялся ей в ответ. Хорошо, что я не участвую в этой фигне. Я рад, что не влюблен, что не счастлив от всего мира. Мне нравится быть со всем остальным на ножах. Влюбленные часто раздражительны, опасны. Утрачивают ощущение перспективы. Теряют чувство юмора. Превращаются в нервных, занудных психотиков. И даже становятся убийцами.

Ди Ди не было часа 2 или 3. Я немного посмотрел телевизор и на портативной машинке напечатал пару-тройку стихотворений. О любви — о Лидии. Спрятал их в чемодан. Выпил еще пива.

Потом постучалась и вошла Ди Ди.

— О, я *изумительно* провела время! Сначала я каталась на лодке со стеклянным дном. Мы видели разную рыбу в море, там до самого дна все видно! Потом я нашла другой катер, который возит людей туда, где их яхты стоят на якоре. Молодой человек разрешил мне кататься несколько часов всего за доллар! У него спина вся сгорела от солнца, и я втирала ему в спину лосьон. Он *ужасно* сгорел. Мы развозили людей по яхтам. Видел бы ты, что на яхтах за люди! Старичье в основном, ветхое старичье с молоденькими девчонками. Девчонки все в сапогах, все пьяные или накуренные, взвинченные, стонут. У некоторых стариков мальчишки были, но у большинства — девчонки, иногда по две, по три, по четыре. От каждой яхты кумаром несло, киром и развратом. Чудесно!

— В самом деле неплохо. Мне бы твой дар откапывать интересных людей.

— Съездишь завтра? Там можно весь день за доллар кататься.

— Я пас.

— Написал что-нибудь сегодня?

— Немножко.

— Хорошо?

— Этого никогда не знаешь, пока восемнадцать дней не пройдет.

Ди Ди подошла и посмотрела на попугайчиков, поговорила с ними. Хорошая она женщина. Мне нравится. По-настоящему за меня беспокоится, желает мне только добра, хочет, чтобы я хорошо писал, хорошо ебал, выглядел тоже хорошо. Я это чувствовал. Это прекрасно. Может, когда-нибудь слетаем вместе на Гавайи. Я подошел к ней сзади и поцеловал в правое ухо, возле самой мочки.

— О, *Хэнк*, — вымолвила она.

Снова в Лос-Анджелесе, после недели на Каталине мы сидели как-то вечером у меня, что необычно само по себе. Уже было очень поздно. Мы лежали на кровати, голые, когда в соседней комнате зазвонил телефон.

Лидия.

— Хэнк?
— Да?
— Где ты был?
— На Каталине.
— С ней?
— Да.
— Послушай, после того, что ты мне про нее сказал, я разозлилась. У меня был роман. С гомосексуалистом. Это было ужасно.
— Я скучал по тебе, Лидия.
— Я хочу вернуться в Л. А.
— Это хорошо.
— Если я вернусь, ты ее бросишь?
— Она хорошая женщина, но если ты вернешься, я ее брошу.
— Я возвращаюсь. Я люблю тебя, старик.
— Я тебя тоже люблю.

Мы продолжали разговаривать. Уж и не знаю, сколько мы проговорили. А когда закончили, я ушел обратно в спальню. Ди Ди вроде бы уснула.

— Ди Ди? — спросил я и приподнял ей одну руку. Очень вялая. На ощупь тело — как резина. — Хватит шуток, Ди Ди, я знаю, что ты не спишь. — Она не шевелилась. Я огляделся и заметил, что ее пузырек снотворного пуст. Раньше он был полон. Я пробовал эти таблетки. Одной хватало, чтобы тебя убаюкать, только больше похоже, будто тебя огрели по башке и похоронили заживо.

— Ты наглоталась таблеток...

— Мне... все... равно... ты к ней уходишь... мне все... равно...

Я забежал на кухню, схватил тазик, вернулся и поставил его на пол у кровати. Потом перетянул голову и плечи Ди Ди за край и засунул пальцы ей в глотку. Ее вырвало. Я приподнял ее, дал немного подышать и повторил процедуру. Проделывал то же самое еще и еще. Ди Ди блевала. Когда я приподнял ее в очередной раз, у нее выскочили зубы. Они лежали на простыне, верхние и нижние.

— У-у-у... мои жубы, — произнесла она. Вернее, попыталась произнести.

— Не беспокойся о зубах.

Я опять засунул пальцы ей в горло. Потом снова втащил на кровать.

— Я не хошю, — сказала она, — штоб ты видел мои жубы...

— Да все в порядке, Ди Ди. Они у тебя не гнилые.

— У-у-у-у...

Она ожила ровно настолько, чтобы вставить зубы на место.

— Отвези меня домой,— сказала она,— я хочу домой.

— Я останусь с тобой. Я тебя сегодня ночью одну не брошу.

— Но в конце концов бросишь?

— Давай одеваться,— сказал я.

Валентино оставил бы себе и Лидию, и Ди Ди. Потому и умер таким молодым.

20

Лидия вернулась и нашла себе миленькую квартиру в районе Бёрбанка. Казалось, я ей сейчас дороже, чем до нашего расставанья.

— У моего мужа был вот такой вот здоровый хрен, и больше ни фига не было. Ни личности, ни флюидов. Один здоровенный хуй, а он думал, что ему больше ничего и не надо. Но господи ты боже мой, какой же он был тупой! С тобой же я эти флюиды все время получаю... такая электрическая обратная связь, никогда не прекращается.— Мы лежали вместе на постели.— А я даже не знала, большой у него хрен или нет, потому что до его хрена я хренов в жизни не видала.— Она пристально в меня вглядывалась.— Я думала, они все такие.

— Лидия...
— Чего?
— Я должен тебе кое-что сказать.
— Что?
— Я должен съездить повидаться с Ди Ди.

— *Съездить повидаться с Ди Ди?*
— Не остри. Есть зачем.
— Ты же сказал, все кончено.
— Все и кончено. Я просто не хочу ее бросать слишком круто. Я хочу объяснить ей, что произошло. Люди слишком холодны друг с другом. Я не хочу ее вернуть, я просто хочу попробовать объяснить, что случилось, чтоб она поняла.
— Ты хочешь ее выебать.
— Нет, я не хочу ее выебать. Я едва ли хотел ее ебать, когда был с ней. Я просто хочу объяснить.
— Мне это не нравится. По мне, так это... звучит... *сусально*.
— Дай мне так сделать. Пожалуйста. Я просто хочу все прояснить. Я скоро вернусь.
— Ладно. Только давай скорее.

Я сел в «фольксваген», срезал угол на Фонтан, проехал несколько миль, затем свернул на север в Бронсоне и пригнал туда, где высокая арендная плата. Оставил машину снаружи, вышел. Поднялся по длинной лестнице и позвонил. Дверь открыла Бьянка. Помню, как-то вечером она открыла дверь голой, я схватил ее, и, когда мы целовались, сверху спустилась Ди Ди и спросила:
— Что тут у вас такое?
На сей раз все было не так. Бьянка спросила:
— Тебе чего надо?
— Я хочу видеть Ди Ди. Хочу с ней поговорить.
— Она больна. Очень больна. Мне кажется, тебя не следует к ней пускать вообще после того, как ты

с ней обошелся. Ты настоящий первостатейный подонок.

— Я просто хочу с нею поговорить, объяснить кое-что.

— Ладно. Она у себя в спальне.

Я прошел по коридору в спальню. Ди Ди лежала на постели в одних трусиках. Рукой она прикрывала глаза. Отличные груди. Рядом с кроватью стояла пустая пинта виски, на полу горшок. От горшка несло блевотой и пойлом.

— Ди Ди...

Она приподняла руку.

— Что? Хэнк, ты вернулся?

— Нет, постой, я просто хочу с тобой поговорить...

— О, Хэнк, я так ужасно по тебе скучала. Я чуть с ума не сошла, больно было кошмарно...

— Я хочу, чтобы тебе стало легче. Вот и зашел. Может, я глупый, но я не верю в неприкрытую жестокость...

— Ты не знаешь, каково мне...

— Знаю. Я там бывал.

— Хочешь выпить? — Она показала на бутылку.

Я взял пустую бутылку и печально поставил на место.

— В мире слишком много холода, — сказал я. — Если б только люди могли договариваться обо всем, было бы по-другому.

— Останься со мной, Хэнк. Не уходи к ней, пожалуйста. Прошу тебя. Я уже достаточно прожила, я знаю, как быть хорошей женщиной. Ты это сам понимаешь. Я буду хорошей, и с тобой, и для тебя.

— Лидия меня зацепила. Я не могу объяснить.

— Она вертихвостка. Она импульсивна. Она тебя бросит.

— Может, этим-то и берет.

— Ты хочешь шлюху. Ты боишься любви.

— Может, ты и права.

— Поцелуй меня, и все. Я ведь не слишком многого прошу — чтобы ты меня поцеловал?

— Нет.

Я растянулся с нею рядом. Мы обнялись. Изо рта у Ди Ди пахло рвотой. Она поцеловала меня, я поцеловал ее, и она прижала меня к себе. Я отстранился как можно нежнее.

— Хэнк,— сказала она.— Останься со мной! Не возвращайся к ней! Смотри, *у меня красивые ноги!*

Ди Ди подняла одну ногу и показала мне.

— И к тому же у меня хорошие лодыжки! Посмотри!

Она показала мне свои лодыжки.

Я сидел на краю кровати.

— Я не могу с тобой остаться, Ди Ди...

Она резко села и принялась меня колотить. Кулаки у нее были твердыми, как камни. Она отоваривала меня обеими руками. Я просто сидел, а она отвешивала плюхи. Мне попадало в бровь, в глаз, в лоб, по скулам. Один я даже поймал кадыком.

— Ах ты сволочь! Сволочь, сволочь, сволочь! НЕНАВИЖУ ТЕБЯ!

Я схватил ее за запястья.

— Ладно, Ди Ди, хватит.— Она упала обратно на постель, а я встал и вышел вон, по коридору и наружу.

Когда я вернулся, Лидия сидела в кресле. Лицо ее было темно.

— Тебя долго не было. Посмотри мне в глаза. Ты *ебал* ее, правда?

— Нет, неправда.

— Тебя ужасно долго не было. Смотри, она поцарапала тебе лицо!

— Говорю тебе, ничего не произошло.

— Сними рубашку. Я хочу посмотреть на твою спину.

— Ох, кончай это говно, Лидия.

— Снимай рубашку и майку.

Я снял. Она зашла мне за спину.

— Что это за царапина у тебя на спине?

— Какая еще царапина?

— Вот здесь, длинная... женским ногтем.

— Если она там есть, значит, ты ее и провела...

— Хорошо. Я знаю, как можно проверить.

— Как?

— Марш в постель.

— Хоро-*шо!*

Экзамен я выдержал, но после подумал: а как мужчине проверить женщину на верность? Несправедливо, а?

21

Я все время получал письма от одной дамы, жившей где-то в миле от меня. Она подписывалась Николь. Она писала, что прочла несколько моих книг и они ей нравятся. Я ответил на одно письмо, и она откликнулась приглашением зайти. Однажды днем, ничего не сказав Лидии, я забрался в «фольк» и поехал. Квартира у Николь располагалась в аккурат над химчисткой на бульваре Санта-Моника. Дверь вела прямо с улицы, и сквозь стекло я разглядел лестницу наверх. Я позвонил.

— Кто там? — донесся из маленького жестяного динамика женский голос.

— Я Чинаски,— ответил я. Прозудел зуммер, и я толкнул дверь.

Николь стояла на верхней площадке и смотрела вниз на меня. Культурное, чуть ли не трагическое лицо, а одета в длинное зеленое домашнее платье с низким вырезом спереди. Тело на вид казалось очень хорошим. Она смотрела на меня большими темно-карими глазами. Вокруг них собралось много-много мелких морщинок: может, от чрезмерного питья или слез.

— Вы одна? — спросил я.

— Да,— улыбнулась она,— поднимайтесь сюда.

Я поднялся. Квартира была просторной, две спальни, очень немного мебели. Я заметил небольшой книжный шкаф и стойку с пластинками классики. Я сел на тахту. Она присела рядом.

— Я только что закончила,— сказала она,— читать «Жизнь Пикассо»*.

На кофейном столике лежало несколько номеров «Ньюйоркера».

— Вам чаю приготовить? — спросила Николь.

---

* «Жизнь Пикассо» — книга английского историка искусства Джона Ричардсона.

— Я лучше схожу, возьму чего-нибудь выпить.
— Не обязательно. У меня кое-что есть.
— Что?
— Хорошее красное вино пойдет?
— Было б неплохо,— согласился я.

Николь встала и ушла в кухню. Я смотрел, как она движется. Мне всегда нравились женщины в длинных платьях. Двигалась она грациозно. Судя по всему, в ней много класса. Она вернулась с двумя бокалами и бутылкой вина и разлила. Предложила мне «Бенсон-энд-Хеджес». Я закурил.

— Вы читаете «Ньюйоркер»? — поинтересовалась она.— Они неплохие рассказы печатают.
— Не согласен.
— А что в них не так?
— Образованные слишком.
— А мне нравится.
— Да ну, говно,— сказал я.

Мы сидели, пили и курили.

— Вам нравится моя квартира?
— Да, славная.
— Мне она отчасти напоминает квартиры, которые были у меня в Европе. Мне нравится пространство, свет.
— В Европе, а?
— Да, в Греции, в Италии... В Греции главным образом.
— Париж?
— О да, мне нравился Париж. Лондон — нет.

Потом она рассказала о себе. Семья ее жила в Нью-Йорке. Отец был коммунистом, а мать — швеей в потогонной мастерской. Мать работала на передней машине, она была номер один, лучшей. Крутая и симпатичная. Николь училась сама по себе, выросла в Нью-Йорке, как-то повстречала известного врача, вышла замуж, прожила с ним десять лет, а затем развелась. Теперь она получала каких-то 400 долларов алиментов в месяц, а прожить на них трудновато. Квартира не по карману, однако слишком ей нравится, чтобы съезжать.

— Ваш стиль, — сказала она мне, — он такой грубый. Как кувалда, но в нем есть юмор и нежность...

— Ага, — сказал я.

Я поставил стакан и посмотрел на нее. Взял ее подбородок в ладонь и притянул к себе, дав ей малюсенький поцелуй.

Николь продолжала говорить. Она рассказывала довольно много интересных историй, некоторые я решил использовать сам — либо рассказами, либо стихами. Я наблюдал за ее грудями, когда она склонялась разливать. Как в кино, думал я, как, блядь, в каком-нибудь кино. Смешно даже. Такое ощущение, будто мы перед камерой. Мне нравилось. Лучше, чем ипподром, лучше, чем бокс. Мы всё пили. Николь откупорила новую бутылку. Рот у нее не закрывался. Ее легко было слушать. В каждой истории была мудрость, слышался смех. Николь производила на меня больше впечатления, чем понимала сама. Меня это слегка смущало.

Мы вышли на веранду с бокалами и стали смотреть на дневной поток машин. Она говорила о Хаксли и Лоуренсе в Италии. Какое говно. Я сказал ей, что Кнут Гамсун — величайший писатель на свете. Она взглянула на меня, изумившись, что я про него слышал, потом согласилась. Мы поцеловались на веранде, а мне в ноздри лезли выхлопные газы с улицы под нами. Ее тело хорошо ощущалось рядом с моим. Я знал, что сразу мы ебаться не будем, но знал и то, что еще вернусь сюда. Николь тоже это знала.

22

Сестра Лидии Анжела приехала в город из Юты посмотреть на новый дом Лидии. Та уже заплатила первый взнос за небольшой домик, и ежемесячные платежи теперь были маленькими. Очень выгодная покупка. Человек, продавший дом, считал, что умрет, и продал его слишком уж дешево. Там были верхняя спальня для детей и неимоверно большой задний двор, полный деревьев и зарослей бамбука.

Анжела была самой старшей из сестер, самой разумной, с самым хорошим телом и самым здравым смыслом. Она торговала недвижимостью. Но возникла проблема, куда Анжелу поселить. У нас места не было. Лидия предложила у Марвина.

— У Марвина? — переспросил я.
— Да, у Марвина,— подтвердила Лидия.
— Ладно, поехали,— сказал я.

Мы все залезли в оранжевую Дрянь Лидии. «Дрянь». Так мы называли ее машину. Она походила на танк, очень старый и уродливый. Стоял поздний вечер. Марвину мы уже позвонили. Он сказал, что будет дома весь вечер.

Мы доехали до пляжа, и там, у самой воды, стоял его домик.

— Ох,— сказала Анжела,— какой славный дом.

— К тому же он богат,— заметила Лидия.

— И пишет хорошие стихи,— добавил я.

Мы вышли из машины. Марвин сидел дома, вместе со своими бассейнами соленой воды для рыбок и своими картинами. Маслом писал он недурно. Для богатенького отпрыска он выживал очень даже ничего, он прорвался. Я всех познакомил. Анжела походила вокруг, поглядела на полотна Марвина.

— О, очень мило.— Анжела тоже писала, только не слишком хорошо.

Я захватил пива, а в кармане куртки у меня была спрятана пинта вискача, из которой я время от времени отхлебывал. Марвин вытащил еще пива, и между ними с Анжелой завязался легкий флирт. Марвин, казалось, был не прочь, а Анжела, казалось, склонялась к тому, чтоб над ним посмеяться. Он ей нравился, но недостаточно, чтобы сразу с ним ебстись. Мы пили и болтали. У Марвина были бонги, пианино и трава. Хороший удобный дом. В таком доме я мог бы писать лучше, подумал я,— больше бы везло. Здесь слышно океан и нет соседей, которые станут жаловаться на стук машинки.

Я то и дело отхлебывал из бутылки. Мы просидели часа 2–3, потом уехали. Обратно Лидия поехала по скоростной трассе.

— Лидия,— сказал я,— ты с Марвином ебась, правда?

— О чем ты говоришь?

— О том разе, когда ты ездила к нему среди ночи, одна.

— Черт бы тебя побрал, я не желаю этого слушать!
— Ну точно, ты его выебла!
— Слушай, если ты не прекратишь, я за себя не ручаюсь!
— Ты его выебла.

Анжела испуганно смотрела на нас. Лидия съехала на обочину, остановила машину и толкнула дверцу с моей стороны.

— Вылезай! — скомандовала она.

Я вылез. Машина уехала. Я пошел по обочине. Вытащил пинту и хлебнул. Я шел так минут 5, когда рядом снова остановилась Дрянь. Лидия распахнула дверцу.

— Залезай.

Я залез.

— Ни слова больше.
— Ты его ебла. Я знаю.
— О боже!

Лидия снова съехала на обочину и снова толчком распахнула дверцу.

— Вылезай!

Я вылез. Пошел по обочине. Добрел до съезда с трассы, который вел в пустынную улочку. Я спустился и пошел по ней. Было очень темно. Я заглядывал в окна некоторых домов. Очевидно, я попал в черный район. Впереди, на перекрестке, виднелись какие-то огни. Там стоял киоск с хот-догами. Я подошел ближе. За прилавком стоял черный мужик. Вокруг больше никого. Я заказал кофе.

— Проклятые бабы,— сказал я ему.— Разумом их не понять. Моя девчонка ссадила меня на трассе. Выпить хочешь?

— Конечно,— ответил тот.

Он хорошенько глотнул и передал обратно бутылку.

— У тебя телефон есть? — спросил я.— Я заплачу.
— Звонок местный?
— Да.
— Бесплатно.

Он вытащил из-под прилавка телефон и протянул мне. Я выпил и передал ему бутылку. Он взял.

Я позвонил в компанию «Желтый Кэб», дал им адрес. У моего друга было доброе и интеллигентное лицо. Иногда и посреди преисподней можно найти доброту. Мы так и передавали бутылку друг другу, пока я ждал такси. Когда такси пришло, я сел назад и дал таксисту адрес Николь.

23

После этого я вырубился. Наверное, потребил виски больше, чем думал. Я не помню, как приехал к Николь. Проснулся утром, повернутый спиной к кому-то в чужой кровати. Я посмотрел на стену у себя перед носом и увидел на ней большую декоративную букву. Буква гласила: «Н». «Н» означало «Николь». Мне было херово. Я сходил в ванную. Взял зубную щетку Николь, чуть не подавился. Умыл лицо, причесался, посрал и поссал, вымыл руки и выпил много воды из-под крана. Потом вернулся в постель. Николь встала, привела себя в порядок, вернулась. Легла ко мне лицом. Мы начали целоваться и гладить друг друга.

Я невинен по-своему, Лидия, подумал я. Я тебе верен по-своему.

Никакого орального секса. Желудок слишком расстроен. Я взгромоздился на бывшую жену знаменитого врача. На культурную путешественницу по разным странам. У нее в шкафу стояли сестры Бронтё. Нам обоим нравилась Карсон Маккаллерс. «Сердце — одинокий охотник». Я всунул ей 3 или 4 раза особенно мерзкими рывками, и она охнула. Теперь она знала писателя не понаслышке. Не очень хорошо известного писателя, конечно, однако за квартиру платить я умудрялся, и это поражало. Настанет день, и Николь окажется в одной из моих книг. Я ебал культурную суку. Я чувствовал, как приближаюсь к оргазму. Я втолкнул язык ей в рот, поцеловал ее и кончил. Скатился с нее, чувствуя себя глупо. Немного ее подержал в объятиях, потом она ушла в ванную. В Греции, наверное, ебать ее было б лучше. Америка — дерьмовое место для ебли.

После этого я навещал Николь 2–3 раза в неделю, днем. Мы пили вино, разговаривали, а иногда занимались любовью. Я обнаружил, что меня она в особенности не интересует — просто нужно чем-то заняться. С Лидией мы помирились на следующий день. Она допрашивала меня, бывало, куда я хожу днем.

— Я был в супермаркете,— отвечал я, и то была правда. Сначала я действительно заходил в супермаркет.

— Я никогда не видела, чтобы ты проводил столько времени в супермаркете.

Однажды вечером я напился и проболтался Лидии, что знаю некую Николь. Я рассказал ей, где Николь живет, но успокоил, что «ничего особенного не происходит». С какой стати черт меня дернул, не вполне ясно, да только человек пьющий порою мыслит криво...

Однажды днем я выходил из винной лавки и только-только дошел до Николь. Я нес с собой две полудюжины пива в бутылках и пинту виски. Мы с Лидией накануне опять поцапались, и я решил провести ночь с Николь. Шел я себе, уже в легкой интоксикации, как вдруг услышал, как ко мне сзади кто-то подбегает. Я обернулся. Лидия.

— Ха! — сказала она.— Ха!

Она выхватила пакет с пойлом у меня из рук и стала доставать пивные бутылки. Она била их о мостовую одну за другой. Те крупно взрывались. Бульвар Санта-Моника — очень оживленная улица. Дневное движение только начиналось. Вся эта акция происходила прямо перед дверью Николь. Потом Лидия дошла до пинты виски. Она подняла ее в воздух и завопила на меня:

— Ха! Ты собирался это выпить, а потом ЕБАТЬ ее! — Она хряснула бутылкой о цемент.

Дверь у Николь была открыта, и Лидия побежала вверх по лестнице. Николь стояла на верхней площадке. Лидия принялась лупцевать Николь своей большой сумочкой. Ремешки у сумочки были длинные, а размахивалась Лидия изо всех сил.

— Это *мой* мужчина! Он *мой* мужчина! Не лезь к моему мужчине!

Затем Лидия сбежала мимо меня вниз и выскочила на улицу.

— Боже милостивый,— сказала Николь.— Кто это?

— Это Лидия. Дай мне веник и большой бумажный пакет.

Я вышел на улицу и начал сметать битое стекло в мешок из коричневой бумаги. Эта сука на сей раз зашла слишком далеко, думал я. Схожу куплю еще пойла. Останусь на ночь с Николь — может, на пару ночей.

Я нагнулся, подбирая осколки, и тут услышал за спиной странный звук. Я обернулся. Лидия на своей Дряни. Она заехала на тротуар и теперь неслась прямо на меня со скоростью миль 30 в час. Я отскочил, машина пролетела мимо, в дюйме от меня. Доехала до конца квартала, неуклюже грохнулась с тротуара, прокатилась дальше по мостовой, на следующем углу свернула вправо и сгинула с глаз.

Я продолжал подметать стекло. Все подмел и убрал. Потом залез в свой первый кулек и нашел одну неповрежденную бутылку пива. Смотрелась она очень хорошо. Она мне в самом деле требовалась. Я уже совсем собрался открутить пробку, как из-за моей спины кто-то протянул руку и выхватил бутылку. Снова Лидия. Она подбежала к двери Николь и швырнула бутылку в стекло. Запустила ее с таким ускорением, что бутылка пролетела насквозь, как большая пуля, не разбив все стекло целиком, а оставив только круглую дыру.

Лидия сбежала вниз, а я поднялся по лестнице. Николь по-прежнему стояла на площадке.

— Ради бога, Чинаски, уезжай с нею, пока она всех тут не поубивала!

Я повернулся и вновь спустился на улицу. Лидия сидела в машине, мотор работал. Я открыл дверцу и сел. Она тронулась с места. Ни один из нас не произнес ни слова.

24

Я начал получать письма от девушки из Нью-Йорка. Ее звали Минди. Наткнулась на пару моих книжек, но лучше всего в ее письмах было то, что она редко упоминала в них о писательстве, разве только говорила, что сама она — не писатель. Она писала о разном в общем, а о мужчинах и сексе — в частности. Минди было 25, писала она от руки, почерком устойчивым и разумным, однако с юмором. Я отвечал ей и всегда радовался, находя ее письмо в ящике. У большинства людей гораздо лучше получается выговариваться в письмах, нежели в беседе, и некоторые умеют писать художественные, изобретательные письма, но стоит им попытаться сочинить стихотворение, рассказ или роман, и они становятся претенциозными.

Потом она прислала несколько фотографий. Если они не лгали, Минди была весьма хороша собой. Мы переписывались еще несколько недель, а потом она упомянула, что скоро у нее двухнедельный отпуск.

Почему бы вам не прилететь сюда? — предложил я.

Хорошо, ответила она.

Мы начали созваниваться. Наконец она сообщила дату своего прилета в международный аэропорт Лос-Анджелеса.

Буду там, сказал я ей, ничто меня не остановит.

25

Я хранил дату в уме. Сотворить раскол с Лидией — пара пустяков. Я по натуре одиночка, довольствуюсь просто тем, что живу с женщиной, ем с ней, сплю с ней, иду с ней по улице. Я не хотел никаких разговоров, никаких выходов куда-то, если не считать ипподрома или бокса. Я не понимал телевидения. Я чувствовал себя глупо, если приходилось платить деньги за то, чтобы ходить в кино и сидеть там, деля эмоции с другими людьми. От вечеринок меня тошнило. Я терпеть не мог играть в игры, тем паче — грязные, ненавидел флирт, любительскую пьянь, зануд. Но Лидию вечеринки, танцульки, мелкий треп заряжали энергией. Она считала себя сексапилкой. Но была слишком уж очевидной. Поэтому наши споры часто произрастали из моего желания никаких-людей-вообще против ее желания как-можно-больше-людей-как-можно-чаще.

За пару дней до прилета Минди я начал. Мы вместе лежали на постели.

— Лидия, да ради бога, ну почему ты такая дура? Неужели ты не понимаешь, что я одиночка? Затворник? Я таким и должен быть, чтобы писать.

— Как же ты вообще что-то узнаешь о людях, если с ними не встречаешься?

— Я уже все про них знаю.

— Даже когда мы выходим в ресторан, ты сидишь, опустив голову, ты ни на кого не *смотришь*.

— Не хочу, чтобы стошнило.

— Я *наблюдаю* за людьми,— сказала она.— Я их изучаю.

— Хрен там!

— Да ты боишься людей!

— Я их ненавижу.

— Как же ты можешь быть писателем? Ты не *наблюдаешь*!

— Ладно, я не смотрю на людей, но на квартплату зарабатываю письмом. Это покруче будет, чем баранов пасти.

— Тебя надолго не хватит. У тебя никогда ничего не выйдет. Ты все делаешь не так.

— Именно *поэтому* у меня все получается.

— *Получается?* Да кто, к чертовой матери, знает, кто ты такой? Ты знаменит, как *Мейлер?* Как *Капоте?*

— Они писать не умеют.

— Зато *ты* умеешь! Только ты, Чинаски, умеешь писать!

— Да, я таков.

— Ты знаменит? Если бы ты приехал в Нью-Йорк, тебя бы кто-нибудь узнал?

— Послушай, мне на это наплевать. Я просто хочу писать себе дальше. Мне не нужны фанфары.

— Да ты ни за что от фанфар не откажешься.

— Наверное.

— Ты любишь строить из себя знаменитость.

— Я всегда себя так вел, еще даже не начав писать.

— Ты самый неизвестный знаменитый человек, какого я только видела.

— У меня просто нет амбиций.

— Есть, но ты ленив. Ты хочешь всего и на шару. Когда вообще ты пишешь? Когда тебе это удается? Ты вечно или в постели валяешься, или пьяный, или на ипподроме.

— Не знаю. Это не важно.

— А что тогда важно?

— Тебе виднее,— сказал я.

— Ну, так я тебе скажу, что важно! — заявила Лидия.— У нас уже очень давно не было вечеринки. Я уже очень долго никаких людей не видела! Мне НРАВЯТСЯ люди! Мои сестры ОБОЖАЮТ вечеринки. Они ради вечеринки тыщу миль готовы проехать! Вот так нас вырастили в Юте! В вечеринках ничего зазорного нет. Просто люди РАССЛАБЛЯЮТСЯ и хорошо проводят время! Только у тебя в голове эта чокнутая идея засела. Ты думаешь, веселье непременно ведет к *ебле!* Господи боже мой, да люди *порядочны!* Ты просто не умеешь развлекаться!

— Мне не нравятся люди,— ответил я.

Лидия вскочила с постели.

— Господи, меня от тебя *тошнит!*

— Ладно, тогда я уступлю тебе место.

Я спустил ноги с кровати и начал обуваться.

— Уступишь место? — переспросила Лидия.— Что ты имеешь в виду — «уступишь место»?

— А то, что убираюсь отсюда к чертям!

— Ладно, но послушай-ка *вот что:* если ты сейчас выйдешь за дверь, ты меня больше не увидишь!

— Меня устраивает,— сказал я.

Я встал, подошел к двери, открыл ее, закрыл и спустился к «фольксвагену». Завелся и уехал. Я освободил место для Минди.

26

Я сидел в аэропорту и ждал. С фотографиями всегда непонятно. Точно ни за что не скажешь. Я нервничал. Хотелось сблевнуть. Я зажег сигарету и подавился. Зачем я все это делаю? Минди мне теперь не хотелось. А она уже летит аж из самого Нью-Йорка. Я знал кучу женщин. Ну сколько мне еще надо? Что я пытаюсь сделать? Новые романчики — это, конечно, будоражит, но ведь сколько работы. В первом поцелуе, в первой ёбке есть какой-то драматизм. Сначала люди всегда интересны. А потом, позже, медленно, но верно проявляются все недостатки, все безумие. Я теряю для них значение; и они значат меньше и меньше для меня.

Я стар и уродлив. Может, поэтому так хорошо вставлять в молодых девчонок. Я Кинг-Конг, а они — изящные и хрупкие. Я что — пытаюсь в трахе обойти смерть на повороте? И с молоденькими девчонками надеюсь, будто не состарюсь ни телом, ни душой? Мне просто не хочется стареть по-плохому, просто бросить все и сдохнуть еще до прихода самой смерти.

Самолет Минди приземлился и подрулил. Я чуял опасность. Женщины узнавали меня заранее, поскольку читали мои книги. Я выставлял себя напоказ. Я же о них не знал ничего. Настоящий игрок.

Меня могли убить, мне могли отрезать яйца. Чинаски без яиц. «Любовная лирика евнуха».

Я стоял и ждал Минди. Из ворот выходили пассажиры.

Ох, надеюсь, что *это* не она.

Или это.

Или в особенности вот это.

А вот эта бы в самый раз! Погляди на эти ножки, на этот задик, на эти глаза...

Одна пошла ко мне. Я надеялся, что это она и есть. Лучше всех из этой чертовой толпы. Такой удачи не бывает. Она подошла и улыбнулась:

— Я Минди.

— Я рад, что вы Минди.

— А я рада, что вы Чинаски.

— Вам надо ждать багаж?

— Да, я притащила с собой столько, что надолго хватит!

— Давайте в баре посидим.

Мы вошли в бар и нашли свободный столик. Минди заказала водку с тоником. Я заказал «водку-7». Ах, почти в гармонии. Зажег ей сигарету. Она выглядела прекрасно. Почти девственно. В это было трудно поверить. Маленькая, светловолосая и безупречно сложенная. Больше естественная, чем изощренная. Я понял, что легко смотреть ей в глаза,— они у нее зелено-голубые. В ушах 2 крошечные сережки. И носит высокие каблуки. Я писал Минди, что высокие каблуки меня возбуждают.

— Ну что,— спросила она,— страшно?

— Уже не очень. Вы мне нравитесь.

— Вы в жизни гораздо лучше, чем на фотографиях,— сказала она.— Мне вовсе не кажется, что вы уродина.

— Спасибо.

— О, я не хочу сказать, что вы красавчик — в общепринятом смысле. У вас лицо доброе. А глаза — глаза прекрасны. Дикие, безумные, как будто зверь какой-то выглядывает из горящего леса. Господи, ну что-то типа этого. Я неуклюже выражаюсь.

— Я думаю, вы прекрасны,— сказал я.— И очень милы. Мне с вами хорошо. Мне кажется, хорошо, что мы вместе. Допивайте. Нам нужно еще по одной. Вы похожи на свои письма.

Мы выпили по второй и спустились за багажом. Я гордился тем, что иду с Минди. Она ходила со стилем. Столько женщин с хорошими телами ползает, как навьюченные каракатицы. Минди текла.

Все это чересчур хорошо, не мог не думать я. Так просто не бывает.

Приехав ко мне, Минди приняла ванну и переоделась. Вышла в легком голубом платьице. Еще она изменила прическу — самую малость. Мы сидели вместе на тахте, с водкой и водочным коктейлем.

— Ну,— сказал я,— мне по-прежнему страшновато. Я сейчас немного напьюсь.

— А у вас — точно так, как я себе представляла,— сказала она.

Она смотрела на меня и улыбалась. Я протянул руку и, коснувшись ее затылка, чуть-чуть придвинул к себе и слегка поцеловал.

Зазвонил телефон. Лидия.

— Что ты делаешь?
— Я с другом.
— Это баба, не так ли?
— Лидия, между нами все кончено,— сказал я.— Ты сама это знаешь.
— ЭТО БАБА, НЕ ТАК ЛИ?
— Да.
— Ну, хорошо.
— Хорошо. До свиданья.
— До свиданья,— сказала она.

Голос Лидии внезапно успокоился. Мне получшело. Ее неистовство пугало меня. Она вечно утверждала, что ревнивый — я, и я в самом деле частенько ревновал, но, когда видел, что все идет вперекос, мне становилось противно, и я отваливал. Лидия была не такой. Она давала сдачи. Она была Главной Заводилой в Игре Насилия.

Но теперь по голосу я понял, что она сдалась. Водился за ней такой тон.

— Это была моя бывшая,— сказал я Минди.
— Все кончено?
— Да.
— Она вас до сих пор любит?
— Думаю, да.
— Тогда не кончено.
— Кончено.
— Мне остаться?
— Конечно. Прошу вас.
— Вы не просто мной пользуетесь? Я читала ваши любовные стихи... к Лидии.
— Я *был* влюблен. И я вас не использую.

Минди прижалась ко мне всем телом и поцеловала меня. Долгий поцелуй. Хуй у меня поднялся. В последнее время я принимал много витамина Е. У меня по части секса свои соображения. Я постоянно был на взводе и продолжительно дрочил. Я занимался с Лидией любовью, затем возвращался к себе и утром мастурбировал. Мысль, будто секс — это запретно, возбуждала меня сверх всякой меры. Так, словно один зверь ножом до смерти пугает другого.

Я кончал будто бы перед лицом всего пристойного, белая сперма каплет на головы и души моих умерших родителей. Если б родился женщиной — наверняка стал бы проституткой. Коль скоро я родился мужчиной, я хотел женщин постоянно — чем ниже, тем лучше. Однако женщины — хорошие женщины — пугали меня, поскольку, в конечном итоге, требовали себе всю душу, а то, что еще оставалось от моей души, я хотел сберечь. В основном я желал проституток, бабья попроще, ибо они беспощадны и жестки и не требуют ничего личного. Когда они уходят, я ничего не теряю. И в то же время я жаждал нежной, доброй женщины, невзирая на ошеломительную цену. Пропал, как ни крути. Сильный мужик отказался бы и от тех, и от этих. Я не был сильным. Поэтому продолжал сражаться с женщинами — с самой идеей женщин.

Мы с Минди допили бутылку и отправились в постель. Я некоторое время целовал ее, затем извинился и отодвинулся. Слишком надрался. Любовничек, блядь. Наобещал множество великих переживаний в ближайшем будущем и уснул, а она прижималась ко мне всем телом.

Наутро я проснулся в отвращении. Взглянул на Минди, нагую рядом. Даже теперь, после пьянства, она была чудом. Никогда не знал я девушки столь прекрасной и в то же время — столь нежной и умной. Где ее мужчины? В чем они облажались?

Я ушел в ванную и попытался привести себя в порядок. От «Лавориса» чуть не стошнило. Я побрился и немного побрызгался лосьоном. Смочил волосы и причесался. Подошел к холодильнику, вытащил «7-АП» и выпил всю банку.

Я вернулся к постели и снова туда залез. Минди была теплой — тело ее было теплым. Казалось, она спит. То, что надо. Я потерся губами о ее губы, мягко-мягко. Хер мой встал. Я чувствовал ее груди. Взял одну и пососал. Сосок отвердел. Минди шевельнулась. Я опустил руку, ощупал ее живот, дотянулся до пизды. Начал потирать ее, очень легко.

Словно заставить раскрыться бутон розы, подумал я. В этом есть смысл. Это хорошо. Словно два насекомых в саду медленно приближаются друг к другу. Самец пускает свои медленные чары. Самка медленно раскрывается. Мне нравится, нравится. Два жучка. Минди раскрывается, влажнеет. Она прекрасна. Я влез на нее. И засунул, прижавшись ртом к ее рту.

27

Мы пили весь день, и в тот вечер я снова попытался заняться с Минди любовью. Но вот что меня поразило и привело в замешательство: у Минди была крупная пизда. Сверхкрупная просто. Прошлой ночью я не заметил. Трагедия. Величайший порок женщины. Я все трудился и трудился. Минди лежала так, будто ей это нравится. Я молился, чтоб ей нравилось. Меня прошиб пот. Заболела спина. Все поплыло перед глазами, затошнило. Пизда же ее, казалось, становилась все больше. Я ничего не чувствовал. Как будто пытаешься выебать большой и просторный бумажный кулек. Я едва касался стенок ее влагалища. Агония, упорная работа без малейшей награды. Мне было гнусно. Не хотелось ее обижать. Я отчаянно хотел кончить. Дело не только в пьянстве. Пьяным я работал получше многих. Я слышал собственное сердце. Я чувствовал его. Я чувствовал его в груди. Я ощущал его в горле. В голове. Я не мог этого вынести. Я скатился с Минди, хватая ртом воздух.

— Прости меня, Минди, Господи Иисусе, мне очень жаль.

— Все в порядке, Хэнк,— ответила она.

Я перевернулся на живот. От меня несло по́том. Я встал и налил в два стакана. Мы сели в постели и выпили бок о бок. Я не понимал, как мне удалось кончить в первый раз. У нас проблема. Такая красота, нежность и доброта — а у нас проблема. Я не способен сказать Минди, в чем дело. Я не знал, как сообщить Минди, что у нее большая пизда. Может, ей никто никогда не говорил.

— Все будет лучше, когда я не буду столько пить,— сказал я.

— Пожалуйста, не волнуйся, Хэнк.

— Ладно.

Мы уснули или же сделали вид, что уснули. Я-то уснул в конце концов...

28

Минди прожила у меня с неделю. Я познакомил ее со своими друзьями. С нею мы всюду бывали. Но ничего не решилось. Я не мог словить оргазм. Ее, казалось, это не обламывало. Что и странно.

Около 10.45 как-то вечером Минди в передней комнате пила и читала журнал. Я валялся на кровати в одних трусах, пьяный, курил, полный стакан стоял на стуле. Я таращился в голубой потолок, ничего не чувствуя и ни о чем не думая.

В дверь постучали.

Минди спросила:

— Открыть?

— Конечно,— ответил я,— валяй.

Я слышал, как Минди открывает дверь. Затем послышался голос Лидии:

— Просто зашла посмотреть, что у меня за соперница.

О, подумал я, вот это *мило*. Сейчас встану, налью им обеим по стаканчику, мы все вместе выпьем и поговорим. Мне нравится, если мои женщины понимают друг друга.

Потом я услышал, как Минди закричала. И Лидия закричала. Я слышал возню, кряхтенье, падение тел. Переворачивалась мебель. Минди завопила снова, будто на нее напали. Завопила Лидия — как тигрица, идущая на убийство. Я выпрыгнул из кровати, собираясь их разнять. Вбежал в комнату в одних трусах. Там имела место безумная сцена с выдиранием волос, плевками и царапаньем. Я подбежал растащить моих баб, но, споткнувшись о собственный ботинок на ковре, тяжело грохнулся. Минди выскочила за дверь, Лидия — следом. Они побежали по дорожке к улице. Я услышал еще один вопль.

Прошло несколько минут. Я встал и прикрыл дверь. Очевидно, Минди спаслась, поскольку неожиданно вошла Лидия. Она села в кресло около двери. Взглянула на меня.

— Извини. Я описялась.

И в самом деле. В промежности у нее растеклось темное пятно, и одна штанина вся вымокла.

— Да ладно,— сказал я.

Я налил Лидии, и она просто сидела, держа стакан в руке. Свой я удержать не мог. Ни она, ни я не говорили ни слова. Немного погодя к нам постучали. Я встал в одних трусах и открыл. Мой огромный, белый, дряблый живот переваливался за резинку трусов. В дверях стояли двое полицейских.

— Здрасьте,— сказал я.

— Мы по вызову о нарушении тишины и порядка.

— Это просто небольшой семейный спор,— сказал я.

— Подробности нам тоже сообщили,— сказал фараон, стоявший ко мне поближе.— Там было две женщины.

— Обычно так и бывает,— ответил я.

— Хорошо,— сказал первый.— Я только хочу задать вам один вопрос.

— Ну.

— Какую из них вы хотите?

— Я возьму вот эту.— Я показал на Лидию в кресле, всю обоссанную.

— Хорошо, сэр, вы уверены?
— Уверен.
Полицейские ушли, и я остался с Лидией снова.

29

Наутро зазвонил телефон. Лидия уехала к себе. Звонил Бобби — паренек, что жил в соседнем квартале и работал в порнографическом книжном магазине.

— Минди у меня. Она хочет, чтобы ты пришел и поговорил с нею.
— Ладно.

Я пришел с 3 бутылками пива. На Минди были высокие каблуки и черный просвечивавший наряд из «Фредерикса». Он напоминал кукольное платье, и сквозь него виднелись черные трусики. Лифчика на ней не было. Вэлери куда-то девалась. Я сел и свернул пробки с пивных бутылок, всем раздал.

— Ты возвращаешься к Лидии, Хэнк? — спросила Минди.
— Извини, да. Я вернулся.
— Какая же это гниль. Я думала, у вас с Лидией всё.
— Я тоже так думал. Бывает, что складывается очень странно.
— Вся моя одежда осталась у тебя. Надо будет прийти забрать.
— Конечно.
— Ты уверен, что она уехала?
— Да.

— Она как мужик, эта баба, как настоящая лесбуха.

— Не думаю, что она лесбиянка.

Минди встала и вышла в ванную. Бобби посмотрел на меня.

— Я ее отымел,— сказал он.— Она не виновата. Ей некуда было больше пойти.

— Я ее и не виню.

— Вэлери взяла ее с собой во «Фредерикс», настроение поднять, они купили ей новый наряд.

Минди вышла из ванной. Она там плакала.

— Минди,— сказал я,— мне пора.

— Я за одеждой потом зайду.

Я поднялся и вышел за дверь. Минди вышла следом.

— Обними меня,— сказала она.

Я ее обнял. Она плакала.

— Ты *никогда* не забудешь меня... *никогда!*

Я пошел к себе пешком, размышляя: интересно, Бобби действительно ебал Минди? Чем они с Вэлери только не занимались. Наплевать на их отсутствие обычных чувств. Дело в том, *как* они всё делали, не показывая никаких эмоций: так кто-нибудь другой мог зевнуть или сварить картошку.

30

Ради умиротворения Лидии я согласился съездить в Башку Мула, штат Юта. Ее сестра ушла в поход в горы. Вообще-то сестры владели там почти всей землей. По наследству от отца досталась. Глендолина, одна из сестер, поставила в лесах палатку. Она писала роман «Дикарка с гор». Приезда остальных ждали со дня на день. Мы с Лидией прибыли первыми. У нас была крошечная армейская палатка на двоих. Мы втиснулись в нее в первую ночь, и комары втиснулись туда вместе с нами. Ужасно.

На следующее утро мы сидели вокруг походного костра. Глендолина с Лидией готовили завтрак. Я купил припасов на 40 долларов, что включало несколько полудюжин пива. Я положил их остужаться в горный ручей. Мы доели завтрак. Я помог сестрам с тарелками, а потом Глендолина извлекла свой роман и стала нам читать. По правде говоря, он был неплох, только уж очень непрофессионален и требовал огранки. Глендолина подразумевала, что читатель так же зачарован ее жизнью, как и она сама, а это — смертельная ошибка. Другие ее смертельные ошибки слишком многочисленны, чтоб их тут упоминать.

Я сходил к ручью и вернулся с 3 бутылками пива. Девчонки отказались, пива им не хотелось. Они были сильно против пива. Мы обсудили роман Глендолины. Я уже вычислил, что все, кому хочется читать свои романы вслух, неминуемо неблагонадежны. Если *это* — не старый добрый поцелуй смерти, то его тогда вообще не существует.

Разговор сменил русло, и девчонки защебетали о мужиках, вечеринках, танцульках и сексе. У Глендолины был высокий возбужденный голос, и смеялась она нервно, беспрерывно смеялась. Далеко за сорок, довольно жирная и очень неопрятная. Помимо этого, как и я сам, она была страхолюдиной.

Глендолина говорила без передыху, должно быть, час с лишним — и об одном только сексе. Перед глазами у меня все поплыло. Она размахивала руками над головой:

— Я ДИКАРКА С ГОР! О ГДЕ, О ГДЕ ТОТ МУЖЧИНА, ТОТ НАСТОЯЩИЙ МУЖЕСТВЕННЫЙ МУЖЧИНА, ЧТО ВЗЯЛ БЫ МЕНЯ?

Ну, здесь его определенно нет, подумал я.

Я взглянул на Лидию:

— Пошли погуляем.

— Нет,— ответила она,— я хочу вот эту книгу почитать.— Книга называлась «Любовь и оргазм: революционный путеводитель полового осуществления».

— Хорошо,— сказал я,— тогда я один схожу.

Я дошел до горного ручья. Сунул в него руку и достал еще бутылку, открыл и сел выпить. Я в этих горах — как в капкане, да еще с двумя ненормальными бабами. Они отнимают всю радость у ебли, болтая о ней постоянно. Мне тоже нравится ебстись, но ебля ведь для меня — не религия. В ней чересчур много смешного и трагичного. Люди вообще толком не понимают, как с ней обращаться, поэтому превратили в игрушку. В игрушку, разрушающую их самих.

Самое главное, решил я, найти подходящую женщину. Но как? У меня с собой был красный блокнотик и ручка. Я нацарапал в нем медитативный стишок. Затем подошел к озеру. «Выгоны Вэнсов» называлось это место. Сестры владели большей его частью. Мне требовалось посрать. Я снял штаны и присел в кустарнике с мухами и комарами. Городскими удобствами я смогу воспользоваться в любое время. Здесь же нужно подтираться листвой. Я подошел к озеру и сунул ногу в воду. Холодная как лед.

Будь мужчиной, старик. Заходи.

Кожа у меня белая, как слоновая кость. Я чувствовал, что очень стар, очень мягкотел. Я двинулся в ледяную воду. Зашел по пояс, затем глубоко вдохнул и прыгнул вперед. Залез целиком! Ил взвихрился со дна и набился мне в уши, в рот, в волосы. Я стоял в грязной воде, стуча зубами.

Я долго ждал, пока вода осядет и успокоится. Потом зашагал назад. Оделся и стал пробираться вдоль берега. Дойдя до конца, услышал что-то похожее на шум водопада. Я зашел в чащу, продираясь на звук. Пришлось огибать какие-то скалы, овраг. Звук все приближался. Вокруг роились мухи и комары. Мухи были крупными, злыми и голодными, гораздо крупнее городских, и отлично понимали, чем следует питаться.

Я продрался сквозь густые кусты, и вот он — мой первый в жизни, ей-богу-настоящий, водопад. Вода просто-напросто текла с горы и переливалась через скальный уступ. Он был прекрасен. Вода все шла и шла. Эта вода притекала откуда-то. И куда-то утекала. Вероятно, к озеру вели 3 или 4 ручья.

Наконец мне надоело смотреть на него, и я решил вернуться. Кроме того, я решил пойти другой дорогой, напрямик. Я пробрался на ту сторону озера и свернул к лагерю. Я примерно знал, где он. Мой красный блокнот по-прежнему был со мной. Я остановился, написал еще одно стихотворение, менее медитативное, и пошел дальше. Я все шел и шел. Лагерь не появлялся. Я прошел еще немного. Огляделся, ища глазами озеро. И озера найти не смог — я не знал, где оно. Внезапно меня осенило: я ЗАБЛУДИЛСЯ. Эти ебучие ебливые суки свели меня с ума, и я теперь ЗАБЛУДИЛСЯ. Я огляделся. Поодаль стояли горы, меня окружали только деревья и кусты. И никакого центра, никакой точки отсчета, никакой связи ни с чем. Я перепугался, по-настоящему перепугался. Зачем я разрешил им увезти себя из города, из моего Лос-Анджелеса? Там мужику можно вызвать такси, позвонить по телефону, там есть разумные решения разумных проблем.

Выгоны Вэнсов расстилались вокруг меня на многие, многие мили. Я выкинул красный блокнот. Что за смерть для писателя! Я уже видел в газете:

ГЕНРИ ЧИНАСКИ, МЕЛКИЙ ПОЭТ, НАЙДЕН МЕРТВЫМ В ЛЕСАХ ЮТЫ

Генри Чинаски, бывший почтовый служащий, ставший писателем, вчера днем был найден в разложившемся состоянии лесником У. К. Бруксом-мл. Возле останков также обнаружен небольшой красный блокнот, содержащий, очевидно, последнее произведение, написанное мистером Чинаски.

Я пошел дальше. Вскоре я очутился в каком-то болоте, полном воды. То и дело нога проваливалась в трясину по колено, и мне приходилось себя вытягивать.

Я дошел до изгороди из колючей проволоки. Я сразу же понял, что через нее лезть не нужно. Я знал, что это будет неправильно, только выбора, похоже, не осталось. Я перелез, встал, сложив ладони в рупор, и заорал:

— ЛИДИЯ!

Ответа не было.

Я попробовал еще раз:

— ЛИДИЯ!

Голос мой звучал очень скорбно. Голос труса.

Я двинулся дальше. Славно будет, думал я, вернуться к сестренкам, слушать, как они смеются и над сексом, и над мужиками, и над танцульками с вечеринками. Славно будет слышать голос Глендолины. Запускать руку в длинные волосы Лидии. Я стану преданно брать ее на все посиделки в городе. Я даже буду танцевать со всеми женщинами и отпускать блистательные шуточки обо всем на свете. Я выдержу всю эту недоразвитую говенную бредятину с улыбкой. Я почти что слышал собственный голос: «Эй, да это *великолепная* мелодия! Кто хочет по-настоящему *пошевелиться?* А ну, кто хочет *буги* сбацать?»

Я шел по болоту дальше. Наконец достиг сухой земли. Выбрался на дорогу. Всего-навсего старая грунтовка, но как приятно смотреть на нее. Я видел следы шин, отпечатки копыт. Над головой даже тянулись провода, несли куда-то электричество. Нужно просто-напросто идти за этими проводами. Я шел по дороге. Солнце стояло высоко — должно быть, уже полдень. Я шел дальше, как дурак.

Я добрался до запертых ворот посреди дороги. Что это означает? Сбоку маленькая калитка. Очевидно, ворота не пускают скот. Но где этот скот? Где владелец скота? Может, он наезжает сюда только раз в полгода.

Макушка у меня начала раскалываться. Я поднял руку и пощупал то место, куда мне навернули дубинкой в филадельфийском баре 30 лет назад. Остался шрам. Теперь этот шрам, пропеченный солнцем, распух. Выпирал небольшим рогом. Я отковырял кусочек и бросил на дорогу.

Я шел еще час, потом решил повернуть назад. Значит, придется тащиться обратно весь путь, однако я чувствовал, что сделать это надо. Я снял рубашку и обмотал ею голову. Раз или два я останавливался и вопил:

— ЛИДИЯ! — Ответа не было.

Через некоторое время я добрел до тех самых ворот снова. Нужно лишь обойти их, но кое-что меня не пускало. Оно стояло перед воротами, футах в 15 от меня. Маленькая важенка, олененок, что-то типа того.

Я медленно двинулся к нему. Оно не пошевелилось. Пропустит или нет? Казалось, оно меня совсем не боится. Наверное, чует мое смятение, мою трусость. Я подходил все ближе. Оно никак не уступало мне дорогу. У него были большие прекрасные карие глаза — прекраснее глаз любой женщины, что я когда-либо встречал. Невероятно. Я стоял от него в 3 футах, уже готовый сдать назад, когда оно рванулось с места и сигануло с дороги в леса. Оно было в отличной форме — бегать умело еще как.

Дальше по дороге я услышал, как где-то течет вода. Вода мне нужна. Без воды ведь долго не протянешь. Я сошел с дороги и двинулся на шум. На пути стоял травянистый пригорок, и, перевалив через него, я ее увидел: вода лилась из нескольких цементных труб в стене плотины в нечто вроде водохранилища. Я уселся на край и снял ботинки с носками, закатал штанины и сунул ноги в воду. Потом полил себе на голову. Потом попил — но не слишком много и не слишком быстро, совсем как в кино.

Немного придя в себя, я заметил пирс, выступавший в водохранилище. Я вышел туда и наткнулся на большой железный ящик, привинченный к стенке пирса. Он был заперт на засов. Там, внутри, вероятно, телефон! Я мог бы позвонить и вызвать подмогу!

Я сходил, нашел камень побольше и начал сбивать замок. Тот не поддавался. Что, к дьяволу, сделал бы на моем месте Джек Лондон? Что бы сделал Хемингуэй? Или Жан Жене?

Я продолжал колотить камнем по замку. Время от времени я промахивался и попадал по замку или по ящику рукой. Содрал кожу, потекла кровь. Я собрался с силами и нанес замку один последний удар. Дужка отскочила. Я снял замок и открыл железную дверцу. Телефона внутри не было. Внутри были какие-то переключатели и какие-то толстые кабели. Я сунул туда руку, коснулся провода — и меня ужасно тряхнуло. Затем я потянул на себя выключатель. Заревела вода. Из 3 или 4 дыр в цементной стене плотины ударили гигантские белые струи. Я дернул второй переключатель. Еще три или четыре дырки открылись, выпуская тонны воды. Я потянул за третий — и вся плотина дрогнула. Я стоял и смотрел, как вырывается вода. Может, у меня получится устроить наводнение, приедут ковбои на лошадях или в маленьких видавших виды пикапах и спасут меня. Я уже видел заголовок:

ГЕНРИ ЧИНАСКИ, МЕЛКИЙ ПОЭТ, ТОПИТ ШТАТ ЮТА, СПАСАЯ СВОЮ НЕЖНУЮ ЛОС-АНДЖЕЛЕССКУЮ ЖОПУ.

Я решил, что лучше не стоит. Вернул все переключатели, как были, закрыл железный ящик и повесил на место сломанный замок.

Я ушел от водохранилища, чуть повыше отыскал еще одну дорогу и двинулся по ней. Казалось, по ней ходили чаще. Я шел. Никогда я так не уставал. Глаза едва видели. Вдруг навстречу мне попалась маленькая девчушка лет 5. В синем платьице и белых туфельках. Похоже, меня она испугалась. Я постарался выглядеть приятным и дружелюбным, бочком придвигаясь к ней.

— Девочка, не уходи. Я ничего плохого тебе не сделаю. Я ЗАБЛУДИЛСЯ! Где твои *родители?* Девочка, отведи меня к своим *родителям!*

Маленькая девочка ткнула куда-то пальцем. На дороге впереди я увидел трейлер, а рядом — машину.

— ЭЙ! Я ЗАБЛУДИЛСЯ! — закричал я. — ГОСПОДИ, КАК ЖЕ Я РАД, ЧТО ВАС УВИДЕЛ!

Из-за трейлера вышла Лидия. Из волос торчали красные бигуди.

— Иди сюда, хлюздя городская, — сказала она. — Пошли домой.

— Я так рад тебя видеть, детка, поцелуй меня!

— Нет. Иди за мной.

Лидия пустилась бегом футах в 20 впереди. За такой не угонишься.

— Я спросила этих, в трейлере, не видали они поблизости парня из города,— крикнула она через плечо.— Они сказали, что нет.

— Лидия, я *люблю* тебя!

— Давай быстрей! Как ты медленно!

— Постой, Лидия, *подожди!*

Она сиганула через колючую проволоку. У меня не получилось. Я запутался в колючках. Я не мог пошевелиться. Как корова в мышеловке.

— ЛИДИЯ!

Она вернулась со своими красными бигудями и стала отцеплять меня от проволоки.

— Я пошла по твоему следу. Нашла твой красный блокнотик. Ты специально заблудился, потому что тебе моча в голову стукнула.

— Нет, я заблудился из невежества и страха. Я незавершенная личность — я городская личность с задержкой в развитии. Я в какой-то степени — моросливый говенный неудачник, которому нечего предложить.

— Господи,— сказала она,— ты думаешь, *я* этого не знаю? — и освободила меня от последней колючки.

Я припустил за Лидией. Мы снова были вместе.

31

Через 3 или 4 дня я должен был лететь на чтения в Хьюстон. Я съездил на бега, надрался там, а после поехал в бар на бульваре Голливуд. Вернулся домой в 9 или 10 вечера. Идя через спальню к ванной, зацепился за телефонный шнур. Упал и ударился об угол кровати — стальной край рамы, острый, как лезвие ножа. Поднявшись на ноги, я увидел, что чуть выше лодыжки у меня глубокая рана. Кровь хлестала на ковер, и за мной в ванную тянулась кровавая полоса. Кровь лилась на кафель, и я везде оставлял следы.

В дверь постучали, и я впустил в дом Бобби.

— Святый боже, чувак, что стряслось?

— Это СМЕРТЬ,— сказал я.— Я истекаю кровью до смерти...

— Дядя,— сказал он,— ты бы сделал что-нибудь с ногой.

Постучалась Вэлери. Ее я тоже впустил. Она завопила. Я налил по одной Бобби, Вэлери и себе. Зазвонил телефон. Лидия.

— Лидия, маленькая моя, я истекаю кровью!

— У тебя опять драматический приход?

— Нет, я истекаю кровью до смерти. Спроси Вэлери.

Вэлери взяла трубку.

— Это правда. Он раскроил себе лодыжку. Тут кровища повсюду, а он ничего не хочет делать. Лучше приезжай...

Когда Лидия приехала, я сидел на тахте.

— Смотри, Лидия: СМЕРТЬ! — Из раны свисали крохотные сосудики, похожие на спагетти. Я за них дергал. Потом взял сигарету и стряхнул в рану пепел.— Я МУЖЧИНА! Дьявольщина, я МУЖЧИНА!

Лидия сходила, нашла где-то перекиси водорода и залила рану. Славно. Из раны ринулась белая пена. Она шипела и пузырилась. Лидия подбавила еще.

— Тебе бы лучше в больницу,— посоветовал Бобби.

— Не нужна мне ваша ебаная больница! — сказал я.— Само пройдет...

На следующее утро моя рана выглядела кошмарно. Она еще не закрылась, но, казалось, уже покрывалась хорошенькой коростой. Я сходил в аптеку за перекисью, бинтами и горькой солью. Налил в ванну горячей воды, насыпал туда горькой соли и залез. Я начал представлять себя с одной ногой. Преимущества тоже были:

ГЕНРИ ЧИНАСКИ, БЕЗ СОМНЕНИЯ, ВЕЛИЧАЙШИЙ ОДНОНОГИЙ ПОЭТ В МИРЕ

Днем заглянул Бобби.

— Ты не знаешь, сколько стоит ампутировать ногу?

— Двенадцать тысяч долларов.

После его ухода я позвонил своему врачу.

Я полетел в Хьюстон с плотно забинтованной ногой. Пытаясь вылечить инфекцию, я принимал антибиотики в пилюлях. Мой врач упомянул, что любое пьянство уничтожит то хорошее, что принесут мне эти антибиотики.

На чтение, проходившее в музее современного искусства, я пришел трезвым. После того как я прочел несколько стихотворений, кто-то из публики спросил:

— А как получилось, что вы не пьяный?

— Генри Чинаски не смог приехать, — ответил я. — Я его брат Ефрем.

Я прочел еще стихотворение и признался насчет антибиотиков. К тому же, сказал я им, по музейным правилам распивать тут запрещено. Кто-то из публики подошел с пивом. Я выпил и почитал еще немного. Кто-то подошел еще с одним пивом. После этого пиво полилось рекой. Стихи становились все лучше.

После в кафе была вечеринка с ужином. Почти напротив меня за столом сидела абсолютно прекраснейшая девушка, что я видел в жизни. Похожая на юную Кэтрин Хепбёрн*. Года 22 и просто лучится красотой. Я все острил, называя ее Кэтрин Хепбёрн. Ей вроде нравилось. Я не ожидал, что из этого что-то выйдет. Она пришла туда с подругой. Когда настало время уходить, я сказал директору музея, женщине по имени Нана, в чьем доме остановился:

— Мне будет ее не хватать. Она слишком хороша, чтобы в нее поверить.

— Она едет с нами домой.

— Я вам не верю.

...но впоследствии она там и оказалась, у Наны, в спальне вместе со мной. На ней была прозрачная ночнушка, и она сидела на краю постели, расчесывая очень длинные волосы и улыбаясь мне.

---

* Кэтрин Хафтон Хепбёрн (1907–2003) — американская актриса кино, театра и телевидения, прославилась своими ролями эмансипированных женщин.

— Как тебя зовут? — спросил я.
— Лора,— ответила она.
— Ну так послушай, Лора, я буду звать тебя Кэтрин.
— Ладно,— согласилась она.

Волосы у нее были рыжевато-каштановые и очень-очень длинные. Маленькая, но сложена пропорционально. Самым прекрасным в ней было лицо.

— Тебе можно налить? — спросил я.
— О, нет, я не пью. Мне не нравится.

Вообще-то она меня пугала. Я не понимал, что она делает тут, со мной. На поклонницу не похожа. Я сходил в ванную, вернулся и выключил свет. Почувствовал, как она забирается ко мне в постель. Я обхватил ее руками, и мы начали целоваться. Я не верил своей удаче. По какому праву? Как могут несколько книжек со стихами вызывать такое? Уму непостижимо. Отказываться я определенно не собирался. Я очень возбудился. Неожиданно она сползла ниже и взяла мой хуй в рот. Я наблюдал, как медленно движутся ее голова и тело в лунном свете. У нее получалось не так хорошо, как у некоторых, но поражал-то сам факт, что это делает *она*. Собираясь кончить, я дотянулся и погрузил руку в массу прекрасных волос, вцепившись в нее при свете луны,— и спустил Кэтрин прямо в рот.

32

Лидия встречала меня в аэропорту. Как обычно, пизда у нее чесалась.

— Господи боже,— сказала она.— Я вся *горю*! Я играю сама с собой, но от этого только хуже.

Мы ехали ко мне.

— Лидия, с ногой у меня по-прежнему ужас. Я даже не знаю, получится ли у меня с такой ногой.

— *Что?*

— Правда-правда. Мне кажется, при такой ноге я не смогу ебаться.

— Тогда какой от тебя толк?

— Ну, я могу жарить яичницу и показывать фокусы.

— Не остри. Я тебя спрашиваю, на фиг ты мне тогда вообще *нужен?*

— Нога заживет. А если не заживет, ее отрежут. Потерпи еще немного.

— Если б ты не нажрался, ты не упал бы и не порезал ногу. *Вечно* эта бутылка!

— Не вечно бутылка, Лидия. Мы ебемся раза четыре в неделю. Для моего возраста это неплохо.

— Иногда я думаю, что тебе это не нравится.

— Лидия, секс — это еще не *все!* Ты одержима. Ради всего святого, не думай ты о нем.

— Пока у тебя нога не заживет? А как же мне до тех пор быть?

— Я с тобой в «морской бой» поиграю.

Лидия завопила. Машина пошла зигзагами по всей улице.

— ТЫ СУКИН СЫН! Я ТЕБЯ УБЬЮ!

На полной скорости она заехала за двойную желтую линию, прямо во встречное движение. Завыли клаксоны, и машины бросились врассыпную. Мы мчались против течения, встречные шкурками считались влево и вправо. Потом так же резко Лидия свернула обратно через разделительную линию на ту полосу, которую мы только что освободили.

Где же полиция? — подумал я. Почему, когда Лидия что-нибудь вытворяет, полиция испаряется?

— Хорошо,— сказала она.— Я довожу тебя до дому, и на этом все. С меня хватит. Продаю дом и переезжаю в Феникс. Глендолина сейчас живет в Фениксе. Сестры меня предупреждали, что значит жить с таким старым ебилой.

Остаток пути мы проехали без разговоров. Возле дома я вытащил чемодан, взглянул на Лидию, сказал:

— До свиданья.

Она беззвучно плакала, все лицо мокрое. Она резко тронулась в сторону Западной авеню. Я вошел во двор. Еще с одного чтения вернулся...

Я проверил почтовый ящик и позвонил Кэтрин, которая жила в Остине, штат Техас. Казалось, она по-настоящему рада слышать меня, а я был рад услышать ее техасский выговор, этот высокий смех. Я хотел, чтобы она приехала ко мне в гости, я заплачу за билет в обе стороны. Мы съездим на бега, поедем на Малибу, мы... все, чего она пожелает.

— Но, Хэнк, разве у тебя нет подружки?

— Нет, никого. Я затворник.

— Но ты ведь всегда в стихах пишешь о женщинах.

— То в прошлом. Сейчас настоящее.

— А как же Лидия?

— Лидия?

— Да, ты же мне про нее рассказал.

— Что я тебе рассказал?

— Ты рассказал, как она избила двух других женщин. Ты и меня ей позволишь избить? Я ведь не очень большая, знаешь ли.

— Этого не будет. Она переехала в Феникс. Говорю тебе, Кэтрин, ты — *самая* исключительная женщина, которую я искал. Пожалуйста, верь мне.

— Мне надо будет договориться. Нужно, чтобы кто-то за моей кошкой присмотрел.

— Хорошо. Но знай одно: тут все чисто.

— Но, Хэнк, не забывай, что ты мне рассказывал о своих женщинах.

— Что рассказывал?

— Ты говорил: «Они всегда возвращаются».

— Это просто треп мужской.

— Я приеду,— сказала она.— Как только тут все улажу, забронирую билет и скажу тебе номер рейса.

Когда я был в Техасе, Кэтрин рассказала мне о своей жизни. Я был лишь третьим мужчиной, с которым она спала. Первыми были ее муж, один алкаш — звезда ипподрома,— и вот теперь буду я. Ее бывший, Арнольд, каким-то образом занимался шоу-бизнесом и искусством. Как у него получалось, я в точности не знал. Он постоянно подписывал контракты с рок-звездами, художниками и так далее. Бизнес его на 60 000 долларов погряз в долгах, но процветал. Одна из тех ситуаций, когда чем глубже в заднице, тем лучше живешь.

Не знаю, что случилось со звездой ипподрома. Наверное, просто сбежал. А затем Арнольд подсел на кокаин. Кокс изменил его в одночасье. Кэтрин говорила, что перестала его узнавать. Сущий ужас. На «скорой помощи» — в больницу. А на следующее утро он сидел в конторе как ни в чем не бывало. Потом на сцену вышла Джоанна Дувр. Высокая статная полумиллионерша. Образованная и полоумная. Они с Арнольдом начали делать бизнес вместе. Джоанна Дувр торговала искусством, как некоторые торгуют кукурузными фьючерсами. Она открывала неизвестных художников на пути к славе, по дешевке скупала их работы и продавала втридорога после того, как их признавали. У нее был на такое глаз. И великолепное 6-футовое тело. Она начала видеться с Арнольдом чаще. Однажды вечером Джоанна заехала за ним, облаченная в дорогое вечернее платье в обтяжку. Тогда Кэтрин поняла, что для Джоанны и впрямь главное — взять быка за рога. И вот после этого, куда бы Арнольд с Джоанной ни выезжали, Кэтрин ехала с ними. Они были трио. У Арнольда был *очень* низкий позыв к сексу, и Кэтрин волновало не это. Она беспокоилась о бизнесе. Затем Джоанна выпала из кадра, а Арнольд влез в кокс еще глубже. «Скорую» вызывали все чаще. Кэтрин в конце концов развелась с ним. Но они по-прежнему встречались. Каждое утро в 10.30 она привозила в контору кофе для всех сотрудников, и Арнольд включил ее в штат. Это позволило ей сохранить за собой дом. Там они с Арнольдом время от времени ужинали, но никакого секса. И все же — он в ней нуждался, она его опекала. Помимо этого, Кэтрин верила в здоровую пищу и из мяса признавала только курицу и рыбу. Прекрасная женщина.

33

Через день или два около часу дня мне в дверь постучали. На крыльце стоял художник, Монти Рифф,— так он меня известил, во всяком случае. Еще он сообщил, что я, бывало, надирался с ним вместе, когда жил на авеню Делонгпре.

— Я вас не помню,— сказал я.
— Меня Ди Ди привозила.
— А, правда? Ну заходите.— У Монти с собой была полудюжина пива и высокая статная женщина.
— Это Джоанна Дувр,— представил он.
— Я не попала на ваши чтения в Хьюстоне,— сказала она.
— Лора Стэнли мне про вас рассказала,— ответил я.
— Вы ее знаете?
— Да. Но я переименовал ее в Кэтрин, в честь Кэтрин Хепбёрн.
— Вы ее в самом деле *знаете?*
— И довольно неплохо.
— Насколько неплохо?
— Через день-два она прилетает ко мне в гости.
— В самом деле?
— Да.

Мы допили полудюжину, и я вышел прикупить еще. Когда я вернулся, Монти уже свалил. Джоанна сказала, что у него встреча. Мы заговорили о живописи, и я вытащил кое-что свое. Она взглянула и решила, что парочку, пожалуй, купит.

— Сколько? — спросила она.

— Ну, сорок долларов за маленькую и шестьдесят за большую.

Джоанна выписала мне чек на сто долларов. Затем сказала:

— Я хочу, чтобы ты со мною жил.
— Что? Это довольно неожиданно.
— Оно того стоит. У меня есть кое-какие деньги. Только не спрашивай, сколько. Я даже придумала, почему нам следует жить вместе. Хочешь, скажу?
— Нет.
— Во-первых, если бы мы жили вместе, я бы взяла тебя в Париж.
— Ненавижу ездить.
— Я бы показала тебе такой Париж, который бы тебе точно понравился.
— Дай подумать.

Я наклонился и поцеловал ее. Потом поцеловал еще раз, чуть дольше.

— Блядь,— сказал я,— пошли в постель.
— Ладно,— ответила Джоанна Дувр.

Мы разделись и завалились. В ней было 6 футов росту. До этого у меня бывали только маленькие женщины. А тут странно — докуда ни дотянись, там еще и еще. Мы разогрелись. Я подарил ей 3 или 4 минуты орального секса, затем оседлал. Она была хороша — она в самом деле была хороша. Мы подмылись, оделись, и она повезла меня ужинать в Малибу. Рассказала, что живет в Галвестоне, Техас. Оставила номер телефона, адрес и сказала, чтобы я приезжал. Я ответил, что приеду. Она сказала, что насчет Парижа и всего остального она серьезно. Хорошая поебка была, и ужин тоже отличный.

34

На следующий день позвонила Кэтрин. Она сказала, что уже взяла билеты и прилетает в Лос-Анджелес-Международный в пятницу в 2.30 дня.

— Кэтрин,— промямлил я,— я должен тебе кое-что сказать.

— Хэнк, ты что — не хочешь меня видеть?
— Я никого так не хочу видеть, как тебя.
— Тогда в чем же дело?
— Ну, ты знаешь Джоанну Дувр...
— Джоанну Дувр?
— Ту... ну, сама понимаешь... твой муж...
— Что там с ней, Хэнк?
— Ну, она ко мне приезжала.
— В смысле, приезжала к тебе домой?
— Да.
— И что?
— Мы поговорили. Она купила две мои картины.
— Что-то еще произошло?
— Д-да.

Кэтрин замолчала. Потом произнесла:
— Хэнк, я не знаю, хочется ли мне теперь тебя видеть.

— Я понимаю. Послушай, давай ты все обдумаешь и перезвонишь мне? Прости, Кэтрин. Мне жаль, что так случилось. Вот все, что я могу сказать.

Она повесила трубку. Не перезвонит, подумал я. Лучшая женщина, которую я встретил,— и так облажаться. Я достоин разгрома, я заслужил подохнуть в одиночестве в психушке.

Я сидел у телефона. Читал газету — спортивный раздел, финансовый раздел, комиксы. Телефон зазвонил. Кэтрин.

— НА ХУЙ Джоанну Дувр! — засмеялась она. Я ни разу не слышал, чтобы Кэтрин так выражалась.

— Так ты приезжаешь?
— Да. Ты записал время?
— Я все записал. Я там буду.

Мы попрощались. Кэтрин приезжает, приезжает на неделю, по крайней мере,— с этим лицом, телом, с этими волосами, глазами, смехом...

35

Я вышел из бара и взглянул на табло. Самолет прилетает вовремя. Кэтрин уже в воздухе и приближается ко мне. Я сел и стал ждать. Напротив сидела ухоженная баба, читала книжку. Платье задралось на бедрах, оголив весь фланг, всю ногу, упакованную в нейлон. Зачем она так это подчеркивает? У меня с собой была газета, и я посматривал поверх листа бабе под платье. Великие бедра. Кому эти бедра достаются? Как придурок, я заглядывал ей под юбку, но ничего не мог с собой поделать. Она сложена́. Когда-то была маленькой девочкой, когда-нибудь умрет, но сейчас показывает мне свои ноги. Потаскуха чертова, я бы всунул ей сто раз, я бы всадил в нее 7-с-половиной дюймов пульсирующего пурпура! Она закинула одну ногу на другую, и платье заползло еще выше. Она подняла голову от книжки. Наши глаза встретились — я зексал поверх газеты. Ее лицо ничего не выражало. Она залезла в сумочку и вытащила пластинку жвачки, сняла обертку и положила жвачку в рот. Зеленую жвачку. Она жевала зеленую жвачку, а я наблюдал за ее ртом. Она не оправила юбку. Она знала, что я на нее смотрю. Я ничего не мог поделать. Я раскрыл бумажник и вытащил 2 пятидесятидолларовые купюры. Она подняла взгляд, увидела деньги, снова опустила глаза. Тут рядом со мной на лавку плюхнулся какой-то жирный мужик. Рожа багровая, массивный нос. И в тренировочном костюме, светло-коричневом тренировочном костюме. Он перднул. Дама поправила платье, а я сложил деньги обратно в бумажник. Хуй мой обмяк, я встал и направился к питьевому фонтанчику.

На стоянке снаружи самолет Кэтрин буксировали к рампе. Я стоял и ждал. Кэтрин, я тебя обожаю.

Кэтрин сошла с рампы, безупречная, с рыже-каштановыми волосами, стройное тело, голубое платье прямо льнет на ходу, белые туфельки, стройные аккуратные лодыжки — сама молодость. В белой шляпке с широкими полями, поля опущены как раз на сколько надо. Глаза ее глядели из-под полей, огромные, карие, веселые. В ней был класс. Она б ни за что не стала оголять зад в зале ожидания аэропорта.

И стоял я — 225 фунтов, замороченный и по жизни потерянный, короткие ноги, обезьянье тулово, одна грудь и никакой шеи, слишком здоровая башка, мутные глаза, нечесаный, 6 футов ублюдка в ожидании ее.

Кэтрин пошла ко мне. Эти длинные чистые рыже-каштановые волосы. Техасские женщины такие расслабленные, такие естественные. Я поцеловал ее и спросил про багаж. Предложил подождать в баре.

На официантках были коротенькие красные платьица, из-под которых выглядывали оборки белых панталончиков. Низкие вырезы на платьях, чтобы груди видеть. Они зарабатывали свое жалованье, зарабатывали свои чаевые, всё до цента. Жили в пригородах и ненавидели мужиков. Жили со своими матерями и братьями и влюблялись в своих психиатров.

Мы допили и пошли забирать багаж. Какие-то мужики пытались поймать ее взгляд, но она держалась поближе ко мне, взяв меня под руку. Очень немногие красивые женщины стремятся показать на людях, что они кому-то принадлежат. Я знал их достаточно, чтобы это понимать. Я принимал их, какие они есть, а любовь приходила трудно и очень редко. А когда все же приходила, то хрен знает почему. Устаешь сдерживать любовь и отпускаешь — потому что ей *нужно* к кому-то прийти. После этого, как правило, и начинаются все беды.

У меня Кэтрин открыла чемодан и достала пару резиновых перчаток. Рассмеялась.

— Что это? — спросил я.

— Дарлина — моя лучшая подруга — увидела, как я собираюсь, и говорит: «Ты что это *делаешь?*» А я говорю: «Я никогда не видела, как Хэнк живет, но *знаю*, что прежде, чем смогу готовить там, жить и спать, мне придется все вычистить!»

И Кэтрин засмеялась своим счастливым техасским смехом. Скрылась в ванной, надела джинсы и оранжевую блузку, вышла босиком и пропала в кухне, прихватив перчатки.

Я тоже зашел в ванную и переоделся. Я решил, что, если нагрянет Лидия, ни за что не позволю ей тронуть Кэтрин. Лидия? Где она? Что она делает?

Я послал маленькую молитву богам, оберегавшим меня: пожалуйста, держите Лидию подальше. Пусть сосет рога ковбоям и пляшет до 3 ночи — но, пожалуйста, держите ее подальше...

Когда я вышел, Кэтрин на коленках отскребала двухлетний слой грязи с пола моей кухни.

— Кэтрин,— сказал я,— рванули-ка лучше в город. Поехали поужинаем. Не с этого начинать надо.

— Ладно, Хэнк, но сначала нужно разобраться с полом. А после этого поедем.

Я сел и стал ждать. Потом она вышла, а я сидел в кресле и ждал. Она склонилась и поцеловала меня, смеясь:

— Ты *в самом деле* грязный старик! — И вошла в спальню.

Я снова был влюблен, я был в беде...

36

После ужина мы вернулись и поговорили. Она была маньяком здоровой пищи и не ела никакого мяса, кроме курицы и рыбы. Ей это шло на пользу.

— Хэнк,— сказала она,— завтра я вычищу твою ванную.

— Хорошо,— ответил я из-за стакана.

— И я каждый день должна делать упражнения. Тебя это не будет беспокоить?

— Нет-нет.

— А ты сможешь писать, если я тут суету разведу?

— Без проблем.
— Я могу уходить гулять.
— Нет, одна не ходи — в этом районе, по крайней мере.
— Я не хочу мешать, когда ты пишешь.
— Я все равно бросить писать не смогу, это симптом безумия.

Кэтрин подошла и села ко мне на тахту. Скорее девочка, чем женщина. Я отставил стакан и поцеловал ее, долгим медленным поцелуем. Губы ее были прохладны и мягки. Ее длинные рыже-каштановые волосы сильно смущали меня. Я отодвинулся и налил себе еще. Она меня обескураживала. Я привык к порочным пьяным девкам.

Мы поговорили еще часок.
— Пойдем спать,— сказал я ей,— я устал.
— Прекрасно. Только сначала я приготовлюсь,— ответила она.

Я сидел и пил. Мне требовалось выпить больше. Она была чересчур.
— Хэнк,— позвала она,— я уже легла.
— Хорошо.

Я зашел в ванную и разделся, почистил зубы, вымыл лицо и руки. Она приехала аж из самого Техаса, думал я, прилетела на самолете только ради того, чтоб увидеть меня, и теперь лежит в моей постели, ждет.

У меня пижамы не было. Я пошел к кровати. Кэтрин лежала в ночнушке.
— Хэнк,— сказала она,— у нас осталось еще дней шесть, пока это безопасно, а потом надо будет придумать что-нибудь.

Я лег к ней в постель. Маленькая девочка-женщина была готова. Я привлек ее к себе. Удача снова со мной, боги улыбались. Поцелуи стали жестче. Я положил ее руку на свой хрен, а потом задрал ей ночнушку. Начал заигрывать с ее пиздой. У Кэтрин — пизда? Клитор высунулся, и я нежно к нему прикоснулся, потом еще и еще. Наконец, взгромоздился. Хуй мой вошел до половины. Там было очень узко. Я подвигал им взад и вперед, затем толкнул. Остаток скользнул внутрь. Упоительно. Она стиснула меня. Я двигался, а хватка ее не ослабевала. Я пытался сдержать себя. Перестал качать и переждал, остывая. Поцеловал ее, раздвигая ей рот, всосавшись в верхнюю губу. Я видел, как волосы ее разметались по всей подушке. Затем бросил попытки ублажить и просто еб, яростно в нее врываясь. Похоже на убийство. Наплевать: мой хуй охуел. Эти волосы, это юное и прекрасное лицо. Как дрючить Деву Марию. Я кончил. Я кончил ей внутрь, в агонии, чувствуя, как моя сперма входит ей в тело, девочка беззащитна, а я извергал свое семя в самую глубинную ее сердцевину — тела и души — снова и снова...

Потом мы заснули. Вернее, Кэтрин заснула. Я обнимал ее сзади. Впервые я подумал о женитьбе. Я знал, что, конечно, где-то в ней есть недостатки, их пока не видно. Начало отношений — всегда самое легкое. Уже после начинают спадать покровы, и это никогда не кончается. И все же — я думал о женитьбе. Я думал о доме, о кошке с собакой, о походах за покупками в супермаркеты. У Генри Чинаски ехала крыша. И ему было до балды.

Наконец я уснул. Когда я проснулся утром, Кэтрин сидела на краю кровати, расчесывая ярды рыже-каштановых волос. Ее большие темные глаза смотрели на меня, когда я проснулся.

— Привет, Кэтрин,— сказал я,— ты выйдешь за меня?

— Не надо, пожалуйста,— ответила она,— я этого не люблю.

— Я серьезно.

— Да ну тебя *на хер*, Хэнк!

— Что?

— Я сказала «на хер», и, если ты будешь продолжать в том же духе, я сажусь на первый же самолет домой.

— Ладно.

— Хэнк?

— Ну?

Я взглянул на Кэтрин. Она продолжала расчесываться. Ее большие карие глаза были устремлены на меня, и она улыбалась. Она сказала:

— Это просто *секс*, Хэнк, *просто секс!*

И рассмеялась. Смех не был язвительным, он был радостным. Она расчесывала волосы, а я обхватил ее рукой за талию и ткнулся головой ей в бедро. Я уже ни в чем не был уверен.

37

Я брал с собой женщин либо на бокс, либо на бега. В тот четверг вечером я взял Кэтрин на бокс в спортзал «Олимпик». Она никогда не видела живого боя.

Мы приехали еще до первой схватки и сели у самого ринга. Я пил пиво, курил и ждал.

— Странно,— заметил я.— Люди приходят сюда, садятся и ждут, когда два человека вскарабкаются на ринг и будут себя не помня вышибать друг другу мозги.

— И впрямь ужас.

— Этот зал построили давно,— рассказывал я, пока она разглядывала древнюю арену.— Здесь только две уборные, одна для мужчин, другая для женщин, и обе очень маленькие. Поэтому сходи либо до, либо после перерыва.

— Ладно.

В «Олимпик» ходили в основном латиносы и белые работяги из низших слоев, да несколько кинозвезд и знаменитостей. Много хороших мексиканских боксеров, и дрались они всем сердцем. Плохими были только бои, когда встречались белые или черные, особенно тяжеловесы.

Сидеть там с Кэтрин было странно. Человеческие отношения вообще странны. Я имею в виду, вот ты некоторое время — с одним человеком, ешь с ним, и спишь, и живешь, любишь его, разговариваешь, ходишь везде, а затем это прекращается. Наступает короткий период, когда ты ни с кем, потом приезжает другая женщина, и ты ешь теперь с ней, и ебешь ее, и все это вроде бы так нормально, словно только ее и ждал, а она ждала тебя. Мне всегда не по себе в одиночестве; иногда бывает хорошо, а по себе — ни разу.

Первый поединок был неплох, много крови и мужества. Глядя бокс или ходя на скачки, можно кое-чему научиться — как писать, например. Урок неясен, но мне помогало. Вот что самое важное: урок неясен. Слов тут нет — как в горящем доме, или в землетрясении, или в наводнении, или в женщине, которая выходит из машины и показывает ноги. Не знаю, чего требуется другим писателям: наплевать, я все равно их читать не могу. Я заперт в собственных привычках, собственных предубеждениях. Вовсе неплохо быть тупым, *если* невежество — твое личное. Я знал, что настанет день и я напишу про Кэтрин, и это будет тяжело. Легко писать о блядях, но писать о хорошей женщине несоизмеримо трудней.

Второй бой тоже был ничего. Толпа вопила, ревела и накачивалась пивом. Они временно сбежали со своих фабрик, складов, боен, автомоек — в плен вернутся на следующий день, а *пока* они на свободе — они одичали от свободы. Они не думали о рабстве нищеты. Или о рабстве пособий и талонов на еду. С прочими нами все будет в норме, пока бедняки не научатся мастерить атомные бомбы у себя в подвалах.

Все схватки были хороши. Я встал и сходил в уборную. Когда я вернулся, Кэтрин сидела очень тихо. Ей пристало бы посещать балет или концерты. Она выглядела такой хрупкой, однако ебаться с ней великолепно.

Я пил себе дальше, а Кэтрин хватала меня за руку, когда драка становилась особенно жестокой. Толпа обожала нокауты. Она орала, когда кого-нибудь из боксеров вырубали. Били ведь *они сами*. Может, тем самым лупили своих боссов или жен. Кто знает? Кому какое дело? Еще пива.

Я предложил Кэтрин уехать до начала последнего боя. Мне уже хватило.

— Ладно,— ответила она.

Мы поднялись по узкому проходу, воздух был сиз от дыма. Ни свиста нам вслед, ни непристойных жестов. Моя битая харя, вся в шрамах, иногда помогала.

Мы дошли до малюсенькой стоянки под эстакадой шоссе. Синего «фольксвагена» 67-го года на ней не было. Модель 67-го года — последний хороший «фольк», и весь молодняк это знает.

— Хепбёрн, у нас спиздили машину!
— О, Хэнк, не может быть!
— Ее нет. Она стояла вот тут.— Я ткнул пальцем.— Теперь ее нет.
— Что же нам делать?
— Возьмем такси. Мне очень погано.
— Ну почему люди так поступают?
— Они без этого не могут. Для них это выход.

Мы зашли в кофейню, и я вызвал по телефону такси. Мы заказали кофе и пончики. Пока мы смотрели бокс, нам подстроили трюк с вешалкой — закоротили провод. У меня была поговорка: «Забирайте мою женщину, но машину оставьте в покое». Я б никогда не стал убивать человека, уведшего от меня тетку; но того, кто угнал машину, убил бы на месте.

Пришло такси. Дома, к счастью, нашлось пиво и сколько-то водки. Я уже оставил всякую надежду на трезвость для любви. Кэтрин это понимала. Я мерил шагами комнату взад и вперед, говоря только о своем синем «фольксвагене» 67-го года. Последняя хорошая модель. Я даже в полицию позвонить не мог — слишком пьян. Придется ждать до утра, до полудня.

— Хепбёрн,— сказал я,— это не *ты* виновата, *ты* ведь ее не крала!

— Уж лучше б я ее украла — она бы к тебе уже вернулась.

Я подумал о паре-тройке пацанов, рассекающих на моей синей малютке по Прибрежной трассе: курят дурь, хохочут, потрошат ее. Потом — о свалках вдоль авеню Санта-Фе. Горы бамперов, ветровых стекол, дверных ручек, моторчиков от дворников, частей двигателя, шин, колес, капотов, домкратов, мягких сидений, передних подшипников, тормозных башмаков, радиоприемников, пистонов, клапанов, карбюраторов, кривошипов, осей, трансмиссий — моя машина скоро станет кучей запчастей.

Той ночью я спал, прижавшись к Кэтрин, но на сердце у меня было печально и холодно.

38

К счастью, машина была застрахована, хватило как раз на прокат другой. В ней я повез Кэтрин на бега. Мы сидели на солнечной террасе Голливуд-парка, у поворота. Кэтрин сказала, что ставить ей не хочется, но я завел ее внутрь и показал доску тотализатора и окошечки для ставок.

Я поставил 5 на победителя на 7-ю, причем на 2 ранних рывка — моя любимая лошадь. Я всегда прикидывал: если суждено проиграть, лучше это сделать вперед; заезд выигрывался, пока тебя никто не побил. Лошади пошли вровень, отрываясь лишь в самом конце. Это оплачивалось $9,40, и я на $17,50 опережал.

В следующем заезде Кэтрин осталась сидеть, а я пошел ставить. Когда я вернулся, она показала на человека двумя рядами ниже.

— Видишь вон того?

— Ну.

— Он сказал мне, что вчера выиграл две тысячи и что на двадцать пять тысяч опережает по сезону.

— Сама не хочешь поставить? Может, мы все выиграем.

— О нет, я в этом ничего не понимаю.

— Тут все просто: даешь им доллар, а тебе возвращают восемьдесят четыре цента. Это называется «взятка». Штат с ипподромом делят ее примерно поровну. Им наплевать, *кто* выигрывает заезд, их взятка берется из общего котла.

Во втором заезде моя лошадь, 8-я с 5-ю на фаворита, пришла второй. Неожиданный дальнобойщик подрезал ее у самой проволоки. Платили $45,80.

Человек в двух рядах от нас повернулся и посмотрел на Кэтрин.

— У меня она была,— сказал он ей,— у меня была десятка на носу.

— У-у-у,— ответила ему Кэтрин, улыбаясь,— это хорошо.

Я обратился к третьему заезду, для ни разу не выводившихся 2-леток среди жеребцов и меринов. За 5 минут до столба проверил тотализатор и пошел ставить. Уходя, я видел, как человек в двух рядах от нас повернулся и заговорил с Кэтрин. Каждый день на ипподроме тусовалась по меньшей мере дюжина таких, кто рассказывал привлекательным женщинам, какие великие они победители,— в надежде, что неким образом все у них закончится постелью. А может, они так далеко и не загадывали; может, они лишь смутно надеялись на что-то, не вполне уверенные, что это будет. Помешанны и замороченны по всем счетам. Разве можно их ненавидеть? Великие победители, но, если понаблюдать, как они ставят, видно их обычно только у 2-долларового окна, каблуки стерты, одежда грязна. Отребье рода человеческого.

Я взял четного на деньги, и он выиграл на 6 и оплачивался 4,00 долларами. Не густо, но десятка была на победителя. Человек повернулся и посмотрел на Кэтрин.

— У меня было,— сказал он,— сто долларов на победителя.

Кэтрин не ответила. Она начинала понимать. Победители языков не распускают. Боятся, что их прикончат на стоянке.

После четвертого заезда, 22,80 на победителя, он повернулся снова и сообщил Кэтрин:

— Эта у меня тоже была, десять поперек.

Она отвернулась:

— У него лицо такое желтое, Хэнк. Ты видел его глаза? Он болен.

— Он болен мечтой. Мы все больны мечтой, потому-то мы и здесь.

— Хэнк, пойдем, а?

— Ладно.

В ту ночь она выпила полбутылки красного вина, хорошего красного вина, и была печальна и тиха. Я знал, что она сопоставляет меня с ипподромным народом и с толпой на боксе — так и есть, я с ними, я один из них. Кэтрин знала: во мне живет что-то нездоровое,— в смысле: здоров тот, кто здорóво поступает. Меня же привлекает совсем не то: мне нравится пить, я ленив, у меня нет бога, политики, идей, идеалов. Я пустил корни в ничто; некое небытие, и я его принимаю. Интересной личностью так не станешь. Да я и не хотел быть интересным, это слишком трудно. На самом деле мне хотелось только мягкого, смутного пространства, где можно жить, и чтоб меня не трогали. С другой стороны, напиваясь, я орал, чудил, совершенно отбивался от рук. Тут уж либо одно — либо другое. Мне все равно.

Ебля в ту ночь была очень хороша, но в ту же ночь я Кэтрин и потерял. Что уж тут поделаешь? Я скатился и вытерся простыней, пока она ходила в ванную. Где-то вверху полицейский вертолет кружил над Голливудом.

39

На следующий вечер зашли в гости Бобби и Вэлери. Недавно они переехали в мой дом и теперь жили через двор от меня. На Бобби была трикотажная рубашка в обтяг. Все всегда сидело на Бобби идеально: брюки хорошо пригнаны и какой надо длины, ботинки правильные, а волосы уложены. Вэлери тоже одевалась мóдово, хоть и не так морочилась. Люди звали их «куколками Барби». Нормальная Вэлери — когда я заставал ее в одиночестве,— она оказывалась умна, очень энергична и дьявольски честна. Бобби тоже был человечнее, когда мы с ним оставались наедине, но стоило возникнуть новой тетке, как он становился очень туп и очевиден. Все свое внимание и слова он целил в эту женщину, будто его присутствие само по себе интересно и восхитительно, но беседа складывалась предсказуемо и скучно. Интересно, как с ним справится Кэтрин.

Они сели. Я развалился в кресле у окна, а Вэлери сидела между Бобби и Кэтрин на тахте. Бобби начал. Он наклонился вперед и, игнорируя Вэлери, весь обратился к Кэтрин.

— Вам нравится Лос-Анджелес? — спросил он.
— Да ничего,— ответила Кэтрин.
— А вы здесь еще надолго?
— На некоторое время.
— Вы из Техаса?
— Да.
— И родители из Техаса?
— Да.
— Там что-нибудь хорошее по телику идет?
— Примерно то же самое.
— У меня дядя в Техасе.
— О.
— Да, он живет в Далласе.

Кэтрин ничего на это не ответила. Затем сказала:
— Извините меня, я пойду сделаю сэндвич. Кто-нибудь чего-нибудь хочет?

Мы ответили, что не хотим. Кэтрин встала и ушла в кухню. Бобби поднялся и пошел следом. Слов не разобрать, но он определенно продолжал задавать вопросы. Вэлери пристально смотрела в пол. Кэтрин и Бобби пробыли в кухне довольно долго. Вдруг Вэлери подняла голову и начала со мною разговаривать. Она говорила очень быстро и нервно.

— Вэлери,— остановил ее я,— нам не нужно разговаривать, нам можно и не говорить.

Она снова опустила голову.

Потом я сказал:

— Эй, парни, что-то вы долго. Вы что — полы там натираете?

Бобби засмеялся и ритмично застучал ногой по полу.

Наконец Кэтрин вышла, Бобби — за ней. Кэтрин показала мне свой сэндвич: арахисовое масло на хлебце с ломтиками банана и кунжутными семечками.

— Смотрится неплохо,— сказал я.

Она села и начала есть. Стало тихо. Так некоторое время и оставалось. Затем Бобби произнес:

— Ну, нам, наверное, пора...

Они ушли. Когда закрылась дверь, Кэтрин взглянула на меня и сказала:

— Только ничего не думай, Хэнк. Он просто пытался произвести на меня впечатление.

— С тех пор как я его знаю, он со всеми женщинами так поступает.

Зазвонил телефон. Бобби.

— Эй, дядя, что ты сделал с моей женой?

— А что случилось?

— Она просто *сидит* и все, у нее полный депрессняк, даже разговаривать не хочет!

— Ничего я с твоей женой не делал.

— Я ничего не понимаю!

— Спокойной ночи, Бобби.

Я повесил трубку.

— Это был Бобби,— сообщил я Кэтрин.— Его жена в депрессии.

— В самом деле?
— Кажется, да.
— Ты уверен, что не хочешь сэндвича?
— А ты можешь сделать такой же, как себе?
— Еще бы.
— Тогда съем.

40

Кэтрин осталась еще на 4 или 5 дней. Мы вступили в такой период месяца, когда ебаться ей было рискованно. Я терпеть не мог резинок. У Кэтрин была какая-то предохранительная пена. Тем временем полиция отыскала мой «фольксваген». Мы поехали туда, куда его загнали. Он был цел и неплохо сохранился, если не считать севшего аккумулятора. Мне его оттащили в голливудский гараж, где все привели в порядок. Попрощавшись напоследок в постели, я отвез Кэтрин в аэропорт на своем синеньком «фольке» ТРВ 469.

Отнюдь не счастливый мне выдался день. Мы сидели, особо не разговаривая. Потом объявили ее рейс, и мы поцеловались.

— Эй, все видели, как эта юная девушка целует старика.

— Плевать...

Кэтрин поцеловала меня еще раз.

— Ты на самолет опоздаешь,— сказал я.

— Приезжай ко мне, Хэнк. У меня хороший дом. Я живу одна. Приезжай.

— Приеду.

— Пиши!

— Напишу...

Кэтрин вошла в посадочный тоннель и скрылась.

Я дошел до стоянки, влез в «фольксваген» и подумал: вот что у меня еще осталось. Какого черта, не все потеряно.

Он завелся сразу.

41

В тот вечер я запил. Без Кэтрин будет нелегко. Я нашел кое-что, ею позабытое: сережки, браслет.

Надо вернуться к пишмашинке, подумал я. Искусство требует дисциплины. За юбками любой козел бегать может. Я пил, думая об этом.

В 2.10 ночи зазвонил телефон. Я допивал последнее пиво.

— Алло?
— Алло.— Женский голос, молодой.
— Да?
— Вы Генри Чинаски?
— Да.
— Моя подруга обожает, как вы пишете. Сегодня у нее день рождения, и я пообещала позвонить вам. Мы так удивились, когда нашли вас в справочнике.
— Я в нем есть.
— Так вот, у нее сегодня день рождения, и я подумала, славно будет, если мы к вам в гости заглянем.
— Ладно.
— Я сказала Арлине, что у вас там, наверное, женщин полно.
— Я затворник.
— Так ничего, если мы подъедем?

Я дал им адрес и объяснил, как найти.
— Только вот еще что. У меня кончилось пиво.
— Мы привезем вам пива. Меня зовут Тэмми.
— Уже третий час.
— Пиво мы найдем. Декольте творит чудеса.

Они приехали через 20 минут с декольте, но без пива.
— Ну, сукин сын! — сказала Арлина.— Раньше всегда нам давал. А сейчас, кажись, обдристался.
— Ну его на хер,— сказала Тэмми.
Обе уселись и объявили свой возраст.
— Мне тридцать два,— сказала Арлина.
— Мне двадцать три,— сказала Тэмми.
— Сложите их вместе,— сказал я,— и получусь я.
У Арлины волосы были длинными и черными. Она сидела в кресле у окна, расчесывая их, подправляя лицо, глядя в большое серебряное зеркальце и болтая. Очевидно, на колесах. У Тэмми было почти совершенное тело и свои длинные рыжие волосы. Она тоже втухала по колесам, но не так сильно.
— Это будет стоить тебе сто долларов за жопку,— сказала мне Тэмми.
— Я пас.
Тэмми была крута, как большинство девок чуть за двадцать. Лицо акулье. Я невзлюбил ее сразу же.
Они ушли около 3.30, и я лег спать один.

42

Два утра спустя, в 4 часа, кто-то стал ломиться мне в дверь.
— Кто там?

— Рыжая потаскушка.

Я впустил Тэмми. Она села, и я открыл пару пива.

— У меня изо рта воняет, два зуба сгнили. Нельзя меня целовать.

— Ладно.

Мы поговорили. Вернее, я слушал. Тэмми сидела на спидах. Я слушал и смотрел на ее длинные рыжие волосы, а когда она увлекалась, пялился на ее тело. Оно просто вырывалось из одежды, умоляя, чтоб его выпустили. Она говорила и говорила. Я ее не трогал.

В 6 утра Тэмми дала мне свой адрес и номер телефона.

— Мне пора,— сказала она.

— Я провожу тебя до машины.

У нее был ярко-красный «камаро», совершенно разбитый. Передок вдавлен, один бок вспорот, а стекол вообще нет. Внутри валялись тряпки, рубашки, коробки «клинекса», газеты, пакеты из-под молока, бутылки коки, проволока, веревки, бумажные салфетки, журналы, картонные стаканчики, туфли и гнутые цветные соломинки для коктейлей. Эта масса громоздилась на полу и заваливала сиденья. Только вокруг руля оставалось чуточку свободного места.

Тэмми высунула голову из окошка, и мы поцеловались.

Затем она рванула от тротуара и, сворачивая за угол, делала уже 45. На тормоза она, правда, жала, и ее «камаро» дергался вверх-вниз, вверх-вниз. Я вошел в дом.

Улегся в постель и стал думать о ее волосах. Я никогда не знал настоящих рыжих. Огонь просто.

Словно молния с небес, подумал я.

Ее лицо почему-то уже не казалось таким крутым...

43

Я позвонил ей. Был час ночи. Я подъехал.

Тэмми жила в маленьком флигеле за домом.

Она открыла мне дверь.

— Только потише. Не разбуди Дэнси. Это моя дочь. Ей шесть лет, и она спит сейчас в спальне.

У меня с собой была полудюжина пива. Тэмми поставила ее в холодильник и вышла с двумя бутылками.

— Моя дочь ничего не должна видеть. Два зуба у меня по-прежнему испорчены, поэтому изо рта пахнет. Целоваться нельзя.

— Ладно.

Дверь в спальню была закрыта.

— Слушай,— сказала она,— мне надо принять витамин В. Придется стянуть штаны и всадить его в жопу. Отвернись.

— Ладно.

Я наблюдал, как она закачивает жидкость в шприц. Потом отвернулся.

— Мне его надо весь вколоть,— сказала она.

Когда с этим было покончено, она включила маленькое красное радио.

— Миленько тут у тебя.

— Я уже за месяц задолжала.

— Ох...
— Да не, нормально. Хозяин — он живет вон там, спереди,— я могу еще немного потянуть.
— Хорошо.
— Он женат, хуила. И знаешь что?
— Что?
— Как-то днем жена его куда-то свалила, а этот старый мудак пригласил меня к себе. Я прихожу, сажусь, и знаешь что?
— Он его заголил.
— Нет, поставил порнуху. Думал, эта срань меня заведет.
— Не завела?
— Я говорю: «Мистер Миллер, мне идти надо. Мне нужно Дэнси из садика забрать».

Тэмми дала мне апера. Мы говорили и говорили. И пили пиво.

В 6 утра Тэмми разложила тахту, на которой мы сидели. Внутри лежало одеяло. Мы скинули обувь и залезли под одеяло, прямо в одежде. Я обнял Тэмми сзади, уткнувшись в эту рыжую копну волос. Я отвердел. Вдавился в нее сзади, сквозь одежду. Я слышал, как ногтями она вцепилась в край тахты и его царапала.

— Мне пора,— сказал я.
— Слушай, мне надо только накормить Дэнси завтраком и отвезти в садик. Если она тебя увидит — ничего. Ты подожди, пока я вернусь.
— Я поехал,— ответил я.

Я поехал домой, пьяный. Солнце и впрямь взошло, болезненное и желтое...

44

Я спал на ужасном, выпиравшем в меня пружинами матрасе несколько лет. В тот день, проснувшись, я стянул его с постели, вытащил наружу и привалил к мусорному баку.

Потом зашел обратно, оставив дверь открытой. Было 2 часа дня и жарко.

Вошла Тэмми и уселась на тахту.

— Мне надо идти,— сказал я.— Надо купить себе новый матрас.

— Матрас? Ладно, тогда я пошла.

— Нет, Тэмми, постой. Пожалуйста. Это минут на пятнадцать, не больше. Подожди меня здесь, пивка попей.

— Хорошо,— ответила она.

Кварталах в трех по Западной была мастерская по перетяжке матрасов. Я затормозил прямо перед входом и влетел внутрь.

— Парни! Нужен матрас... СРОЧНО!

— На какую кровать?

— На двуспальную.

— У нас вот точно такой же есть, за тридцать пять баксов.

— Беру.

— Вы можете к себе в машину его погрузить?

— У меня «фольксваген».

— Ладно, сами доставим. Адрес?

Тэмми была дома, когда я вернулся.

— А где матрас?

— Приедет. Выпей еще пива. У тебя колесика не найдется?

Она дала мне колесико. Свет пробивался сквозь ее рыжие волосы.

Тэмми выбрали Мисс Солнечный Кролик на Ярмарке округа Ориндж в 1973 году. Теперь прошло четыре года, но ничего никуда не делось. Она была большой и сочной, где нужно.

Рассыльный уже стоял в дверях с матрасом.

— Давайте, я вам помогу.

Рассыльный оказался доброй душой. Помог втащить матрас на кровать. Потом увидел на тахте Тэмми. Ухмыльнулся.

— Здрасьте,— сказал он ей.

— Большое спасибо,— ответил ему я. Дал 3 доллара, и он свалил.

Я зашел в спальню и посмотрел на матрас. Тэмми зашла следом. Матрас был завернут в целлофан. Я начал его сдирать. Тэмми помогала.

— Только глянь. Какой хорошенький,— сказала она.

— Да уж.

Матрас был ярким и цветастым. Розы, листья, стебли, кудрявые лозы. Прямо Райский Сад — и всего за $35.

Тэмми посмотрела на него.

— Этот матрас меня заводит. Я хочу сломать ему целку. Я хочу быть первой женщиной, которая тебя отдерет на этом матрасе.

— Интересно, кто будет второй?

Тэмми зашла в ванную. Все стихло. Затем я услышал душ. Я постелил свежие простыни, надел наволочки, разделся и влез в постель. Тэмми вышла, юная и мокрая, она искрилась. Волосы на лобке были того же цвета, что и на голове: рыжие, будто пламя.

Она подошла и залезла под простыню.

Мы медленно приступили.

И пошло-поехало — и эти рыжие волосы на подушке, и снаружи выли сирены и лаяли собаки.

45

Тэмми снова зашла в тот же вечер. Видимо, на аперах.

— Мне шампанского охота,— сказала она.

— Ладно,— ответил я.

Я дал ей двадцатку.

— Сейчас вернусь,— сказала она в дверях.

Потом зазвонил телефон. Лидия.

— Просто звоню узнать, как ты там...

— Все в порядке.

— А у меня нет. Я беременна.

— Что?

— И не знаю, кто отец.

— Во как?

— Ты же помнишь Голландца — он еще ошивается в том баре, где я сейчас работаю?

— Да, Старая Плешка.

— Ну, он вообще-то славный. Он в меня влюблен. Приносит цветы и конфеты. И хочет на мне жениться. Он был ко мне очень мил. И однажды ночью я поехала к нему домой. Мы это сделали.

— Ладно.

— Потом еще есть Барни, он женат, но мне нравится. Из всех парней в баре он один не пытался передо мной понты резать. Это и подействовало. Ну, ты же знаешь, я дом пытаюсь продать. Поэтому он как-то днем заехал. Просто так. Сказал, что хочет посмотреть дом для какого-то своего друга. Я его впустила. А заехал он как раз в подходящее время. Дети в школе, ну, я ему и позволила... Потом как-то вечером незнакомый мужик в бар зашел, очень поздно. Попросил, чтобы я поехала с ним домой. Я говорю: нет. Потом он сказал, что просто хочет посидеть у меня в машине, потрындеть. Я говорю: ладно. Мы сидели в машине и разговаривали. Потом косячок раскурили. Потом он меня поцеловал. Этот поцелуй все и решил. Если б он меня не поцеловал, я б так никогда не поступила. Теперь я беременна и не знаю, от кого. Придется ждать и смотреть, на кого похож.

— Ну, ладно, Лидия, удачи тебе.

— Спасибо.

Я повесил трубку. Прошла минута, и телефон зазвонил снова. Лидия.

— А,— сказала она,— я же хотела узнать, как *у тебя* дела?

— Да, примерно все так же — кир да лошади.

— Значит, нормально?

— Не совсем.

— А что такое?

— Ну, послал я, в общем, тетку за шампанским...

— Тетку?

— Ну, на самом деле она девчонка еще...

— Девчонка?

— Я послал ее с двадцатью долларами за шампанским, а ее до сих пор нет. Мне кажется, меня развели.

— Чинаски, я не хочу *слышать* о твоих бабах. Ты это понимаешь?

— Ладно.

Лидия повесила трубку. Тут в дверь постучали. Тэмми. Она вернулась с шампанским и сдачей.

46

Назавтра в полдень зазвонил телефон. Снова Лидия.

— Ну что, вернулась она с шампанским?
— Кто?
— Шлюха твоя.
— Да, вернулась...
— И что потом было?
— Мы выпили шампанское. Хорошее оказалось.
— А потом что?
— Ну, сама ведь знаешь, ч-черт...

Я услышал долгий безумный вой, будто в полярных снегах подстрелили росомаху и бросили истекать кровью, одну...

Лидия швырнула трубку.

Я проспал почти весь день, а вечером поехал на состязания упряжек.

Потерял 32 доллара, залез в «фольксваген» и поехал назад. Остановил машину, дошел до крыльца и вставил ключ в замок. Весь свет в доме горел. Я огляделся. Ящики выдраны из шкафов и вывалены на пол, покрывала с кровати тоже на полу. С полок пропали все мои книги, включая те, что написал я сам, штук 20. И машинка моя исчезла, и тостер, и радио, и картин моих тоже не было.

Лидия, подумал я.

Оставила она мне один телевизор, поскольку знала, что я на него даже не смотрю.

Я вышел на улицу: машина Лидии стояла, но самой ее внутри не было.

— Лидия,— позвал я.— Эй, детка!

Я прошел взад и вперед по улице и тут увидел ее ноги, обе — они высовывались из-за деревца у стены многоквартирного дома. Я подошел к деревцу и сказал:

— Послушай, да что, бля, с тобой такое?

Лидия просто стояла. В руках два полиэтиленовых пакета с моими книгами и папка с картинами.

— Слушай, верни мне книги и картины. Они мои.

Лидия выскочила из-за дерева — с воплем. Схватила картины и начала их рвать. Она швыряла клочки в воздух и топтала, когда те падали на землю. На ногах у нее были ковбойские сапоги.

Потом она стала вытаскивать из пакетов мои книги и расшвыривать их — на улицу, на лужайку, повсюду.

— Вот тебе картины! Вот тебе книги! И НЕ РАССКАЗЫВАЙ МНЕ О СВОИХ БАБАХ! НЕ ГОВОРИ МНЕ О СВОИХ БАБАХ!

Затем Лидия побежала ко мне во двор с книгой в руке, моей последней — «Избранное Генри Чинаски». Она визжала:

— Так ты свои книги хочешь назад? Книги свои хочешь? Вот твои проклятые книги! И НЕ РАССКАЗЫВАЙ МНЕ О СВОИХ БАБАХ!

Она начала бить стекла в моей двери. Она взяла «Избранное Генри Чинаски» и била им одно стекло за другим, вопя при этом:

— Ты хочешь назад свои книги? Вот твои проклятые книги! И НЕ РАССКАЗЫВАЙ МНЕ О СВОИХ БАБАХ! Я НЕ ХОЧУ СЛЫШАТЬ О ТВОИХ БАБАХ!

Я стоял, а она орала и била стекла.

Где же полиция, думал я. Ну где?

Затем Лидия рванула по дорожке, нырнула влево у мусорного бака и побежала к многоквартирному дому. За кустиком валялись моя машинка, мое радио и мой тостер.

Лидия схватила машинку и выскочила с ней на середину улицы. Обыкновенная тяжелая старомодная машинка. Лидия подняла ее высоко над головой обеими руками и грохнула о мостовую. Валик и еще какие-то детали отлетели. Лидия опять воздела машинку над головой и завопила:

— НЕ ГОВОРИ МНЕ О СВОИХ БАБАХ! — и опять шваркнула о мостовую.

После чего вскочила в машину и уехала.

Через пятнадцать секунд подкатил полицейский крейсер.

— Такой оранжевый «фольксваген». «Дрянь» называется, похож на танк. Я не помню номера, но буквы там СМУ, как в СМУТНЫЙ, понятно?

— Адрес?

Я дал им ее адрес...

Разумеется, ее привезли обратно. Я слышал, как она выла на заднем сиденье, когда они подъезжали.

— НЕ ПОДХОДИТЕ! — сказал один полицейский, выскакивая из машины. Он зашел за мной внутрь. И сразу наступил на битое стекло. Еще зачем-то посветил фонариком в потолок, на карнизы.

— Вы хотите подавать в суд? — спросил он.

— Нет. У нее дети. Я не хочу, чтоб она потеряла детей. Ее бывший муж и так пытается их у нее отсудить. Но *прошу вас*, скажите ей, что нельзя же врываться к людям в дома и творить вот такое.

— Ладно,— ответил он,— тогда подпишите.

Он написал от руки в разлинованном блокнотике. Мол, я, Генри Чинаски, не имею претензий к некоей Лидии Вэнс.

Я расписался, и он ушел.

Я запер то, что оставалось от входной двери, лег в постель и попытался уснуть.

Примерно через час раздался звонок. Лидия. Она уже вернулась домой.

— ТЫ, СУКИН СЫН, ЕЩЕ ХОТЬ РАЗ ЗАГОВОРИШЬ О СВОИХ БАБАХ, И Я ОПЯТЬ СДЕЛАЮ ТО ЖЕ САМОЕ!

И она бросила трубку.

47

Через пару дней вечером я приехал к Тэмми на «Деревенский двор». Постучался. Свет не горел. Судя по всему, дома никого нет. Я заглянул в почтовый ящик. Внутри лежали письма. Я начирикал записку: «Тэмми, я пытался тебе позвонить. Приезжал, но тебя не было. У тебя все в порядке? Позвони... Хэнк».

Я вернулся наутро в 11. Машины перед домом не было. Моя записка по-прежнему торчала в дверях. Я все равно позвонил. Письма так и лежали в ящике. Я оставил в нем новую записку: «Тэмми, куда ты, к дьяволу, запропастилась? Сообщи о себе... Хэнк».

Я объехал всю округу в поисках битого красного «камаро».

Вернулся я в тот же вечер. Шел дождь. Мои записки вымокли. Почты в ящике скопилось еще больше. Я оставил Тэмми книгу своих стихов, с надписью. Потом вернулся к «фольксвагену». На зеркальце у меня болтался мальтийский крестик. Я сдернул его, вернулся к дому и обмотал им дверную ручку.

Я не знал, где живут ее друзья, где живет ее мать, где живут ее любовники.

Я вернулся к себе и написал несколько стихов о любви.

48

Я сидел с анархистом из Беверли-Хиллз Беном Сульвнагом, писавшим мою биографию, когда услышал ее шаги по дорожке. Я узнал этот звук — они всегда были быстры, неистовы, сексуальны, эти крохотные шаги. Я жил в глубине двора. Дверь была открыта. Вбежала Тэмми.

Мы сразу кинулись друг другу в объятья, поцеловались.

Бен Сульвнаг сказал до свиданья и испарился.

— Эти сучьи рыла конфисковали мои вещи, все мои вещи! Я не могла заплатить за квартиру! Сукоебина грязная!

— Я пойду туда и вломлю ему промеж рогов. Мы вернем твои вещи.

— Нет, у него ружья! Много всяких ружей!

— А-а.

— Дочь я отвезла к маме.

— Как насчет чего-нибудь выпить?

— Конечно.

— Чего?

— Очень сухого шампанского.

— Ладно.

Дверь все еще была отворена, и полуденный свет солнца лился сквозь ее волосы — такие длинные и рыжие, что просто горели.

— Можно, я залезу в ванну? — спросила она.

— Само собой.

— Подожди меня,— сказала она.

Утром мы поговорили о ее финансах. Ей должны были прийти деньги: пособие на ребенка плюс пара чеков по безработице,— и на подходе были еще.

— Тут в доме есть свободная квартира сзади, прямо надо мной.

— Сколько?

— Сто пять долларов и половина услуг уже оплачена.

— О черт, у меня хватит. А детей они берут? Ребенка?

— Возьмут. Я договорюсь. Я знаю хозяев.

К воскресенью она уже переехала. Теперь она жила прямо надо мной. Она могла заглядывать ко мне в кухню, где я печатал на обеденном столе в уголке.

49

В тот вторник вечером мы сидели у меня и пили: Тэмми, я и ее брат Джей. Зазвонил телефон. Бобби.

— Тут у меня сидят Луи с женой, и ей хотелось бы с тобой познакомиться.

Луи — это тот, который только что выехал из квартиры Тэмми. Он играл в джаз-группах по всяким маленьким клубам, и ему не сильно везло. Но сам по себе он был занимательным типом.

— А может, ну его на фиг, Бобби?
— Луи обидится, если ты не придешь.
— Ладно, Бобби, но я приведу парочку друзей.

Мы зашли, и все были представлены друг другу. Затем Бобби вынес своего пива, купленного за полцены. Стерео вопило музыку, громко.

— Я прочел твой рассказ в «Рыцаре»,— сказал Луи.— Странный такой. Ты никогда не ебал мертвых женщин, правда?

— Нет, просто казалось, что некоторые мертвы.
— Я тебя понимаю.
— Терпеть не могу такой музон,— сказала Тэмми.
— Как музыка продвигается, Луи?
— Ну, у меня сейчас новая группа. Если протусуемся вместе подольше, может, что и получится.
— Я, кажется, возьму у кого-нибудь за щеку,— сказала Тэмми,— я, наверное, отсосу у Бобби, я, наверное, отсосу у Луи, я, наверное, у брата собственного отсосу!

На Тэмми был длинный наряд, отчасти похожий на вечернее платье, а отчасти — на ночную сорочку.

Вэлери, жена Бобби, была на работе. Два вечера в неделю она работала официанткой в баре. Луи, его жена Пола и Бобби квасили уже некоторое время.

Луи глотнул халявного пива, вдруг его затошнило, он подскочил и ринулся к дверям. Тэмми выскочила следом. Немного погодя они вошли с улицы вместе.

— Пошли отсюдова к чертовой матери,— сказал Луи Поле.

— Хорошо,— ответила та.

Они встали и вместе ушли.

Бобби извлек еще пива. Мы с Джеем о чем-то разговаривали. Потом я услышал Бобби:

— Я не виноват! Эй, дядя, это не я!

Я посмотрел. Голова Тэмми лежала у Бобби на коленях, рукой она держала его за яйца, затем подняла голову повыше и схватила его за член, и держала его за член, и все это время глаза ее смотрели прямо на меня.

Я еще глотнул пива, поставил стакан, встал и вышел.

50

Я увидел Бобби на улице, когда вышел купить газету.

— Звонил Луи,— сказал он,— и рассказал мне, что с ним случилось.

— Ну?

— Он выбежал проблеваться, а Тэмми схватила его за хуй, пока он блевал, и сказала: «Пойдем наверх, я у тебя в рот возьму. А потом мы тебе хер в пасхальное яйцо засунем». Он ответил «нет», а она сказала: «Что с тобой такое? Ты что — не мужик? Пойло в себе удержать не можешь? Пошли наверх, я тебе отсосу!»

Я сходил на угол и купил газету. Вернулся, проверил результаты скачек, прочел о поножовщинах, изнасилованиях, убийствах.

В дверь постучали. Я открыл. Тэмми. Она зашла и села.

— Послушай,— сказала она,— прости, если я тебя обидела тем, как себя вела, но больше ни за что просить прощения не буду. Остальное — это уже моя натура.

— Все нормально,— ответил я,— но еще ты обидела Полу, когда выскочила на улицу следом за Луи. Они вместе, знаешь ли.

— БАЛЯТЬ! — заорала на меня она.— ДА МНЕ ЧТО ПОЛА, ЧТО АДАМ — ПОФИГ!

51

В тот вечер я взял Тэмми с собой на состязания упряжек. Мы поднялись на второй уровень и сели. Я принес Тэмми программку, и она некоторое время в нее пялилась. (В состязаниях упряжек в программе печатают еще и результаты предыдущих соревнований.)

— Слушай,— сказала она,— я на колесах. А когда я на колесах, меня иногда вырубает, и я теряюсь. Присматривай за мной.

— Ладно. Я должен поставить. Хочешь несколько баксов — ставку сделать?

— Нет.
— Ладно, сейчас вернусь.

Я сходил к окошкам и поставил 5 на победителя на 7-ю лошадь.

Когда я вернулся, Тэмми уже не было. Просто в дамскую комнату ушла, подумал я.

Я сел и стал смотреть скачки. 7-я пришла на 5 к одному. Я поднялся на 25 баксов.

Тэмми все не возвращалась. Вышли лошади на следующий заезд. Я решил не ставить. Решил сходить поискать Тэмми.

Сначала поднялся на верхнюю палубу и проверил большую трибуну, все проходы, стойки концессии, бар. Нигде нет.

Начался второй заезд, они прошли круг. Я слышал, как орут игроки на прямом отрезке, а сам спускался на первый этаж. Я искал везде это дивное тело и эти рыжие волосы. Нигде нет.

Я сходил в Пункт Первой Помощи. Там сидел человек, курил сигару. Я спросил у него:

— У вас тут нет рыжей девушки? Может быть, она в обморок упала... ей нездоровится.

— У меня тут никаких рыжих нет, сэр.

У меня устали ноги. Я вернулся на второй уровень и стал думать о следующем заезде.

К концу восьмого я опережал уже на 132 доллара. Я собирался поставить 50 на победителя на 4-ю лошадь в последнем заезде. Уже поднялся было с места, когда увидел Тэмми в дверях подсобки. Она стояла между негром-уборщиком с метлой и еще одним черным, одетым очень хорошо. Он походил на киношного сутенера. Тэмми ухмылялась и махала мне ручкой.

Я подошел.

— Я тебя искал. Думал, у тебя передоз.

— Не, все нормально, прекрасно.

— Что ж, это хорошо. Спокойной ночи, Рыжая...

Я направился к окошечку для ставок. Я слышал, как она побежала следом.

— Эй, ты куда это похилял?

— Хочу на четвертую лошадь поставить.

Поставил. 4-я проиграла на волосок. Скачки закончились. Мы с Тэмми пошли к стоянке вместе. Ее бедро толкалось в мое, пока мы шли.

— Ты заставила меня поволноваться,— сказал я.

Мы нашли свою машину и сели. На обратном пути Тэмми выкурила 6 или 7 сигарет, гася их на половине и затем сгибая в пепельнице. Включила радио. То погромче, то потише, скакала по станциям и щелкала пальцами под музыку.

Когда мы въехали во двор, она сразу взбежала к себе и заперла дверь.

52

Жена Бобби работала два вечера в неделю, и, когда она уходила, он садился на телефон. Я знал, что по вторникам и четвергам ему одиноко.

Телефон зазвонил во вторник вечером. Бобби.

— Эй, дядя, не против, если я заскочу, пивка попьем?

— Хорошо, Бобби.

Я сидел в кресле напротив Тэмми, лежавшей на тахте. Бобби вошел и тоже сел на тахту. Я открыл ему пиво. Бобби сел и заговорил с Тэмми. Разговор был таким пустым, что я отключился. Но кое-что до меня доходило.

— Утром,— говорил Бобби,— я принимаю холодный душ. От него я по-настоящему просыпаюсь.

— Я тоже принимаю холодный душ по утрам,— сказала Тэмми.

— Я принимаю холодный душ, а потом вытираюсь полотенцем,— продолжал Бобби,— а потом читаю журнал или что-нибудь типа. После этого я готов начать день.

— А я просто принимаю холодный душ, но не вытираюсь,— сказала Тэмми.— Пусть капельки на мне сами высыхают.

Бобби сказал:

— А иногда я делаю себе настоящую *горячую* ванну. Вода такая горячая, что я в нее залезаю очень медленно.

Тут Бобби встал и продемонстрировал, как он залезает в свою настоящую горячую ванну.

Беседа перешла на кино и телепередачи. Судя по всему, оба они без ума от кино и телепередач.

Они разговаривали так часа 2 или 3, без остановки.

Затем Бобби поднялся.

— Ну ладно,— сказал он,— мне надо идти.

— О, *пожалуйста*, не уходи, Бобби,— сказала Тэмми.

— Нет, мне пора.

Вэлери должна была прийти с работы.

53

Вечером в четверг Бобби позвонил снова.
— Эй, дядя, ты что делаешь?
— Ничего особенного.
— Не против, если я заскочу, пивка попьем?
— Мне бы не хотелось сегодня никаких посетителей.
— Ой, да ладно тебе, дядя, я ж только по паре пива пропустить...
— Да нет, лучше не надо.
— НУ ТАК ПОШЕЛ ТЫ В ПИЗДУ! — заорал он.
Я повесил трубку и вышел в другую комнату.
— Кто звонил? — спросила Тэмми.
— Да тут один просто зайти хотел.
— Это Бобби был, да?
— Да.
— Ты к нему гадко относишься. Ему ведь одиноко, если жена у него на работу уходит. Что это с тобой такое, а?
Тэмми вскочила, забежала в спальню и начала набирать номер. Я только что купил ей пузырь шампанского. Она его не открыла. Я взял шампанское и спрятал в стенной чулан.
— Бобби,— сказала она в трубку,— это Тэмми. Это ты только что звонил? Где твоя жена? Послушай, я сейчас приду.
Она положила трубку и вышла из спальни.
— Где шампанское?
— Отъебись,— сказал я,— ты его с собой туда не понесешь и пить его вместе с ним не будешь.
— Я хочу шампанское. Где оно?

— Пускай свое выставляет.

Тэмми схватила с кофейного столика пачку сигарет и выскочила за дверь.

Я вытащил шампань, откупорил и налил себе полный стакан. Я уже не писал стихов о любви. На самом деле я вообще больше не писал. Не хотелось.

Шампанское влилось легко. Я пил стакан за стаканом.

Потом снял ботинки и дошел до квартиры Бобби. Заглянул внутрь сквозь жалюзи. Они сидели очень близко на кушетке и разговаривали.

Я вернулся к себе. Докончил шампанское и принялся за пиво.

Зазвонил телефон. Бобби.

— Слушай,— сказал он,— чего б тебе не зайти и не выпить со мной и с Тэмми пива?

Я положил трубку.

Я еще немного попил пива и выкурил пару дешевых сигар. Меня все больше развозило. Я пошел к Бобби. Постучал. Тот открыл дверь.

Тэмми сидела в дальнем углу кушетки, нюхтаря кокаин из пластиковой ложечки «Макдональдса». Бобби сунул мне в руку пиво.

— Беда,— сказал он мне,— в том, что ты не уверен в себе, тебе не хватает уверенности.

Я втянул в себя глоток пива.

— Это правильно, Бобби прав,— сказала Тэмми.

— У меня внутри что-то болит.

— Ты просто не уверен в себе,— сказал Бобби,— все довольно просто.

У меня было два номера телефонов Джоанны Дувр. Я попробовал тот, что в Галвестоне. Она ответила.

— Это я, Генри.
— У тебя голос пьяный.
— А я пьян. Я хочу приехать повидаться с тобой.
— Когда?
— Завтра.
— Хорошо.
— Ты меня в аэропорту встретишь?
— Конечно, малыш.
— Куплю билет и сразу тебе перезвоню.

Я заказал билет на 707-й рейс, вылетавший из Лос-Анджелеса-Международного на следующий день в 12.15. Сообщил Джоанне Дувр. Она сказала, что будет меня ждать.

Раздался звонок. Лидия.
— Я подумала, что тебе нужно сказать,— сказала она.— Я продала дом. Уезжаю в Феникс. Утром меня здесь не будет.
— Хорошо, Лидия. Удачи тебе.
— У меня был выкидыш. Я чуть не умерла, это было ужасно. Я столько крови потеряла. Не хотела тебя беспокоить.
— Сейчас у тебя как?
— Все нормально. Я только хочу убраться из этого города, он мне осточертел.

Мы попрощались.

Я открыл еще пиво. Распахнулась входная дверь, и зашла Тэмми. Она начала метаться по комнате дикими кругами, глядя на меня.

— Вэлери вернулась? — спросил я.— Ты вылечила Бобби от одиночества?

Тэмми продолжала вить петли. В своей длинной хламиде смотрелась она очень эффектно, выебали ее или нет.

— Убирайся,— сказал я.

Она сделала еще один круг по комнате и выбежала вон, к себе.

Спать я не мог. К счастью, пиво еще оставалось. Я продолжал его пить и закончил последнюю бутылку около половины пятого утра. Потом сидел и ждал 6 часов, а затем вышел и купил еще.

Время шло медленно. Я ходил по квартире. Чувствовал я себя не то чтобы, но принялся петь песни. Я пел песни и ходил по квартире — из ванной в спальню, оттуда в переднюю комнату, в кухню и обратно, горланя песни.

Я взглянул на часы. 11.15. Аэропорт в часе езды. Я одет. И обут, только на мне носков нет. Я взял с собой только очки для чтения, которые запихал в нагрудный кармашек рубашки. И выскочил из квартиры без багажа.

«Фольксваген» стоял перед домом. Я влез в него. Солнечный свет был очень ярок. Я на минутку опустил голову на руль. Со двора донесся голос:

— Куда это, на хуй, он собрался в таком состоянии, интересно?

Я завел машину, включил радио и отъехал. Рулить оказалось непросто. «Фольк» норовил заехать за двойную желтую линию на полосу встречного движения. Оттуда дудели, и я сворачивал обратно.

Я добрался до аэропорта. Оставалось 15 минут. Я гнал на красный, на стоп-сигналы, превышал скорость, причем грубо, всю дорогу. Осталось 14 минут. Стоянка переполнена. Ни единого места. Потом я увидел одно прямо перед лифтом, как раз для «фолька». Знак гласил СТОЯНКА ЗАПРЕЩЕНА. Я поставил машину. Когда запирал дверцу, очки выпали из кармашка и разбились на мостовой.

Я помчался по лестнице и через дорогу к стойке бронирования. Мне было жарко. С меня лило.

— Бронь на Генри Чинаски... — Служащий выписал мне билет, и я заплатил наличными.

— Кстати, — сказал служащий, — я читал ваши книжки.

Я подбежал к охране. Звонок взорвался. Слишком много мелочи, 7 ключей и карманный нож. Я выложил все на тарелочку и прошел еще раз.

Пять минут. Выход 42.

Все уже уселись. Я вошел. Три минуты. Я нашел свое место, пристегнулся. По внутренней связи вещал командир корабля.

Вырулили на взлетную полосу — и вот мы уже в воздухе. Мы порхнули над океаном и сделали гигантский разворот.

54

Я вышел из самолета последним, и меня встречала Джоанна Дувр.

— Боже мой! — рассмеялась она. — Ты выглядишь *ужасно!*

— Джоанна, давай выпьем «кровавой Мэри», пока багаж выгрузят. О черт, у меня же *нет* багажа. Но все равно давай-ка выпьем с тобой «кровавой Мэри».

Мы вошли в бар и сели.

— Так ты до Парижа никогда не доедешь.

— Меня французы мало колышут. Я ведь в Германии родился, знаешь ли.

— Надеюсь, тебе у меня понравится. Очень простое жилье. Два этажа и много воздуха.

— Если только мы будем в одной постели.

— У меня есть краски.

— Краски?

— То есть ты сможешь писать, если захочешь.

— Вот говно, но все равно спасибо. Я ничему не помешал?

— Нет. Был один механик из гаража. Но он ссохся. Не смог выдержать темпа.

— Пощади, Джоанна, лизать и ебаться — это еще не все.

— Вот как раз для этого у меня есть краски. Когда будешь отдыхать то есть.

— Ты просто куча женщины, даже если не считать шесть футов.

— Господи боже мой, как будто я не знаю.

Мне у нее понравилось. На каждом окне и двери висели экраны. Окна распахивались, огромные окна. На полах никаких ковриков, две ванные, старая мебель и множество столов везде, больших и маленьких. Просто и удобно.

— Прими душ,— сказала Джоанна.

Я рассмеялся.

— Вся моя одежда — на мне, у меня больше нет ничего.

— Завтра еще купим. Сначала примешь душ, потом поедем и наедимся даров моря. Я знаю одно неплохое место.

— А там выпить дают?

— Осел.

Я не стал принимать душ. Я принял ванну.

Мы ехали довольно долго. Я и не знал, что Галвестон — остров.

— Торговцы шмалью угоняют сейчас рыбацкие лодки. Убивают всех на борту и ввозят свою дрянь. Одна из причин, почему цены на креветки растут: опасное нынче занятие. А твои занятия как?

— Я не писал. Думаю, исписался.

— И сколько ты так?

— Дней шесть или семь.

— Вот и приехали...

Джоанна заехала на стоянку. Ездила она очень быстро, но не так, будто собиралась нарушать. Она ездила так, будто ей дано такое право. Разница есть, и я ее оценил.

Мы взяли столик подальше от толпы. Прохладно, спокойно и темно. Мне понравилось. Я выбрал омара. Джоанна же предпочла нечто странное. Заказывала она его по-французски. Она была изощренна, много путешествовала. В некотором смысле, как бы я ни недолюбливал образование, оно помогает, когда смотришь в меню или ищешь работу — особенно когда смотришь в меню. С официантами я всегда ощущал себя недочеловеком. Я появился слишком поздно, у меня слишком мало за душой. Все официанты читали Трумэна Капоте. Я читал результаты скачек.

Обед был хорош, а в заливе стояли рыбацкие лодки, патрульные катера и пираты. Омар во рту был вкусен, и я запивал его тонким вином. Хороший ты парень. Ты мне всегда нравился в этом твоем краснорозовом панцире, опасный и медлительный.

Вернувшись к Джоанне Дувр, мы распили восхитительную бутылочку красного вина. Мы сидели в темноте, наблюдая, как по улице под нами проезжают редкие машины. Сидели тихо. Потом Джоанна заговорила:

— Хэнк?
— Да?
— Тебя сюда какая-то женщина пригнала?
— Да.
— С нею все кончено?
— Мне хотелось бы так думать. Но если бы я сказал «нет»...
— Значит, ты не знаешь?
— Не совсем.
— А кто-нибудь когда-нибудь вообще знает?
— Вряд ли.
— Вот поэтому так паршиво.
— Паршиво.
— Давай поебемся.
— Я перебрал.
— Давай ляжем.
— Мне еще хочется.
— Ты тогда не сможешь...

— Я знаю. Надеюсь, ты позволишь мне остаться еще дня на четыре, на пять.

— Это будет зависеть от того, как у тебя получится, — ответила она.

— Справедливо.

К тому времени, как мы допили вино, я едва мог доползти до постели. Я уже спал, когда Джоанна вышла из ванной...

55

Проснувшись, я встал и почистил зубы щеткой Джоанны, выпил пару стаканов воды, вымыл руки и лицо и вернулся в постель. Джоанна повернулась, и мой рот нащупал ее губы. Хуй начал вставать. Я положил на него ее руку. Схватил ее за волосы, отгибая голову назад, жестоко ее целуя. Я играл с ее пиздой. Я терзал ей клитор довольно долго. Она вся повлажнела. Я оседлал ее и его похоронил. Я держал его внутри и чувствовал, как она мне отвечает. Проработать мне удалось долго. Наконец сдерживаться более не было сил: я был весь в поту, и сердце билось так, что я его слышал.

— Я в не очень хорошей форме, — сказал я.

— Мне понравилось. Давай раскурим косячок.

Она вытащила кропалик, уже замастыренный. Мы передавали его друг другу.

— Джоанна, — сказал я, — мне до сих пор спать хочется. Еще часок бы не повредил.

— Конечно. Вот докурим только.

Мы прикончили косяк и снова растянулись на кровати. Я уснул.

56

В тот вечер после ужина Джоанна достала мескалин.
— Когда-нибудь пробовал?
— Нет.
— Хочешь?
— Давай.
У Джоанны на столе лежали какие-то краски, бумага и кисти. Тут я вспомнил, что она коллекционирует живопись. И уже купила несколько моих картин. Почти весь вечер мы пили «Хайнекен», но до сих пор были трезвы.
— Это очень мощная дрянь.
— А что она делает?
— От нее торчишь очень странно. Тебе может стать плохо. Когда поблюешь, торчишь еще сильнее, но я предпочитаю не блевать, поэтому вместе с ним мы примем немножко соды. Наверное, самое главное в мескалине — от него приходишь в ужас.
— Я туда приходил и без всякой помощи.

Я начал рисовать. Джоанна включила стерео. Играла очень странная музыка, но мне понравилось. Я оглянулся — Джоанны нет. Плевать. Я рисовал человека, только что совершившего самоубийство: он повесился на стропилах, на веревке. Я брал много желтых красок, покойник был таким ярким и хорошеньким. Затем что-то произнесло:
— Хэнк...
Оно стояло у меня прямо за спиной. Я вскочил со стула:
— ГОСПОДИ ТЫ БОЖЕ МОЙ! ОХ, ГОСПОДИ ГОВНО ТЫ БОЖЕ МОЙ!

Крохотные ледяные пузырьки побежали у меня от запястий к плечам и по спине. Я дрожал и трясся. Я оглянулся. Джоанна.

— Никогда больше так не делай,— сказал я ей.— Никогда не подкрадывайся так ко мне, или я тебя убью!

— Хэнк, я просто выходила купить сигарет.

— Посмотри, чего я нарисовал.

— Ох, здорово,— сказала она,— мне очень нравится.

— Это по мескалину, наверное.

— Да, по нему.

— Ладно, дай покурить, леди.

Джоанна рассмеялась и зажгла нам две.

Я снова начал рисовать. На этот раз у меня по-настоящему получилось: громадный зеленый волк ебет рыжую, ее огненные волосы отлетели назад, а зеленый волчище засаживает ей меж задранных ног. Она беспомощна и покорна. Волчище пилит, себя не помня, а над головой пылает ночь, дело происходит под открытым небом, и длиннорукие звезды с луной приглядывают за ними. Все жарко, жарко и полно цветом.

— Хэнк...

Я подскочил. И обернулся. Джоанна. Я схватил ее за горло:

— Я же велел тебе, черт бы тебя побрал, *не подкрадываться*...

57

Я прожил у нее пять дней и ночей. Потом у меня вставать перестал. Джоанна отвезла меня в аэропорт. Она купила мне новый чемодан и кое-что из одежды. Я терпеть не мог их аэропорта Даллас — Форт Уорт. Самый бесчеловечный аэропорт в США.

Джоанна помахала мне рукой, и я поднялся в воздух...

Путешествие до Лос-Анджелеса прошло без приключений. Я сошел с самолета. Интересно, что там с моим «фольксвагеном». Поднялся на лифте к стоянке и машины не увидел. Наверное, оттащили. Потом перешел на другой край — вот он. Получил я лишь штрафной талон за неположенную парковку.

Я поехал домой. Квартира выглядела как обычно — везде бутылки и мусор. Надо прибраться. Если бы кто-нибудь увидел ее в таком состоянии, меня бы упрятали в дурдом.

Раздался стук. Я открыл дверь. Тэмми.

— Привет! — сказала она.
— Здравствуй.
— Ты, должно быть, ужасно спешил, когда уезжал. Все двери открытыми оставил. Черный вход вообще настежь. Слушай, пообещай, что никому не скажешь, если я тебе кое-что расскажу.
— Ладно.
— Сюда приходила Арлина, звонить с твоего телефона, по межгороду.
— Ладно.
— Я пыталась ее остановить, но не смогла. Она была на колесах.
— Ладно.
— Где ты был?
— В Галвестоне.
— Чего ради ты так сорвался? Ты ненормальный.

— Мне в субботу опять улетать надо.
— В субботу? А сегодня что?
— Четверг.
— Куда поедешь?
— В Нью-Йорк.
— Зачем?
— На чтения. Мне прислали билеты две недели назад. И я получу процент со сборов.
— О, возьми меня *с собой!* Я Дэнси у мамы оставлю. Я тоже хочу!
— Тебя мне брать не по карману. Это съест мой заработок. У меня в последнее время большие траты были.
— Я буду *умницей!* Я буду *такой* умницей! Я ни на шаг от тебя не отойду! Я по тебе очень скучала.
— Я не могу, Тэмми.

Она подошла к холодильнику и взяла пиво.

— Ты просто хуй на меня клал. Все эти твои стихи про любовь — сплошной треп.
— Они были не треп, когда я их писал.

Зазвонил телефон. Мой редактор.

— Где ты был?
— В Галвестоне. Материал собирал.
— Я слышал, у тебя чтения в Нью-Йорке в эту субботу.
— Да, и Тэмми тоже хочет поехать, это моя девушка.
— Ты ее с собой берешь?
— Нет, я не могу себе этого позволить.
— А сколько?
— Триста шестнадцать долларов туда и обратно.

— Тебе в самом деле хочется ее с собой взять?
— Да, наверное.
— Ладно, бери. Я вышлю тебе чек.
— Ты это серьезно?
— Да.
— Прямо не знаю, что сказать...
— Не стоит. Вспомни только Дилана Томаса.
— *Меня* им не убить.

Мы попрощались. Тэмми потягивала пиво.
— Ладно,— сказал я,— у тебя есть дня два-три на сборы.
— Ты хочешь сказать — *я еду?*
— Да, за тебя платит мой редактор.

Тэмми подпрыгнула и облапала меня. Она целовала меня, хватала за яйца, дергала за хер.
— Ты славнющий мой старый ебила!

Нью-Йорк. Если не считать Далласа, Хьюстона, Чарлстона и Атланты — наихудшее место, где мне доводилось бывать. Тэмми кинулась на меня, и мой хуй восстал. Джоанна Дувр не все себе оттяпала...

58

В ту субботу мы вылетали из Лос-Анджелеса в 3.30 дня. В 2 я поднялся и постучал к Тэмми. Дома ее не оказалось. Я вернулся к себе и сел. Зазвонил телефон. Тэмми.

— Слушай,— сказал я,— нам бы уже об отлете подумать. Меня в Кеннеди люди будут встречать. Ты где?

— Мне шесть долларов на рецепт не хватает. Я «куаалюды» покупаю.

— Где ты?

— Сразу на углу бульвара Санта-Моника и Западной, примерно в квартале. Аптека называется «Сова». Мимо никак не пройдешь.

Я положил трубку, залез в «фольксваген» и поехал за Тэмми. Остановился в квартале от угла бульвара Санта-Моника и Западной, вышел и огляделся. Аптеки не было.

Я снова забрался в «фольк» и поехал дальше, ища глазами ее красный «камаро». В конце концов я его увидел — пятью кварталами дальше. Я остановился и зашел в аптеку. Тэмми сидела в кресле. Дэнси подбежала и скорчила мне рожу.

— Мы не сможем взять с собой ребенка.

— Я знаю. Мы ее высадим у моей мамы.

— У твоей мамы? Это же три мили в другую сторону.

— Это по пути в аэропорт.

— Нет, это в другую сторону.

— У тебя шесть баксов есть?

Я дал Тэмми шесть.

— Встретимся у тебя. Ты собралась?

— Да, я готова.

Я поехал обратно и стал ждать. Наконец я их услышал.

— Мама! — говорила Дэнси.— Я хочу «Динь-Дон»!

Они поднялись по лестнице. Я стал ждать, когда они спустятся. Они не спускались. Я поднялся. Вещи Тэмми сложила, но сама стояла на коленях перед чемоданом, то открывая, то закрывая ему «молнию».

— Слушай,— сказал я,— я отнесу остальные вещи в машину.

У нее было два больших бумажных пакета, набитых под завязку, и три платья на вешалках. И это — помимо чемодана.

Я снес пакеты и платья в «фольксваген». Когда вернулся, она чиркала «молнией» чемодана взад и вперед.

— Тэмми, поехали.

— Подожди минутку.

Она стояла на коленях, дергая зиппер взад-вперед, вверх и вниз. Внутрь не заглядывала. Просто дергала зиппер вверх и вниз.

— Мама,— сказала Дэнси,— я хочу «Динь-Дон».

— Пошли, Тэмми, поехали.

— А, ну ладно.

Я взял чемодан, и они вышли из дому следом за мной.

Я поехал за битым красным «камаро» к ее матери. Мы зашли. Тэмми встала перед маминым комодом и начала дергать ящики туда-сюда. Всякий раз, вытаскивая ящик, она засовывала в него руку и все внутри ворошила. Потом захлопывала и переходила к следующему. То же самое.

— Тэмми, самолет скоро взлетит.

— Да нет, у нас полно времени. *Ненавижу* болтаться по аэропортам.

— Что будешь делать с Дэнси?

— Я ее тут оставлю, пока мама с работы не вернется.

Дэнси испустила вой. Наконец-то она поняла и взвыла, и потекли слезы, а потом она вдруг перестала рыдать, сжала руки в кулачки и завопила:

— Я ХОЧУ «ДИНЬ-ДОН»!

— Слушай, Тэмми, я подожду в машине.

Я вышел и начал ждать. Ждал пять минут, потом снова зашел. Тэмми по-прежнему выдвигала и задвигала ящики.

— Прошу тебя, Тэмми, поехали!

— Хорошо.

Она повернулась к Дэнси:

— Слушай, сиди тут, пока бабушка не придет. Запри дверь и *никого* не впускай, кроме бабушки!

Дэнси снова взвыла. Потом завопила:

— Я ТЕБЯ НЕНАВИЖУ!

Тэмми вышла следом за мной, и мы сели в «фольксваген». Я запустил мотор. Тэмми открыла дверцу и пропала.

— МНЕ НАДО ИЗ МАШИНЫ КОЙ-ЧЕГО ВЗЯТЬ!

Тэмми подбежала к «камаро».

— Ох, черт, я ж ее заперла, а ключа нет! У тебя есть вешалка?

— Нет! — заорал я.— *Нет* у меня никакой вешалки!

— *Щас* приду!

Тэмми вновь заскочила в мамину квартиру. Открылась дверь. Дэнси выла и орала. Потом я услышал, как дверь захлопнулась, и Тэмми вернулась с вешалкой. Подошла к «камаро» и поддела дверцу.

Я подошел к ее машине. Тэмми забралась на заднее сиденье и теперь рылась в этом невообразимом хламе — в одежде, бумажных пакетах, картонных стаканчиках, газетах, пивных бутылках, пустых коробках,— что был там навален. Потом нашла — свою камеру, «полароид», который я подарил ей на день рождения.

Когда я ехал в аэропорт, погоняя «фольксваген» так, будто собирался выиграть заезд на 500, Тэмми наклонилась ко мне:

— Ты меня точно любишь, правда?
— Да.
— Когда прилетим в Нью-Йорк, я тебя так выебу, как тебя *никогда* не ебли!
— Серьезно?
— Да.

Она схватила меня за член и прижалась ко мне.
Первая и единственная рыжая моя. Мне повезло...

59

Мы бежали по длинной рампе. Я тащил ее платья и бумажные пакеты.

У эскалатора Тэмми увидела страховой автомат.
— Прошу тебя,— сказал я,— у нас до взлета пять минут.
— Я хочу, чтобы Дэнси получила деньги.
— Ладно.
— У тебя двух четвертачков не найдется?

Я дал ей два четвертачка. Она засунула их в машину, и оттуда выскочила карточка.
— У тебя есть ручка?

Тэмми заполнила карточку — к карточке полагался еще и конверт. Тэмми вложила карточку в конверт. И попыталась засунуть его в щель автомата.

— Эта штука не влазит!

— Мы опоздаем на самолет.

Она все запихивала конверт в щель. Тот не проходил.

Она стояла и просто-таки вколачивала его в щель. Теперь конверт согнулся пополам, и все края у него измялись.

— Я сейчас озверею,— сказал я.— Я этого не *вынесу*.

Она пихнула его еще несколько раз. Конверт не влезал. Она взглянула на меня.

— Ладно, пойдем.

Мы поднялись на эскалаторе вместе с ее платьями и бумажными пакетами.

Нашли выход на посадку. Заняли два места ближе к хвосту. Пристегнулись.

— Вот видишь,— сказала она,— я же говорила, у нас куча времени.

Я посмотрел на часы. Самолет покатился...

60

Мы летели уже двадцать минут, когда она вытащила из сумочки зеркальце и начала краситься — главным образом глаза. Она трудилась над глазами крохотной кисточкой, сосредоточившись на ресницах. При этом очень широко распахивала глаза и открывала рот. Я наблюдал за нею, и у меня встал.

Ее рот был настолько полон, и кругл, и открыт — а она красила ресницы. Я заказал нам выпить.

Тэмми прервалась на выпивку, затем продолжила.

Молодой парень, сидевший справа, начал играть с собой. Тэмми глазела на свое лицо в зеркальце, не закрывая при этом рта. Такими губами только и отсасывать, видно по всему.

Она продолжала так целый час. Затем убрала зеркальце и кисточку, оперлась на меня и уснула.

Слева от нас сидела женщина. Где-то за сорок. Тэмми спала рядом со мной.

Женщина посмотрела на меня.

— Сколько ей? — спросила она.

В реактивном самолете внезапно стало очень тихо. Все сидевшие поблизости слушали.

— Двадцать три.
— А выглядит на семнадцать.
— Ей двадцать три.
— Сначала два часа красится, а потом засыпает.
— Не два, а всего около часа.
— Вы в Нью-Йорк летите? — спросила меня дама.
— Да.
— Это ваша дочь?
— Нет, я ей не отец *и* не дедушка. Я ей вообще не родственник. Она моя подружка, и мы летим в Нью-Йорк.— Я уже видел в ее глазах заголовок:

ЧУДОВИЩЕ ИЗ ВОСТОЧНОГО ГОЛЛИВУДА ОПАИВАЕТ 17-ЛЕТНЮЮ ДЕВУШКУ, УВОЗИТ ЕЕ В НЬЮ-ЙОРК, ГДЕ СЕКСУАЛЬНО ЗЛОУПОТРЕБЛЯЕТ ЕЮ, А ЗАТЕМ ПРОДАЕТ ЕЕ ТЕЛО МНОГОЧИСЛЕННЫМ БИЧАМ

Дама-следователь сдалась. Она откинулась на сиденье и закрыла глаза. Ее голова соскользнула в мою сторону. Казалось, она почти лежит у меня на коленях. Обнимая Тэмми, я наблюдал за этой головой. Интересно, она будет против, если я сокрушу ей губы своим безумным поцелуем? У меня снова встал.

Мы уже шли на посадку. Тэмми казалась очень вялой. Меня это тревожило. Я ее пристегнул.

— Тэмми, уже *Нью-Йорк!* Мы сейчас *приземлимся!* Тэмми, *проснись!*

Никакого ответа.

Передознулась?

Я пощупал ей пульс. Не чувствуется.

Я посмотрел на ее огромные груди. Я старался разглядеть хоть бы намек на дыхание. Они не шевелились. Я поднялся и пошел искать стюардессу.

— Сядьте, пожалуйста, на свое место, сэр. Мы идем на посадку.

— Послушайте, я беспокоюсь. Моя подруга не хочет просыпаться.

— Вы думаете, она умерла? — прошептала стюардесса.

— Я не знаю,— прошептал я в ответ.

— Хорошо, сэр. Как только мы сядем, я к вам приду.

Самолет начал снижаться. Я зашел в сортир и намочил несколько бумажных полотенец. Вернулся на место, сел рядом с Тэмми и стал тереть ей лицо полотенцами. Весь этот грим — коту под хвост. Тэмми даже не вздрогнула.

— Блядь, да проснись же ты!

Я потер полотенцами ей между грудей. Ничего. Не шевелится. Я сдался.

Надо будет как-то переправлять обратно ее тело. Надо будет объяснять ее матери. Ее мать меня возненавидит.

Мы приземлились. Люди повставали и выстроились на выход. Я сидел на месте. Я тряс и щипал Тэмми.

— Уже Нью-Йорк, Рыжая. «Гнилое Яблоко». Приди в себя. Кончай это говнидло.

Стюардесса вернулась и потрясла Тэмми:

— Дорогуша, в чем дело?

Тэмми начала реагировать. Она пошевельнулась. Затем открылись глаза. Все дело в *новом* голосе. Кому охота слушать старый голос. Старые голоса становятся частью твоего я, как ноготь.

Тэмми извлекла зеркальце и начала причесываться. Стюардесса потрепала ее по плечу. Я встал и вытащил платья с багажной полки. Бумажные пакеты тоже там лежали. Тэмми все смотрелась в зеркальце и причесывалась.

— Тэмми, мы уже в Нью-Йорке. Давай выходить.

Она задвигалась быстро. Мне достались оба пакета и платья. Она пошла по проходу, виляя задницей. Я пошел следом.

61

Наш человек был на месте и встречал нас, Гэри Бенсон. Он водил такси и тоже писал стихи. Очень жирный, но, по крайней мере, не выглядел поэтом, не походил на Норт-Бич, или там на Ист-Виллидж, или на учителя английского, и от этого было легче, потому что в Нью-Йорке в тот день стояла ужасная жара, почти 110 градусов. Мы получили багаж и сели в машину Гэри, не в такси, и он объяснил нам, почему иметь машину в Нью-Йорке — почти что без толку. Поэтому здесь так много такси. Он вывез нас из аэропорта, и повел машину, и заговорил, а шоферы Нью-Йорка — совсем как сам Нью-Йорк: ни один не уступит ни пяди и всем плевать. Ни сострадания, ни любезности: бампер к бамперу — и вперед. Ясное дело: уступивший хоть дюйм устроит дорожную аварию, беспорядок, убийство. Машины потекли по дороге сплошь, будто какашки в канализации. Видеть это было дивно, и никто из водителей не злился, они просто смирились с фактами.

Гэри же *по-настоящему* любил тележить о своем.

— Если ты не против, я б хотел записать тебя для радио, интервью сделаем.

— Хорошо, Гэри, скажем, завтра после чтения.

— Сейчас я вас отвезу к координатору по поэзии. У него все схвачено. Он покажет, где вы остановитесь и так далее. Его зовут Маршалл Бенчли, и не говори ему, что я тебе сказал, но я всеми печенками его ненавижу.

Мы ехали дальше, а потом увидели Маршалла Бенчли, стоявшего перед шикарным особняком из песчаника. Стоянка запрещена. Бенчли прыгнул в машину, и Гэри моментально отъехал. Бенчли выглядел как поэт — поэт с личным источником дохода, никогда не зарабатывавший себе на хлеб: это бросалось в глаза. Он жеманничал и ломил — галька, а не человек.

— Мы отвезем вас туда, где будете жить,— сказал он.

И гордо продекламировал длинный список лиц, останавливавшихся в моем отеле. Кое-какие имена я узнавал, прочие нет.

Гэри заехал в зону высадки перед отелем «Челси». Мы вышли. Гэри сказал:

— Увидимся на чтении. И до встречи завтра.

Маршалл завел нас внутрь, и мы подошли к администратору. «Челси» явно мало что собой представлял — наверное, оттуда и шарм.

Маршалл обернулся и вручил мне ключ:

— Номер тысяча десять, бывшая комната Дженис Джоплин*.

— Спасибо.

— В тысяча десятом останавливалось много великих артистов.

Он довел нас до крохотного лифта.

— Чтения в восемь. Мы заедем за вами в семь тридцать. Уже две недели как все билеты распроданы. Мы продаем стоячие, только тут нужно осторожнее — из-за пожарной охраны.

— Маршалл, где тут ближайшая винная точка?

— Вниз и сразу направо.

Мы попрощались с Маршаллом и поехали на лифте вверх.

---

* Дженис Лин Джоплин (1943–1970) — американская блюзовая и рок-певица. Этот гостиничный номер увековечен канадским поэтом и автором-исполнителем Леонардом Коэном (р. 1934) в песне «Отель "Челси" № 2» (1974), рассказывающей о его кратких романтических отношениях с Джоплин.

62

В тот вечер на чтениях было горячо: их должны были проводить в церкви Святого Марка. Мы с Тэмми сидели там, где устроили гримерку. Тэмми нашла большое зеркало во весь рост, прислоненное к стене, и начала причесываться. Маршалл вывел меня на задний двор. Там у них кладбище. Маленькие бетонные надгробья сидели на земле, а в них врезаны надписи. Маршалл поводил меня и эти надписи показал. Перед чтениями я всегда волнуюсь, я очень напряжен и несчастен. И по́чти всегда блюю. Так и теперь. Я стравил на одну из могил.

— Вы только что облевали Питера Стюйвесанта*,— сказал Маршалл.

Я снова зашел в гримерную. Тэмми по-прежнему смотрелась в зеркало. Она рассматривала свое лицо и свое тело, но главным образом ее волновали волосы. Она собирала их на макушке, смотрела, как выглядит, а затем снова рассыпала.

Маршалл просунул голову в комнату.

— Пойдемте, они ждут!

— Тэмми не готова,— ответил я.

Потом она взгромоздила волосы на макушку и снова себя осмотрела. Потом их уронила. Потом встала вплотную к зеркалу и вгляделась в свои глаза.

Маршалл постучался, затем вошел:

— Пойдемте, Чинаски!

---

* Питер Стюйвесант (ок. 1600–1672) — служащий голландской Вест-Индской компании, назначенный в 1647 г. генеральным директором колонии Новые Нидерланды.

— Давай, Тэмми, пошли.
— Ладно.

Я вышел с Тэмми под боком. Они захлопали. Старая хрень имени Чинаски работала. Тэмми спустилась в толпу, а я начал читать. Много пива в ведерке со льдом. Старые стихи и новые стихи. Я не мог промазать. Я держал святого Марка за распятие.

63

Мы вернулись в 1010-й. Мне уже вручили чек. Я сказал внизу, чтобы нас не беспокоили. Мы с Тэмми сидели и выпивали. Я прочел 5 или 6 стихов о любви к ней.

— Они знали, кто я такая,— сказала она.— Я иногда хихикала. Так неудобно было.

Ну еще б не знали. Она вся блестела от секса. Даже тараканам, мухам и муравьям хотелось ее выебать.

В дверь постучали. Внутрь проскользнули двое: поэт и его женщина. Поэт был Морсом Дженкинсом из Вермонта. Его женщину звали Сэйди Эверет. С собой он принес четыре бутылки пива.

Он был в сандалиях и старых рваных джинсах; в браслетах с бирюзой; с цепочкой вокруг горла; борода, длинные волосы; оранжевая кофта. Он все говорил и говорил. И расхаживал по комнате.

С писателями проблема. Если то, что писатель написал, издается и расходится во множестве экземпляров, писатель считает себя великим. Если то, что писатель написал, издается и продается средне, писатель считает себя великим. Если то, что писатель написал, издается и расходится очень слабо, писатель считает себя великим. Если то, что писатель написал, вообще не издается и у него нет денег, чтобы напечатать это самому, он считает себя истинно великим. Истина же в том, что величия крайне мало. Его почти не существует, оно невидимо. Но можете быть уверены — худшие писатели увереннее всех и меньше всех сомневаются в себе. Как бы там ни было, писателей следует избегать, но это почти невозможно. Они надеются на какое-то братство, какую-то общность. Это никак не помогает за пишущей машинкой, писание тут ни при чем.

— Я спарринговал с Клэем, прежде чем он стал Али*,— говорил Морс. Морс наносил удары по корпусу и финтил, танцевал.— Он был довольно неплох, но я его обработал.

Морс боксировал с тенью по всей комнате.

— Посмотрите на мои ноги! — говорил он.— У меня клевые ноги!

— У Хэнка ноги лучше, чем у вас,— сказала Тэмми.

Будучи известным своими ногами, я кивнул.

Морс сел. Ткнул бутылкой пива в сторону Сэйди.

— Она работает медсестрой. Она меня содержит. Но я когда-нибудь своего добьюсь. Обо мне еще услышат!

Морсу на чтениях никогда бы не понадобился микрофон.

Он взглянул на меня:

---

* Мохаммед Али (Кассиус Марселлюс Клэй, р. 1942) — американский боксер, сменил имя в 1975 г., вступив в организацию «Нация ислама».

— Чинаски, ты один из двух или трех лучших поэтов, из еще живых. Тебе все удается. У тебя крутая строка. Но я тоже тебя догоняю! Давай, я тебе почитаю свое барахло. Сэйди, подай мои стихи.

— Нет,— сказал я,— подожди! Я не хочу их слушать.

— Почему, чувак? Почему?

— Сегодня и так перебор поэзии, Морс. Мне хочется прилечь и забыть о ней.

— Ну ладно... Слушай, ты никогда не отвечаешь на мои письма.

— Я не сноб, Морс. Но мне приходит семьдесят пять писем в месяц. Отвечай я на все, я больше ничем бы не занимался.

— Спорим, женщинам ты отвечаешь!

— Смотря какая женщина...

— Ладно, чувак, я не сержусь. Мне по-прежнему твое нравится. Может, я никогда не стану знаменитым, но мне кажется, стану, и ты будешь рад, что со мной знаком. Давай, Сэйди, пошли...

Я проводил их до двери. Морс схватил меня за руку. Он не стал ее пожимать, и ни он, ни я толком друг на друга не взглянули.

— Ты хороший, старина,— сказал он.

— Спасибо, Морс...

И они ушли.

64

Наутро Тэмми нашла у себя в сумочке рецепт.

— Мне надо его отоварить,— сказала она.— Посмотри.

Он весь уже измялся, а чернила расплылись.

— Что это с ним?

— Ну, ты же знаешь моего брата, он залип на колесах.

— Я знаю твоего брата. Он мне должен двадцать баксов.

— Ну вот, он хотел у меня его отобрать. Пытался меня задушить. Я засунула рецепт в рот и проглотила. Вернее, *сделала вид*, что проглотила. Он не поверил. Это было в тот раз, когда я тебе позвонила и попросила приехать и вышибить из него дерьмо. Он свалил. А рецепт по-прежнему был у меня во рту. Я его еще не использовала. Но его можно отоварить тут. Стоит попробовать.

— Ладно.

Мы спустились в лифте на улицу. Жарища стояла за 100. Я едва шевелился. Тэмми зашагала, а я поплелся за ней — ее шкивало с одного края тротуара на другой.

— Давай! — говорила она.— Не отставай.

Она чего-то наелась — похоже, транков. Как отмороженная. Подошла к газетному киоску и начала рассматривать журнал. Кажется, «Варьете». Она все стояла и стояла. А я стоял с нею рядом. Скучно и бессмысленно. Она просто таращилась на «Варьете».

— Слушай, сестренка, либо покупай эту срань, либо шевели поршнями! — То был человек из киоска.

Тэмми зашевелила поршнями.

— Боже мой, Нью-Йорк — кошмарное место! Я просто хотела посмотреть, напечатали что-нибудь про чтения или нет!

Тэмми двинулась дальше, виляя задом, ее шкивало с одного края тротуара на другой. В Голливуде машины бы причаливали к бровке, черные исполняли бы увертюры, Тэмми били бы клинья, пели серенады, устраивали овации. Нью-Йорк не таков: он истаскан, изможден и презирает плоть.

Мы зашли в черный район. Они наблюдали, как мы проходим мимо: рыжая девчонка с длинными волосами, обдолбанная, и пожилой парень с сединой в бороде, устало идущий следом. Я косился на них — они сидели на своих приступках; хорошие лица. Они мне нравились. Мне они нравились больше, чем она.

Я тащился за Тэмми по улице. Потом нам попался мебельный магазин. Перед ним на тротуаре стояло сломанное конторское кресло. Тэмми к нему подошла и остановилась, уставилась на него. Как загипнотизированная. Не отрываясь, она смотрела на это конторское кресло. Трогала его пальчиком. Шли минуты. Потом она в него села.

— Послушай,— сказал я ей,— я пошел в гостиницу. А ты делай, что хочешь.

Тэмми даже головы не подняла. Она возила руками взад и вперед по подлокотникам. Она пребывала в собственном мире. Я развернулся и ушел в «Челси».

Я взял пива и поехал наверх в лифте. Разделся, принял душ, привалил пару подушек к изголовью кровати и лег, потягивая пиво. Чтения принижали меня. Высасывали душу. Я закончил одно пиво и принялся за другое. Чтения иногда приносили пушнину. Рок-звезды получали свою долю пушнины; удачливые боксеры — тоже; великим тореадорам доставались девственницы. Почему-то лишь тореадоры хоть немного этого заслуживали.

В дверь постучали. Я встал и на щелочку приоткрыл. Тэмми. Она толкнула дверь и вошла.

— Я нашла эту грязную жидовскую морду. За рецепт он хотел двенадцать долларов! А на побережье всего шесть. Я ему сказала, что у меня только шесть баксов. Ему насрать. Поганый жид гарлемский! Можно мне пива?

Тэмми взяла пиво и села на окно, свесив одну ногу и высунув одну руку. Другая нога оставалась внутри, а рукой она держалась за поднятую раму.

— Я хочу посмотреть статую Свободы. Я хочу увидеть Кони-Айленд! — заявила она.

Я взял себе новое пиво.

— Ох, как здесь *славно!* Славно и прохладно.

Тэмми высунулась из окошка, засмотревшись. Потом заорала.

Рука, которая держалась за раму, соскользнула. Я видел, как бо́льшая часть ее тела исчезла за окном. Потом появилась вновь. Тэмми каким-то образом снова втянула себя внутрь и обалдело уселась на подоконник.

— Еще б чуть-чуть,— сказал я.— Хорошее бы стихотворение получилось. Я терял много женщин и по-разному, но это что-то новенькое.

Тэмми подошла к кровати. Растянулась на ней лицом вниз. Я понял, что она до сих пор обдолбана. Затем она скатилась с постели и приземлилась прямо на спину. Она не шевелилась. Я подошел, поднял ее и снова положил на кровать. Схватил за волосы и злобно поцеловал.

— Эй... Че ты делаешь?

Я вспомнил, как она обещала мне дать. Перекатил ее на живот, задрал платье, стянул трусики. Влез на нее и всадил, стараясь нащупать пизду. Я все тыкал и тыкал. Потом вправил внутрь. Я проскальзывал все глубже. Я имел ее как надо. Она еле слышно похныкивала. Зазвонил телефон. Я вытащил, встал и ответил. Звонил Гэри Бенсон.

— Я еду с магнитофоном брать интервью для радио.

— Когда?

— Минут через сорок пять.

Я положил трубку и вернулся к Тэмми. Я по-прежнему был твёрд. Схватил ее за волосы, впечатал еще один яростный поцелуй. Глаза у нее были закрыты, рот безжизнен. Я снова ее оседлал. Снаружи сидели на пожарных лестницах. Когда солнце спускалось и появлялась кое-какая тень, они выходили остудиться. Люди Нью-Йорка сидели там, пили пиво, содовую, воду со льдом. Терпели и курили сигареты. Оставаться в живых — уже победа. Они украшали свои пожарные лестницы растениями. Им хватало и того, что есть.

Я устремился прямиком к сердцевине Тэмми. По-собачьи. Собаки знают, что почем. Я месил без роздыху. Хорошо, что я вырвался с почтамта. Я раскачивал и лупил ее тело. Несмотря на колеса, она пыталась что-то сказать.

— Хэнк...— говорила она.

И вот я кончил, затем отдохнул на ней. Мы оба истекали по́том. Я скатился, встал, разделся и пошел в душ. Снова я выеб эту рыжую, на 32 года моложе меня. В душе мне стало превосходно. Я намеревался жить до 80, чтоб ебать 18-летнюю девчонку. Кондиционер не работал, но работал душ. Мне в самом деле хорошо. Я готов к интервью для радио.

65

Дома в Лос-Анджелесе мне выдалась почти неделя покоя. А потом зазвонил телефон. Владелец ночного клуба на Манхэттен-Бич, Марти Сиверз. Я уже читал там пару раз. Клуб назывался «Чмок-Хай».

— Чинаски, я хочу, чтобы ты почитал у меня в следующую пятницу. Сможешь заработать долларов четыреста пятьдесят.

— Хорошо.

Там играли рок-группы. Публика отличалась от колледжей. Они были такими же несносными, как я, и мы материли друг друга между стихами. Вот такая публика по мне.

— Чинаски,— сказал Марти,— ты думаешь, беды с бабами только у тебя. Давай я тебе расскажу. Та, которая у меня сейчас, умеет как-то с окнами и жалюзи. Сплю это я, а она возникает в спальне в три-четыре часа утра. Трясет меня. Пугает до усрачки. Стоит и говорит: «Я просто хотела убедиться, что ты спишь один!»

— Батюшки-светы.

— А в другую ночь сижу это я, и тут стучат. Я знаю, что это она. Открываю дверь — а ее там нет. Одиннадцать вечера, я в одних трусах. Я выпивал, я начинаю волноваться. Выбегаю наружу в одних трусах. А на день рождения я надарил ей платьев на 400 долларов. И вот я выбегаю, а все эти платья — вот они, на крыше моей новой машины, и они в огне, они горят! Подбегаю сдернуть их оттуда, а она выскакивает из-за куста и начинает орать. Выглядывают соседи — а я там такой, в одних трусах, обжигаю руки, хватая с крыши платья.

— На одну из моих похоже,— сказал я.

— Ладно, значит, я прикинул, что у нас все кончено. Сижу тут через две ночи, надо было в клубе тогда подежурить, поэтому я сижу в три часа ночи, пьяный, и опять в одних трусах. В дверь стучат. Ее стуком. Открываю, а ее опять нет. Выхожу к машине, а она снова платья в бензине вымочила и подожгла. В тот раз-то припрятала кое-что. Только сейчас они горят уже на капоте. Она откуда-то выскакивает и начинает вопить. Соседи выглядывают. Я там опять в одних трусах, скидываю горящие платья с капота.

— Здорово. Жалко, не со мной случилось.

— Видел бы ты мою новую машину. Краска волдырями пошла по всему капоту и крыше.

— А сейчас она где?

— Мы опять вместе. Она приехать должна через тридцать минут. Так можно тебя на чтения записать?

— Конечно.

— Ты покруче рок-групп. Я никогда ничего подобного не видел. Хорошо бы тебя сюда заманивать вечерами каждую пятницу и субботу.

— Ничего не выйдет, Марти. Одну и ту же песню можно крутить и крутить, а стихи им только новые подавай.

Марти рассмеялся и повесил трубку.

66

Я взял с собой Тэмми. Мы приехали чуть-чуть пораньше и зашли в бар через дорогу. Взяли себе столик.

— Только не пей слишком много, Хэнк. Ты же слова глотаешь и пропускаешь строчки, когда сильно напиваешься.

— Наконец-то,— сказал я,— ты говоришь что-то дельное.

— Ты боишься публики, правда?

— Да, но это не страх сцены вообще. Это страх того, что я стою на сцене, как обсос. Им ведь нравится, если я свое говно лопаю. Но после этого я могу платить за свет и ездить на бега. У меня нет оправданий.

— Я себе «злюку»* возьму,— сказала Тэмми.

Я велел девушке принести нам «злюку» и «Буд».

— Сегодня я в норме,— сказала она.— Обо мне не беспокойся.

Тэмми выпила «злюку».

— В этих «злюках», кажется, совсем ничего нет. Я еще один возьму.

Мы заказали еще «злюку» с «Будом».

— В самом деле,— сказала она,— мне кажется, туда вообще ничего не кладут. Я лучше еще один выпью.

Тэмми проглотила пять «злюк» за 40 минут.

Мы постучались в задние двери «Чмок-Хая». Здоровенный телохранитель Марти впустил нас. Марти брал себе этих типов с неисправными щитовид-

---

* «Злюка» (иначе «колючка») — коктейль из виски и мятного ликера со льдом.

ками поддерживать закон и порядок, когда вся мелюзга, все волосатые придурки, нюхатели клея, кислотные торчки, простой травяной народ, алкаши — все отверженные, проклятые, скучающие и притворщики — выходили из-под контроля.

Я уже готов был срыгнуть, и я срыгнул. На сей раз я нашел урну и дал жару. В последний раз я все вывалил прямо под дверь кабинета Марти. Сейчас тот остался доволен происшедшей переменой.

67

— Хотите чего-нибудь выпить? — спросил Марти.
— Пива,— ответил я.
— А мне «злюку»,— сказала Тэмми.
— Найди ей место и открой кредит,— велел я Марти.
— Ладно. Мы ее устроим. Остались одни стоячие места. Пришлось отказать ста пятидесяти, а до тебя еще тридцать минут.
— Я хочу представить Чинаски публике,— сказала Тэмми.
— Ты не возражаешь? — спросил Марти.
— Нет.

У них там выступал пацан с гитарой, Динки Саммерс, и толпа его потрошила. Восемь лет назад у Динки вышла золотая пластинка, и с тех пор — ничего.

Марти сел за интерком и набрал номер.

— Слушай,— спросил он,— этот парень — такая же дрянь, как нам слышно?

Из трубки донесся женский голос:
— Ужас.

Марти положил трубку.

— Хотим Чинаски! — орали они.

— Хорошо,— послышался голос Динки,— следующий — Чинаски.

И запел снова. Те были пьяны. Они улюлюкали и свистели. Динки пел дальше. Закончил свое отделение и сошел со сцены. Поди угадай. Бывают дни, когда лучше не вылазить из постели и натянуть одеяло на голову.

Постучали. Зашел Динки в своих красно-бело-синих теннисных тапочках, белой майке и коричневой фетровой шляпе. Шляпа сидела набекрень на массе светлых кудряшек. Майка гласила: «Бог есть Любовь».

Динки посмотрел на нас:

— Я *действительно* был так плох? Я хочу знать. Я *в самом деле* был так плох?

Никто не ответил.

Динки взглянул на меня.

— Хэнк, я был настолько плох?

— Толпа пьяная. У них карнавал.

— Я хочу знать, я был плох или нет?

— Лучше выпей.

— Я должен найти свою девчонку,— сказал Динки.— Она где-то там одна.

— Слушай,— сказал я,— давай с этим покончим.

— Прекрасно,— ответил Марти,— иди начинай.

— Я его представляю,— сказала Тэмми.

Я вышел с нею вместе. На подходе к сцене нас заметили и начали орать, материться. Со столиков полетели бутылки. Началась потасовка. Парни с почтамта никогда бы не поверили.

Тэмми вышла к микрофону.

— Дамы и господа,— сказала она,— Генри Чинаски сегодня не смог...

Повисла тишина.

Затем Тэмми добавила:

— Дамы и господа — Генри Чинаски!

Я вышел. Они подняли хай. Я еще ничего не сделал. Я взял микрофон.

— Здрасьте, это Генри Чинаски...

Зал вздрогнул от грохота. Не нужно делать ничего. Они готовы сделать все за меня. Но тут нужно осторожнее. Как бы пьяны они ни были, они немедленно засекают любой фальшивый жест, любое фальшивое слово. Никогда не следует недооценивать публику. Они заплатили за вход; они заплатили за кир; они намереваются *что-то* получить, и, если им этого не дать, они сгонят тебя прямиком в океан.

На сцене стоял холодильник. Я открыл дверцу. Внутри лежало бутылок 40 пива. Я сунул руку, вытащил одну, свернул крышку, хлебнул. Мне нужен был этот глоток.

Тут человек у самой сцены завопил:

— Эй, Чинаски, а мы за напитки *платим!*

Парень в форме почтальона сидел в первом ряду.

Я залез в холодильник и вытащил бутылку. Подошел к парню и отдал пиво. Потом вернулся и извлек еще несколько. Раздал их народу с первого ряда.

— Эй, а про *нас* забыл? — Голос откуда-то сзади.

Я взял бутылку и запулил в темноту. Затем швырнул еще несколько. Клевая толпа — все до единой поймали. Затем одна выскользнула у меня из руки и взлетела в воздух. Я слышал, как она разбилась. Все, хватит, решил я. Я уже представлял, как подают в суд: раздробленный череп.

Осталось 20 бутылок.

— Так, остальные — *мои!*
— Вы читать всю ночь будете?
— Я пить всю ночь буду...

Аплодисменты, свист, отрыжка...

— АХ ТЫ ЕБАНЫЙ ГОВНА ШМАТ! — завопил какой-то парень.

— Спасибо, тетушка Тилли,— ответил я.

Я сел, поправил микрофон и начал первый стих. Стало тихо. Теперь я — на арене наедине с быком. Страшновато. Но я же сам написал эти стихи. Я читал их вслух. Лучше начинать с легкого, с издевательского. Я закончил, и стены содрогнулись. Во время аплодисментов четверо или пятеро подрались. Мне должно повезти. Надо только продержаться.

Их нельзя недооценивать, но в жопу их целовать тоже нельзя. Надо достичь какого-то плацдарма посередине.

Я почитал еще стихов, попил пива. Я напивался сильнее. Слова становилось труднее читать. Я пропускал строки, ронял стихи на пол. Потом перестал и просто сидел на сцене и пил.

— Мне нравится,— сказал я им,— вы платите, чтоб посмотреть, как я пью.

Я напрягся и прочел еще несколько стихотворений. Наконец озвучил пару неприличных и закруглился.

— Все, хватит,— сказал я.

Они заорали, требуя добавки.

Парни с бойни, парни из «Сиэрз-Роубака», все парни со всех складов, где я работал и пацаном, и мужиком, никогда бы не поверили.

В кабинете нас ждало еще больше кира и несколько жирных косяков-бомбовозов. Марти набрал по интеркому номер и спросил насчет сборов.

Тэмми, не отрываясь, смотрела на него.

— Ты мне не нравишься,— сказала она.— Мне твои глаза совсем не нравятся.

— Оставь в покое его глаза,— сказал я.— Давай заберем деньги и поедем.

Марти выписал чек и протянул мне.

— Вот,— сказал он,— двести долларов...

— Двести долларов! — заорала на него Тэмми.— Ах ты гниль сучья!

Я прочитал чек.

— Он шутит,— сказал я ей,— успокойся.

Она меня проигнорировала.

— Двести долларов,— говорила она Марти,— ах ты поганый...

— Тэмми,— сказал я,— там четыреста долларов...

— Подпиши чек,— сказал Марти,— и я дам тебе наличкой.

— Я там довольно сильно надралась,— сказала мне Тэмми,— и спросила у одного парня: «Можно, я своим телом обопрусь на ваше?» Тот говорит: «Ладно».

Я расписался, и Марти выдал мне пачку банкнот. Я засунул их в карман.

— Слушай, Марти, мы, наверное, уже пойдем.

— Я ненавижу твои глаза, — сказала ему Тэмми.

— А может, останешься и поболтаем? — спросил меня Марти.

— Нет, пора идти.

Тэмми встала.

— Мне надо в дамскую комнату.

Она ушла.

Мы с Марти остались сидеть. Прошло десять минут. Марти встал и сказал:

— Подожди, я сейчас вернусь.

Я сидел и ждал, 5 минут, 10 минут. Потом черным ходом вышел из кабинета на улицу. Добрел до стоянки и уселся в «фольксваген». Прошло пятнадцать минут, 20, 25.

Даю ей еще 5 минут и уезжаю, решил я.

Тут как раз в переулок из задней двери вышли Марти и Тэмми.

Марти показал ей:

— Вон он.

Тэмми подошла. Одежда у нее вся была смята и перекручена. Тэмми забралась на заднее сиденье и свернулась калачиком.

На шоссе я раза 2–3 потерялся. Наконец подъехал к нашему дворику. Разбудил Тэмми. Она вышла из машины, взбежала по лестнице к себе и хлопнула дверью.

68

Стояла ночь среды, 12.30, и мне было очень херово. Болел живот, но мне удалось как-то удержать внутри несколько бутылок пива. Тэмми сидела со мной и вроде бы сочувствовала. Дэнси осталась у бабушки.

Даже несмотря на то, что я болел, казалось, все же настали хорошие времена — просто два человека вместе.

В дверь постучали. Я открыл. Там стоял брат Тэмми Джей с еще одним молодым человеком — Филбертом, маленьким пуэрториканцем. Они сели, и я выдал каждому по пиву.

— Пошли порнуху смотреть,— сказал Джей.

Филберт просто сидел, и все. У него были черные, тщательно подстриженные усики, на лице — до крайности мало выражения. Он вообще ничего не излучал. Мне приходили в голову такие определения, как *пустой*, *деревянный*, *мертвый* и так далее.

— Почему ты ничего не скажешь, Филберт? — спросила Тэмми.

Тот и рта не раскрыл.

Я встал, сходил к кухонной раковине и проблевался. Потом вернулся и опять сел. Открыл новое пиво. Терпеть не могу, когда пиво в желудке не задерживается. Я просто-напросто пил слишком много дней и ночей подряд. Нужно отдохнуть. И выпить. Просто пива. А то можно подумать, что я уже и пива в себе не удержу. Я сделал долгий глоток.

Пиву не хотелось оставаться внутри. Я пошел в ванную. Тэмми постучалась:

— Хэнк, у тебя все в порядке?

Я прополоскал рот и открыл дверь.

— Я просто болею, и все.

— Ты хочешь, чтобы я от них избавилась?

— Конечно.

Она вернулась к ним.

— Слушайте, парни, может, ко мне поднимемся?

Такого я не ожидал.

Тэмми забыла заплатить за свет, или же ей не хотелось, и теперь они устроились там при свечах. Она прихватила с собой квинту коктейля «маргарита», которую мы с ней купили.

Я сидел и пил в одиночестве. Следующее пиво внутри задержалось.

Я слышал, как они наверху разговаривают.

Потом брат Тэмми ушел. Я наблюдал, как он при свете луны идет к своей машине...

Тэмми с Филбертом теперь остались вместе наверху одни, при свечах.

Я сидел с потушенным светом, пил. Прошел час. Я видел неверное пламя свечи в темноте. Огляделся. Тэмми забыла туфли. Я их подобрал и поднялся по лестнице. Дверь у нее была приоткрыта, и я услышал, как она говорит Филберту:

— ...Ну и все равно, я вот что имела в виду...

Она услыхала, как я поднимаюсь.

— Генри, это *ты?*

Я швырнул ее туфли вверх по пролету. Они приземлились перед ее дверью.

— Ты забыла свои туфли,— сказал я.

— Ох, господи тебя благослови,— ответила она.

Примерно в 10.30 следующим утром Тэмми постучалась ко мне. Я открыл дверь.

— Ты гнилая проклятая сука.

— Не смей так разговаривать,— ответила она.
— Пива хочешь?
— Давай.
Она села.
— Ну что, выпили мы бутылку «маргариты». Потом мой брат ушел. Филберт был *очень* мил. Он просто сидел и много не разговаривал. «Как ты будешь домой добираться? — спросила я.— У тебя машина есть?» А он ответил, что нет. Просто сидел и смотрел на меня, и я сказала: «Ну, так у меня есть машина, я отвезу тебя домой». И отвезла его домой. А раз уж я там оказалась, легла с ним спать. Я довольно сильно напилась, но он меня не тронул. Сказал, что ему утром на работу.— Тэмми засмеялась.— Где-то посреди ночи он попробовал ко мне подлезть. А я подушкой накрылась и просто ржать начала. Держу подушку на голове и хихикаю. Он сдался. Когда он ушел на работу, я поехала к маме и отвезла Дэнси в садик. И вот сюда приехала...

На следующий день Тэмми была на возбудителях. Она постоянно вбегала ко мне и выбегала. В конце концов сказала мне:
— Я вернусь сегодня вечером. Увидимся вечером!
— Про вечер забудь.
— Что с тобой такое? Много мужчин будет счастливо видеть меня сегодня вечером.

Тэмми с треском вылетела за дверь. На моем крыльце спала беременная кошка.
— Пошла отсюда к черту, Рыжая!

Я схватил беременную кошку и запустил в нее. На фут промахнулся, и кошка шлепнулась в ближний куст.

На следующий вечер Тэмми была на спидах. Я пил. Тэмми и Дэнси орали на меня сверху из окна.

— Иди молофью жри, мудила!
— Ага, иди молофью жри, мудила! ХАХАХА!
— А-а, сиськи! — отвечал я.— Отвисшие сиськи твоей матери!
— Иди крысиный помет жри, мудак!
— Му-дак, му-дак, му-дак! ХАХАХА!
— Мозги мушиные,— отвечал я,— сосите мусор у меня из пупка!
— Ты...— начала Тэмми.

Вдруг неподалеку прогремели пистолетные выстрелы — либо на улице, либо в глубине двора, либо за соседской квартирой. Очень близко. У нас нищий район — с кучей проституток, наркотиками и убийствами время от времени.

Дэнси завопила из окна:

— ХЭНК! ХЭНК! ПОДЫМИСЬ СЮДА, ХЭНК! ХЭНК, ХЭНК, ХЭНК! СКОРЕЕ, ХЭНК!

Я взбежал наверх. Тэмми лежала, растянувшись на постели, восхитительно рыжие волосы разметаны по подушке. Она увидела меня.

— Меня застрелили,— слабо выговорила она.— Меня убили.

Она ткнула в пятно на джинсах. Она больше не шутила. Ей было страшно.

На джинсах красное пятно было, но сухое. Тэмми нравилось брать мои краски. Я наклонился и потрогал это сухое пятно. Все нормально, если не считать колес.

— Послушай,— сказал я,— у тебя все в порядке, не беспокойся...

Выходя от нее, я столкнулся с Бобби, топотавшим вверх по лестнице:

— Тэмми, Тэмми, что случилось? С тобой все в порядке?

Бобби, очевидно, еще надо было одеться, что и объясняло задержку.

Когда он скакал мимо меня, я быстро успел ему сказать:

— Господи Иисусе, чувак, вечно ты в моей жизни.

Он вбежал в квартиру Тэмми, следом за ним — парень из соседней квартиры, бывший торговец подержанными автомобилями и признанный псих.

Тэмми спустилась через несколько дней с конвертом.

— Хэнк, управляющая только что принесла мне уведомление о выселении.

Она показала мне.

Я внимательно прочел.

— Похоже, не шутят,— сказал я.

— Я сказала ей, что погашу долг за квартиру, но она ответила: «Мы не хотим, чтобы ты тут жила, Тэмми!»

— Нельзя слишком долго за квартиру не платить.

— Слушай, да есть у меня деньги. Мне просто платить не нравится.

В Тэмми жил абсолютный дух противоречия. Ее машина была незарегистрирована, срок действия номера давно истек, и ездила она без прав. Она по нескольку дней оставляла машину в желтых зонах, красных зонах, белых зонах, на зарезервированных стоянках... Когда полиция останавливала ее пьяной, или обкуренной, или без прав, Тэмми с ними разговаривала, и ее всегда отпускали. Она рвала квитанции за неположенную парковку, едва их получала.

— Я найду номер телефона хозяина.— (Домовладелец с нами не жил.) — Они не могут так просто дать мне под зад коленом. У тебя есть его номер?

— Нет.

Тут как раз мимо прошел Ирв — владелец борделя, кроме того служивший вышибалой в местном массажном салоне. 6 футов 3 дюйма и сидел на анаболиках. К тому же мозги у него были лучше, чем у первых 3000 людей, что попадаются на улице.

Тэмми выбежала:

— Ирв! Ирв!

Тот остановился и обернулся. Тэмми колыхнула ему грудями.

— Ирв, у тебя есть номер телефона хозяина?

— Нет, нету.

— Ирв, мне нужен его номер. Дай мне его номер, и я тебе отсосу!

— У меня нет его номера.

Он подошел к своей двери и вставил ключ в замок.

— Да ладно тебе, Ирв, отсосу, если скажешь!

— Ты это серьезно? — спросил он, с сомнением взглянув на нее.

Затем открыл дверь, вошел и закрыл ее за собой.

Тэмми подбежала к другой двери и забарабанила. Ричард опасливо приоткрыл, не сняв цепочки. Он был лыс, жил один, был набожен, лет 45 и постоянно смотрел телевизор. Он был розов и опрятен, как женщина. Постоянно жаловался на шум из моей квартиры — утверждал, что не может заснуть. Управляющие посоветовали ему съехать. Меня он ненавидел. Теперь у его дверей стояла одна из моих женщин. Он держал дверь на цепочке.

— Чего тебе нужно? — прошипел он.
— Слушай, детка, мне нужен номер телефона домовладельца... Ты здесь уже много лет живешь. Я знаю, у тебя есть его номер. Мне он нужен.
— Уходи,— ответил он.
— Послушай, детка, я к тебе хорошо отнесусь... Поцелую, славный большой поцелуй тебе будет!
— Распутница! — сказал он.— Прелюбодейка!
Ричард захлопнул дверь.
Тэмми зашла ко мне.
— Хэнк?
— Ну?
— Что такое прелюбодейка? Я знаю, что такое злодейка, а что такое прелюбодейка?
— Прелюбодейка, моя дорогая,— это блядь.
— Ах он грязный сукин сын!
Тэмми вышла наружу и снова отправилась ломиться в двери других квартир. Либо никого не было дома, либо ей не отвечали. Она вернулась.
— Так нечестно! Почему они не хотят, чтобы я здесь жила? Что я такого сделала?
— Не знаю. Подумай. Может, что и было.

— Я ничего не помню.
— Переезжай ко мне.
— Ты же ребенка терпеть не можешь.
— Это верно.

Шли дни. Владелец оставался невидим, ему не нравилось общаться с жильцами. Управляющая не отступалась. Даже Бобби пропал из виду — ел, не отходя от телевизора, курил свою траву и слушал свое стерео.

— Эй, дядя,— сказал он мне,— мне твоя старуха даже не *нравится!* Она засохатила нашу дружбу, чувак!
— Пральна, Бобби...

Я съездил на рынок и добыл несколько пустых картонных коробок. Потом сестра Тэмми Кэти сошла с ума в Денвере — потеряв любовника,— и Тэмми вынуждена была съездить повидаться с нею, вместе с Дэнси. Я отвез их на вокзал. И посадил на поезд.

69

В тот вечер зазвонил телефон. Звонила Мерседес. Я познакомился с нею после поэтических чтений в Венеция-Бич. Лет 28, приличное тело, довольно неплохие ноги, блондинка 5 футов и 5 дюймов ростом, голубоглазая блондинка. Волосы длинные и слегка волнистые, она непрерывно курила. Разговаривала она скучно, а смеялась громко и по большей части фальшиво.

После чтений я поехал к ней. Она жила недалеко от набережной. Я поиграл на пианино, а она поиграла на бонгах. У нее был кувшин «Красной Горы». Косяки тоже были. Я слишком надрался, ехать потом никуда не мог. В ту ночь я остался спать у нее, а утром уехал.

— Послушай,— сказала Мерседес,— я сейчас работаю с тобой по соседству. Вот и подумала — может, заехать?

— Давай.

Я положил трубку. Еще один звонок. Тэмми.

— Слушай, я решила съехать. Через пару дней буду дома. Забери у меня из квартиры только желтое платье, то, которое тебе нравится, и мои зеленые туфли. Все остальное — мусор. Можешь там оставить.

— Ладно.

— Слушай, я на мели. У нас даже на еду денег не осталось.

— Я вышлю тебе сорок баксов утром, «Вестерн Юнион».

— Какой ты милый...

Я повесил трубку. Через пятнадцать минут Мерседес была у меня. В очень короткой юбке, сандалиях и блузке с низким вырезом. А также с маленькими голубыми сережками.

— Травы хочешь? — спросила она.

— Конечно.

Она достала из сумочки траву и бумажки и стала скручивать кропалики. Я выкатил пиво, и мы сидели на тахте, курили и пили.

Много не разговаривали. Я играл с ее ногами, и мы пили и курили довольно долго.

В конце концов мы разделись и забрались в постель, сначала — Мерседес, следом — я. Мы начали целоваться, и я стал тереть ей пизду. Она схватила меня за хуй. Я влез. Мерседес меня направила. У нее там была хорошая хватка, очень плотная. Я немного ее помучил, вытаскивая его почти полностью и елозя головкой взад и вперед. Затем проскользнул на всю глубину, медленно, лениво. Потом неожиданно засадил раза 4 или 5, и ее голова подскочила на подушке.

— Аррррггг...— сказала она. Потом я ослабил напор и стал гладить ее изнутри.

Ночь была очень жаркой, и мы оба потели. Мерседес торчала от пива и кропалей. Я решил прикончить ее с шикарным росчерком. Показать ей пару кое-чего.

Я все качал и качал. Пять минут. Еще десять минут. Я не мог кончить. Я начал сдавать, я размягчался.

Мерседес встревожилась.

— Давай же! — требовала она.— Ох, да *кончай* же, миленький!

Это вовсе не помогло. Я скатился.

Непереносимо жаркая ночь. Я взял простыню и стер с себя пот. Я слышал, как колотится сердце. Сердце колотилось печально. Интересно, о чем Мерседес думает.

Я лежал, умирая, мой хуй завял.

Мерседес повернула ко мне голову. Я поцеловал ее. Целоваться — это интимнее, чем ебля. Поэтому мне никогда не нравилось, если мои подружки ходят и целуют мужиков. Лучше б трахали.

Я целовал Мерседес, а поскольку целоваться для меня — все, отвердел вновь. Взобрался на нее, целуя так, будто настал мой последний час на земле.

Мой хуй проскользнул внутрь.

На этот раз я знал, что у меня получится. Я уже чувствовал это чудо.

Я кончу ей прямо в пизду, суке. Я изолью в нее все свои соки, и ей меня не остановить.

Она моя. Я армия завоевателей, насильник, я ее повелитель, я смерть.

Она беспомощна. Голова ее моталась из стороны в сторону, она стискивала меня и хватала ртом воздух, издавая разные звуки...

— Аррргг, ууггг, ох ох... ооофф... ооооххх!

Мой хуй питался ими.

Я испустил странный звук — и тут же кончил.

Через пять минут она уже храпела. Мы оба храпели.

Наутро мы сходили в душ и оделись.

— Я отвезу тебя завтракать,— сказал я.

— Ладно,— ответила Мерседес.— Кстати, мы вчера ночью ебались?

— *Боже мой!* Ты что, не помнишь? Да мы еблись минут пятьдесят!

Я ушам своим не верил. Мерседес я, похоже, не убедил.

Мы пошли в одну забегаловку за углом. Я заказал глазунью с беконом и кофе, пшеничные тосты. Мерседес — оладьи и ветчину, кофе.

Официантка принесла заказы. Я пожевал кусок яйца. Мерседес полила оладьи сиропом.

— Ты прав,— сказала она,— видимо, ты меня выеб. У меня сперма течет по ноге.

Я решил с нею больше не встречаться.

70

Я поднялся к Тэмми с картонными коробками. Сначала нашел то, о чем она говорила. Затем другие вещи: другие платья и блузки, туфли, утюг, сушилку для волос, одежду Дэнси, тарелки и столовые приборы, альбом с фотографиями. Ее тяжелое плетеное кресло из ротанга. Я снес все это к себе. Получилось восемь или десять полных коробок. Я сложил их под стенкой в передней комнате.

На следующий день я поехал на станцию встречать Тэмми и Дэнси.

— Хорошо выглядишь,— сказала Тэмми.
— Спасибо,— ответил я.
— Мы будем жить у мамы. Отвез бы нас туда? Я не смогу переть против выселения. И потом — кому охота оставаться там, где его не хотят?
— Тэмми, я вытащил почти все твои вещи. Они у меня в коробках сложены.
— Хорошо. Можно их там ненадолго оставить?
— Конечно.

Потом мать Тэмми тоже поехала в Денвер проведать Кэти, и в тот же вечер я отправился к Тэмми надраться. Та нажралась колес. Я не стал. Дойдя до четвертой полудюжины, я сказал:

— Тэмми, я не понимаю, что ты нашла в Бобби. Он ничтожество.

Она закинула одну ногу на другую и покачала взад и вперед.

— Он думает, что его треп очарователен,— сказал я.

Она продолжала покачивать ногой.

— Кино, телик, трава, комиксы, порнуха — вот и весь его бензобак.

Тэмми качала ногой все сильнее.

— Тебе он правда небезразличен?

Она по-прежнему качала ногой.

— Ты ебаная сука! — сказал я.

Я дошел до двери, захлопнул ее за собой и сел в «фольк». Погнал его сквозь уличное движение, виляя туда и сюда, руша сцепление и передачу.

Вернулся к себе и стал загружать в машину коробки ее шмотья. А еще пластинки, одеяла, игрушки. В «фольксваген», разумеется, много не вмещалось.

Я рванул обратно к Тэмми. Подъехал и встал вторым рядом, включил красные габаритные огни. Вытащил коробки из машины и составил на крыльцо. Накрыл одеялами, сверху — игрушки, позвонил в дверь и отчалил.

Когда я вернулся со второй партией, первой уже не было. Я свалил все еще в одну кучу, позвонил и рванул оттуда, как баллистическая ракета.

Когда я вернулся с третьей партией, второй уже не было. Я навалил новую кучу и позвонил в дверь. Затем снова умчался навстречу утренней заре.

У себя я выпил водки с водой и обозрел то, что осталось. Тяжелое ротанговое кресло и стоячая сушилка для волос. Я был в состоянии сделать только одну ходку. Либо кресло, либо сушилка. Обоих «фольксваген» не переварит.

Я выбрал кресло. 4 утра. Машина моя стояла вторым рядом перед домом со включенными габаритными огнями. Я прикончил водку с водой. Я все больше пьянел и слабел. Взял плетеное кресло — тяжесть-то какая — и понес по дорожке к машине. Поставил, открыл переднюю дверцу. Впихнул кресло внутрь. Попробовал закрыть дверцу. Кресло выпирало. Я попытался вытащить его из машины. Застряло. Я выматерился и пропихнул его глубже. Ножка пробила ветровое стекло и вылезла наружу, торча в небеса. Дверца по-прежнему не закрывалась. И близко не было. Я попробовал протолкнуть ножку кресла еще дальше сквозь лобовое стекло, чтобы прикрыть-таки дверцу. Та не поддавалась. Кресло застряло намертво. Я попытался вытянуть его. Оно не пошелохнулось. Я отчаянно тянул и толкал, тянул и толкал. Если приедет полиция, мне кранты. Через некоторое время я изнемог. Залез на водительское сиденье. На улице мест для стоянки не было. Я подъехал к пиццерии, открытая дверца болталась взад-вперед. Там я бросил машину — с открытой дверцей, с зажженным в кабине светом. (Лампочка на потолке не выключалась.) Ветровое стекло разбито, ножка кресла торчит изнутри в лунный свет. Вся картина непристойна, безумна. Отдает убийством и покушением. Моя прекрасная машина.

Пешком я вернулся домой. Налил еще водки с водой и позвонил Тэмми.

— Слушай, детка, я влип. У меня твое кресло торчит сквозь лобовое стекло, я не могу его вытащить и засунуть внутрь тоже не могу, а дверца не закрывается. Стекло разбито. Что мне делать? Помоги мне, ради бога!

— Ничего, разберешься, Хэнк.

Она повесила трубку.

Я набрал номер снова.

— Малышка...

Она повесила трубку. А потом уже не вешала: *бзззз, бзззззз, бзззз...*

Я вытянулся на постели. Зазвонил телефон.

— Тэмми...

— Хэнк, это Вэлери. Я только что домой пришла. Я хочу тебе сказать, что твоя машина стоит на стоянке пиццерии с открытой дверью.

— Спасибо, Вэлери, но я не могу ее закрыть. Там плетеное кресло застряло в ветровом стекле.

— О, я не заметила.

— Спасибо, что позвонила.

Я уснул. Сон мой был беспокоен. Мою машину отбуксируют. Меня оштрафуют.

Я проснулся в 6.20 утра, оделся и пошел к пиццерии. Машина стояла на месте. Всходило солнце.

Я нагнулся и схватил кресло. Оно по-прежнему не поддавалось. Я рассвирепел и стал тянуть его и дергать, матерясь. Чем невозможнее это казалось, тем больше я психовал. Неожиданно раздался треск дерева. Я воодушевился, откуда-то взялась сила. В руках остался отломившийся кусок ножки. Я взглянул на него, отшвырнул на середину улицы и снова принялся за работу. Оторвалось еще что-то. Дни, проведенные на фабриках, за разгрузкой вагонов, за поднятием ящиков с мороженой рыбой, за перетаскиванием туш убитого скота на плечах, принесли свои плоды. Я всегда был силен, но в равной же степени ленив. Теперь я прямо-таки раздирал это кресло. Наконец я вырвал его из машины. Я набросился на него прямо на стоянке. Я расколотил его на куски, я разломал его на части. Потом собрал их все и аккуратно сложил на чьем-то парадном газоне.

Я залез в «фольксваген» и отыскал стоянку рядом с домом. Теперь оставалось только найти автомобильную свалку на авеню Санта-Фе и купить новое стекло. Это подождет. Я вернулся в дом, выпил два стакана ледяной воды и лег спать.

71

Прошло четыре или пять дней. Зазвонил телефон. Тэмми.

— Чего тебе? — спросил я.
— Слушай, Хэнк. Знаешь маленький мостик, по пути к моей маме?
— Ну.
— Так вот, прямо рядом с ним гаражная распродажа. Я зашла и увидела пишущую машинку. Всего двадцать баксов и в хорошем рабочем состоянии. Пожалуйста, купи ее мне, Хэнк.
— На хера тебе машинка?

— Ну, я тебе никогда не говорила, но мне всегда хотелось стать писателем.

— Тэмми...

— Пожалуйста, Хэнк, всего лишь один последний раз. Я буду тебе другом на всю жизнь.

— Нет.

— Хэнк...

— Ох, блядь, ну ладно.

— Встретимся на мостике через пятнадцать минут. Я хочу побыстрее, пока ее не забрали. Я нашла себе новую квартиру, и Филберт с моим братом помогают мне переехать...

Тэмми не было на мосту ни через 15 минут, ни через 25. Я снова залез в «фольк» и поехал к ее матери. Филберт грузил коробки в машину Тэмми. Меня он не видел. Я остановился в полуквартале от дома.

Тэмми вышла и увидела мой «фольксваген». Филберт садился к себе в машину. У него тоже был «фольк», только желтый. Тэмми помахала ему и сказала:

— До скорого!

Потом зашагала по улице ко мне. Поравнявшись с моей машиной, растянулась на середине улицы и осталась лежать. Я ждал. Тогда она поднялась, дошла до машины, влезла.

Я отъехал. Филберт сидел в машине. Я помахал ему, когда мы проезжали мимо. Он не ответил. Глаза его были печальны. Для него все это лишь начиналось.

— Знаешь,— сказала Тэмми,— я сейчас с Филбертом.

Я рассмеялся. Непроизвольно вырвалось.

— Поехали быстрее. Машинку могут купить.

— А чего тебе эту поеботину Филберт не купит?

— Слушай, если не хочешь, можешь остановиться и просто меня высадить!

Я остановил машину и распахнул дверцу.

— Слушай, сукин ты сын, ты же *сам* мне сказал, что купишь машинку! Если не купишь, я сейчас начну орать и бить тебе стекла!

— Ладно. Машинка твоя.

Мы приехали. Машинку еще не продали.

— Всю свою жизнь до сегодняшнего дня эта машинка провела в приюте для умалишенных,— сообщила нам дама.

— Значит, теперь она как раз по адресу,— ответил я.

Я отдал даме двадцатку, и мы поехали назад. Филберта уже не было.

— Не хочешь зайти на минутку? — спросила Тэмми.

— Нет, мне надо ехать.

Она донесет машинку и без моей помощи. Машинка портативная.

72

Я пил всю следующую неделю. И ночью, и днем, и написал 25 или 30 скорбных стихов об утраченной любви.

Телефон зазвонил в пятницу вечером. Мерседес.

— Я вышла замуж,— сказала она,— за Маленького Джека. Ты с ним познакомился на вечеринке, когда читал в Венеции. Он славный парень, и деньги у него есть. Мы переезжаем в Долину.

— Хорошо, Мерседес, удачи тебе во всем.
— Но я скучаю по тому, как мы с тобой пили и разговаривали. Ничего, если я сегодня заеду?
— Давай.

Она была у меня уже через 15 минут, забивала косяки и пила мое пиво.
— Маленький Джек — хороший парень. Мы счастливы вместе.

Я потягивал пиво.
— Я не хочу ебаться,— сказала она.— Я уже устала от абортов, я в самом деле от абортов устала.
— Что-нибудь придумаем.
— Я хочу просто покурить, поболтать и попить.
— Мне этого недостаточно.
— Вам, парням, только и надо, что поебаться.
— Мне нравится.
— Ну, а я не могу ебаться, я не хочу ебаться.
— Расслабься.

Мы сидели на тахте. Не целовались. Мерседес разговаривать не умела. Она неинтересна. Но у нее ноги, задница, волосы и молодость. Я встречал интересных женщин, бог тому свидетель, но Мерседес в их список не входила.

Пиво текло, косяки шли по кругу. Мерседес работала все там же — в Голливудском институте человеческих отношений. У нее плохо бегала машина. У Маленького Джека жирный и короткий член. Сейчас она читает «Грейпфрут» Йоко Оно*. Она ус-

---
* Йоко Оно Леннон (р. 1933) — японская художница и музыкант. Ее «книга рисунков и инструкций» «Грейпфрут» опубликована в 1970 г.

тала от абортов. В Долине жить можно, только она скучает по Венеции. Ей не хватает велосипедных прогулок по набережной.

Не знаю, сколько мы разговаривали, вернее, *она* разговаривала, но уже гораздо, гораздо позже сказала, что слишком надралась и домой не поедет.

— Снимай одежду и марш в постель,— сказал я.
— Только без ебли,— сказала она.
— Пизду твою я не трону.

Она разделась и легла. Я тоже разделся и пошел в ванную. Она смотрела, как я выхожу оттуда с банкой вазелина.

— Что ты делаешь?
— Не бери в голову, малышка, не бери в голову.

Я натер вазелином член. Затем выключил свет и залез в постель.

— Повернись спиной,— велел я.

Я просунул под нее руку и поиграл с одной грудью, другой рукой обхватил ее сверху и поиграл со второй. Приятно лицом утыкаться ей в волосы. Я отвердел и скользнул им ей в задницу. Схватил ее за талию и притянул ее жопу поближе, скользнул резко внутрь.

— Уууууухх,— сказала она.

Я заработал. Я вкапывался все дальше. Ягодицы у нее большие и мягкие. Вколачивая в нее, я начал потеть. Потом уложил ее на живот и погрузился еще дальше. Там становилось у́же. Я ткнулся в конец ее толстой кишки, и она заорала.

— Заткнись! Ч-черт!

Она очень туга. Я скользнул еще дальше внутрь. Хватка у нее там невероятная. Пока я таранил ее, у меня вдруг закололо в боку, ужасной жгучей болью, но я продолжал. Я разделывал ее напополам, по самому хребту. Взревев безумцем, я кончил.

Потом я просто лежал на ней. Боль в боку меня просто убивала. Мерседес плакала.

— Черт возьми,— спросил я,— чего ты ревешь? Я ведь не трогал твою пизду.

Я скатился с нее.

Утром Мерседес говорила очень мало, оделась и поехала на работу.

Ну что ж, подумал я, вот и еще одна.

73

На следующей неделе пьянство мое притормозилось. Я ездил на бега — там свежий воздух, солнышко и пешая ходьба. Ночью пил, недоумевая, почему до сих пор жив, как же этот механизм работает. Я думал о Кэтрин, о Лидии, о Тэмми. Мне было не очень хорошо.

Вечером в пятницу зазвонил телефон. Мерседес.
— Хэнк, мне бы хотелось заехать. Но просто поговорить, попить пива и раскумариться. Ничего больше.
— Заезжай, если хочешь.

Мерседес приехала через полчаса. К моему удивлению, мне она показалась очень хорошенькой. Я никогда не видел таких коротких мини-юбок, и ноги у нее выглядели прекрасно. Довольный, я ее поцеловал. Она отстранилась.

— Я два дня ходить не могла после того раза. Больше не раздирай мне попку.

— Ладно, честное индейское, не буду.

Дальше все было примерно так же. Мы сидели на тахте, включив радио, разговаривали, пили пиво, курили. Я целовал ее снова и снова. Не мог остановиться. Похоже, ей хотелось, однако она настаивала, что не может. Маленький Джек любит ее, а любовь много значит в нашем мире.

— Конечно много,— соглашался я.
— Ты меня не любишь.
— Ты — замужняя женщина.
— Я не люблю Маленького Джека, но он мне очень дорог, и он меня любит.
— Прекрасно.
— Ты был когда-нибудь влюблен?
— Четыре раза.
— И что потом? Где они сейчас?
— Одна умерла. Три остальные — с другими мужчинами.

Мы в ту ночь разговаривали долго и выкурили немеряно косяков. Около 2 часов Мерседес сказала:

— Я слишком вторчала, домой не поеду. Только машину угроблю.
— Снимай одежду и ложись в постель.
— Ладно, но у меня есть идея.
— Типа?
— Я хочу посмотреть, как ты эту штуку отобьешь! Я хочу посмотреть, как она *брызнет!*
— Хорошо, это честно. Договорились.

Мерседес разделась и легла. Я тоже разделся и встал рядом.

— Сядь, чтоб лучше видно было.

Мерседес села на край. Я плюнул на ладонь и начал тереть себе хуй.

— Ох,— сказала Мерседес,— он *растет!*
— У-гу...
— Он становится больше!
— У-гу...
— Ох, он весь *лиловый* и вены большие! Он *бьется!* Какая *гадость!*
— Ага.

Продолжая дрочить, я приблизил хуй к ее лицу. Она наблюдала. Уже совсем приготовившись кончить, я остановился.

— Ох,— сказала она.
— Слушай, у меня есть мысль получше...
— Какая?
— Сама его отбей.
— Ладно.

Она приступила.

— Я правильно делаю?
— Немного жестче. И поплюй на ладонь. И три почти по всей длине, бо́льшую часть, только не возле головки.
— Хорошо... Ох, господи, ты *посмотри* на него... Я хочу посмотреть, как из него брызнет *сок!*
— Дальше, Мерседес! ОХ, БОЖЕ МОЙ!

Я уже почти кончал. Я оторвал ее руку от своего хуя.

— Ох, *пошел ты!* — сказала Мерседес.

Она склонилась и взяла его в рот. Начала сосать и покусывать, водя языком по всей длине, всасываясь.

— Ох ты, *сука*!

Потом она оторвала от меня свои губы.

— Давай! Давай! Прикончи меня!

— Нет!

— Ну так иди в пизду!

Я толкнул ее на спину, на постель, и прыгнул сверху. Яростно ее поцеловал и вогнал хуй внутрь. Я работал неистово, качая и качая. Потом застонал и кончил. Я вкачал в нее все, чувствуя, как входит, как летит в нее на всех парах.

74

Пришлось лететь в Иллинойс на чтения в Университете. Я терпеть не мог чтения, но они помогали платить за квартиру и, возможно, продавать книги. Они вытаскивали меня из Восточного Голливуда, они поднимали меня в воздух вместе с бизнесменами и стюардессами, с ледяными напитками и салфеточками, с солеными орешками, чтоб изо рта не воняло.

Меня должен был встречать поэт Уильям Кизинг, с которым я переписывался с 1966 года. Впервые я увидел его работу на страницах «Быка», который редактировал Дуг Фаззик. То был один из первых мимеографированных журналов, а может — и вожак всей революции самиздата. Никто из нас не был литературен в должном смысле: Фаззик работал на резиновой фабрике, Кизинг раньше был морским пехотинцем в Корее, отсидел и жил на деньги жены Сесилии. Я работал по 11 часов в ночь почтовым служащим. Тогда же на сцене возник и Марвин со своими странными стихами о демонах. Марвин Вудман был лучшим, черт возьми, демоническим писателем в Америке. Может, в Испании и Перу — тоже. В тот период я подрубался по письмам. Я писал всем 4- и 5-страничные послания, дико раскрашивал конверты и листы цветными карандашами. Вот тогда-то я и начал писать Уильяму Кизингу, бывшему морпеху, бывшему зэку, наркоману (торчал он в основном на кодеине).

Теперь, много лет спустя, Уильям Кизинг нашел себе временную работу — преподавал в Университете. В перерывах между арестами и обысками умудрился заработать степень-другую. Я предупреждал его, что преподавание — опасная работа для человека, желающего писать. Но, по крайней мере, он учил свой класс много чему из Чинаски.

Кизинг с женой ждали в аэропорту. У меня весь багаж был с собой, и мы сразу пошли к машине.

— Боже мой,— сказал Кизинг,— я никогда не видел, чтобы с самолета сходили в таком виде.

На мне было пальто покойного отца, слишком большое. Штаны чересчур длинны, отвороты спускались на башмаки до самой земли — и это хорошо, поскольку носки у меня из разных пар, а каблуки сносились до основания. Я терпеть не мог парикмахеров, поэтому всегда стригся сам, если не мог заставить какую-нибудь тетку. Мне не нравилось бриться, и длинные бороды мне тоже не нравились, поэтому я подстригался ножницами раз в две-три недели. Зрение у меня плохое, но я не любил очков, поэтому никогда их не носил — только для чтения. Зубы свои — но не очень много. Лицо и нос покраснели от пьянства, а свет резал глаза, поэтому я щурился сквозь крохотные щелочки. В любых трущобах я сошел бы за своего.

Мы тронулись.

— Мы ожидали кого-нибудь не такого,— сказала Сесилия.

— А?

— Ну, голос у тебя такой тихий, и кажется, что ты человек мягкий. Билл рассчитывал, что ты сойдешь с самолета пьяный, матерясь и приставая к женщинам...

— Я никогда не надрачиваю свою вульгарность. Жду, пока сама не встанет.

— Чтения завтра вечером,— сказал Билл.

— Хорошо, сегодня повеселимся и про все забудем.

Мы ехали дальше.

В тот вечер Кизинг был так же интересен, как его письма и стихи. Ему хватило здравого смысла в разговоре литературу не трогать, разве только изредка. Мы беседовали о другом. Мне не сильно везло на личные встречи с большинством поэтов, даже если их стихи и письма были хороши. С Дугласом Фаззиком я познакомился не сильно очаровательно. Лучше держаться от других писателей подальше: просто заниматься своим делом — или просто не заниматься своим делом.

Сесилия рано ушла спать. Утром ей нужно было ехать на работу.

— Сесилия со мной разводится,— рассказывал Билл.— Я ее не виню. Ей осточертели мои наркотики, моя блевотина, все мое. Она терпела много лет. Теперь больше не может. Ебаться с ней я тоже уже не в силах. Она бегает с этим юнцом зеленым. Не мне ее корить. Я съехал, нашел себе комнату. Можем поехать туда и лечь спать, или я один могу поехать туда и лечь спать, а ты можешь остаться тут, или мы оба можем остаться тут, мне безразлично.

Кизинг достал пару колес и схавал.

— Давай оба тут посидим,— предложил я.
— Ну ты и горазд квасить.
— Больше ничего не остается.
— У тебя, должно быть, кишки чугунные.
— Не очень. Как-то раз лопнули. Но когда все дыры снова срастаются, говорят, кишки становятся крепче лучшей сварки.
— Ты долго еще прикидываешь тянуть? — спросил он.
— Я уже все спланировал. Загнусь в двухтысячном, когда стукнет восемьдесят.
— Странно,— сказал Кизинг.— Я в этом году сам собрался умирать. Двухтысячный. Мне даже сон такой был. День и час моей смерти приснились. Как ни верти, это произойдет в двухтысячном году.
— Славная круглая дата. Мне нравится.

Мы пили еще час или два. Мне досталась лишняя спальня. Кизинг устроился на кушетке. Очевидно, Сесилия всерьез собиралась его бортануть.

Наутро я поднялся в 10.30. Оставалось еще пиво. Я умудрился одно в себя влить. Когда вошел Кизинг, я занимался второй бутылкой.

— Господи, как тебе удается? Свеженький, как пацан восемнадцатилетний.
— У меня бывают плохие утра. Просто не сегодня.
— У меня занятия по английскому в час. Надо прийти в себя.

— Глотни беленькой.
— Мне сожрать чего-нибудь надо.
— Съешь два яйца всмятку. Со щепоткой чили или паприки.
— Тебе сварить?
— Спасибо, да.

Зазвонил телефон. Сесилия. Билл немного поговорил, затем повесил трубку.

— Торнадо идет. Один из самых больших в истории штата. Может сюда завернуть.
— Вечно что-то случается, когда я читаю.

Я заметил, как потемнело.

— Уроки могут отменить. Трудно сказать. Но лучше поесть.

Билл поставил яйца.

— Я тебя не понимаю,— сказал он,— ты даже вроде не похмельный.
— Я каждое утро похмельный. Это нормально. Я приспособился.
— Ты все-таки неплохо пишешь, несмотря на кир.
— Давай не будем. Может, это из-за разнообразия писек. Не вари яйца слишком долго.

Я зашел в ванную и посрал. Запор — не моя проблема. Я как раз выходил оттуда, когда Билл завопил:

— Чинаски!

И я услышал его уже со двора, он блевал. Потом вернулся.

Бедняге было по-настоящему херово.

— Прими соды. У тебя валиум есть?
— Нет.
— Тогда десять минут после соды подожди и выпей теплого пива. Налей в стакан, чтобы газ вышел.
— У меня есть бенни.

— Пойдет.

Темнело. Через четверть часа после бенни Билл принял душ. Выйдя, он уже выглядел в норме. Съел сэндвич с арахисовым маслом и резаным бананом. Выкарабкается.

— Ты свою старуху по-прежнему любишь? — спросил я.

— Господи, да.

— Я знаю, что не поможет, но попробуй представить, что так бывало со всеми нами — по крайней мере один раз.

— Не поможет.

— Когда тетка пошла против тебя, забудь про нее. Они могут любить, но потом что-то у них внутри переворачивается. И они могут спокойно смотреть, как ты подыхаешь в канаве, сбитый машиной, и плевать на тебя.

— Сесилия — чудесная женщина.

Темнело сильнее.

— Давай еще пива выпьем,— предложил я.

Мы сидели и пили пиво. Стало совсем темно, задул сильный ветер. Мы особо не разговаривали. Я был рад, что мы встретились. В нем очень мало говна. Он устал — может, все из-за этого. В США ему со стихами никогда не везло. Его любили в Австралии. Может, когда-нибудь его здесь и откроют — а может, и нет. Может, к 2000 году. Крутой коренастый мужичок, видно, что и вломить может, видно, что многое повидал. Мне он нравился.

Мы тихо пили, потом зазвонил телефон. Снова Сесилия. Торнадо прошел или, скорее, обогнул нас. У Билла будет урок. У меня в вечером будут чтения. Пиштяк. Все работает. Все при деле.

Около 12.30 Билл сложил блокноты и что там еще нужно в рюкзак, сел на велосипед и покрутил педали в Университет.

Сесилия вернулась домой где-то днем.
— Билл отчалил нормально?
— Да, на велике. Прекрасно выглядел.
— Как прекрасно? Опять нажрался?
— Он выглядел прекрасно. Поел и все такое.
— Я его по-прежнему люблю, Хэнк. Просто я больше так не могу.
— Конечно.
— Ты не представляешь, что для него значит твой приезд. Он, бывало, мне твои письма читал.
— Грязные, а?
— Нет, смешные. Ты нас смешил.
— Давай поебемся, Сесилия.
— Хэнк, опять за свое.
— Ты такая пампушечка. Дай, я в тебя погружусь.
— Ты пьян, Хэнк.
— Ты права. Не стоит.

75

В тот вечер я снова читал херово. Плевать. Им тоже было наплевать. Если Джон Кейдж* может получать тысячу долларов за то, что съест яблоко, то и я могу принять 500 плюс билет за то, чтоб побыть выжатым лимоном.

---

* Джон Кейдж (1912–1992) — американский композитор-авангардист, пианист. Его трехчастная композиция «4 минуты 33 секунды» исполняется без единой ноты.

После все было так же. Маленькие студенточки подходили со своими юными горячими телами и глазами-маяками и просили подписать какие-то мои книги. Мне бы хотелось отъебать пятерых за ночь и вывести из своей системы навеки.

Подошла парочка профессоров — поухмыляться мне за то, что я такой осел. Им полегчало, будто им тоже удастся что-нибудь извлечь из пишущей машинки.

Я взял чек и свалил. После в доме у Сесилии намечалось маленькое *избранное* сборище. Это входило в неписаный контракт. Чем больше девчонок, тем лучше, но в доме у Сесилии мне мало что светило. Я это знал. И точно — утром я проснулся в своей постели, один.

Наутро Билл снова болел. В час у него опять были занятия, и перед уходом он сказал:
— Сесилия отвезет тебя в аэропорт. Я пошел. Прощаться не будем.
— Ладно.
Билл надел рюкзак и вывел велосипед за дверь.

76

Я пробыл в Лос-Анджелесе недели полторы. Стояла ночь. Зазвонил телефон. Сесилия, она рыдала.
— Хэнк, Билл умер. Ты — первый, кому я звоню.
— Господи, Сесилия, я даже не знаю, что сказать.
— Я так рада, что ты приезжал. Билл только о тебе и говорил потом. Ты не представляешь, *что* твой приезд для него значил.
— Как это случилось?

— Он жаловался, что ему очень плохо, и мы отвезли его в больницу, а через два часа он умер. Я знаю, все подумают, что у него передозировка была, но это не так. Хоть я и стремилась развестись, я его любила.

— Я тебе верю.

— Я не хочу тебя грузить.

— Все нормально, Билл бы понял. Я просто не знаю, что сказать, чтобы тебе легче стало. Я сам как бы в шоке. Давай я тебе потом еще позвоню?

— Позвонишь?

— Ну конечно.

Вот проблема с киром, подумал я, наливая себе выпить. Когда случается плохое, пьешь в попытках забыть; когда случается хорошее, пьешь, чтоб отпраздновать; когда ничего не случается, пьешь, чтобы что-нибудь случилось.

Как бы ни болел Билл, как бы несчастен ни был, никто не верил, будто он скоро умрет. Много было таких смертей, и, хотя мы знаем о смерти и думаем о ней каждый день, когда неожиданно умирает человек особенный и любимый, трудно, очень трудно, сколько бы других людей ни умирало — хороших, плохих или неизвестных.

Я перезвонил Сесилии в ту ночь, и на следующую опять позвонил, и еще раз после этого, а потом звонить перестал.

77

Прошел месяц. Р. А. Дуайт, редактор «Хавки-Пресс», написал мне и попросил сочинить предисловие к «Избранным стихам Кизинга». Кизингу, благодаря его смерти, наконец засветило хоть какое-то признание за пределами Австралии.

Затем позвонила Сесилия:

— Хэнк, я еду в Сан-Франциско увидеться с Р. А. Дуайтом. У меня есть несколько снимков Билла и кое-что из неопубликованного. Мне хотелось с Дуайтом это все просмотреть и решить, что публиковать. Но сначала я хочу на денек-другой заехать в Л. А. Ты можешь меня в аэропорту встретить?

— Конечно, можешь даже у меня пожить, Сесилия.

— Спасибо большущее.

Она сообщила, когда прилетает, и я пошел и вычистил туалет, оттер ванну и сменил простыни и наволочку на своей постели.

Сесилия прилетела в 10 утра — а мне в такую рань чертовски сложно вставать, — но выглядела она славно, хоть и пухловато. Крепко сбита, низкоросла, смотрелась среднезападно, вся такая отдраенная. Мужики на нее заглядывались, так она шевелила задом: тот выглядел мощно, слегка зловеще *и* возбуждал.

Мы дожидались ее багажа в баре. Сесилия не пила. Она заказала апельсиновый сок.

— Я *обожаю* аэропорты и пассажиров, а ты?

— Нет.

— Но люди же такие интересные.

— У них просто больше денег, чем у тех, кто ездит поездом или автобусом.

— На пути сюда мы пролетали Большой Каньон.

— Да, он по дороге.

— У этих официанток юбки такие коротенькие! Смотри, даже трусики выглядывают.

— Хорошие чаевые. Они все живут в хороших домах и водят «эм-джи».

— А в самолете все такие милые! Со мной рядом мужчина сидел, так он даже предлагал купить мне выпить.

— Пошли багаж заберем.

— Р. А. позвонил и сказал, что получил твое предисловие к «Избранным стихам» Билла. Он прочел мне кое-что по телефону. Это прекрасно. Я хочу сказать тебе спасибо.

— Не стоит.

— Я не знаю, как тебя отблагодарить.

— Ты *уверена*, что не хочешь выпить?

— Я редко пью. Может, попозже.

— Что ты предпочитаешь? Я достану, когда до дому доедем. Я хочу, чтоб тебе было удобно, чтобы ты расслабилась.

— Я уверена, что Билл на нас сейчас смотрит сверху — и что он счастлив.

— Ты так думаешь?

— Да!

Мы получили багаж и пошли к стоянке.

78

В тот вечер мне удалось влить в Сесилию 2 или 3 стакана. Она забылась и высоко задрала одну ногу на другую: я углядел кусочек хорошей тяжелой ляжки. Прочная. Корова, а не женщина, коровьи груди, коровьи глаза. Многое могла выдержать. У Кизинга был хороший глазомер.

Она была против того, что убивали животных, она не ела мяса. Пожалуй, мяса в ней и так хватало. Все прекрасно, рассказывала она, в мире есть красота, и нам нужно лишь протянуть руку и ее коснуться: вся она будет наша.

— Ты права, Сесилия,— сказал я.— Выпей еще.
— У меня уже в голове шумит.
— Ну так и что с того, пускай пошумит.

Сесилия вновь закинула одну ногу на другую, и ее бедра сверкнули. Сверкнули очень-очень высоко.

Билл, теперь они тебе ни к чему. Ты был хорошим поэтом, Билл, но какого черта — оставил ты за собой больше, чем свои труды. И у твоих трудов никогда не было таких ляжек.

Сесилия выпила еще, затем прекратила. Я продолжал.

Откуда появляются женщины? Запас их неистощим. Каждая — особенная, разная. У них письки разные, поцелуи разные, груди разные, но мужику в одиночку столько не выпить: их слишком много, они закидывают ногу на ногу, сводя мужиков с ума. Что за пиршество!

— Я хочу съездить на пляж. Отвезешь меня на пляж, Хэнк? — спросила Сесилия.
— Сегодня?
— Нет, не сегодня. Но как-нибудь до того, как я уеду.
— Ладно.

Сесилия говорила о том, как угнетают американских индейцев. Потом рассказала, что пишет, но никогда никому не показывала, просто держит в тетрадке. Билл ободрял и помогал ей кое с чем. Она помогала Биллу закончить университет. Разумеется, солдатские льготы тоже не мешали. И всегда был кодеин,

Билл вечно торчал на кодеине. Она вновь и вновь грозилась уйти от него, но это не помогало. А теперь...

— Выпей, Сесилия,— сказал я.— Поможет забыть.

Я налил ей в высокий стакан.

— Ох, да я не смогу все это выпить!

— Задери ногу повыше. Дай мне рассмотреть твои ноги.

— Билл со мною никогда так не разговаривал.

Я пил. Сесилия говорила. Через некоторое время я перестал слушать. Полночь пришла и ушла.

— Слушай, Сесилия, давай спать. Я набомбился.

Я зашел в спальню и разделся, залез под одеяло. Я слышал, как она прошла мимо и скрылась в ванной. Я выключил лампу у кровати. Вскоре Сесилия вышла, и я почувствовал, как она легла на другой край.

— Спокойной ночи, Сесилия,— сказал я.

Я притянул ее к себе. Она была нага. Боже, подумал я. Мы поцеловались. Целовалась она очень хорошо. Поцелуй был долгий, жаркий. Мы перестали.

— Сесилия?

— Что?

— Я трахну тебя как-нибудь в другой раз.

Я откатился и уснул.

79

В гости зашли Бобби и Вэлери, и я всех познакомил.

— Мы с Вэлери уйдем в отпуск и снимем комнаты у моря на Манхэттен-Бич,— сказал Бобби.— Чего б вам, ребятки, не присоединиться? Можем напополам платить. Там две спальни.

— Нет, Бобби, это вряд ли.

— О, Хэнк, ну *пожалуйста!* — взмолилась Сесилия.— Я обожаю океан! Хэнк, если мы поедем, я даже с тобой выпью. Честное слово!

— Ну ладно, Сесилия.

— Прекрасно,— сказал Бобби.— Мы уезжаем сегодня вечером. Заедем за вами, парни, часиков в шесть. Поужинаем вместе.

— Вот это было бы здорово,— отозвалась Сесилия.

— С Хэнком весело есть,— сказала Вэлери.— Последний раз мы с ним зашли в такое шикарное место, и он сразу же заявил главному официанту: «Мне и моим друзьям рубленой капусты и жареной картошки! И по двойной порции каждому, и не вздумай нам тут напитки разбавлять, а то без ливреи и галстука останешься».

— Жду *не дождусь!* — сказала Сесилия.

Около 2 часов Сесилия захотела совершить моцион. Мы прошли через двор. Она заметила пуансеттии. Подошла к кусту и уткнулась лицом в цветы, поглаживая их пальцами.

— О, какие они *красивые!*

— Да они же *дохнут*, Сесилия. Ты что — не видишь, как они пожухли? Их смог убивает.

Мы шли дальше под пальмами.

— И птицы везде! Тут сотни птиц, Хэнк!

— И десятки котов.

Мы поехали на Манхэттен-Бич с Бобби и Вэлери, вселились в квартиру на самом берегу и пошли ужинать. Ужин был ничего. Сесилия выпила за едой один стакан и объяснила про свое вегетарианство. Она съела суп, салат и йогурт, остальные ели бифштексы, жареную картошку, французский хлеб и салаты. Бобби с Вэлери сперли солонку с перечницей, два ножа для мяса и чаевые, которые я оставил официанту.

Мы остановились купить льда, выпить и покурить, затем вернулись в квартиру. От своего единственного напитка Сесилия расхихикалась и разговорилась, пустившись объяснять, что у животных тоже бывает душа. Никто ее мнения не оспаривал. Такое возможно, мы это знали. Только не были уверены, есть ли душа у нас.

80

Мы продолжали кирять. Сесилия выпила еще один и прекратила.

— Я хочу посмотреть на луну и звезды,— сказала она.— Снаружи так прекрасно!

— Ладно, Сесилия.

Она вышла к бассейну и уселась в шезлонг.

— Не удивительно, что Билл умер,— сказал я.— Он изголодался. Она никогда ничего не отдает.

— О тебе она за обедом говорила точно так же, когда ты в уборную выходил,— сказала Вэлери.— Она сказала: «О, стихи у Хэнка полны страсти, но в жизни он совсем не такой!»

— Мы с Богом не всегда выбираем одну лошадь.
— Ты ее уже выеб? — спросил Бобби.
— Нет.
— А Кизинг какой был?
— Нормальный. Но мне правда интересно, как он с ней столько вытерпел. Может, кодеин и колеса помогали. Может, она для него была как одно большое дитя цветов и сиделка.

— На хуй,— сказал Бобби,— давай-ка лучше выпьем.

— Ага. Если б надо было выбирать между выпивкой и еблей, я бы, наверное, прекратил ебаться.

— От ебли бывают проблемы,— сказала Вэлери.

— Когда моя жена уходит с кем-нибудь поебаться, я надеваю пижаму, залезаю с головой под одеяло и сплю,— сказал Бобби.

— Оп четкий,— сказала Вэлери.

— Никто из нас точно не знает, как пользоваться сексом, что с ним делать,— сказал я.— Для большинства людей секс — просто игрушка: заводи и пускай бегает.

— А любовь? — спросила Вэлери.

— Любовь — это нормально для тех, кто справляется с психическими перегрузками. Это как тащить на спине полный мусорный бак через бурный поток мочи.

— Ох, ну не *так* же плохо!

— Любовь — разновидность предрассудка. А у меня их и так слишком много.

Вэлери подошла к окну.

— Народ оттягивается по прыжкам в бассейн, а она сидит и на луну смотрит.

— У нее старик только что умер,— сказал Бобби.— Оставь ее в покое.

Я взял бутылку и ушел в спальню. Разделся до трусов и лег в постель. Вечно никакой гармонии. Люди просто слепо хватают, что под руку попадается: коммунизм, здоровую пищу, дзэн, серфинг, балет, гипноз, групповую терапию, оргии, велосипеды, травы, католичество, поднятие тяжестей, путешествия, уход в себя, вегетарианство, Индию, живопись, письмо, скульптуру, композиторство, дирижерство, автостоп, йогу, совокупление, азартную игру, пьянство, тусовку, мороженый йогурт, Бетховена, Баха, Будду, Христа, тактические ракеты, водород, морковный сок, самоубийство, костюмы ручной выделки, реактивные самолеты, Нью-Йорк,— а затем все это испаряется и распадается. Людям надо найти себе занятие в ожидании смерти. Наверное, мило иметь выбор.

Я свой поимел. Я поднял к губам пузырь водки и дернул из горла. Русские знают толк.

Открылась дверь, и вошла Сесилия. Хорошо смотрится это ее низкосидящее мощное тело. По большей части, американские женщины — или слишком тощие, или без никакой жизненной силы. Если ими грубо попользоваться, в них что-то ломается, и они становятся невротичками, а их мужья — спортивными придурками, алкоголиками или автомобильными маньяками. Вот норвежцы, исландцы, финны знали, как должна быть сложена женщина: широкая и прочная, большой зад, большие бедра, большие белые ляжки, большая голова, большой рот, большие титьки, побольше волос, большие глаза, большие ноздри, а внизу, в центре, — чтоб было и много, и мало.

— Привет, Сесилия. Заваливайся.

— Сегодня на улице так славно было.

— Я уж думаю. Иди поздоровайся со мной.

Она зашла в ванную. Я выключил лампу.

Немного погодя Сесилия вышла. Я почувствовал, как она залазит в постель. Было темно, но сквозь шторы пробивалась капелька света. Я передал ей пузырь. Она сделала крохотный глоточек, протянула бутылку мне. Мы сидели, опираясь спинами на подушки и изголовье кровати. Бедром к бедру.

— Хэнк, а месяц — просто узенькая щепочка. Но звезды — такие яркие и прекрасные. Поневоле задумаешься, правда?

— Да.

— Некоторые из них мертвы уже миллионы световых лет, а мы все равно их еще видим.

Я протянул руку и пригнул голову Сесилии к себе. Ее рот приоткрылся. Он был влажен и хорош.

— Сесилия, давай поебемся.

— Мне не хочется.

В некотором смысле мне тоже не хотелось. Именно поэтому я и спросил.

— Не хочется? Тогда почему ты меня так целуешь?

— Я считаю, что людям надо не спеша узнавать друг друга.

— Иногда на это нет времени.

— Я не хочу.

Я вылез из постели. В одних трусах дошел до двери и постучался к Бобби и Вэлери.

— Что такое? — спросил Бобби.
— Она не хочет меня ебать.
— Ну и?
— Пошли искупаемся.
— Уже поздно. Бассейн закрылся.
— Закрылся? Ну вода же там есть?
— Я хочу сказать, там свет выключили.
— Это нормально. Она не хочет со мной ебаться.
— У тебя плавок нет.
— У меня есть трусы.
— Ладно, подожди...

Бобби и Вэлери вышли, прекрасно влатанные в новые, плотно облегающие купальные костюмы. Бобби протянул мне колумбийской дури, и я дернул.
— Что там с Сесилией?
— Христианская химия.

Мы подошли к бассейну. Так и есть, огни погасили. Бобби и Вэлери нырнули тандемом. Я сел на край, ноги болтались в воде. Я потягивал водку из горлышка.

Бобби и Вэлери вынырнули вместе. Бобби подплыл к краю бассейна. Дернул меня за лодыжку:
— Давай, говнюк! Кишка тонка? НЫРЯЙ!

Я глотнул водки еще, поставил бутылку. Нырять я не стал. Я осторожно опустил себя за бортик. Потом плюхнулся. В темной воде было странно. Я медленно опускался на дно. Во мне 6 футов росту и 225 фунтов весу. Я ждал, когда коснусь дна и оттолкнусь ногами. Да *где* же это дно? Вот оно, а кислород у меня почти кончился. Я оттолкнулся. Медленно пошел вверх. В конце концов вырвался на поверхность.

— Смерть всем блядям, сжимающим передо мною ноги! — заорал я.

Открылась дверь, и из квартиры в цоколе выбежал человек. Управляющий.

— Эй, так поздно купаться не разрешается! Огни погашены!

Я подгреб, дотянулся до бортика и посмотрел на управляющего снизу.

— Слушай, хуй моржовый, я выпиваю два бочонка пива в день, и я — профессиональный борец. По природе своей, я — *добрая* душа. Но я намереваюсь купаться и хочу, чтобы огни ЗАЖГЛИ! СЕЙЧАС ЖЕ! Прошу тебя только один раз!

И отгреб.

Огни зажглись. Бассейн ярко осветился. Как по волшебству. Я догреб до своей водки, взял ее с бортика и хорошенько присосался. Бутылка почти опорожнилась. Я посмотрел под воду: Вэлери и Бобби вили там круги. У них хорошо получалось, они были гибки и грациозны. Как странно, что все вокруг — моложе меня.

С бассейном мы покончили. Я подошел к двери управляющего в мокрых трусах и постучал. Тот открыл. Мне он понравился.

— Эй, кореш, можешь гасить свет. Я кончил купаться. Ты клевый, малыш, ты клевый.

Мы пошли к себе.

— Выпей с нами,— сказал Бобби.— Я знаю, что ты несчастен.

Я зашел и пропустил два стаканчика.

Вэлери сказала:

— Слушай, Хэнк, опять ты со своими *бабами!* Ты ведь не можешь выебать их всех, ежу понятно.

— Победа или смерть!
— Отоспишься — пройдет, Хэнк.
— Спокойной ночи, толпа, и спасибо...

Я вернулся в спальню. Сесилия распласталась на спине и храпела:
— Гуззз, гуззз, гуззз...
Она мне показалась *жирной*. Я снял мокрые трусы, залез в постель. Потряс Сесилию.
— Сесилия, ты ХРАПИШЬ!
— Ооох, ооох... Прости...
— Ладно, Сесилия. Это совсем как замужем. Я тебя утром проучу, когда буду свеженький.

81

Меня разбудил звук. День еще толком не наступил. По комнате ходила Сесилия, одевалась.
Я посмотрел на часы.
— Пять утра. Ты чего это?
— Я хочу посмотреть, как восходит солнце. *Обожаю* рассветы!
— Не удивительно, что ты не пьешь.
— Я вернусь. Можем вместе позавтракать.
— В меня уже сорок лет завтраки не лезут.
— Я пойду рассвет посмотрю, Хэнк.

Я нашел закупоренную бутылку пива. Теплое. Я открыл ее, выпил. Потом уснул.

В 10.30 в дверь постучали.
— Войдите...
Бобби, Вэлери и Сесилия.

— Мы все только что позавтракали,— сообщил Бобби.

— Теперь Сесилия хочет погулять босиком по пляжу,— сказала Вэлери.

— Я никогда раньше не видела Тихий океан, Хэнк. Он *так* прекрасен!

— Сейчас оденусь...

Мы пошли вдоль берега. Сесилия была счастлива. Когда накатывали волны и захлестывали ей босые ноги, она орала.

— Толпа, вы идите вперед,— сказал я.— Я тут бар поищу.

— Я с тобой,— сказал Бобби.

— А я присмотрю за Сесилией,— сказала Вэлери.

Мы нашли ближайший бар. Всего два свободных табурета. Мы сели. Бобби достался рядом с мужчиной, мне — с женщиной. Заказали выпить.

Женщине рядом со мной было лет 26–27. Что-то ее поистаскало — рот и глаза выглядели усталыми,— но она держалась. Волосы темные и ухоженные. В юбчонке, ноги хорошие. Душа топазовая, видно по глазам. Я поставил ногу рядом с ее. Она не отодвинулась. Я опорожнил стакан.

— Купите мне выпить,— попросил я.

Она кивнула бармену. Тот подошел.

— «Водку-семь» для джентльмена.

— Спасибо...

— Бабетта.

— Спасибо, Бабетта. Меня зовут Генри Чинаски, писатель-алкоголик.

— Никогда не слыхала.

— Аналогично.

— Я держу лавку рядом с пляжем. Безделушки и дрянь всякая, в основном — дрянь.

— Мы квиты. Я тоже пишу много дряни.

— Если вы такой плохой писатель, почему не бросите?

— Мне есть нужно, жить где-то и одеваться. Купите мне еще выпить.

Бабетта кивнула бармену, и я получил новый стакан.

Мы прижимались друг к другу ногами.

— Я — крыса,— сообщил я,— у меня запоры и не стоит.

— Насчет запоров — не знаю. Но то, что вы крыса — это точно, и у вас стоит.

— Как вам позвонить?

Бабетта полезла в сумочку за ручкой.

И тут зашли Сесилия и Вэлери.

— О,— сказала Вэлери,— *вот* где эти мерзавцы. Я же тебе *говорила*. В ближайшем баре.

Бабетта соскользнула с табуретки и вышла наружу. Я видел ее сквозь жалюзи. Она уходила прочь по набережной, и у нее было тело. Гибкое, точно ива. Оно качнулось на ветру и пропало из виду.

82

Сесилия сидела и смотрела, как мы пьем. Я видел, что противен ей. Ем мясо. У меня нет бога. Мне нравится ебаться. Природа меня не интересует. Я никогда не голосовал. Люблю войны. От открытого космоса мне скучно. От бейсбола скучно. От истории скучно. От зоопарков тоже скучно.

— Хэнк,— сказала она,— я пройдусь немного.
— А что там?
— Я люблю смотреть, как люди в бассейне купаются. Мне нравится, когда им хорошо.

Сесилия встала и вышла.

Вэлери рассмеялась. Бобби рассмеялся.

— Ладно, значит, я ей в трусики не залезу.
— А тебе охота? — спросил Бобби.
— Тут оскорблен не столько мой позыв к сексу, сколько мое эго.
— И о возрасте не забудь,— сказал Бобби.
— Нет ничего хуже старой свиньи-шовиниста,— ответил я.

Дальше мы пили молча.

Через час или около того Сесилия вернулась.
— Хэнк, я хочу уехать.
— Куда?
— В аэропорт. Я хочу улететь в Сан-Франциско. У меня все вещи с собой.
— Я-то не против. Но нас сюда привезли Бобби и Вэлери на своей машине. Может, им пока не хочется уезжать.
— Мы отвезем ее в Л. А.,— сказал Бобби.

Мы уплатили по счету, сели в машину, Бобби — за руль, Вэлери — с ним рядом, а мы с Сесилией — назад. Сесилия отстранилась от меня, прижавшись к дверце, как можно дальше.

Бобби включил магнитофон. Музыка волной обрушилась на заднее сиденье. Боб Дилан.

Вэлери протянула нам кропаль. Я дернул, попробовал передать его Сесилии. Та съежилась. Я вытянул руку и погладил ее по колену, сжал его. Она меня оттолкнула.

— Эй, парни, ну, как вы там, сзади? — спросил Бобби.

— Это любовь,— ответил я.

Мы ехали час.

— Вот аэропорт,— сказал Бобби.

— У тебя еще два часа,— сказал я Сесилии.— Можем вернуться ко мне и подождать.

— Все в порядке,— ответила та.— Я хочу пойти сейчас.

— Да что ты будешь делать два часа в аэропорту? — спросил я.

— О,— сказала Сесилия,— я обожаю аэропорты!

Мы остановились перед терминалом. Я выпрыгнул, выгрузил ее багаж. Сесилия привстала на цыпочки и чмокнула меня в щеку. Я не стал ее провожать.

83

Я согласился читать на севере. Днем перед чтениями я сидел в номере «Холидей-Инна» и пил пиво с Джо Вашингтоном, организатором, местным поэтом Дадли Барри и его дружком Полом. Дадли недавно вышел из чулана и объявил, что он гомик. Он нервничал, был жирен и амбициозен. И постоянно расхаживал взад-вперед.

— Ты хорошо читать будешь?

— Не знаю.

— На тебя сбегаются толпы народу. Господи, как тебе это удается? Они вокруг всего квартала в очередь выстроились.

— Любят кровопускания.

Дадли схватил Пола за ягодицы.

— Я тебя вспорю и выпотрошу, малыш! А потом можешь вспороть меня!

Джо Вашингтон стоял у окна.

— Эй, гляди, вон Уильям Берроуз идет через дорогу. У него номер рядом с твоим. Он завтра вечером читает.

Я подошел к окну. И впрямь Берроуз. Я отвернулся и открыл новое пиво. Мы сидели на третьем этаже. Берроуз поднялся по лестнице, прошел мимо моего окна, открыл свою дверь и скрылся внутри.

— Хочешь с ним познакомиться? — спросил Джо.

— Нет.

— Я к нему зайду на минутку.

— Давай.

Дадли и Пол хватали друг друга за жопы. Дадли ржал, а Пол хихикал и заливался румянцем.

— А чего бы вам, ребята, наедине не разобраться?

— Какой же он хорошенький, а? — спросил Дадли. — Обожаю мальчишечек!

— Меня больше все-таки женский пол интересует.

— Ты просто лучшего не знаешь.

— Не твоя забота.

— Джек Митчелл бегает с трансвеститами. Он о них стихи пишет.

— Те хоть, по крайней мере, на баб похожи.

— А некоторые даже лучше.

Я молча пил дальше.

Вернулся Джо Вашингтон.

— Я сказал Берроузу, что ты в соседнем номере. Я сказал: «Берроуз, Генри Чинаски — в соседнем номере». Он ответил: «Ах вот как?» Я спросил, не хочет ли он с тобой познакомиться. Он ответил: «Нет».

— Тут холодильники надо ставить,— сказал я.— Пиво, блядь, греется.

Я вышел поискать машину со льдом. Когда я проходил мимо номера Берроуза, тот сидел в кресле у окна. Взглянул на меня безразлично.

Я нашел машину и вернулся со льдом, сложил его в раковину и засунул туда пиво.

— Не стоит слишком надираться,— предостерег меня Джо.— Языком ворочать не сможешь.

— Да им надристать. Они одного хотят — распять меня.

— Пятьсот долларов за час работы? — спросил Дадли.— И ты называешь это распятием?

— Ага.

— Ну ты и Христосик!

Дадли с Полом ушли, а мы с Джо отправились в местную кофейню поесть и выпить. Нашли столик. И тут же незнакомые люди стали придвигать к нам стулья. Все мужики. Вот же говно. Сидело там и несколько хорошеньких девчонок, но они только смотрели и улыбались — или же не смотрели и не улыбались. Я прикинул, что те, которые не улыбались, ненавидели меня из-за моего отношения к женщинам. Ну их на хуй.

Джек Митчелл там был и Майк Тафтс, оба поэты. Ни тот, ни другой ничем себе на жизнь не зарабатывали, хотя поэзия им ничего не приносила. Они существовали силой воли и подаяниями. Митчелл, при всем при том, был хорошим поэтом, ему просто не везло. Он заслуживал лучшего. Потом зашел Бласт Гримли, певец. Бласт был вечно пьян. Я ни разу не видел его трезвым. За столиком сидела еще пара каких-то людей, я их не знал.

— Мистер Чинаски?

Милая малютка в коротком зеленом платьице.

— Да?

— Вы не подпишете мне книгу?

Ранняя книга стихов — стихов, что я написал, работая на почте, «Бегает по комнате и вокруг меня». Я расписался, накарябал рисунок и передал обратно.

— Ой, спасибо вам большое!

Она ушла. Все эти сволочи, сидевшие вокруг, погубили мне такой шанс к действию.

Вскоре на столе оказалось 4 или 5 кувшинов пива. Я заказал сэндвич. Мы пили 2 или 3 часа, затем я вернулся в номер. Дохлебал пиво из раковины и уснул.

О самих чтениях почти ничего не помню, но на следующий день я проснулся в постели один. Джо Вашингтон постучался ко мне около 11 утра.

— Эй, мужик, это было одно из *лучших* твоих чтений!

— Правда, что ли? Ты мне на уши не вешаешь?

— Не, самый сенокос. Вот чек.

— Спасибо, Джо.

— Ты уверен, что не хочешь встретиться с Берроузом?

— Уверен.
— Он сегодня вечером читает. Останешься послушать?
— Мне в Лос-Анджелес надо вернуться, Джо.
— А ты когда-нибудь слышал, как он читает?
— Джо, я хочу принять душ и свалить. Отвезешь меня в аэропорт?
— Конечно.

Когда мы уходили, Берроуз сидел в кресле у окна. Он и виду не подал, что заметил меня. Я бросил на него взгляд и прошел мимо. Чек был со мной. Не терпелось попасть на бега...

84

Я несколько месяцев переписывался с одной дамой из Сан-Франциско. Ее звали Лайза Уэстон, и она перебивалась уроками танцев, включая балет, у себя в студии. 32 года, один раз была замужем и все свои длинные письма безупречно печатала на розоватой бумаге. Писала она хорошо, разумно и почти без преувеличений. Письма ее мне очень нравились, и я всегда отвечал. Лайза держалась в стороне от литературы, в стороне от так называемых «великих вопросов». Она рассказывала мне обо всяких пустяковинах, но описывала их глубоко и с юмором. И вот написала, что собирается в Лос-Анджелес за танцевальными костюмами и не хотел бы я с ней встретиться? Я ответил: разумеется, хотел бы, она может остановиться у меня, но из-за нашей разницы в возрасте *ей* придется спать на тахте, а *мне* — на кровати. Я вам позвоню, когда прилечу, написала она в ответ.

Три или четыре дня спустя зазвонил телефон. Лайза.

— Я в городе,— сказала она.
— Вы в аэропорту? Я вас заберу.
— Я возьму такси.
— Дороговато.
— Так будет проще.
— Что вы пьете?
— Я много не пью. Поэтому — что хотите...

Я сел и стал ждать. Я всегда нервничаю в таких ситуациях. Когда они накатывают, мне уже почти и не хочется, чтоб они были. Лайза отмечала, что она хорошенькая, но фотографий я не видел. Однажды я уже был женат — пообещал жениться, не видев ее ни разу, по переписке. Та тоже писала внятные письма, но 2 с половиной года в браке оказались катастрофой. Обычно люди намного лучше в письмах, чем в реальности. В этом смысле они очень похожи на поэтов.

Я ходил по комнате. Затем услышал шаги по дорожке. Я подошел к жалюзи и выглянул в щелочку. Неплохо. Темные волосы, аккуратно одета — длинная юбка, закрывающая лодыжки. Она шла грациозно, высоко держа голову. Славный нос, обычный рот. Мне нравились женщины в платьях — напоминали о былых днях. Она несла небольшую сумку. Постучала. Я открыл.

— Заходите.

Лайза поставила сумку на пол.

— Садитесь.

На ней было очень немного краски. Хорошенькая. Прическа стильная и короткая.

Я передал ей «водку-7», себе сделал то же. Казалось, она спокойна. Лицо слегка тронуто страданьем — были, видать, в жизни один-два трудных периода. У меня тоже.

— Я завтра собираюсь за костюмами. В Лос-Анджелесе есть один магазин, очень необычный.

— Мне нравится это платье. Полностью закрытая женщина, по-моему, возбуждает. Конечно, фигуру не разглядишь, но догадаться можно.

— Вы такой, как я и думала. Совсем не боитесь.

— Спасибо.

— Но в себе не очень уверены.

— Это мой третий стакан.

— А что бывает после четвертого?

— Ничего особенного. Я его выпиваю и жду пятого.

Я вышел за газетой. Когда вернулся, Лайза поддернула длинную юбку чуть выше колен. Здорово. Прекрасные колени, хорошие ноги. День (на самом деле — ночь) прояснялся. Из ее писем я знал, что она приверженец здоровой пищи, как Сесилия. Только Лайза себя вела совсем не как Сесилия. Я сидел в другом углу тахты и украдкой поглядывал на Лайзины ноги. Я всегда был человеком ног.

— У вас красивые ноги,— сказал я.

— Вам нравятся?

Она поддернула юбку еще на дюйм. Просто безумие. Такие хорошие ноги возникают из-под массы ткани. Гораздо лучше, чем мини-юбки.

После очередного стакана я придвинулся к ней ближе.

— Вы бы приехали посмотреть мою танцевальную студию,— сказала она.

— Я не умею танцевать.

— Сумеете. Я вас научу.

— Бесплатно?

— Конечно. Хоть вы и большой, но на ногу легки. Я вижу по вашей походке, что вы смогли бы танцевать очень даже неплохо.

— По рукам. Я буду спать на *вашей* тахте.

— У меня хорошая квартира, но там есть только водяная постель.

— Ладно.

— Только вы разрешите мне для вас готовить. Вкусную еду.

— Нормально.— Я посмотрел на ее ноги. Затем поласкал одно колено. Поцеловал ее. Она ответила мне, как одинокая женщина.

— Вы думаете, я привлекательная? — спросила Лайза.

— Да, конечно. Но больше всего мне нравится ваш стиль. В вас есть некая щемящая нота.

— Умеете ввернуть, Чинаски.

— Приходится. Мне почти шестьдесят.

— Больше похоже на сорок, Хэнк.

— Вы тоже умеете вворачивать, Лайза.

— Приходится. Мне тридцать два.

— Рад, что не двадцать два.

— А я рада, что вам не тридцать два.

— Ночь сплошной радости,— сказал я.

Мы оба пили дальше.

— Что вы думаете о женщинах? — спросила она.

— Я не мыслитель. Все женщины разные. В основе своей они кажутся сочетанием лучшего и худшего — и волшебного, и ужасного. Я, впрочем, рад, что они существуют.

— Как вы к ним относитесь?

— Они ко мне — лучше, чем я к ним.

— Думаете, так — честно?

— Нечестно, но так уж есть.

— А вы честны.

— Не вполне.

— Я завтра куплю костюмов, а потом хочу их примерить. И вы мне скажете, какой вам больше понравится.

— Конечно. Но мне нравятся длинные платья. Класс.

— Я всякие покупаю.

— А я не покупаю одежды, пока старая не разлезется.

— У вас другие расходы.

— Лайза, после этого стакана я ложусь спать, ладно?

— Конечно.

Я сложил ее постель в кучу на пол.

— Одеял хватит?

— Да.

— Подушка нормальная?

— Вполне.

Я допил, встал и запер входную дверь.

— Я не вас запираю. Это чтоб безопаснее.

— Мне безопасно...

Я зашел в спальню, выключил свет, разделся и залез под одеяло.

— Вот видите,— крикнул я.— Я вас не изнасиловал.

— О,— ответила она,— лучше б изнасиловали!

Я не совсем поверил, но слышать приятно. Сыграл я довольно честно. Она задержится дольше, чем на одну ночь.

Проснувшись, я услышал ее в ванной. Может, следовало ее вздрючить? Ну откуда человеку знать, что делать? В общем, решил я, лучше подождать, если хоть как-то подрубаешься по личности. Если б я сразу ее возненавидел, лучше было бы и выебать ее сразу, если же нет — лучше подождать, потом выебать, а уже после — возненавидеть.

Лайза вышла из ванной в красном платье до колен. Хорошо сидело. В ней были стройность и класс. Она стояла перед моим зеркалом в спальне, играя волосами.

— Хэнк, я поехала за костюмами. А ты полежи. Ты же, наверное, болеешь после вчерашнего.

— С чего это? Мы одинаково выпили.

— Я слышала, как ты на кухне шурудил. Зачем ты еще прикладывался?

— Боялся, наверное.

— Ты? Боялся? Я думала, ты — здоровый, крутой, пьющий ебарь.

— Я тебя что — подвел?

— Нет.

— Я боялся. Мое искусство — это мой страх. Я от него стартую.

— Я поехала за костюмами, Хэнк.

— Ты сердишься. Я тебя подвел.

— Вовсе нет. Я вернусь.

— Где этот магазин?

— На Восемьдесят седьмой улице.

— На Восемьдесят седьмой? Боже милостивый, это же «Уоттс»!

— У них лучшие костюмы на побережье.

— Там же *черные!*

— Ты что — против черных?

— Я вообще против всех.

— Я возьму такси. Вернусь через три часа.

— Это что — твое представление о возмездии?

— Я же сказала, что вернусь. Я вещи оставляю.

— Ты никогда не вернешься.

— Вернусь. Я справлюсь.

— Ладно, но послушай... не бери такси.

Я встал, нашел свои джинсы, нащупал ключи от машины.

— Вот, возьми мой «фольксваген». Номер ТРВ четыреста шестьдесят девять, возле самого дома стоит. Но полегче на сцепление жми, и вторая передача скопытилась, особенно если назад сдавать, скрежещет...

Она взяла ключи, а я снова улегся и натянул на себя простыню. Лайза склонилась надо мной. Я схватил ее, исцеловал ей всю шею. Изо рта у меня воняло.

— Веселей давай,— сказала она.— Верь. Сегодня вечером отпразднуем и устроим парад мод.

— Жду не дождусь.
— Дождешься.
— Серебристый ключик — от водительской дверцы. Золотистый — зажигание...

Она ушла в своем красном платье до колен. Я услышал, как закрылась дверь. Огляделся. Чемодан ее по-прежнему стоял на месте. И на ковре лежали ее туфли.

85

Проснулся я в 1.30. Принял ванну, оделся, проверил почту. Письмо от молодого человека из Глендэйла.

Дорогой мистер Чинаски: я — молодой писатель и, думаю, — хороший, очень хороший, но мои стихи мне постоянно возвращают. Как людям пробиться в эту игру? В чем секрет? Кого для этого нужно знать? Я очень сильно восхищаюсь вашей работой, и мне бы хотелось приехать и поговорить с вами. Я привезу пару полудюжин, и мы сможем поговорить. Мне также хотелось бы почитать вам кое-что из своего...

У бедного мудозвона не было пизды. Я швырнул его письмо в мусорную корзину.

Через час или около того вернулась Лайза.
— О, я нашла изумительные костюмы!

У нее все руки были заняты платьями. Она зашла в спальню. Немного погодя она вышла. В длинном вечернем платье с высоким воротником закружилась передо мной. На попке сидело очень мило. Золото с черным, на ногах — черные туфли. Она чуть-чуть потанцевала.

— Тебе нравится?

— О да...— Я сел и стал ждать, что будет дальше.

Лайза вновь вернулась в спальню. Затем вышла в зеленом и красном, с проблесками серебра. С дырой посередине, из которой выглядывал пупок. Парадируя передо мной, она по-особому смотрела мне в глаза. Взгляд ни застенчивый, ни сексуальный — безупречный.

Я не помню, сколько нарядов она мне показала, но последний был в самый раз. Он льнул к телу, и по обеим сторонам юбки текли разрезы. Когда она расхаживала по комнате, сначала выскальзывала одна нога, за ней — другая. Платье было черным, мерцающим, с низким вырезом спереди.

Я встал, пока она шла, и схватил ее. Поцеловал яростно и перегибая назад. Целуя, начал задирать длинное платье. Подтянул сзади юбку до самого верха и увидел трусики, желтые. Задрал перед платья и начал толкаться в нее хуем. Ее язык проскользнул ко мне в рот — он был прохладен, будто Лайза напилась ледяной воды. Я провел ее задом в спальню, толкнул на кровать и принялся терзать. Я снял и эти желтые трусики, и собственные штаны. Дал волю воображению. Ее ноги обвивались вокруг моей шеи, пока я стоял над ней. Я их раздвинул, приподнялся и гладко всунул. Немного поиграл, сначала меняя скорости, затем — гневными толчками, толчками любви, дразнящими толчками, грубыми толчками. Время от времени я его извлекал, потом начинал сызнова. Наконец я дал себе волю, несколько раз погладил ее изнутри на прощанье, кончил и обмяк с нею рядом. Лайза продолжала меня целовать. Я не был уверен, соскочила она или нет. Я-то соскочил.

Мы поужинали во французском ресторане — американская еда там тоже была вполне и недорого. Ресторан постоянно бывал переполнен, поэтому у нас было время посидеть в баре. В тот вечер я назвался Ланселотом Лавджоем и даже был достаточно трезв, чтобы вспомнить имя, когда 45 минут спустя нас пригласили.

Мы заказали бутылку вина. Ужин решили ненадолго отложить. Нет лучшего способа выпивать, чем за маленьким столиком, над белой скатертью и с симпатичной женщиной.

— Ты ебешься,— сказала Лайза,— с энтузиазмом человека, ебущегося в первый раз, однако ебешься ты изобретательно.

— Можно записать это на манжетке?
— Конечно.
— Может, пригодится когда-нибудь.
— Только меня не используй — больше ни о чем не прошу. Я не хочу быть очередной твоей женщиной.

Я не ответил.

— Моя сестра тебя ненавидит,— сказала она.— Говорит, что ты меня просто используешь.

— Куда девался твой класс, Лайза? Ты заговорила, как все остальные.

К ужину мы так и не приступили. Когда вернулись домой, выпили еще. Мне она действительно очень нравилась. Я начал обзываться — слегка. Она, похоже, удивилась, глаза ее наполнились слезами. Убежала в ванную, просидела там минут 10, затем вышла.

— Моя сестра была права. Ты подонок!

— Пошли в постель, Лайза.

Мы приготовились спать. Залезли на кровать, и я ее оседлал. Без разминки было гораздо труднее, но я наконец его вставил. Начал работать. Я работал и работал. Опять жаркая ночь. Похоже на возобновляющийся дурной сон. Я начал потеть. Я горбатился и качал. Не хотело ни извергаться, ни отпускать. Я все качал и горбатился. В конце концов скатился с нее.

— Прости, малышка, перепил.

Лайза медленно соскользнула головой вниз мне по груди, по животу, вниз, добралась до него, начала лизать, и лизать, и лизать, затем взяла его в рот и стала обрабатывать...

Я полетел с Лайзой обратно в Сан-Франциско. У нее была квартира на вершине крутого холма. Там оказалось славно. Первым делом следовало посрать. Я зашел в ванную и сел. Повсюду зеленые лозы. Вот так горшок. Мне понравилось. Когда я вышел, Лайза усадила меня на какие-то здоровенные подушки, включила Моцарта и налила остуженного вина. Подошло время ужина, и Лайза стояла на кухне и готовила. То и дело мне подливала. Мне всегда больше нравилось самому гостить у женщин, а не когда они гостят у меня. От них всегда можно уйти.

Она позвала меня к столу. Салат, чай со льдом и куриное рагу. Довольно неплохо. Сам я — ужасный повар. Могу только жарить бифштексы, хотя хорошее говяжье рагу тоже делаю, особенно когда пьян. В рагу мне нравится рисковать. Я закидываю туда почти все, и мне иногда сходит с рук.

После ужина мы поехали на Пристань Рыболова. Лайза вела машину с большой опаской. Это меня нервировало. Она останавливалась у перекрестка и смотрела в обе стороны, проверяла движение. Даже если никто никуда не ехал, она все равно сидела. Я ждал.

— Лайза, черт, да *поехали* же! Никого же нету.

И лишь тогда она ехала. С людьми всегда так. Чем дольше их знаешь, тем заметнее их чудачества. Иногда чудачества забавные — в самом начале.

Мы прошлись по причалу, потом спустились на песок. Пляж тут не ахти.

Она рассказала, что у нее уже некоторое время нет друга. О чем говорят ее знакомые мужчины, что для них важно — это ж рехнуться можно, считала она.

— С женщинами точно так же,— сказал я ей.— Когда Ричарда Бёртона[*] спросили, что он ищет первым делом в женщине, он ответил: «Ей должно быть как минимум тридцать лет».

Стемнело, и мы вернулись к ней. Лайза вытащила вино, и мы уселись на подушки. Она открыла став-

---

[*] Ричард Бёртон (1925–1984) — американский актер валлийского происхождения, дважды муж Элизабет Тейлор. Всего женат был 5 раз.

ни, и мы рассматривали ночь. Потом стали целоваться. Потом пили. И еще немного целовались.

— Когда тебе на работу? — спросил я.
— А тебе хочется меня туда спровадить?
— Нет, но тебе ведь нужно жить.
— Ты же сам не работаешь.
— В каком-то смысле — работаю.
— То есть ты живешь, чтобы писать?
— Нет, просто существую. А потом, позже, пытаюсь вспомнить и что-то записать оттуда.
— Я веду танцевальную студию только три вечера в неделю.
— И сводишь концы с концами?
— Пока да.

Мы углубились в поцелуи. Она пила гораздо меньше, чем я. Мы перешли на водяную постель, разделись и приступили. Я раньше слыхал про еблю на водяном матрасе. Предполагалось, что это здорово. Я обнаружил, что это сложно. Вода содрогалась и колыхалась под нами, а когда я двигался вниз, вода словно раскачивалась из стороны в сторону. Вместо того чтобы приближать Лайзу *ко* мне, вода, казалось, отодвигала ее *от* меня. Может, тут нужна практика. Я исполнил свою дикарскую программу — хватал за волосы и засаживал так, словно это изнасилование. Ей нравилось, или она делала вид, тихонько и восхитительно вскрикивала. Я еще немного над ней поизмывался, затем у нее, по всей видимости, неожиданно случился оргазм — кричала она, во всяком случае, правильно. Это меня подхлестнуло, и я кончил как раз в конце ее конца.

Мы подчистились и вернулись к подушкам и вину. Лайза уснула, положив голову мне на колени. Я сидел еще с час. Потом вытянулся на спине, и мы так и проспали всю ночь на этих подушках.

На следующий день Лайза взяла меня с собой в танцевальную студию. Мы купили сэндвичей в забегаловке через дорогу, захватили их вместе с напитками в студию и там съели. Очень большая комната на третьем этаже. В ней ничего не было, кроме голого пола, кое-какой стереоаппаратуры, нескольких стульев, а высоко над головой через весь потолок тянулись какие-то веревки.

— Научить тебя танцевать? — спросила она.
— Да я как-то не в настроении,— ответил я.

Следующие дни и ночи были похожи. Не плохо, но и не клево. Я научился управляться на водяной постели чуточку лучше, но по-прежнему для ебли предпочитал нормальную кровать.

Я пожил у Лайзы еще 3 или 4 дня, потом улетел обратно в Л. А.

Мы продолжали писать друг другу письма.

Месяц спустя она снова объявилась в Лос-Анджелесе. На сей раз, когда она подходила к моей двери, на ней были брюки. Выглядела иначе, я не мог это объяснить, но — иначе. Мне совсем не понравилось рассиживать с нею, поэтому я возил ее на бега, на бокс, в кино — все, что делал с женщинами, которыми наслаждался,— но чего-то не хватало. Мы по-прежнему занимались сексом, но это больше не волновало, как раньше. Словно мы были женаты.

Через пять дней Лайза сидела на тахте, а я читал газету, и Лайза сказала:

— Хэнк, не получается, правда?
— Да.
— Что не так?
— Не знаю.
— Я уеду. Я не хочу здесь оставаться.
— Успокойся, не *настолько* же все плохо.
— Я просто ничего не понимаю.

Я не ответил.

— Хэнк, отвези меня к Дворцу освобождения женщин. Ты знаешь, где это?
— Да, где-то в Уэстлейке, там раньше художественная школа была.
— Откуда ты знаешь?
— Я туда как-то возил другую женщину.
— Ах ты гад.
— Ну ладно, ладно...
— У меня подруга там работает. Я не знаю, где у нее квартира, а по телефонной книге найти не могу. Но знаю, что она работает во Дворце освобождения. Поживу у нее пару дней. Просто не хочется возвращаться в Сан-Франциско в таком состоянии...

Лайза собралась, сложила вещи в чемодан. Мы вышли к машине, и я поехал в Уэстлейк. Я как-то возил туда Лидию на выставку женского искусства, где она показывала несколько своих скульптур.

Я остановился перед зданием.

— Я подожду, вдруг твоей подруги нет.
— Все в порядке. Можешь ехать.
— Я подожду.

Подождал. Лайза вышла, помахала. Я помахал в ответ, завел машину и уехал.

86

Я сидел в одних трусах как-то днем неделю спустя. Нежно постучали в дверь.

— Минуточку,— сказал я. Надел халат и открыл.

— Мы — две девушки из Германии. Мы читали ваши книги.

Одной на вид лет 19, другой, может,— 22.

У меня выходила в Германии пара-тройка книг ограниченными тиражами. Я сам родился в Германии в 1920 году, в Андернахе. Дом, где я жил в детстве, теперь стал борделем. Говорить по-немецки я не умел. Зато они говорили по-английски.

— Заходите.

Они сели на тахту.

— Хильда,— сказала 19-летняя.

— Я Гертруда,— сказала 22-летняя.

— Я Хэнк.

— Мы думаем, что у вас книги очень грустные и очень смешные,— сказала Гертруда.

— Спасибо.

Я ушел в кухню и нацедил 3 «водки-7». Начислил им и начислил себе.

— Мы едем в Нью-Йорк. Решили заглянуть,— сказала Гертруда.

Затем они рассказали, что были в Мексике. По-английски говорили хорошо. Гертруда потяжелее, почти толстушка; сплошные груди и задница. Хильда — худая, похоже, что постоянно под каким-то напрягом... странная и будто у нее запор, но привлекательная.

Выпивая, я закинул одну ногу на другую. Халат мой распался.

— О,— сказала Гертруда,— у вас сексуальные ноги!

— Да,— подтвердила Хильда.

— Я знаю,— сказал я.

Девчонки остались и поддержали меня в выпивке. Я сходил и сочинил еще три. Когда садился вторично, убедился, что прикрыт халатом как должно.

— Вы, девчонки, можете тут остаться на несколько дней, отдохнете.

Они ничего не ответили.

— Или не оставайтесь,— сказал я.— Страху нет. Можем просто поболтать. Мне от вас ничего не нужно.

— Наверняка вы знаете много женщин,— сказала Хильда.— Мы читали ваши книги.

— Я пишу фикцию.

— Что такое фикция?

— Фикция — это приукрашивание жизни.

— То есть врете? — спросила Гертруда.

— Чуть-чуть. Не очень.

— А у вас подружка есть? — спросила Хильда.

— Нет. Сейчас нет.

— Мы останемся,— сказала Гертруда.

— У меня только одна кровать.

— Это ничего.

— И еще одно...

— Что?

— Чур, я сплю посередине.

— Ладно.

Я продолжал смешивать напитки, и скоро у нас все кончилось. Я позвонил в винную лавку.

— Я хочу...

— Постойте, друг мой,— отвечали мне,— мы не делаем доставку на дом до шести вечера.

— Ах вот как? Я тебе в глотку вбиваю по двести долларов в месяц...
— Это кто?
— Чинаски.
— А, *Чинаски*... Так чего вы хотите?
Я ему сообщил. Потом:
— Знаете, как сюда добраться?
— О да.

Он прибыл через 8 минут. Толстый австралиец, вечно потеет. Я взял две коробки и поставил их в кресло.
— Привет, дамы,— сказал толстый австралиец.
Те не ответили.
— Сколько там с меня, Арбакл?*
— Ну, всего семнадцать сорок девять.
Я дал ему двадцать. Он начал рыться в карманах, ища мелочь.
— Что, делать больше нечего? Купи себе новый дом.
— Спасибо, сэр!
Затем он склонился ко мне и тихо спросил:
— Боже мой, как у вас это получается?
— Печатаю,— ответил я.
— Печатаете?
— Да, примерно восемнадцать слов в минуту.
Я вытолкал его наружу и закрыл дверь.

В ту ночь я забрался с ними в постель и лег посередине. Мы все были пьяны, и сначала я сграбастал одну, целовал и щупал ее, потом повернулся и схва-

---
* Роскоу Конклинг Арбакл по прозвищу Толстяк (1887–1933) — американский комедийный актер немого кино.

тил другую. Так я перемещался туда и обратно, и это было весьма утешительно. Позже сосредоточился на одной надолго, потом перевернулся и перешел на другую. Каждая терпеливо ждала. Я был в смятении. Гертруда горячее, Хильда — моложе. Я вспарывал зады, лежал на каждой, но внутрь ни одной не засовывал. Наконец остановился на Гертруде. Но сделать ничего не смог. Слишком пьян. Мы с Гертрудой уснули, ее рука держала меня за письку, моя рука — у нее на грудях. Мой член опал, ее груди оставались тверды.

На следующий день было очень жарко, а пьянства — еще больше. Я позвонил и заказал еды. Включил вентилятор. Разговоров было немного. Этим немочкам выпивать нравилось. Затем обе вышли и уселись на старую кушетку на переднем крыльце — Хильда в шортиках и лифчике, а Гертруда — в тугой розовой комбинашке, без лифчика и трусиков. Зашел Макс, почтальон. Гертруда взяла у него мою почту. Беднягу Макса чуть кондрат не хватил. В глазах у него я видел зависть и неверие. Но, как ни верти, у него работа гарантированная.

Около 2 часов дня Хильда объявила, что идет гулять. Мы с Гертрудой зашли внутрь. Наконец это *действительно* произошло. Мы лежали на кровати и проигрывали начальные такты. Через некоторое время приступили. Я взгромоздился, и он вошел внутрь. Но вошел как-то резко и сразу же принял влево, словно там был изгиб. Я припоминал только одну такую женщину — но тогда было здорово. Потом я задумался: она меня дурачит — на самом деле я не внутри. Поэтому я вытащил и засунул повторно. Он вошел и опять круто свернул влево. Что за говно. Либо у нее пизда перекосоеблена, либо я не проникаю. Я все убеждал себя, что это у нее пизда ни к ебеной матери. Я качал и трудился, а он все гнулся и гнулся влево под этим острым углом.

Я все пахал и пахал. Потом как будто в кость уткнулся. Ничего себе. Я сдался и скатился с нее.

— Извини,— сказал я,— во мне, кажется, просто сегодня газу нет.

Гертруда промолчала.

Мы оба встали и оделись. Потом вышли в переднюю комнату и сели ждать Хильду. Мы пили и ждали. Хильда не торопилась. Долго, долго ждали. Наконец прибыла.

— Привет,— сказал я.

— Кто все эти черные люди в вашем районе? — спросила она.

— Я не знаю, кто они такие.

— Они сказали, что я могу зарабатывать две тысячи долларов в неделю.

— Чем?

— Они не сказали.

Немецкие девчонки остались еще на 2 или 3 дня. Я продолжал натыкаться на этот левый поворот в Гертруде, даже когда бывал трезв. Хильда сказала, что она на «тампаксе», поэтому ничем помочь не может.

В конце концов они собрали пожитки, и я посадил обеих к себе в машину. У них были большие полотняные сумки через плечо. Германские хиппи. Они показывали мне дорогу. Свернуть там, свернуть тут. Мы все выше и выше забирались в Голливудские Холмы. На богатую территорию въехали. Я уже и забыл, что некоторые живут довольно неплохо, пока большинство остальных жрет собственное говно на завтрак. Поживешь там, где живу я,— начнешь верить, что и все остальные места — как твоя задрота.

— Вот здесь,— сказала Гертруда.

«Фольк» остановился у начала длинного извилистого проезда. Где-то там, наверху, стоял дом — большой-большой дом со всеми делами внутри и вокруг, что только есть в таких домах.

— Мы лучше отсюда пойдем пешком,— сказала Гертруда.

— Конечно.

Они вышли. Я развернул «фольксваген». Они стояли у входа и махали мне, их полотняные сумки свисали с плеч. Я помахал в ответ. Потом отъехал, поставил на нейтрал и начал планировать вниз с гор.

87

Меня попросили читать в знаменитом ночном клубе «Улан» на бульваре Голливуд. Я согласился читать два вечера. Оба раза нужно было выступать следом за рок-группой «Большое Изнасилование». Меня засасывала трясина шоу-бизнеса. На руках были лишние билеты, я позвонил Тэмми и спросил, не хочет ли она сходить. Она сказала, что да, поэтому в первый вечер я взял ее с собой. Заставил их открыть ей кредит. Мы сидели в баре, дожидаясь начала моего выступления. Выступление Тэмми походило на мое. Она быстренько набралась и расхаживала по всему бару, разговаривая с людьми.

К тому времени, как мне пришла пора выходить, Тэмми уже заваливалась на столики. Я нашел ее брата и сказал:

— Боже святый, да *убери* же ты ее отсюда, будь добр.

Он вывел ее в ночь. Я тоже был пьян и позже совершенно забыл, что сам попросил ее увести.

Чтение прошло нехорошо. Публика тащилась строго от рока, они не врубались в строчки и смыслы. Но кое в чем я и сам облажался. Иногда я просто выезжал на везении с рок-тусовками, а в тот вечер не вышло. Наверное, без Тэмми херово. Вернувшись домой, я набрал ее номер. Ответила мать.

— Ваша дочь,— сообщил я,— ГНИДА!
— Хэнк, я не желаю этого слушать.

Она бросила трубку.

На следующий вечер я отправился один. Сидел за столиком в баре и пил. К столику подошла пожилая женщина и с достоинством представилась. Она преподает английскую литературу и привела свою ученицу, маленькую пампушку по имени Нэнси Фриз. У Нэнси, судя по виду, была течка. Они хотели узнать, не соглашусь ли я ответить на несколько вопросов их класса.

— Запуливайте.
— Кто ваш любимый автор?
— Фанте.
— Кто?

— Джон Фан-те. «Спроси у праха». «Подожди до весны, Бандини»*.

— А где найти его книги?

— Я нашел их в главной библиотеке, в центре. Угол Пятой и Олив, кажется?

— А чем он вам нравится?

— Абсолютной эмоцией. Очень храбрый человек.

— А кто еще?

— Селин**.

— А почему?

— Ему вырывали кишки, а он смеялся и их тоже смешил. Очень храбрый человек.

— А вы верите в храбрость?

— Мне она нравится во всех — в животных, птицах, рептилиях, людях.

— А почему?

— Почему? Мне от этого лучше. Тут все дело в стиле вопреки безысходности.

— А Хемингуэй?

— Нет.

— А почему?

— Слишком мрачен, слишком серьезен. Хороший писатель, прекрасные фразы. Но для него жизнь всегда была тотальной войной. Он никогда не давал воли, никогда не танцевал.

---

* Джон Фанте (1909–1983) — американский писатель и сценарист. Его романы «Подожди до весны, Бандини» (1938) и «Спроси у праха» (1939) входят в так называемую «Сагу Артуро Бандини».
** Луи Фердинанд Селин (Детуш, 1894–1961) — французский писатель. Далее в тексте упоминается его культовый полуавтобиографический роман «Путешествие на край ночи» (1932).

Они закрыли тетрадки и испарились. Жалко. Я как раз собирался сказать, что *настоящее* влияние на меня оказали Гейбл, Кэгни, Богарт и Эррол Флинн*.

Следующее, что помню,— я оказался за столиком с тремя симпатичными женщинами: Сарой, Кэсси и Деброй. Саре было 32, классная девка, хороший стиль и доброе сердце. Светло-рыжие волосы падали прямо вниз, а глаза дикие, слегка безумные. Кроме того, ее перегружало сострадание, вроде бы достаточно подлинное — очевидно, оно ей кое-чего стоило. Дебра — еврейка с большими карими глазами и щедрым ртом, густо заляпанным кроваво-красной помадой. Ее рот поблескивал и манил меня. Я навскидку определил, что ей где-то между 30 и 35: так выглядела моя мама в 1935 году (хотя мама была намного красивее). Кэсси была высока ростом, с длинными светлыми волосами, очень молода, дорого одета, модновата, хипова, «подрубалась», нервная, прекрасная. Она сидела ближе всех, сжимала мне руку и терлась бедром о мою ногу. Когда она сжала мне руку, я вдруг осознал, что ее ладонь гораздо шире моей. (Хоть я и крупный мужик, мне всегда неловко за свои маленькие руки. В период кабацких выебонов в Филадельфии я, тогда совсем юнец, быстро понял важность размера ладони. Поразительно, как я умудрялся тогда побеждать в 30 процентах драк.) Как бы то ни было,

---

* Уильям Кларк Гейбл (1901–1960), Джеймс Фрэнсис Кэгни-мл. (1899–1986), Хамфри Дефорест Богарт (1899–1957) и Эррол Лесли Томпсон Флинн (1909–1959) — американские киноактеры с амплуа крутых героев-любовников.

Кэсси чувствовала, что обходит остальных двух, а я не был в этом уверен, но смирился.

Потом надо было читать, и вечер сложился удачнее. Толпа та же самая, но мозги мои занимала работа. Между тем толпа теплела все больше, дичала и воодушевлялась. Иногда зажигалось от них, иногда — от меня, обычно — последнее. Как будто залазишь на призовой ринг: надо чувствовать, будто им что-то должен, иначе тебе тут не место. Я парировал, срезал и финтил, а в последнем раунде раскрылся по-настоящему и вырубил рефери. Спектакль есть спектакль. Поскольку я набомбился предыдущей ночью, со стороны мой успех наверняка выглядел странно. Не передать, как странно было мне самому.

Кэсси ждала в баре. Сара подсунула мне любовную записку вместе с номером телефона. Дебра оказалась неизобретательна — просто записала мне свой номер. На мгновение — странно — я подумал о Кэтрин, потом купил Кэсси выпить. Я никогда больше не увижу Кэтрин. Моя маленькая техасская девочка, моя прекраснейшая из красавиц. Прощай, Кэтрин.

— Слушай, Кэсси, можешь отвезти меня домой? Я слишком надрался, один не доеду. Еще один гон по поводу пьяного вождения — и мне каюк.

— Ладно, отвезу. А твоя машина?

— На хуй. Тут брошу.

Мы уехали вместе в ее «эм-джи». Как в кино. Я ожидал, что в любой момент она меня выкинет на следующем углу. Ей было за двадцать. Пока мы ехали, она болтала. Она работает на музыкальную компанию, любит это дело, на работу можно приходить не раньше 10.30, а уходит она в 3.

— Неплохо,— говорила она,— и мне нравится. Я могу брать народ и увольнять, я продвинулась наверх, но пока увольнять никого не приходилось. Там хорошая публика работает, и мы выпустили несколько великих пластинок...

Мы прибыли ко мне. Я откупорил водку. Волосы Кэсси спускались почти до самой задницы. Я всегда был поклонником волос и ног.

— Ты сегодня здорово читал,— сказала она.— Как будто совершенно другой человек, не то что вчера. Не знаю, чем это объяснить, но, когда ты в форме, в тебе чувствуется такая... человечность, что ли. В большинстве своем поэты — такие маленькие самодовольные дрыщи.

— Мне они тоже не нравятся.

— А ты не нравишься им.

Мы еще выпили и отправились в постель. Тело у нее поразительное, блистательное, в стиле «Плейбоя», но я, к несчастью, был пьян. Поднять-то я поднял — и все качал и качал, хватал ее за длинные волосы, вытаскивал их из-под нее и запускал в них руки, я был возбужден, но сделать в итоге ничего не смог. Я откатился, пожелал Кэсси спокойной ночи и уснул виноватым сном.

Наутро мне было стыдно. Я был уверен, что никогда больше Кэсси не увижу. Мы оделись. Было около 10 утра. Мы дошли до «эм-джи» и забрались внутрь. Она молчала, я молчал. Как дурак, но что тут скажешь? Доехали до «Улана», и там стоял мой синий «фольксваген».

— Спасибо за все, Кэсси. Не думай слишком плохо о Чинаски.

Она не ответила. Я поцеловал ее в щеку и вылез из машины. Она отъехала в своем «эм-джи». В конце концов, как говаривала Лидия: «Если хочешь пить — пей; если хочешь ебаться — выкинь бутылку на фиг».

Беда в том, что мне хотелось и того, и другого.

88

Поэтому я очень удивился, когда пару ночей спустя зазвонил телефон — Кэсси.

— Что поделываешь, Хэнк?
— Да вот, сижу просто...
— Чего не заезжаешь?
— Да я бы не против...

Она дала адрес — или в Вествуде, или в Западном Лос-Анджелесе, не помню.

— У меня много выпивки,— сказала она.— С собой ничего брать не нужно.

— Может, мне вообще не стоит пить?
— Все в порядке.
— Если нальешь, выпью. Не нальешь — не буду.
— Не переживай,— сказала она.

Я оделся, прыгнул в «фольксваген» и поехал по адресу. Сколько раз человеку может сходить с рук? Боги добры ко мне — в последнее время. Может, это проверка? Может, трюк какой? Откормить Чинаски, а потом разделать напополам. Я знал, что и это мне светит. Но как тут быть, если до 8 уже пару раз досчитали и осталось всего 2 счета?

Квартира была на третьем этаже. Вроде Кэсси мне обрадовалась. На меня прыгнул большой черный пес. *Огромный*, рохля и мальчик. Он стоял, возложив лапы мне на плечи, и облизывал мое лицо. Я его столкнул. Он стоял передо мной, виляя жопой и умоляюще поскуливая. Черная и длинная шерсть, по всей видимости дворняга, но какой же здоровый.

— Это Элтон,— представила его Кэсси.
Она сходила к холодильнику и достала вино.
— Вот что тебе надо пить. У меня такого много.
Она была в зеленом однотонном платье в обтяжку. Похожа на змею. На ногах туфли, отделанные зелеными камешками, и снова я отметил, какие длинные у нее волосы — не только длинные, но и густые, такая масса волос. Они спускались чуть ли не до попы. Глаза — огромные и сине-зеленые, иногда больше синие, чем зеленые, иногда — наоборот, в зависимости от того, как падает свет. Я заметил две своих книжки у нее в шкафу — из тех, что получше.

Кэсси уселась, открыла вино и налила нам обоим.
— Мы как бы встретились с тобой неким образом в нашу последнюю встречу, мы где-то соприкоснулись. Я не хотела, чтобы это ушло,— сказала она.
— Мне было в кайф,— сказал я.
— Хочешь апера?
— Давай,— согласился я.
Она вынесла две. «Черная шапочка». Лучше не бывает. Я отправил свою внутрь вместе с вином.

— У меня — лучший дилер в городе. Слишком с меня не дерет,— сказала она.

— Хорошо.

— Ты когда-нибудь зависал? — спросила она.

— Было время — пробовал кокаин, но отходняков не переваривал. Боялся заходить в кухню на следующий день, потому что там лежал нож. Кроме того, пятьдесят — семьдесят пять баксов в день — это для меня слишком.

— У меня есть кокс.

— Я пас.

Она налила еще вина.

Не знаю почему, но с каждой новой женщиной все казалось как в первый раз, почти как будто я прежде никогда с женщиной не был. Я поцеловал Кэсси. Целуя, я запустил руки в массу ее длинных волос.

— Музыки хочешь?

— Да нет, не надо.

— Ты же знаком с Ди Ди Бронсон, да? — спросила Кэсси.

— Да, мы расстались.

— Слышал, что с ней произошло?

— Нет.

— Сначала она потеряла работу, потом поехала в Мексику. Познакомилась с тореадором на пенсии. Тореадор избил ее до полусмерти и отобрал все сбережения, семь тысяч долларов.

— Бедная Ди Ди: сначала — я, потом — вот такое.

Кэсси встала. Я смотрел, как она идет по комнате. Ее задница шевелилась и мерцала под узким зеленым платьем. Она вернулась с бумагой и травой. Забила косяк.

— Потом она попала в аварию.

— Она никогда не умела водить машину. Ты ее хорошо знаешь?

— Нет. Но разговоры-то ходят в наших кругах.

— Просто жить, пока не умрешь,— уже тяжелая работа,— сказал я.

Кэсси передала мне косяк.

— У тебя-то самого жизнь, кажется, упорядоченная,— сказала она.

— В самом деле?

— Ну, ты не наезжаешь, не пытаешься произвести впечатление, как некоторые мужики. Да и сам по себе, похоже, человек веселый.

— Мне нравятся твоя задница и твои волосы,— сказал я.— И твои губы, и глаза, и вино твое, и твоя квартира, и косяки. Но во мне порядка — никакого.

— Ты много пишешь о женщинах.

— Я знаю. Самому иногда интересно, о чем буду писать потом.

— Может, это никогда не кончится.

— Все кончается.

— Оставь покурить.

— Конечно, Кэсси.

Она дернула, потом я ее поцеловал. Отогнул ей голову назад за волосы. Насильно раскрыл ей губы. Долгий был поцелуй. Потом я ее отпустил.

— Тебе так нравится, правда? — спросила она.

— Для меня это интимнее и сексуальнее, чем ебаться.

— Пожалуй, ты прав,— сказала она.

———

Мы курили и пили несколько часов, затем отправились в постель. Мы целовались и играли. Я был хорош, тверд и гладил ее хорошо, но через десять минут уже знал, что ничего не выйдет. Снова перепил. Я начал потеть и напрягаться. Еще несколько раз я дернулся в ней и скатился.

— Прости меня, Кэсси...

Я наблюдал, как ее голова опускается к моему херу. Он был по-прежнему тверд. Она стала его лизать. На кровать запрыгнул пес, и я скинул его пинком. Я смотрел, как Кэсси лижет мой хуй. В окно проникал лунный свет, и я видел ее отчетливо. Она взяла кончик и стала просто его покусывать. Неожиданно заглотила целиком и заработала хорошо, пробегая языком вверх и вниз по всей длине, сося его. Божественно.

Я дотянулся и схватил ее за волосы одной рукой — и поднял всю их массу высоко над ее головой, все эти волосы, пока она сосала мой хуй. Это длилось долго, но я наконец почувствовал, что готов кончить. Она тоже поняла и удвоила усилия. Я начал похныкивать и слышал, как большая собака поскуливает на ковре вместе со мной. Мне нравилось. Я держался как мог долго, продлевая удовольствие. Затем, по-прежнему держа и лаская ее волосы, взорвался ей прямо в рот.

Когда я проснулся наутро, Кэсси одевалась.

— Все в порядке,— сказала она,— можешь остаться. Только обязательно запри дверь, когда будешь уходить.

— Ладно.

После ее ухода я принял душ. Потом нашел в холодильнике пиво, хорошенько хлебнул, оделся, попрощался с Элтоном, убедился, что дверь за мной закрылась, влез в «фольксваген» и поехал домой.

89

Три или четыре дня спустя я нашел записку Дебры и позвонил. Дебра сказала:

— Приезжай,— объяснила, как добраться до Плайя-дель-Рэй, и я поехал.

Она снимала маленький дом с передним двориком. Я заехал прямо в этот дворик, вылез из машины и постучал, затем позвонил. У нее был такой звонок с двумя нотами. Дебра открыла дверь. Она не изменилась — с тем же громадным напомаженным ртом, короткой стрижкой, яркими серьгами, в духах, и с лица не сходит эта широченная улыбка.

— О, заходи, Генри!

Я так и сделал. У нее сидел какой-то парень. Но он был очевидным гомосексуалом, поэтому я не принял на свой счет.

— Это Ларри, мой сосед. Он живет в глубине двора.

Мы пожали друг другу руки, и я сел.

— Есть тут чего-нибудь выпить? — спросил я.

— Ох, *Генри!*

— Я могу за чем-нибудь сходить. Я б захватил с собой, только не знал, чего ты хочешь.

— О, у меня кое-что есть.

Дебра скрылась в кухне.

— Как дела? — спросил я у Ларри.

— Дела были не очень, но теперь лучше. Самогипнозом занимаюсь. Просто чудеса со мной творит.

— Что-нибудь выпьешь, Ларри? — спросила из кухни Дебра.

— Ой нет, спасибо...

Дебра вышла с двумя бокалами красного вина. Ее дом был чересчур украшен. Везде что-то стояло. Дом был дорого загроможден, и маленькие динамики едва ли не отовсюду играли рок-музыку.

— Ларри практикует самогипноз.

— Он сказал.

— Ты не представляешь, насколько лучше мне спится сейчас, ты не представляешь, насколько лучше я сейчас соотношусь,— сказал Ларри.

— Думаешь, стоит и нам попробовать? — спросила Дебра.

— Ну, трудно сказать. Но я знаю одно — мне помогает.

— Генри, я устраиваю вечеринку на День всех святых. Приходят все. Может, и ты подъедешь? Как считаешь, кем он может нарядиться, Ларри?

Они оба посмотрели на меня.

— Ну, я не знаю,— сказал Ларри.— В самом деле не знаю. Может быть?.. ой, нет... вряд ли...

Блямкнул дверной звонок, и Дебра пошла открывать. Пришел еще один гомосек, без рубашки. В волчьей маске с большим резиновым языком, болтавшимся из пасти. Гомик был чем-то раздражен и подавлен.

— Винсент, это Генри. Генри, это Винсент...

Винсент меня проигнорировал. Он остался в дверях со своим резиновым языком.

— У меня был жуткий день на работе. Я там больше не могу. Наверное, уволюсь.

— Но, Винсент, что же ты будешь *делать?* — спросила его Дебра.

— Не знаю. Но я могу много чего. Я не обязан за ними говно жрать!

— Ты на вечеринку придешь, правда, Винсент?

— Конечно, я уже который день готовлюсь.

— Ты выучил свою роль в пьесе?

— Да, но в этот раз, по-моему, нам лучше пустить пьесу *до* того, как пустим игры. В прошлый раз мы еще до пьесы так *нарезались,* что не отдали пьесе должного.

— Ладно, Винсент, так и сделаем.

С этим Винсент и его язык повернулись и вышли за дверь.

Ларри поднялся.

— Ну ладно, мне тоже пора. Приятно было,— сказал он мне.

— Давай, Ларри.

Мы пожали руки, и Ларри ушел через кухню и черный ход к себе домой.

— Ларри мне здорово помогает, он хороший сосед. Я рада, что ты с ним по-доброму.

— Да он нормальный. Как ни верти, а он раньше пришел.

— У нас с ним секса нет.

— У нас тоже.

— Ты меня понял.

— Я лучше схожу куплю нам чего-нибудь выпить.

— Генри, у меня всего полно. Я же знала, что ты придешь.

Дебра наполнила бокалы. Я смотрел на нее. Молодая, но выглядит так, словно только что из 1930-х. Черная юбка, доходившая докуда-то между коленом и лодыжкой, черные туфли на высоком каблуке, белая блузка со стоячим воротничком, бусы, серьги, браслеты, рот в помаде, много румян, духи. Сложена хорошо — славные груди и ягодицы,— к тому же она покачивала ими, когда ходила. Она постоянно зажигала себе сигареты, и везде валялись окурки, измазанные ее помадой. Я как будто попал в детство. Даже колготок Дебра не носила и то и дело поддергивала длинные чулки, показывая самую чуточку ноги, самую капельку колена. Из тех девушек, которых любили наши отцы.

Она рассказала, чем занимается. Какая-то запись судебных заседаний, юристы. От этого у нее ехала крыша, но зарабатывала она прилично.

— Иногда я рявкаю на своих помощников, но потом перегорает, и они меня прощают. Ты просто не знаешь, какие они, эти юристы проклятые! Хотят всего и сразу, а что на это нужно время, им наклать.

— Юристы и врачи — самые переплачиваемые, избалованные члены нашего общества. Следующим в списке — любой автомеханик из гаража на углу. За ним можешь вписать дантиста.

Дебра закинула ногу на ногу, и юбка у нее слегка задралась.

— У тебя очень красивые ноги, Дебра. И ты умеешь одеваться. Ты напоминаешь мне девушек в дни юности моей мамы. Вот когда женщины были женщинами.

— Умеешь ввернуть, Генри.

— Ты меня поняла. Особенно это правда в Лос-Анджелесе. Как-то раз, не очень давно, я уехал из города, а когда вернулся — знаешь, как понял, что я снова дома?

— Ну, нет...

— По первой женщине, что прошла мимо по улице. На ней юбчонка была такая короткая, что виднелась промежность трусиков. А сквозь их передок — прошу прощения — видны были волосики ее пизды. И я понял, что вернулся в Л. А.

— Где же ты был? На Мейн-стрит?

— Черта с два на Мейн-стрит. Угол Биверли и Фэрфакса.

— Тебе вино нравится?

— Да, и у тебя мне тоже нравится. Может, я даже сюда переселюсь.

— У меня хозяин ревнивый.

— Еще кто-нибудь может взревновать?

— Нет.

— Почему?

— Я много работаю, и мне нравится приходить домой по вечерам и просто расслабляться. Мне нравится эту квартиру украшать. Моя подруга — она работает на меня — идет со мной завтра утром по антикварным лавкам. Хочешь с нами?

— А я буду здесь завтра утром?

Дебра не ответила. Она налила мне еще и села рядом. Я нагнулся и поцеловал ее. При этом задрал ей юбку повыше и бросил взгляд на эту нейлоновую ногу. Здорово. Когда мы закончили целоваться, Дебра снова оправила юбку, но ногу я уже запомнил наизусть. Дебра встала и ушла в ванную. Я услышал, как зашумела вода в унитазе. Затем пауза. Вероятно, помаду гуще накладывает. Я вытащил платок и вытер губы. Платок измазался красным. Я наконец получил все, что получили мальчишки в старших классах — богатенькие, хорошенькие, прикинутые золотые мальчики со своими новыми машинами,— и я, в своей ветхой неряшливой одежонке и со сломанным великом.

Дебра вышла, уселась и закурила.

— Давай поебемся,— предложил я.

Дебра ушла в спальню. На кофейном столике осталось полбутылки вина. Я налил себе и закурил Дебрину сигарету. Дебра выключила рок-музыку. Это славно.

Было тихо. Я налил себе еще. Может, и впрямь переселиться? Куда я машинку поставлю?

— Генри?

— Чего?

— Где ты там?

— Подожди. Сначала допить хочу.

— Ладно.

Я допил бокал и вылил остатки из бутылки. Сижу вот на Плайя-дель-Рэй. Я разделся, бросив одежду беспорядочной кучей на кушетке. Я никогда не одевался шикарно. Все мои рубашки полиняли и сели, им по 5, по 6 лет, аж светятся уже. Штаны — то же самое. Универмаги я ненавидел, продавцов не переваривал: те держались высокомерно — можно подумать, знали тайну жизни, у них была та уверенность, которой не обладал я. Башмаки у меня всегда разбиты и стары: обувных магазинов я тоже не любил. Я никогда ничего не приобретаю, пока вещь как-то еще служит — включая автомобили. Дело не в бережливости, просто я терпеть не могу быть покупателем, которому нужен продавец, причем продавец такой красивый, равнодушный и высокомерный. А помимо этого, все требует времени — времени, когда можно просто валяться и кирять.

Я вошел в спальню в одних трусах. Я очень стеснялся своего белого брюха, свисавшего на трусы. Но не сделал ни малейшего усилия втянуть его. Я встал у кровати, стащил с себя трусы, переступил через них. Неожиданно захотелось выпить еще. Я залез в постель. Забрался под одеяло. Потом повернулся к Дебре. Обнял ее. Мы притиснулись друг к другу. Ее губы раскрылись. Я ее поцеловал. Рот у нее был как влажная пизда. Готова. Я это чувствовал. Разминки не требовалось. Мы поцеловались, и ее язык то проскальзывал мне в рот, то выскальзывал. Я поймал его зубами, сжал. Затем перекатился на Дебру и гладко вставил.

Думаю, дело было в том, как она отворачивалась от меня, пока я ее еб. Это меня заводило. Ее голова, повернутая в сторону, подскакивала на подушке с каждым толчком. Время от времени, двигаясь, я поворачивал ее голову к себе и целовал этот кроваво-красный рот. Наконец-то мне хоть что-то привалило. Я ебал всех женщин и девчонок, вслед которым с вожделением глазел на тротуарах Лос-Анджелеса в 1937 году — последний по-настоящему плохой год

Депрессии, когда потрахаться стоило два доллара, а денег (или надежды) ни у кого не оставалось вообще. Мне своего случая пришлось долго ждать. Я пахал и качал. Раскаленная докрасна, бесполезная моя ебля! Я схватил Дебру за голову еще раз, еще раз дотянулся до этого рта в помаде — и вбрызнул в нее, в самую диафрагму.

90

Дальше была суббота, и Дебра приготовила нам завтрак.
— Пойдешь с нами охотиться за древностями?
— Ладно.
— Бодун не мучает?
— Не очень.
Мы некоторое время ели молча, затем она сказала:
— Мне понравилось, как ты читал в «Улане». Ты был пьян, но донес все, что надо.
— Иногда не получается.
— Когда снова собираешься читать?
— Кто-то звонил мне из Канады. Они там пытаются собрать деньги.
— Канада! А можно, я с тобой поеду?
— Посмотрим.
— Сегодня останешься?
— Хочешь?
— Да.
— Тогда останусь.
— Клево...

Мы позавтракали, и я сходил в ванную, пока Дебра мыла посуду. Смыл и подтерся, снова смыл, вымыл руки, вышел. Дебра протирала раковину. Я обхватил ее сзади.

— Можешь взять мою зубную щетку, если хочешь,— сказала она.
— У меня изо рта воняет?
— Нормально.
— Хрен там.
— Можешь и душ принять, если хочешь...
— И это тоже?..
— Перестань. Тесси только через час придет. Можем пока паутину смахнуть.

Я зашел и пустил в ванну воду. Мне понравилось мыться в душе один-единственный раз, в мотеле. На стене ванной висела фотография мужчины — темный, длинные волосы, стандартный, симпатичное лицо, пронизанное обычным идиотством. Он щерился мне белыми зубами. Я почистил то, что осталось от моих пожелтевших. Дебра упоминала мимоходом, что ее бывший муж — психотерапевт.

Дебра залезла под душ после меня. Я нацедил себе стаканчик вина и уселся в кресло, глядя в переднее окно. И вдруг вспомнил, что забыл отослать своей бывшей женщине деньги на ребенка. Ну ничего. В понедельник отправлю.

На Плайя-дель-Рэй мне было умиротворенно. Хорошо выбраться с переполненного грязного двора, где я жил. В нем не было ни капельки тени, и солнце палило нас нещадно. Все мы были так или иначе безумны. Даже собаки и кошки безумны — и птицы, и почтальоны, и уличные шлюхи.

Для нас, живших в Восточном Голливуде, сортиры никогда не работали, как нужно, и хозяйкин слесарь, нанятый за полцены, никак не мог их до конца починить. Мы не ставили на место крышку бачка и рукой дергали затычку. Краны подтекали, тараканы ползали, собаки везде гадили, а в сетках на окнах были огромные дыры, впускавшие внутрь мух и всевозможных странных летающих тварей.

Бим-бомкнул звонок, я встал и открыл дверь. Пришла Тесси. За сорок, светская тусовщица, рыжая и явно крашеная.

— Вы — Генри, не так ли?

— Да, Дебра в ванной. Садитесь, пожалуйста.

На ней была короткая красная юбка. Бедра хороши. Лодыжки и икры тоже неплохи. Похоже, ебаться она любит.

Я подошел к ванной и постучал в дверь:

— Дебра, Тесси пришла...

Первая антикварная лавка находилась в паре кварталов от воды. Мы доехали на «фольксвагене» и зашли. Я походил с девчонками по залу. Повсюду висели ценники — $800, $1500... старые часы, старые кресла, старые столы. Цены невероятные. Два или три продавца стояли и потирали ручонки. Явно работали на жалованье плюс комиссионные. Владелец определенно отыскивал все предметы за бесценок в Европе или в горах Озарк. Мне стало скучно смотреть на гигантские ценники. Я сказал девчонкам, что подожду в машине.

Через дорогу я обнаружил бар, зашел, сел. Заказал бутылку пива. В баре было полно молодых людей, в основном — до 25. Все светловолосы и худощавы или темноволосы и худощавы, одеты в идеально подогнанные брючки и рубашечки. Никаких выражений на лицах, безмятежны. Женщин не было. Работал большой телевизор. Без звука. Его никто не смотрел. Никто не разговаривал. Я допил пиво и ушел.

Потом отыскал винный магазин и купил полудюжину. Вернулся к машине и уселся. Хорошее пиво. Машина стояла на площадке за лавкой древностей. Вся улица слева была забита пробкой, и я наблюдал, как люди сидят по машинам и терпеливо ждут. Почти в каждой сидели мужчина с женщиной — уставившись прямо перед собой, не разговаривая. Для всех в конечном итоге все упирается в ожидание. Ты все ждешь и ждешь — больницы, врача, сантехника, психушки, тюрьмы, маму-смерть, в конце концов. Сначала сигнал — красный, затем — зеленый. За ожиданием граждане мира едят еду и смотрят телевизор, переживают за свою работу или за ее отсутствие.

Я подумал про Дебру и Тесси в антикварной лавке. Дебра мне вообще-то не нравилась, но вот я вступаю в ее жизнь. От этого я чувствовал себя извращенцем, который подглядывает в щелочку.

Я сидел и пил пиво. Добрался уже до последней банки, когда они наконец вышли.

— О, Генри,— сказала Дебра,— я нашла чудеснейший столик с мраморной столешницей всего за двести долларов!

— Просто *сказка!* — добавила Тесси.

Они забрались в машину. Дебра ногой прижалась ко мне:

— Тебе от всего этого не скучно? — спросила она.

Я завел машину и подъехал к винному магазину, где купил 3 или 4 бутылки вина, сигарет.

Вот Тесси, сука, в своей коротенькой юбочке, в нейлонах, думал я, расплачиваясь с продавцом. Наверняка прикончила по меньшей мере дюжину хороших мужиков, даже не задумавшись. Я решил, что у нее проблема как раз в том, что она *не* задумается. Ей не нравится думать. И это нормально, против такого нету никаких законов или правил. Но когда через несколько лет ей стукнет 50 — вот тогда она пораскинет мозгами! Тогда она превратится в обозленную тетку из супермаркета, что таранит других людей в спину и бьет по лодыжкам своей тележкой с покупками, когда стоит в кассу; темные очки, морда распухла и несчастна, а в тележку свалены творог, картофельные чипсы, свиные отбивные, красный лук и кварта «Джима Бима».

Я вернулся к машине, и мы поехали к Дебре. Девчонки уселись. Я открыл бутылку и налил в 3 бокала.

— Генри,— сказала Дебра,— я сейчас схожу за Ларри. Он отвезет меня на своем фургоне забрать столик. Тебя я напрягать не буду, ты рад?

— Да.

— Тесси составит тебе компанию.

— Ладно.

— А вы вдвоем ведите себя *прилично!*

Ларри зашел через заднюю дверь и вместе с Деброй вышел через переднюю. Прогрел двигатель, и они уехали.

— Ну, мы одни,— сказал я.

— Ага,— ответила Тесси. Она сидела очень неподвижно, глядя прямо перед собой. Я допил бокал и ушел в ванную поссать. Когда вернулся, Тесси по-прежнему тихонько сидела на кушетке.

Я обошел ее сзади. Поравнявшись, взял за подбородок и притянул ее лицо к себе. Ртом прижался к ее губам. У нее была очень крупная голова. Под глазами размазан лиловый грим, и от нее пахло застоявшимся фруктовым соком — абрикосовым. С каждого уха свисало по тоненькой серебряной цепочке, на концах — по шарику: символично. Пока мы целовались, рукою я влез ей в кофточку. Нащупал грудь, обхватил ладонью и покатал. Лифчика нет. Потом выпрямился и убрал руку. Обошел кушетку и сел с Тесси рядом. Налил обоим.

— Для старого урода у тебя проворные яйца,— сказала она.

— Как насчет перепихнуться, пока Дебра не вернулась?

— Нет.

— Не надо меня ненавидеть. Я просто пытаюсь бал хуем раскочегарить.

— Я думаю, ты вышел за рамки. Ты сейчас был отвратителен и тривиален.

— Мне, видать, не хватает воображения.

— А еще писатель.

— Я пишу. Но в основном — фотографирую.

— Мне кажется, ты ебешь женщин только затем, чтоб потом написать, как ты их ебешь.

— Ладно, ладно, к черту. Пей давай.

Тесси вернулась к стакану. Допила и затушила сигарету. Взглянула на меня, моргая длинными фальшивыми ресницами. Вылитая Дебра, с этим ее большим напомаженным ртом. Только у Дебры потемнее и не блестит так сильно. У Тесси же он был ярко-красным, и губы поблескивали — она его никогда не закрывала, непрерывно облизывая нижнюю губу. Неожиданно Тесси схватила меня. Этот ее рот распахнулся над моим. Восхитительно. Будто насилуют. У меня начал вставать. Я вытянул вниз руки, пока она меня целовала, и задрал ей юбку, провел рукой по левой ноге, и мы продолжали целоваться.

— Пошли,— сказал я после поцелуя.

Я взял ее за руку и завел в спальню Дебры. Толкнул на постель. Сверху лежало покрывало. Я стащил брюки и ботинки, затем стянул туфли с Тесси. Длинно поцеловал, потом задрал красную юбку ей на бедра. Не колготки. Нейлоновые чулки и розовые трусики. Я стянул и трусики. Глаза Тесси не открывала. Где-то по соседству, слышал я, стерео играло симфоническую музыку. Я потер пальцем вдоль ее пизды. Вскоре она увлажнилась и начала раскрываться. Я погрузил в нее палец. Затем извлек и стал тереть клитор. Она была приятна и сочна. Я влез. Нанес ей несколько быстрых, яростных ударов, потом замедлился, потом опять вонзился. Я глядел в это порочное и простое лицо. Оно меня по-настоящему возбуждало. Я колотил себе дальше.

Затем Тесси столкнула меня:

— Слезай!

— Что? Что?

— Фургон подъехал! Меня уволят! Я работу потеряю!

— Нет, нет, БЛЯДЬ!

Я рвал ее дальше беспощадно, прижимался губами к этому блестящему кошмарному рту — и кончил внутрь ее, хорошо. Я соскочил. Тесси подхватила туфли и трусики и сбежала в ванную. Я подтерся носовым платком и расправил покрывало, взбил подушки. Как раз когда я застегивал ширинку, открылась дверь. Я вышел в гостиную.

— Генри, ты не поможешь Ларри внести столик? Он тяжелый.

— Конечно.

— Где Тесси?

— В ванной, наверное.

Я вышел с Деброй к грузовичку. Мы выволокли столик из фургона, схватились за него и внесли в дом. Когда мы входили, Тесси уже сидела на кушетке с сигаретой.

— Не уроните покупку, мальчики! — сказала она.

— Фиг там! — ответил я.

Мы внесли его в Дебрину спальню и поставили у кровати. Раньше у нее тут стоял другой столик, она его убрала. Потом мы столпились вокруг и стали рассматривать мраморную столешницу.

— О, Генри... всего двести долларов... тебе нравится?

— О, прекрасно, Дебра, просто прекрасно.

Я зашел в ванную. Умыл лицо, причесался. Затем спустил штаны с трусами и тихонько вымыл причинные. Поссал, смыл и вышел.

— Вина не выпьешь, Ларри? — спросил я.
— Ой, нет, но спасибо...
— Спасибо за помощь, Ларри,— сказала Дебра.
Ларри вышел через заднюю дверь.
— Ох, я так *взволнована!* — сказала Дебра.
Тесси сидела, и пила, и болтала с нами минут 10 или 15, потом сказала:
— Мне надо идти.
— Останься, если хочешь,— предложила Дебра.
— Нет-нет, мне пора. Надо квартиру убрать, там такой бардак.
— Квартиру убрать? Сегодня? Когда у тебя двое славных друзей с выпивкой? — спросила Дебра.
— Да я сижу тут, думаю, какой там срач, и он у меня никак не идет из головы. Не принимай на свой счет.
— Ладно, Тесси, тогда иди. Мы тебя прощаем.
— Хорошо, дорогуша...
Они поцеловались на пороге, и Тесси исчезла. Дебра взяла меня за руку и ввела в спальню. Мы посмотрели на мраморную столешницу.
— Что ты о нем на *самом* деле думаешь, Генри?
— Ну что — я просаживаю по двести баксов на скачках, и хвастаться мне после этого нечем, так что, по-моему, с ним все в порядке.
— Он будет стоять тут, рядом с нами сегодня ночью, когда мы будем спать вместе.
— Может, это мне постоять, а ты ляжешь со столиком?
— Никак ревнуешь?
— Разумеется.

Дебра снова сходила в кухню и принесла тряпки и что-то вроде чистящей жидкости. Начала протирать мрамор.

— Видишь, мрамор нужно обрабатывать особым образом, чтобы подчеркнуть прожилки.

Я разделся и сел на кровать в одних трусах. Потом откинулся на подушки, растянувшись на покрывале. Потом снова сел:

— Господи боже мой, Дебра, я тебе покрывало помял.

— Да ничего.

Я пошел и принес два стакана, один отдал Дебре. Я наблюдал, как она трудится над столешницей. Дебра взглянула на меня:

— Знаешь, у тебя самые прекрасные ноги, что я только видела у мужчины.

— Неплохо для старика, а, девчонка?

— Отнюдь.

Она еще немного потерла столик, потом бросила.

— Как ты тут с Тесси?

— Нормально. Мне она понравилась.

— Она хороший работник.

— Я не успел этого заметить.

— Нехорошо, что она ушла. Наверное, просто хотела оставить нас наедине. Надо ей позвонить.

— Ну и давай.

Дебра села на телефон. Она разговаривала с Тесси довольно долго. Начинало темнеть. Как у нее насчет ужина, интересно? Телефон стоял посреди кровати, и Дебра сидела, поджав под себя ноги. Славный задик. Дебра засмеялась и сразу же стала прощаться. Потом взглянула на меня.

— Тесси говорит, что ты милый.

Я вышел принести еще выпить. А когда вернулся, уже был включен большой цветной телевизор. Мы сидели бок о бок на постели и смотрели телик. Спинами опирались на стенку и пили.

— Генри,— спросила она,— что ты делаешь на Благодарение?

— Ничего.

— Давай ты отметишь Благодарение со мной? Я куплю индюшку. Приглашу двух-трех друзей.

— Ладно, неплохо.

Дебра перегнулась и выключила телевизор. Вот и ей вроде бы счастье. Затем свет погас вообще. Она сходила в ванную и вернулась в чем-то неосязаемом, обернутом вокруг тела. Потом оказалась в постели рядом со мной. Мы прижались друг к другу. Мой хуй встал. Ее язык трепетал у меня во рту. У нее был крупный язык, теплый. Я опустился к ней. Раздвинул волосы и заработал языком. Затем дал немного носа. Она отозвалась. Я снова поднялся, оседлал ее и засунул.

...Я все работал и работал. Пытался думать о Тесси в короткой красной юбчонке. Не помогало. Я отдал Тесси все. Я качал дальше и дальше.

— Прости, малышка, слишком много выпил. Ах, потрогай мне *сердце!*

Она приложила руку к моей груди.

— Ну и *колотится!* — сказала она.

— Я по-прежнему приглашен на Благодарение?

— Конечно, бедняга мой дорогой, не волнуйся, пожалуйста.

Я поцеловал ее на ночь, откатился и попытался уснуть.

91

После того как Дебра ушла утром на работу, я вымылся в ванне, затем попробовал посмотреть телевизор. Походил по квартире голышом и заметил, что меня видно с улицы через переднее окно. Поэтому я выпил стакан грейпфрутового сока и оделся. Наконец ничего больше не оставалось — только ехать к себе. Там уже почту принесли: может, письмо от кого-нибудь. Я убедился, что все двери заперты, дошел до «фольксвагена», завел его и поехал обратно в Лос-Анджелес.

По дороге я вспомнил Сару, третью девушку, с которой познакомился на чтениях в «Улане». Ее номер лежал у меня в бумажнике. Я доехал до дому, посрал, затем позвонил ей.

— Алло,— сказал я,— это Чинаски, Генри Чинаски...

— Да, я вас помню.

— Чем занимаетесь? Я вот подумал: может, стоит вас повидать.

— Мне сегодня в кафе работать. Давайте прямо сюда и приезжайте.

— Там у вас здоровую пищу подают, да?

— Да, я сделаю вам хороший сэндвич, полезный для здоровья.

— О?

— Я закрываюсь в четыре. Заезжайте чуточку пораньше.

— Ладно. Как до вас добраться?

— Берите ручку, я продиктую.

Я записал инструкции.

— Увидимся примерно в три тридцать,— сказал я.

Около 2.30 я влез в «фольксваген». Где-то на трассе перепутались инструкции — или же запутался я сам. У меня великая нелюбовь к скоростным трассам и инструкциям. Я свернул и очутился в Лейквуде. Причалив к заправке, позвонил Саре.

— Таверна «Забегай»,— ответила та.
— Хрен там! — сказал я.
— Что случилось? У вас голос сердитый.
— Я в Лейквуде. У вас инструкции ебанутые.
— В Лейквуде? Подождите.
— Я еду обратно. Мне нужно выпить.
— Постойте-постойте. Я хочу вас *увидеть!* Скажите, на какой вы улице в Лейквуде и какой ближайший перекресток.

Я оставил трубку болтаться и пошел глянуть, где нахожусь. Сообщил Саре. Она меня перенаправила.

— Это легко,— сказала она.— Теперь пообещайте, что приедете.
— Ладно.
— А если снова заблудитесь, позвоните мне.
— Простите, но, видите ли, у меня нет чувства направления. Мне всегда кошмары снятся, что я где-то теряюсь. Я наверняка с другой планеты.
— Все в порядке. Только поезжайте, как я объяснила.

Я вернулся в машину, и на этот раз все оказалось легко. Вскоре я выбрался на Тихоокеанскую прибрежную трассу и уже искал нужный поворот. Нашел. Он привел меня в снобский район магазинов у самого океана. Я ехал медленно и увидел ее — «Таверна "Забегай"», большая вывеска, намалеванная от руки. В витрине приклеены фотографии и открытки. Кафе здоровой пищи без дураков, господи ты боже мой. Мне не хотелось туда забегать. Я медленно объехал весь квартал. Свернул вправо, потом еще раз вправо. Увидел бар, «Крабья гавань». Оставил машину снаружи и зашел.

3.45 дня, все места заняты. Большинство клиентов уже хорошенько продвинулось. Я встал у стойки и заказал «водку-7». Взял стакан в телефонную будку и позвонил Саре.

— Ладно, это Генри. Я здесь.

— Я видела, как вы дважды проехали мимо. Не бойтесь. Где вы?

— В «Крабьей Гавани». Я тут выпиваю. Скоро буду у вас.

— Хорошо. Только не сильно выпивайте.

Я выпил тот стакан, а потом — еще один. Нашел маленькую незанятую кабинку и сел. Мне совсем не хотелось идти. Я едва помнил, как Сара выглядит.

Я допил стакан и поехал к ней. Вылез из машины, открыл сетчатую летнюю дверь и вошел. Сара стояла за прилавком. Она увидела меня.

— Привет, Генри! — сказала она.— Я буду с вами через минуту.

Она что-то готовила. Четверо или пятеро парней сидели и стояли вокруг. Некоторые сидели на кушетке. Другие сидели на полу. Всем чуть за двадцать, все одинаковые, на всех прогулочные шортики, и все они просто *сидели*. Время от времени кто-нибудь закидывал ногу за ногу или кашлял. Сара была сравнительно симпатичной женщиной, стройной и двигалась порывисто. Класс. Волосы светло-рыжие. Смотрелись очень хорошо.

— Мы о вас позаботимся,— сказала она мне.

— Ладно,— ответил я.

В кафе стоял книжный шкаф. В нем — три или четыре мои книжки. Я нашел какого-то Лорку, сел и сделал вид, что читаю. Так можно не видеть парней в их прогулочных шортиках. Они выглядели так, будто их ничего никогда не трогало: все хорошо вынянченные, защищенные, с легким лоском довольства. Ни один никогда не сидел в тюрьме, не вкалывал своими руками, их даже легавые за превышение скорости не штрафовали. Сливки оттяга, вся компашка до единого.

Сара принесла сэндвич со здоровой пищей.

— Вот, попробуйте.

Я съел сэндвич, пока парни били баклуши. Вскоре один поднялся и вышел. За ним другой. Сара прибиралась. Оставался только один. Года 22, и он сидел на полу. Костляв, спина согнута колесом. Очки в тяжелой черной оправе. Он тут казался самым одиноким и слабоумным.

— Эй, Сара,— сказал он,— пошли сегодня вечером пивка попьем.

— Не сегодня, Майк. Давай лучше завтра?

— Хорошо, Сара.

Он встал и подошел к стойке. Положил на стойку монету и выбрал полезную для здоровья печенюшку. Он стоял у прилавка и жевал полезную для здоровья печенюшку. Дожевав, повернулся и вышел.

— Вам понравился сэндвич? — спросила Сара.

— Да, неплохо.

— Вы не могли бы внести столик и стулья с тротуара?

Я внес столик и стулья.

— Чем вы хотите заняться? — спросила она.

— Ну, баров я не люблю. Там воздух спертый. Давайте возьмем чего-нибудь выпить и поедем к вам.

— Хорошо. Помогите мне вынести мусор.

Я помог ей вынести мусор. Потом она заперла дверь.

— Поезжайте за моим фургоном. Я знаю лавку, где продают хорошее вино. Потом поедете за мной ко мне.

У нее был фургончик «фольксваген», и я поехал за ним следом. На заднем стекле у нее висел плакат с каким-то человеком. «Улыбнитесь и возрадуйтесь»,— советовал он мне, а внизу было указано его имя: Драйер Баба.

У нее дома мы открыли бутылку вина и сели на тахту. Мне понравилось, как обставлен ее дом. Она построила всю свою мебель сама, включая кровать. Фотографии Драйера Бабы висели повсюду. Сам он жил в Индии и умер в 1971 году, утверждая, что он — бог.

Пока мы с Сарой сидели и пили первую бутылку, открылась дверь, и вошел молодой человек с выпирающими зубами, длинными волосами и очень длинной бородой.

— Это Рон, мы вместе живем,— сказала Сара.

— Привет, Рон. Хочешь вина?

Рон выпил с нами вина. Потом вошли толстая девушка и худой мужчина с выбритой головой. Это были Пёрл и Джек. Они сели. За ними вошел еще один юноша. Его звали Жан-Джон. Жан-Джон сел. Потом вошел Пэт. У Пэта была черная борода и длинные волосы. Он сел на пол у моих ног.

— Я поэт,— сказал он.

Я глотнул вина.

— Что делают, чтобы напечататься? — спросил он.

— Обычно отдают редактору.

— Но я неизвестен.

— Все начинают неизвестными.

— Я даю чтения три вечера в неделю. К тому же я актер, поэтому читаю очень хорошо. Я прикинул, что, если буду читать своего достаточно, может, кто-нибудь захочет это напечатать.

— Это вполне возможно.

— Проблема в том, что, когда я читаю, никто не приходит.

— Я не знаю, что вам посоветовать.

— Я сам свою книгу печатать буду.

— Уитман тоже так делал.

— Вы почитаете что-нибудь из своих стихов?

— Господи, нет.

— Почему?

— Я просто хочу выпить.

— Вы в своих книгах много о выпивке говорите. Как думаете, пьянство помогло вам стать писателем?

— Нет. Я просто алкоголик, ставший писателем только затем, чтоб валяться в постели до полудня.— Я повернулся к Саре: — Я и не знал, что у вас столько друзей.

— Это необычно. Так случается довольно редко.
— Я рад, что у нас много вина.
— Я уверена, они все скоро уйдут,— сказала она.

Остальные разговаривали. Беседа дрейфовала, и я перестал прислушиваться. Сара мне нравилась. Если раскрывала рот, то говорила остроумно и колко. Хорошие мозги. Пёрл с Джеком ушли первыми. За ними Жан-Джон. Потом Пэт-поэт. Рон сидел по одну сторону от Сары, я — по другую. Только трое, и всё. Рон налил себе стакан вина. Я не имел права на него наезжать, он ведь ее сожитель. Я совсем не надеялся его пересидеть. Он уже дома. Я налил вина Саре, потом себе. Допив, сказал Саре с Роном:

— Ну, мне, наверное, пора.
— Ой, нет,— сказала Сара,— не так быстро. Я еще не успела с вами поговорить. Мне бы хотелось с вами поговорить.— Она взглянула на Рона.— Ты ведь понимаешь, правда, Рон?
— Конечно.

Он поднялся и ушел в глубину дома.

— Эй,— сказал я,— не хочу я никакого говна ворошить.
— Какого еще говна?
— Между вами и вашим сожителем.
— А, между нами ничего нет. Ни секса, ничего. Он снимает комнату внутри.
— А-а.

Я услышал гитару. Затем громкое пение.
— Это Рон,— сказала Сара.

Тот просто ревел и орал, как громкоговоритель. Голос у него был настолько плох, что никаких комментариев не требовалось.

Рон пел где-то с час. Мы с Сарой еще попили вина. Она зажгла свечи.

— Вот, возьмите би́ди.

Я попробовал. Биди — такая маленькая коричневая сигаретка из Индии. У нее хороший терпкий вкус. Я повернулся к Саре, и мы поимели свой первый поцелуй. Целовалась она хорошо. Вечер начинал проясняться.

Летняя дверь распахнулась, и в комнату вошел молодой человек.

— Барри,— сказала Сара,— я больше не принимаю.

Летняя дверь хлопнула, и Барри пропал. Я уже предвидел грядущие проблемы: будучи затворником, я не переносил потока людей. Это не ревность — я просто недолюбливаю людей, толпы; где бы то ни было, если не считать своих чтений. Люди меня умаляют, высасывают меня досуха.

«Человечество, ты с самого начала облажалось». Вот мой девиз.

Мы с Сарой поцеловались снова. Перебрали оба. Сара открыла еще бутылку. Пить она умела. Понятия не имею, о чем мы разговаривали. Лучше всего в Саре было то, что она очень мало ссылалась на мои сочинения. Когда последняя бутылка опустела, я сказал Саре, что слишком пьян ехать домой.

— Ну, можешь переночевать у меня на кровати, но никакого секса.

— Почему?

— Без брака секса нельзя.

— Нельзя?

— Драйвер Баба в это не верит.

— Иногда и бог может ошибаться.
— Никогда.
— Ладно, пошли в постель.

Мы поцеловались в темноте. Я все равно залипал на поцелуях, а Сара целовалась как никто. Мне бы пришлось вернуться аж к Лидии, чтобы найти кого-то сопоставимого. И все же каждая женщина отличалась, каждая целовалась по-своему. Лидия, вероятно, сейчас целует какого-нибудь подонка или, что еще хуже,— его причинные. Кэтрин баиньки в своем Остине.

Сара держала в руке мой член, лаская его, потирая. Затем прижалась им к своей пизде. Она терла ее вверх и вниз. Слушалась своего бога, Драйера Бабу. Я не играл с ее писькой, поскольку чувствовал, что Драйера Бабу это может оскорбить. Мы просто целовались, и она все терлась моим хуем о пизду или, может, о секель, не знаю. Я ждал, когда же она вложит его *вовнутрь*. Но она только возила сверху. От волосни хер мне начало жечь. Я отстранился.

— Спокойной ночи, детка,— сказал я. Потом отвернулся, перекатился и прижался к ней спиной. Драйер-Бэби, подумал я, ну и поклонница же у тебя в этой постели.

Наутро мы начали эту возню с потираниями снова — с тем же конечным результатом. Я решил: ну его к черту, на хрена мне это недеяние.

— Хочешь принять ванну? — спросила Сара.
— Еще бы.

Я зашел в ванную и пустил воду. Где-то по ходу ночи я признался Саре, что одно из моих безумий — принимать 3 или 4 горячие парные ванны в день. Старое доброе водолечение.

У Сары в ванну помещалось больше воды, чем у меня, и вода была горячее. Во мне 5 футов одиннадцать и 3/4 дюйма, однако в ванне я мог вытянуться в полный рост. В старину ванны делали для императоров, а не для 5-футовых банковских служащих.

Я влез в ванну и вытянулся. Блаженство. Потом встал и осмотрел свой бедный натертый волосней член. Крутовато, старик, но близко к теме — наверное, все ж лучше, чем ничего? Я снова сел в ванну и вытянулся. Зазвонил телефон. Пауза.

Затем постучала Сара.

— Заходи!

— Хэнк, это Дебра.

— Дебра? Откуда она узнала, что я здесь?

— Она все обзвонила. Сказать, чтобы перезвонила попозже?

— Нет, попроси обождать.

Я нашел большое полотенце и обернул его вокруг талии. Вышел в другую комнату. Сара разговаривала с Деброй.

— А, вот он...

Сара передала мне трубку.

— Алло, Дебра?

— Хэнк, где ты был?

— В ванне.

— В ванне?

— Да.

— Ты только что вылез?

— Да.
— А что на тебя надето?
— Я полотенцем посередине обмотан.
— Как ты можешь удерживать полотенце посередине и разговаривать по телефону?
— Могу.
— Что-нибудь произошло?
— Нет.
— Почему?
— Что почему?
— Я хочу сказать, почему ты ее не выебал?
— Слушай, ты что думаешь, я хожу и только этим и занимаюсь? Ты думаешь, я больше ни на что не годен?
— Значит, ничего не случилось?
— Нет.
— Что?
— Нет, ничего.
— Куда ты оттуда поедешь?
— К себе.
— Приезжай сюда.
— А как же твои юридические дела?
— Мы почти все разгребли. Тесси сама справится.
— Ладно.

Я положил трубку.

— Что будешь делать? — спросила Сара.
— К Дебре поеду. Я сказал, что буду у нее через сорок пять минут.
— А я думала, мы позавтракаем вместе. Я знаю одно мексиканское местечко.
— Слушай, она ведь *переживает*. Как же можно сидеть за столом и трепаться?

— А я уже совсем собралась с тобой позавтракать.
— Вот черт, а *своих* ты когда кормишь?
— Я открываюсь в одиннадцать. А сейчас еще десять.
— Ладно, пошли поедим...

Это был мексиканский ресторанчик в липовом хиплянском районе на Эрмоза-Бич. Тупые безразличные рожи. Смерть на пляже. Просто отключись, дыши глубже, носи сандалии и делай вид, что мир прекрасен.

Пока мы ожидали заказ, Сара протянула руку, обмакнула пальчик в плошку с острым соусом и облизала. Потом макнула еще раз. Она совсем наклонилась над плошкой. Сосульки ее волос лезли мне в глаза. Она все макала палец в соус и облизывала.

— Послушай,— сказал я ей,— может, другим людям тоже соус понадобится. Меня от тебя тошнит. Перестань.

— Нет, они ее каждый раз *наполняют*.

Я надеялся, что они *действительно* ее каждый раз наполняют. Тут принесли еду, и Сара склонилась и набросилась на нее, как животное,— совсем как Лидия, бывало. Мы доели, вышли наружу, она села в фургон и укатила в свое полезное кафе, а я забрался в «фольксваген» и двинул в сторону Плайя-дель-Рэй. Мне подробнейше все объяснили. Объяснения были запутанными, но я следовал инструкции и продвигался без хлопот. Это почти разочаровывало, ибо казалось, что, когда из повседневной жизни уберешь напряг и безумие, опираться больше как бы и не на что.

Я заехал во дворик к Дебре. За шторами я заметил движение. Она меня выглядывала. Я вылез из «фолька» и хорошенько запер обе дверцы, поскольку страховка у меня уже выдохлась.

Я подошел и блямкнул в звонок. Дверь открылась — вроде бы Дебра мне рада. Нормально-то это нормально, но вот такое и не дает писателю писать.

92

Остаток недели я тоже мало чем занимался. Проходил чемпионат Оуктри. Я 2–3 раза ездил на бега, вышел по нулям. Написал неприличный рассказ для секс-журнальчика, 10 или 12 стихов, дрочил и звонил Саре и Дебре каждую ночь. Как-то вечером я позвонил Кэсси, и мне ответил мужчина. Прощай, Кэсси.

Я думал о расколах — какие они трудные, но, опять-таки, обычно, расставшись с одной женщиной, встречаешь другую. Я должен дегустировать женщин, чтобы взаправду их познать, пробраться внутрь. В уме я могу изобретать мужчин, поскольку сам такой, но женщин олитературить почти невозможно, не узнав их сначала как следует. Поэтому я изучаю их, как только могу, и нахожу внутри людей. Писательство забывается. Встреча задвигает его куда-то — пока не завершается. Писательство же — лишь ее осадок. Только для того, чтобы чувствовать себя как можно реальнее, мужчине женщина не нужна, но нескольких узнать никогда не повредит. Затем, когда роман скиснет, мужик поймет, каково быть истинно одиноким и спятившим, — а через это позна́ет, с чем ему в конечном итоге предстоит столкнуться, когда настанет его собственный конец.

Меня много чего пробивает: женские туфельки под кроватью; одинокая заколка, забытая на комоде; то, как они говорят: «Пойду посикаю...»; ленты в волосах; когда идешь с ними по бульвару в полвторого дня — просто два человека шагают вместе; долгие ночи с выпивкой и сигаретами, разговорами; споры; мысли о самоубийстве; когда ешь вместе и тебе хорошо; шутки, смех ни с того ни с сего; ощущение чуда в воздухе; когда вместе в машине на стоянке; когда сравниваешь прошлые любови в 3 часа ночи; когда тебе говорят, что ты храпишь, а ты слышишь, как храпит она; матери, дочери, сыновья, кошки, собаки; иногда смерть, а иногда — развод, но всегда продолжаешь, всегда доводишь до конца; читаешь газету один в бутербродной, и тебя тошнит от того, что она сейчас замужем за дантистом с коэффициентом интеллекта 95; ипподромы, парки, пикники в парках; даже тюрьмы; ее скучные друзья, твои скучные друзья; ты пьешь, она танцует; ты флиртуешь, она флиртует; ее колеса, твои поебки на стороне, а она делает то же самое; когда спишь вместе...

Во всем этом — никакого урока, однако по необходимости приходится выбирать. Быть над добром и злом — в теории-то оно ничего, но чтобы жить дальше, выбирать все-таки нужно: одни добрее, другие просто-напросто больше заинтересованы в тебе, а иногда необходимы внешне красивые, а внутри холодные — ради одного лишь кровавого и говенного оттяга, как в кровавом и говенном кино. Те, что добрее, на самом деле лучше трахаются, а побыв с ними некоторое время, понимаешь, что они прекрасны, поскольку они прекрасны. Я подумал о Саре — вот в ней как раз это что-то и есть. Если б только не ее Драйер Баба с проклятым знаком СТОП в руках.

Потом настал Сарин день рождения, 11 ноября, День ветеранов. Мы встречались еще дважды, один раз у нее, другой — у меня. Витало острое предчувствие веселья. Она была странна, но не похожа на других и изобретательна; было счастье... если не считать постели... оно полыхало... но Драйер Баба удерживал нас порознь. Я проигрывал битву богу.

— Ебаться — не главное,— говорила мне она.

Я поехал в экзотический продуктовый магазин на углу бульвара Голливуд и Фонтан-авеню, «У Тетушки Бесси». Тамошние приказчики омерзительны — молодые черные парни и молодые белые парни, с высокоразвитым интеллектом, превратившимся в высокоразвитый снобизм. Гарцуют по магазину, игнорируя и оскорбляя покупателей. Женщины, что там работают, сонны, тяжелы, носят обширные свободные кофты и никнут головами, точно от какого-то дремотного стыда. А покупатели — серенькие веники — терпят оскорбления и приходят за добавкой. Приказчики со мной связываться побоялись, посему им было позволено прожить еще один день...

Я купил Саре на день рождения подарок, в основе своей состоявший из пчелиной секреции — мозгов множества пчел, высосанных иглой из их коллективных ульев. У меня с собой была плетеная корзинка, и в ней рядом с пчелиными выделениями лежали палочки для еды, морская соль, пара померанцев (натуральных), пара яблок (натуральных) и подсолнечные семечки. Пчелиная секреция была главной, стоила она много. Сара довольно часто о ней говорила — как, мол, хочется, да не по карману.

Я поехал к Саре. Еще у меня было несколько бутылок вина. Вообще-то одну я уже уговорил, пока брился. Брился я редко, но ради Сариного дня рождения и вечера памяти Ветеранов постарался. Хорошая она все-таки женщина. Ум ее очаровывал, и странно, однако ее целомудрие можно было понять. Вроде как надо сберечь для хорошего человека. Дело не в том, что я хороший человек, просто ее очевидный класс хорошо бы смотрелся рядом с моим очевидным классом, стоит нам сесть за столик парижского кафе, когда я наконец стану знаменитым. Она обаятельна, спокойно интеллектуальна, и лучше всего — в золоте ее волос присутствует эта безумная примесь рыжины. Почти как будто я десятилетиями искал именно этот оттенок волос... а может, и дольше.

Я остановился передохнуть в баре на Тихоокеанской прибрежной трассе и выпил двойную «водку-7». Сара меня беспокоила. Она говорила, что секс означает замужество. И я верил, что она это всерьез. В ней определенно есть нечто целомудренное. Но еще я подозревал, что она стравливает напряжение не только так и вряд ли я — первый, чей хуй грубо терся о ее пизду. Моя догадка заключалась в том, что она так же заморочена, как и все остальные. Почему я шел у нее на поводу — загадка. Мне даже особо не хотелось ее ломать. Я не соглашался с ее идеями, но она мне все равно нравилась. Может, я разленился. Может, устал от секса. Может, я наконец начал стареть. С днем рождения, Сара.

Я подъехал к дому и внес свою корзинку здоровья. Сара копошилась на кухне. Я уселся вместе с вином и корзинкой.

— Сара, я здесь!

Она вышла. Рона дома не было, но она врубила его стерео на полную катушку. Я всегда ненавидел эту технику. Когда живешь в нищих кварталах, постоянно слышишь чужие звуки, включая чужую еблю, но самое непереносимое — когда тебя насильно заставляют слушать *чужую* музыку на полной громкости, ее тотальную блевоту, часами. Мало того, они ведь обычно еще и окна открывают, в уверенности, что ты тоже насладишься тем, от чего тащатся они.

У Сары играла Джуди Гарленд. Джуди Гарленд мне нравилась — немножко, особенно ее появление в нью-йоркском «Мете»*. Но теперь она неожиданно показалась очень громкой, вопя свои навозные сантименты.

— Ради бога, Сара, сделай *тише!*

Она сделала, но ненамного. Открыла одну бутылку, и мы сели за стол друг напротив друга. Почему-то меня все бесило.

Сара залезла в корзинку и обнаружила пчелиную секрецию. Пришла в восторг. Сняла крышку и попробовала.

---

* Оперный театр «Метрополитен» в Нью-Йорке, выстроен в 1883 г.

— Такая мощная штука,— сказала она.— Сама сущность... Хочешь?

— Нет, спасибо.

— Я готовлю нам ужин.

— Хорошо. Но я должен тебя куда-нибудь повести.

— Я уже начала.

— Тогда ладно.

— Только мне нужно масло. Я сейчас схожу и куплю. Еще мне понадобятся огурцы и помидоры для кафе на завтра.

— Я куплю. Сегодня же день рождения у тебя.

— Ты уверен, что не хочешь пчелиного секрета?

— Нет, спасибо, все в порядке.

— Ты и представить себе не можешь, сколько пчел понадобилось, чтобы наполнить эту баночку.

— С днем рождения. Я куплю и масло, и все остальное.

Я выпил еще вина, сел в «фольксваген» и поехал в небольшой гастроном. Нашел масло, но помидоры с огурцами на вид были старыми и жухлыми. Я заплатил за масло и поехал искать рынок побольше. Нашел, купил и огурцов, и помидоров и повернул обратно. Подходя по дорожке к дому, я услышал. Она снова врубила стерео на полную. Пока я шел, меня затошнило; нервы натянулись до предела, потом лопнули. Я вошел в дом только с пакетиком масла в руке, а помидоры с огурцами остались в машине. Не знаю, что она там крутила; было так громко, что я не мог отличить один звук от другого.

Сара вышла из кухни.

— БУДЬ ТЫ ПРОКЛЯТА! — заорал я.

— Что такое? — спросила Сара.
— Я НИЧЕГО НЕ СЛЫШУ!
— Что?
— ТЫ ВРУБИЛА ЭТОТ ЕБАНЫЙ МУЗОН СЛИШКОМ ГРОМКО! ТЫ ЧТО — НЕ ПОНИМАЕШЬ?
— Что?
— Я УХОЖУ!
— Нет!

Я развернулся и с треском вылетел за дверь. Дошел до «фольксвагена» и увидел забытый пакет с помидорами и огурцами. Подобрал его и вернулся по дорожке. Мы встретились.

Я сунул ей пакет:
— На.

Повернулся и пошел.
— Ты мерзкая мерзкая мерзкая сволочь! — орала она мне вслед.

Она швырнула в меня пакетом. Тот ударился в спину. Сара развернулась и вбежала в дом. Я посмотрел на помидоры и огурцы, разбросанные по земле в лунном свете. На какой-то миг подумал: может, подобрать? Повернулся и ушел.

93

Удалось срастить чтения в Ванкувере, 500 долларов плюс билет и проживание. Спонсор, Барт Макинтош, дергался насчет пересечения границы. Я должен был лететь в Сиэтл, Макинтош меня встретит, и мы переедем на ту сторону на его машине, а потом, после чтений, я уже сяду в самолет из Ванкувера в

Л. А. Я не совсем понял, что все это означает, но сказал «ладно».

И вот я опять в воздухе и пью двойную «водку-7». Сижу с коммивояжерами и бизнесменами. У меня с собой чемоданчик с запасными рубашками, исподним, носками, 3 или 4 книжками поэзии — а также отпечатанные на машинке 10 или 12 новых стихов. И зубная щетка с пастой. Смешно куда-то ехать, чтобы тебе платили за читку стихов. Мне это не нравилось и всегда поражало, насколько это глупо. Пахать, как мул, пока не стукнул полтинник, на бессмысленных, подлых работах — и вдруг неожиданно запорхать по всей стране этаким оводом со стаканом в руке.

Макинтош ждал меня в Сиэтле, и мы сели к нему в машину. Поездка сложилась ничего, поскольку ни он, ни я слишком много не болтали. Литературный вечер финансировался частным лицом — я предпочитал такие чтения тем, за которые платит университет. Университеты напуганы; среди всего прочего, они боятся поэтов из низов, но, с другой стороны, им слишком любопытно, чтобы такого проморгать.

У границы ждать пришлось долго: скопилась сотня машин. Пограничники просто-напросто волынили. Время от времени выдергивали из ряда какую-нибудь колымагу, но обычно ограничивались одним-двумя вопросами и махали публике: мол, проезжайте. Я не понимал, чего Макинтош так нервничал.

— Мужик,— сказал он,— мы прорвались!

Ванкувер лежал недалеко. Макинтош остановился перед гостиницей. Хорошая. У самой воды. Мы получили ключ и поднялись. Приятный номер с холодильником, и — спасибо некой доброй душе — в холодильнике стояло пиво.

— Возьми себе,— сказал я.

Мы сели и присосались к пиву.

— Крили* был здесь в прошлом году,— сказал он.

— Вот как?

— Тут что-то вроде кооперативного Центра искусств, он самоокупаемый. У них большие членские взносы, помещение снимают и все такое. Твое шоу все уже распродано. Силверс сказал, что мог бы кучу денег заработать, если б задрал цену на билеты.

— Силверс — это кто?

— Майрон Силверс. Один из директоров.

Тут начиналось скучное.

— Я могу повозить тебя по городу,— предложил Макинтош.

— Не стоит. Я и пешком могу.

— Как насчет пообедать? Контора платит.

— Сэндвича вполне достаточно. Я не голоден.

Я прикинул: если выманить его наружу, я смогу его бросить, когда поедим. Не то чтобы он нехорош — просто большинство людей меня не интересуют.

Мы нашли место в 3 или 4 кварталах. Ванкувер — чистенький городок, и люди на вид не такие жесткие, как в большом городе. Ресторан мне понравился. Но, заглянув в меню, я заметил, что цены процен-

---

* Роберт Крили (1926–2005) — американский поэт-проективист, относился к поэтической группе «Черная гора».

тов на 40 выше, чем в моем районе Л. А. Я съел сэндвич с ростбифом и выпил еще одно пиво.

Хорошо оторваться от Штатов. Есть разница. Женщины выглядят лучше, всё как-то спокойнее, не так фальшиво. Я доел сэндвич, затем Макинтош отвез меня назад в гостиницу. Я расстался с ним у машины и поднялся на лифте к себе. Принял душ, одеваться не стал. Постоял у окна, посмотрел вниз, на воду. Завтра вечером все кончится, я получу деньги и к полудню снова окажусь в воздухе. Жалко. Я выпил еще 3 или 4 бутылки пива, затем лег в постель и уснул.

На чтения меня привезли на час раньше. В зале стоял и пел молоденький пацанчик. Пока он пел, публика не переставая разговаривала. Звякали бутылки; хохот; хорошая пьяная толпа; как раз по мне. За сценой мы выпили — Макинтош, Силверс, я и парочка еще кого-то.

— Ты — первый мужчина-поэт, который к нам в последнее время попал,— сказал Силверс.

— То есть как это?

— Ну то есть у нас была долгая череда одних педаков. Это перемена к лучшему.

— Спасибо.

В общем, я им выдал. К концу я был пьян, они — тоже. Мы попререкались, мы поогрызались друг на друга, но в основном все было нормально. Мне вручили чек еще до начала, и это несколько способствовало манере чтения.

Женщины

После этого в большом доме устроили пьянку. Через час или два я обнаружил себя меж двух женщин. Одна блондинка, будто выточенная из слоновой кости, с прекрасными глазами и красивым телом. Она пришла со своим приятелем.

— Чинаски,— сказала она через некоторое время,— я иду с вами.

— Минуточку,— ответил я,— а как же ваш приятель?

— На фиг,— сказала она,— да он — *никто!* Я иду с вами!

Я посмотрел на мальчонку. В глазах у него стояли слезы. Он весь дрожал. Влюблен, бедолага.

У девушки по другую сторону волосы были темные. Тело такое же хорошее, но в смысле привлекательности фасада уступала.

— Пойдемте со мной,— сказала она.

— Что?

— Я сказала, возьмите меня с собой.

— Минутку.

Я снова повернулся к блондинке:

— Послушайте, вы прекрасны, но я с вами пойти не могу. Мне не хочется делать больно вашему другу.

— Да пошел он на хуй, этот сукин сын! Он говно.

Темноволосая девушка тянула меня за руку:

— Сейчас же берите меня с собой, а не то я ухожу.

— Ладно,— ответил я,— пошли.

Я нашел Макинтоша. Не похоже, чтобы он был чем-то занят. Наверное, не любил вечеринок.

— Давай, Мак, отвези нас в гостиницу.

Принесли еще пива. Темноволосая сказала, что ее зовут Айрис Дуарте. Наполовину индеанка и работала «танцовщицей живота», как она выразилась. Она встала и потрясла им. Недурно.

— Для полноты эффекта нужен костюм, — сказала она.

— Мне? Не нужен.

— Нет, *мне* нужен, чтобы хорошо выглядеть.

Она и походила на индеанку. Нос и рот индейские. Года 23, темно-карие глаза, говорила тихо — и великолепное тело. Она прочла 3 или 4 моих книжки. *Ладно.*

Мы выпивали еще с часик, затем отправились в постель. Я повыедал ее, но, когда оседлал, сумел только двигать и двигать, без всякого результата. Очень жаль.

Утром я почистил зубы, поплескал на физиономию холодной водой и вернулся в постель. Начал заигрывать с ее пиздой. Она увлажнилась — я тоже. Я влез. Вкрутил его, думая про ее тело, про это крепкое юное тело. Она приняла все, что я мог ей дать. Теперь все получилось. Теперь все просто очень получилось. Затем Айрис отправилась в ванную.

Я вытянулся на спине, думая о том, как все хорошо вышло. Айрис вернулась и снова забралась в постель. Мы не разговаривали. Прошел час. Потом мы сделали все заново.

Мы почистились и оделись. Она дала мне свой адрес и телефон, я оставил свои. Я ей, кажется, взаправду понравился. Макинтош постучался минут через 15. Мы подбросили Айрис до перекрестка рядом с ее работой. Выяснилось, что на самом деле она работает официанткой; танец живота пока был мечтой. Я поцеловал ее на прощанье. Она вышла из машины. Обернулась и помахала, потом ушла. Я наблюдал за этим телом, пока оно уходило от меня.

— Чинаски снова набрал очки,— сказал Макинтош по пути в аэропорт.

— Подумаешь,— ответил я.
— Да мне и самому повезло,— сказал он.
— Да?
— Да. Мне досталась твоя блондинка.
— Что?
— Да,— засмеялся он,— правда.
— Вези меня в аэропорт, скотина!

Я уже три дня торчал в Лос-Анджелесе. На тот вечер у меня было назначено свидание с Деброй. Зазвонил телефон.

— Хэнк, это *Айрис!*
— О, *Айрис,* вот так сюрприз! Ну, как оно?
— Хэнк, я лечу в Л. А. Я еду *повидаться* с тобой!
— Клево! Когда?
— Вылечу в среду, перед Днем благодарения.
— Благодарения?
— И смогу остаться до следующего понедельника!
— Ладно.
— У тебя ручка есть? Записывай номер рейса.

В тот вечер мы с Деброй ужинали в приятном местечке на самом берегу моря. Столики не теснились друг к другу, а кухня была морская. Мы заказали бутылку белого вина и стали ждать еду. Дебра выглядела получше, чем раньше, но сказала, что работа ее грузит. Она собиралась нанять еще одну девушку. А найти кого-нибудь добросовестного трудно. Люди такие неумехи.

— Да,— сказал я.
— Сара не появлялась?
— Я ей звонил. У нас произошла небольшая размолвка. Я ее как бы залатал.
— А ты виделся с ней после Канады?
— Нет.
— Я заказала двадцатипятифунтовую индюшку на Благодарение. Сможешь разрезать?
— *Конечно*.
— Только не пей сегодня слишком. Ты же знаешь, что бывает, когда ты много выпьешь. Ты становишься мокрой лапшой.
— Ладно.
Дебра нагнулась и тронула меня за руку:
— Моя милая дорогая старая мокрая лапшичка!

Я прихватил только одну бутылку вина на после ужина. Мы выпили ее медленно, сидя в постели и смотря ее гигантский телевизор. Первая программа была паршивой. Вторая — получше. Про полового извращенца и недоразвитого деревенского мальчика. Голову извращенца сумасшедший врач пересадил на туловище мальчика, и туловище сбежало с двумя головами и так бегало по всей округе, творя всевозможные ужасные гадости. Это меня взбодрило.

После бутылки вина и двуглавого мальчика я оседлал Дебру, и для разнообразия мне немного повезло.

Я пустил ее в долгий таранящий галоп, полный неожиданных вариаций, изобретательный — и только потом выстрелил внутрь.

Утром Дебра попросила меня остаться и подождать ее с работы. Она обещала приготовить вкусный ужин.
— Ладно,— сказал я.
Я попытался поспать, когда она ушла, но не смог. Мне не давал покоя День благодарения — как же сказать ей, что я не смогу с нею быть. Я переживал. Встал и походил по комнатам. Принял ванну. Ничего не помогало. Может, Айрис передумает, может, ее самолет разобьется. Я мог бы тогда позвонить Дебре утром Благодарения и сказать, что все-таки приду.

Я ходил, и мне становилось все хуже и хуже. Может, потому, что остался у нее, а не поехал домой. Как будто агония затягивается. Ну что же я за говно? Что-что, а играть в мерзкие нереальные игры я умею. Что мною движет? Я что — свожу какие-то счеты? Разве могу я по-прежнему твердить себе, что все дело в исследованиях, в обычных штудиях феминьı? Вокруг меня всякое происходит, а я об этом и не думаю. Не считаюсь ни с чем, кроме своих эгоистичных, дешевых удовольствий. Я — как избалованный старшеклассник. Да я хуже любой шлюхи; шлюха только забирает денежки и больше ничего. Я же забавляюсь с жизнями и душами, как будто они — мои игрушки. Как могу я называть себя человеком? Как могу писать стихи? Из чего я состою? Я — подзаборный де Сад, только без его интеллекта. Убийца прямее и честнее меня. Или насильник. Мне ведь не хочется, чтобы с *моей* душой играли, насмехались над ней, ссали на нее; хотя бы *это* мне понятно. Я вообще никуда не годен. Я чувствовал это, расхаживая взад-вперед по ковру. *Ни-ку-да*. Хуже всего, что я схожу именно за того, кем не являюсь: за хорошего человека. Мне удается проникать в чужие жизни, потому что люди мне доверяют. Я делаю свою грязную работу по-легкому. Пишу «Любовную историю гиены».

Я стоял посреди комнаты, удивляясь своим мыслям. И вдруг очутился на краю кровати — сидел и плакал. Проведя пальцами по лицу, обнаружил слезы. Мозги закрутило в воронку, однако я был в здравом уме. Я не понимал, что со мной творится.

Я снял трубку и набрал номер здорового кафе Сары.

— Ты занята? — спросил я.

— Нет, только что открылась. С тобой все в порядке? У тебя голос странный.

— Я на дне.

— В чем дело?

— Ну, я сказал Дебре, что проведу с нею День благодарения. Она на это надеется. Но тут кое-что произошло.

— Что?

— Ну, я тебе не говорил. У нас с тобой секса еще не было, сама знаешь. Секс все меняет.

— Что случилось?

— Я познакомился с танцовщицей живота в Канаде.

— Правда? И ты влюбился?

— Нет, я не влюбился.

— Обожди, у меня клиент. Можешь подождать?

— Могу...

Я сидел, прижимая к уху трубку. По-прежнему голышом. Я бросил взгляд на свой пенис: *ах ты грязный сукин сын!* Знаешь ли ты, сколько боли сердечной причиняешь своим тупым голодом?

Я сидел пять минут с телефоном возле уха. Звонок был платный. По крайней мере, платить по счету придется Дебре.

— Я вернулась,— сказала Сара.— Продолжай.

— Ну, я и говорю, что уже пообещал Дебре провести Благодарение с ней...

— Мне ты тоже обещал,— сказала Сара.

— Да?

— Ну, ты, правда, был *пьян*. Ты сказал, что, как любой другой американец, не любишь отмечать праздники в одиночестве. Ты поцеловал меня и спросил, не сможем ли мы провести Благодарение вместе.

— Прости меня, я не помню...

— Ничего. Не клади трубку... тут еще один клиент...

Я отложил телефон, вышел и налил себе выпить. Возвращаясь в спальню, я заметил в зеркале свой отвислый живот. Уродливо, непристойно. И почему только бабы меня терпят?

Одной рукой я прижимал к уху трубку, а другой пил вино. Сара вернулась.

— Хорошо. Давай дальше.

— Ладно, получилось вот так. Эта танцовщица мне как-то вечером позвонила. Только она вообще-то не танцовщица, она официантка. Она сказала, что вылетает в Л. А. провести со мной День благодарения. У нее был такой счастливый голос.

— Надо было ей сказать, что ты уже пообещал.
— Я не сказал...
— Кишка тонка.
— У Айрис такое славное тело...
— В жизни есть и другие вещи, кроме славных тел.
— Как бы то ни было, теперь мне предстоит сказать Дебре, что я не смогу провести Благодарение с ней, а я не знаю как.
— Ты сейчас где?
— В постели у Дебры.
— А Дебра где?
— На работе.— Я не сдержался и всхлипнул.
— Ты толстожопый плакса и больше никто.
— Я знаю. Но я должен ей сказать. Я с ума сойду.
— Сам вляпался. Теперь сам и вылезай.
— Я думал, ты мне поможешь, я думал, ты, может, подскажешь, что делать.
— Ты хочешь, чтобы я тебе пеленки меняла? Хочешь, чтобы я ей за тебя позвонила?
— Нет, все в порядке. Я взрослый мужик. *Я сам ей позвоню*. Я позвоню ей сейчас же. Я скажу ей всю правду. Я покончу со всей этой ебаторией!
— Это хорошо. Дашь мне знать, как все пройдет.
— Это все мое детство виновато, понимаешь. Я никогда не знал, что такое любовь...
— Перезвони мне попозже.

Сара повесила трубку.

Я налил себе еще вина. Я не понимал, что стряслось с моей жизнью. Я утратил изощренность, утратил свою суетную светскость, утратил жесткую защитную скорлупу. От чужих проблем потерял чувство юмора. Мне хотелось все это обратно. Пусть все ко мне приходит легко. Но почему-то я знал, что ни шиша не вернется, по крайней мере — сразу. Я и дальше обречен на муки совести и беззащитность.

Я пытался убедить себя, что муки совести — просто своего рода заболевание. Что именно люди *без* совести добиваются в жизни прогресса. Люди, способные лгать, обманывать, люди, всегда знающие, как срезать угол. Кортес. Он-то хуем груши не околачивал. И Винс Ломбарди* — тоже. Но сколько бы я об этом ни думал, мне по-прежнему было плохо. Я решил, что с меня довольно. Готов. Кабинка исповедника. Снова стану католиком. Начать, покончить с этим, как отрубить, а потом ждать прощения. Я вылакал вино и набрал рабочий номер Дебры.

Ответила Тесси.

— Привет, детка! Это Хэнк! Ну, как оно у тебя?

— Все прекрасно, Хэнк. Как сам поживаешь?

— Все хорошо. Слушай, ты на меня не злишься, а?

— Нет, Хэнк. Это и *впрямь* было немного фу, хахаха, но весело. В любом случае, это *наш* секрет.

— Спасибо. Знаешь, я правда не...

— Знаю.

— Ладно, послушай, я хотел поговорить с Деброй. Она там?

---

* Эрнандо Кортес (1485–1547) — испанский конкистадор. Винсент Томас Ломбарди (1913–1970) — американский футбольный тренер.

— Нет, она в суде, ведет запись.
— Когда вернется?
— Она обычно в контору не возвращается после того, как в суд уходит. Если вернется, что-нибудь передать?
— Нет, Тесси, спасибо.

Ну все, пиздец. Я даже исправить ничего не могу. Исповедальная Обстипация. Кранты Коммуникации. Враги в Высших Сферах.

Я выпил еще вина. Я совсем был готов очистить воздух от себя — и гори оно все огнем. Теперь же надо сидеть и ждать. Мне становилось все хуже. Депрессия, самоубийство часто оказывались результатом неправильной диеты. Но я-то кушаю хорошо. Я вспоминал былые дни, когда жил на одном шоколадном батончике в день, рассылая написанные печатными буквами рассказы в «Атлантик Мансли» и «Харперз». Я тогда думал только о еде. Если тело не ело, ум тоже голодал. Но в последнее время я для разнообразия питался чертовски хорошо — и пил дьявольски хорошее вино. Значит, все, о чем я думаю,— вероятно, *правда*. Все воображают себя особенными, привилегированными, исключительными. Даже уродливая старая перечница, поливающая на крылечке герань. Я-то воображал себя особенным потому, что ушел от станка в 50 лет и стал поэтом. Охуеть не встать. Потому и ссал на всех, как те боссы и управляющие ссали на меня, когда *я* был беспомощен. Все вернулось на круги своя. Я — пьяный, испорченный, гнилой мудак с очень незначительной *крошечной* известностью.

Мой анализ раны не залечил.

Зазвонил телефон. Сара.
— Ты же сказал, что позвонишь. Как прошло?
— Ее не было.
— Не было?
— Она в суде.
— Что будешь делать?
— Подожду. А потом скажу ей.
— Правильно.
— Не следовало мне все это говно на тебя вываливать.
— Да ничего.
— Я хочу снова тебя увидеть.
— Когда? После танцовщицы?
— Ну... да.
— Спасибо, не стоит.
— Я тебе позвоню...
— Ладно. Я тебе заранее отстираю пеленки.

Я потягивал вино и ждал. 3 часа, 4 часа, 5 часов. Наконец вспомнил, что неплохо бы одеться. Я сидел со стаканом в руке, когда перед домом остановилась машина Дебры. Я ждал. Дебра открыла дверь. С пакетом покупок. Выглядела она очень хорошо.
— Привет! — сказала она.— Как тут моя *бывшая* мокрая лапша?

Я подошел и обхватил ее руками. Я задрожал и заплакал.
— Хэнк, что *стряслось?*

Дебра уронила пакет на пол. Наш ужин. Я схватил ее и прижал к себе. Я рыдал. Слезы текли, как вино. Я не мог остановиться. Бо́льшая часть меня не шутила, другая же рвала оттуда когти.

— Хэнк, в чем *дело?*
— Я не смогу быть с тобой на Благодарение.
— Почему? Почему? Что не так?
— Я — ОДНА ГИГАНТСКАЯ КУЧА ГОВНА, вот что не так!

Моя совесть криком кричала внутри, у меня начался спазм. Боль просто ужасная.

— Из Канады летит танцовщица живота, чтобы провести со мной День благодарения.
— Танцовщица живота?
— Да.
— Она хороша собой?
— Да, очень. Прости меня, *прости* меня...

Дебра меня оттолкнула.

— Дай я продукты поставлю.

Она взяла пакет и ушла в кухню. Я слышал, как открылась и закрылась дверца холодильника.

— Дебра,— сказал я.— Я ухожу.

Из кухни не донеслось ни звука. Я открыл дверь и вышел. «Фольксваген» завелся. Я включил радио, включил фары и поехал назад в Лос-Анджелес.

94

В среду вечером я был в аэропорту — ждал Айрис. Я сидел и разглядывал женщин. Внешностью Айрис убирала всех — ну, может, за исключением одной-двух. Со мной что-то не так: я и впрямь слишком много думаю о сексе. Каждую женщину, на которую падает взгляд, я вижу в своей постели. Интересный способ проводить время в ожидании самолета. *Женщины:* мне нравятся краски их одежды; то, как они ходят;

жестокость в некоторых лицах; время от времени почти что чистая красота в каком-нибудь другом лице, абсолютно и завораживающе женском. У них есть над нами это преимущество: они гораздо лучше составляют планы и лучше организованы. Пока мужчины смотрят футбол, или пьют пиво, или шастают по кегельбанам, они, женщины эти, думают о нас, сосредотачиваются, изучают, решают — принять нас, выкинуть, обменять, убить или просто-напросто бросить. Но какая разница: что бы ни сделали они, мы кончаем одиночеством и безумием.

Я купил нам с Айрис индюшку, 18-фунтовую. Она лежала у меня в раковине, оттаивала. Благодарение. Доказывает, что ты выжил. Пережил еще один год — войны, инфляцию, безработицу, смог, президентов. Это великое невротическое сборище семейных кланов: громкие пьянчуги, бабуси, сестрички, тетушки, орущие дети, будущие самоубийцы. И не забудьте несварение. Я от других ничем не отличаюсь: у меня в раковине сидит 18-фунтовая птица, дохлая, ощипанная, совершенно выпотрошенная. Айрис мне ее зажарит.

В тот день я получил письмо. Сейчас я вытащил его из кармана и перечел. Его сбросили в Беркли:

Дорогой мистер Чинаски;

Вы меня не знаете, но я — хорошенькая сучка. Я ходила с моряками и с одним водителем грузовика, но они меня не удовлетворяют. В смысле, мы ебемся, и потом больше ничего нет. В этих обсосах никакого содержания. Мне 22, и у меня 5-летняя дочка, Эстер. Я живу с одним парнем, но секса нет, мы просто живем вместе. Его зовут Рекс. Я бы хотела приехать с вами повидаться. Моя мама присмотрит за Эстер. Прилагаю свою фотографию. Напишите мне, если захочется. Я читала кое-какие ваши книжки. Их трудно найти в магазинах. Мне в ваших книжках нравится то, что вас так легко понимать. И к тому же вы смешной,

ваша
Таня.

Потом приземлился самолет Айрис. Я стоял у окна и смотрел, как она выходит. Она по-прежнему хорошо выглядела. Приехала аж из самой Канады, чтобы меня увидеть. У нее был один чемодан. Я помахал ей, пока она стояла вместе с остальными в очереди на выход. Сначала ей надо было пройти таможню, а потом она прижалась ко мне. Мы поцеловались, и у меня начал вставать. Она была в платье, удобном, облегающем синем платье, на высоких каблуках, а на голове сидела шляпка набекрень. Теперь женщину в платье увидишь редко. Все женщины в Лос-Анджелесе непрерывно носят штаны...

Поскольку не нужно было ждать багажа, мы сразу поехали ко мне. Я остановился перед домом, и мы вместе прошли по двору. Она села на тахту, я налил выпить. Айрис осмотрела мою самодельную полку.

— И ты все это написал?
— Да.
— Я и не думала, что столько.
— Написал.

— Сколько?

— Не знаю. Двадцать, двадцать пять...

Я поцеловал ее, обхватив одной рукой за талию, прижимая к себе. Другую руку я положил ей на колено.

Зазвонил телефон. Я встал и ответил.

— Хэнк? — Вэлери.

— Да?

— Кто это?

— Кто — кто?

— Эта девушка.

— А, это одна подруга из Канады.

— Хэнк, опять ты со своими проклятыми бабами!

— Да.

— Бобби спрашивает, не хотите ли вы с...

— Айрис.

— Он спрашивает, не хотите ли вы с Айрис зайти к нам выпить.

— Не сегодня. Давай в следующий раз?

— Ну у нее и *тело*, в натуре!

— Я знаю.

— Ладно, может, завтра тогда.

— Может...

Я повесил трубку, думая, что Вэлери, наверно, тоже тетки нравятся. Ну да ладно, это нормально.

Я налил еще два стакана.

— Скольких женщин ты встречал в аэропортах? — спросила Айрис.

— Не так много, как ты думаешь.

— Уже сбился со счета? Как со своими книжками?

— Математика — одно из моих слабых мест.

— Тебе нравится встречать женщин в аэропортах?

— Да.— Что-то я не помнил, чтобы Айрис была такой разговорчивой.

— Ах ты поросенок! — Она рассмеялась.

— Наша первая ссора. Ты хорошо долетела?

— Я сидела рядом с каким-то занудой. Я совершила ошибку и позволила ему купить мне выпить. Так он, проклятый, мне все ухо отговорил.

— Он просто в восторге был. Ты сексуальная женщина.

— И это все, что ты во мне видишь?

— Я вижу это во множестве. Может, по ходу дела увижу что-нибудь еще.

— Зачем тебе так много женщин?

— Это все еще с детства, понимаешь? Без любви, без тепла. А когда мне было двадцать и тридцать, этого тоже очень мало было. Сейчас наверстываю...

— А поймешь, когда наверстаешь?

— Сейчас у меня такое чувство, что понадобится еще одна жизнь.

— Трепло сраное!

Я рассмеялся:

— Потому и пишу.

— Пойду приму душ и переоденусь.

— Валяй.

Я ушел на кухню помацать индюшку. Она показала мне свои ноги, свои лобковые волосы, сливное отверстие, ляжки; она сидела в раковине. Хорошо, что у нее нет глаз. Ладно, мы что-нибудь с ней сотворим. Это — следующий шаг. Я услышал шум воды из бачка. Если Айрис не хочется ее жарить, зажарю сам.

Когда я был моложе, у меня постоянно была депрессия. Но сейчас самоубийство вряд ли возможно. В моем возрасте мало что остается убивать. Хорошо быть старым, что бы там ни говорили. Человеку должно быть по меньшей мере полвека, чтоб он мог писать с маломальской ясностью. Чем больше рек пересек, тем больше о них знаешь — если пережил и быстрины, и пороги. А это бывает довольно круто.

Айрис вышла. Теперь на ней было иссиня-черное цельное платье — оно казалось шелковым и липло к телу. Она не средненькая американская девчонка, а потому и не выглядит очевидной. Она абсолютная женщина, но прямо в лицо этого не швыряет. Американские тетки обычно торгуются по-тяжелой и в конце имеют от этого бледный вид. Несколько естественных американских женщин еще осталось — главным образом в Техасе и Луизиане.

Айрис мне улыбнулась. В каждом кулаке она что-то держала. Потом подняла обе руки над головой и начала пощелкивать. Она стала танцевать. Или, скорее,— вибрировать. Словно ее пробило электротоком, а центром души стал живот. Это было клево и чисто, с легчайшим намеком на смешинку. Весь танец она не сводила с меня глаз, и в нем было свое значение, хороший обораживающий смысл, ценный сам по себе.

Айрис окончила, и я зааплодировал, налил ей выпить.

— Это так, слабое подобие,— сказала она.— На самом деле нужны костюм и музыка.

— Мне очень понравилось.

— Я хотела кассету с музыкой привезти, но знала, что у тебя нет магнитофона.

— Ты права. Все равно здорово.

Я нежно ее поцеловал.

— Переехала бы в Лос-Анджелес? — предложил я.

— Все мои корни — на Северо-Западе. Мне там нравится. Мои родители. Мои друзья. Все у меня там, разве не понимаешь?

— Понимаю.

— Почему ты не переедешь в Ванкувер? Ты мог бы писать и в Ванкувере.

— Мог бы, наверное. Я мог бы писать и на верхушке айсберга.

— Можешь попробовать.

— Что?

— Ванкувер.

— А что твой отец подумает?

— О чем?

— О нас.

95

На Благодарение Айрис приготовила индюшку и поставила ее в духовку. Бобби с Вэлери зашли выпить, но на ужин не остались. Это освежало. Айрис надела другое платье — такое же манящее, как и раньше.

— Ты знаешь,— сказала она,— я привезла мало одежды. Завтра мы с Вэлери поедем за покупками во «Фредерикс». Куплю себе настоящие шлюшьи туфли. Тебе понравятся.

— Понравятся, Айрис.

Я зашел в ванную. В шкафчике с лекарствами я спрятал фотографию, которую прислала Таня. Там она высоко поддернула платье, а трусиков на ней не было. Я видел ее пизду. Она *в самом деле* была хорошенькой сучкой.

Когда я вышел, Айрис что-то мыла в раковине. Я обхватил ее сзади, развернул и поцеловал.

— Ах ты похотливый старый пес! — воскликнула она.

— Я тебя сегодня замучаю, дорогая моя!

— Сделай милость!

Мы пили весь день напролет, потом, часов в 5 или 6, приступили к индюшке. Еда нас отрезвила. Через час мы начали пить снова. Отправились в постель рано, часиков в 10. У меня не было никаких проблем. Я был достаточно трезв, чтобы устроить долгую хорошую скачку. Стоило начать толкать, как я уже знал, что все получится. Я даже особо не пытался ублажить Айрис. Шпарил себе и давал ей старомодной конской ебли. Кровать пружинила, и лицо Айрис кривилось. Затем пошли тихие стоны. Я немного сбавил ход, потом снова набрал темп и засадил в самое яблочко. Вроде бы она кончила со мной вместе. Разумеется, мужчина никогда не знает наверняка. Я откатился. Мне всегда нравилась канадская грудинка.

Назавтра к нам зашла Вэлери, и они вместе с Айрис отправились во «Фредерикс». Примерно час спустя принесли почту. Еще одно письмо от Тани:

Генри, дорогой...

Я шла по улице сегодня, а эти парни мне свистели. Я шла мимо них и не реагировала. Больше всего ненавижу тех, что моют машины. Они орут гадости и высовывают языки, как будто в натуре ими что-то могут, но среди них на самом деле нет ни одного, кто бы мог. Это сразу видно, сам знаешь.

Вчера я зашла в одежный магазин купить штаны для Рекса. Рекс дал мне денег. Сам он себе никогда ничего не покупает. Терпеть не может. И вот, пошла я в этот магазин мужской одежды и выбрала пару штанов. А там два парня, средних лет, один был настоящая язва. Когда я выбирала штаны, он подошел, взял меня за руку и положил ее себе на хуй. Я ему сказала: «И это все, что у тебя есть, бедняжка!» Он заржал и как-то состроил. Я нашла действительно четкие штаны для Рекса — зеленые в тонкую белую полоску. Рексу нравится зеленое. Ну, короче, этот парень мне говорит: «Давай зайдем в примерочную». А ты знаешь, что саркастические язвы такие меня всегда привлекают. Поэтому я пошла с ним в кабинку. Второй парень увидел, как мы заходим. Мы стали целоваться, и он расстегнул «молнию». У него встал, он положил на него мою руку. Мы продолжали целоваться, а он задрал на мне платье и посмотрел на мои трусы в зеркало. Он начал играть с моим задом. Но хуй у него так по-настоя-

щему и не затвердел — только наполовину, да так и остался. Я сказала ему, что он — говно не ахти какое. Он вышел из кабинки с хуем нараспашку и застегнулся перед вторым парнем. Они оба ржали. Я тоже вышла и расплатилась за брюки. Он сложил их в пакет. «Скажи мужу своему, что уединялась с его штанами в примерочной!» — смеялся он. «Ты просто педрила ебаный! — сказала я ему. — И кореш твой тоже просто ебаный педак!» Ну в самом деле. Почти каждый мужик нынче — голубой. В натуре трудно женщине. У меня была подружка, которая вышла замуж, — так вот, приходит она однажды домой и застает этого парня в постели с другим мужиком. Неудивительно, что в наше время все девушки вынуждены покупать себе вибраторы. Крутое говнидло. Ну ладно, пиши мне.

*Твоя
Таня.*

Дорогая Таня,

Я получил твои письма и фотографию. Я сижу сейчас один после Дня благодарения. У меня бодун. Мне понравилась твоя фотография. А еще у тебя есть?

Ты когда-нибудь читала Селина? «Путешествие на край ночи» то есть. После этой книги у него сбилась дыхалка, и он стал чудить — гнал и на редакторов, и на читателей. Чертовски обидно за него, по-настоящему. Просто крыша поехала. Я думаю, он должен был быть хорошим врачом. А может, и нет. Может, он сводил своих пациентов в могилу.

Вот из этого хороший получился бы роман. Так многие врачи делают. Дают пилюлю и опять выставляют на улицу. Им нужны деньги, чтоб расплатиться за то, чего им стоило образование. Поэтому они набивают свои приемные битком и пропускают пациентов, как по конвейеру. Взвешивают, меряют давление, дают таблетку и выставляют за дверь — а тебе только хуже. Зубной техник может забрать все сбережения, но обычно хоть что-то с зубами делает.

Как бы то ни было, я до сих пор пишу и, кажется, платить за квартиру еще в состоянии. У тебя интересные письма. Кто тебя фотографировал без трусиков? Хороший друг, вне всякого сомнения. Рекс? Видишь, я уже ревную! Хороший признак, не так ли? Давай назовем это просто интересом. Или небезразличием...

Буду следить за почтовым ящиком. Еще фотографии будут?

Твой, да, да,
Генри.

Открылась дверь, и там стояла Айрис. Я вытащил листок из машинки и перевернул его лицом вниз.

— О, Хэнк! Я купила шлюшьи туфли!

— Здорово! Здорово!

— Я их надену для тебя! Тебе наверняка понравится!

— Детка, давай же скорее!

Айрис зашла в спальню. Я взял письмо Тане и подсунул его под стопку бумаг.

Женщины

Айрис вышла. Туфли были ярко-красными на порочно высоких каблуках. Она выглядела, как одна из величайших блядей всех времен. У туфелек не было задников, и ноги ее виднелись сквозь прозрачную материю. Айрис расхаживала взад и вперед. Как ни верти, а у нее тело соблазнительнее некуда, да и зад тоже, и, расхаживая на этих каблуках, она задирала соблазн до небес. С ума сойти. Айрис остановилась и бросила на меня взгляд через плечо, улыбнулась. Что за роскошная бикса! В ней было больше бедра, больше жопы, больше ляжки, чем мне за всю жизнь попадалось. Я выскочил и налил два стакана. Айрис села и высоко закинула ногу на ногу. Она сидела в кресле напротив меня. Чудеса дивные продолжали случаться в моей жизни. Я этого понять не мог.

Мой хуй был тверд, пульсировал и бился в ширинку.

— Ты знаешь, что мужику нравится,— сказал я Айрис.

Мы допили. Я отвел ее за руку в спальню. Толкнул на постель. Оттянул наверх платье и вцепился в трусики. Трудная это работа. Они зацепились за туфельку, нанизались на каблук, но я наконец их стащил. Платье по-прежнему прикрывало бедра Айрис. Я поднял ее за задницу и подоткнул платье под нее. Она уже была влажной. Я ощупал ее пальцами. Айрис почти всегда была влажной, почти всегда готова. Тотальная радость. На ней были длинные нейлоновые чулки с голубыми пажами в красных розах. Я засадил ей в самую влажность. Она высоко задрала ноги, и, лаская ее, я видел эти блядские туфли, красные каблуки торчали стилетами. Айрис опять готова к старомодной конской ебле. Любовь — это для гитаристов, католиков и шахматных маньяков. А эта сука со своими красными туфлями и длинными чулками — она заслуживает того, что сейчас от меня получит. Я старался раздрать ее надвое, я пытался расколоть ее напополам. Я наблюдал за этим странным полуиндейским лицом в мягком свете солнца, слабо сочившемся сквозь шторы. Как убийство. Я имел ее. Спасенья нет. Я рвал и ревел, лупил ее по лицу и почти разорвал надвое.

Меня удивило, что она еще смогла встать с улыбкой и дойти до ванной. Выглядела она чуть ли не счастливой. Туфельки слетели и остались лежать у кровати. Хуй у меня был по-прежнему тверд. Я подобрал одну туфлю и потерся об нее хуем. Заебись. Потом кинул туфлю на пол. Когда Айрис вышла из ванной, все так же улыбаясь, мой член опал.

96

Весь остаток ее визита мало что происходило. Мы пили, мы ели, мы еблись. Ссор не было. Мы подолгу ездили вдоль побережья, питались дарами моря в кафешках. Я не переживал насчет работы. Бывают времена, когда лучше всего убраться подальше от машинки. Хороший писатель всегда знает, когда не писать. Печатать умеет любой. Не то чтобы я хорошая машинистка; еще я делаю ошибки в словах и не знаю грамматики. Но я знаю, когда не писать. Это как ебаться. Божеству иногда надо передохнуть. У меня был один старый друг, время от времени писал мне письма, Джимми Шеннон. Он кропал по 6 романов в год —

и все про инцест. Немудрено, что он голодал. У меня же беда в том, что я не могу дать отдыха ни божеству своего хуя, ни божеству своей машинки. А все потому, что женщины валят к тебе лишь косяками, и надо заполучить их как можно больше, пока не подскочило чье-нибудь чужое божество. Вот я бросал писать на десять лет, и удачнее этого со мной, наверное, вообще ничего не случалось. (Некоторые критики, видать, сочли бы, что с читателем тоже ничего удачнее не случалось.) Десятилетний отдых для обеих сторон. Что произошло бы, если б я на десять лет бросил пить?

Пришло время сажать Айрис Дуарте на самолет. Самая трудность в том, что она улетала утренним рейсом. Я привык подниматься в полдень: и прекрасное средство от похмелья, и прибавит мне 5 лет жизни. Я не грустил, везя ее в Лос-Анджелес-международный. Секс был прекрасен; смех у нас тоже был. Я едва ли припоминал более цивилизованное времяпрепровождение, никто из нас ничего не требовал, однако была теплота, все происходило не без чувства, не просто одно дохлое мясо совокуплялось с другим. Я питал отвращение к такому роду оттяга — лос-анджелесско-голливудско-бель-эровско-малибушно-лагуно-бичевская разновидность секса. Чужие при встрече и чужие при расставании — спортзал, полный тел, безымянно раздрачивающих друг друга. Люди без морали часто почитают себя свободнее, но им главным образом недостает способности чувствовать или любить. Поэтому они становятся оттяжниками. Покойники ебут покойников. В их игре нет ни азарта, ни юмора — просто труп впиздячивает трупу. Мораль сдерживает, но она *действительно* стоит на человеческом опыте, растущем сквозь века. Одна мораль держала людей в рабстве на фабриках, в церквях и в верности государству. В другой просто был смысл. Как сад, полный ядовитых плодов и полезных. Нужно знать, что выбрать и съесть, а что не трогать.

Мой опыт с Айрис был восхитителен и исчерпывающ, однако я не был влюблен в нее, и она в меня не была. Легко прикипать душой и трудно — не прикипать. Я прикипал. Мы сидели в «фольксвагене» на верхней рампе стоянки. У нас еще оставалось время. Я включил радио. Брамс.

— Я тебя еще увижу? — спросил я.

— Вряд ли.

— Хочешь выпить в баре?

— Ты меня сделал алкоголичкой, Хэнк. Я так ослабла, что едва хожу.

— Дело только в кире?

— Нет.

— Тогда пошли выпьем.

— Пить, пить, пить! И это *все*, о чем ты можешь думать?

— Нет, но это хороший способ проходить через такие вот пространства.

— Ты что, лицом к лицу с ними не можешь?

— Могу, но зачем?

— Это эскапизм.

— Все — эскапизм: играть в гольф, спать, есть, гулять, спорить, бегать трусцой, дышать, ебаться...

— Ебаться?

— Послушай, мы как школьники разговариваем. Давай лучше посадим тебя в самолет.

Нехорошо получалось. Мне хотелось ее поцеловать, но я чувствовал ее сдержанность. Стенку. Айрис наверняка неважно, да и мне фигово.

— Ладно,— сказала она,— пройдем регистрацию и сходим выпьем. А потом я улечу навсегда: очень гладко, очень легко, совсем не больно.

— *Ладно!* — сказал я.

Именно так оно и вышло.

На обратном пути: бульваром Столетия на восток, вниз до Креншоу, вверх по 8-й авеню, потом с Арлингтона на Уилтон. Я решил забрать белье из стирки и свернул направо по бульвару Беверли, заехал на стоянку за прачечной «Силверетт» и припарковался. Пока я все это делал, мимо прошла черная девчонка в красном платье. Жопа у нее покачивалась великолепно — изумительнейшая кривая. Потом какое-то здание перекрыло мне обзор. Ну и движения у нее: словно жизнь одарила гибкой грацией всего нескольких баб, а остальных кинула. Вот у нее как раз и была эта неописуемая грация.

Я вышел на тротуар и стал наблюдать за ней сзади. Я видел, как она оглянулась. Затем остановилась и уставилась на меня через плечо. Я вошел в прачечную. Когда я выходил со шмотками, девчонка уже стояла возле моего «фолька». Я сложил вещи внутрь с пассажирской стороны. Потом перешел на водительскую. Она стояла прямо передо мной. Лет 27, очень круглое лицо, бесстрастное. Мы стояли очень близко друг к другу.

— Я видела, как вы на меня смотрели. Зачем вы на меня смотрели?

— Я извиняюсь. Я не хотел вас обидеть.

— Я хочу знать, почему вы на меня смотрели. Вы на меня просто *пялились*.

— Послушайте, вы — красивая женщина. У вас прекрасная фигура. Я увидел, как вы идете мимо, и решил посмотреть. Я ничего не мог с собой поделать.

— Хотите встретиться сегодня вечером?

— Ну, это было бы здорово. Но я уже иду на свидание. Я занят.

Я обошел ее вокруг, чтобы сесть за руль. Открыл дверцу и залез. Она отошла. При этом я слышал, как она шепчет:

— *Остолоп беломазый.*

Я достал почту — ничего. Надо перегруппироваться. Чего-то не хватает. Я заглянул в холодильник. Пусто. Я вышел наружу, забрался в «фольксваген» и поехал в винную лавку «Синий слон». Купил квинту «Смирноффа» и немного «7-АПа». Возвращаясь к себе, уже по дороге, понял, что забыл купить сигарет.

Я направился на юг, вниз по Западной авеню, свернул влево на бульвар Голливуд, затем вправо по Серрано. Я пытался выехать к какому-нибудь шланбою — купить покурить. На самом углу Серрано и Сансета стояла еще одна черная девчонка — густая квартеронка на черных шпильках и в мини-юбке. Она стояла в этой своей юбчонке, а я видел легкий мазок голубых трусиков. Она пошла по тротуару, и я поехал рядом. Она делала вид, что не замечает меня.

— Эй, детка!

Она остановилась. Я подтянулся к обочине. Девчонка подошла.

— Как поживаешь? — спросил я.

— Нормально.

— Ты что, приманка? — спросил я.

— Это в каком смысле?

— Это в том смысле,— пояснил я,— что откуда я знаю, вдруг ты из гадиловки?

— А я откуда знаю, что *ты* не из гадиловки?

— Посмотри на мою рожу. Я разве похож на легавого?

— Ладно,— сказала она,— заезжай за угол и стой. За углом я к тебе сяду.

Я завернул за угол и встал перед «Мистером Знаменитым Бутербродом Из Нью-Джерси». Она распахнула дверцу и села.

— Чего тебе надо? — Ей было за тридцать, и в центре ее улыбки торчал один сплошь золотой зуб. Она никогда не обанкротится.

— *Отсосать*,— ответил я.

— Двадцать долларов.

— Ладно, поехали.

— Поезжай по Западной до Франклина, сверни влево, перейди на Гарвард и еще раз вправо.

Когда мы добрались до Гарварда, машину ставить уже было некуда. Наконец я парканулся в красной зоне, и мы вышли.

— Иди за мной,— велела она.

Полуразвалившаяся многоэтажка. Не доходя до вестибюля, девчонка свернула вправо, и я пошел за нею вверх по цементной лестнице, поглядывая на ее жопу. Странно, однако жопа есть у всех. Как-то почти грустно. Однако жопы ее мне не хотелось. Я прошел за ней по коридору и вверх еще по каким-то ступенькам. Мы поднимались не лифтом, а чем-то вроде пожарной лестницы. Зачем она так делала, я понятия не имел. Но мне нужна разминка — если я собираюсь писать большие толстые романы в таком же преклонном возрасте, как и Кнут Гамсун.

Наконец мы добрались до ее квартиры, и она вытащила ключ. Я схватил ее за руку.

— Секундочку,— сказал я.

— Что такое?

— У тебя там внутри — парочка здоровых черных ублюдков, которые мне гунды дадут и выставят в придачу?

— Нет, там пусто. Я живу с подругой, а ее нет дома. Она работает в «Бродвейском универмаге».

— Дай-ка мне ключ.

Я открыл дверь — сначала медленно, а потом пинком распахнул. Заглянул внутрь. Пика у меня с собой, но я не полез. Девчонка закрыла за нами дверь.

— Проходи в спальню,— пригласила она.

— Минуточку...

Я рывком распахнул дверь чулана и прощупал всю одежду. Ничего.

— Ты на каком говне сидишь, чувак?

— Я ни на *каком* говне не сижу!

— Ох господи...

Я вбежал в ванную и отдернул занавеску душа. Никого. Зашел в кухню, отодвинул целлофановую шторку под раковиной. Только переполненное грязное пластмассовое мусорное ведро. Проверил вторую спальню, чуланчик в ней. Заглянул под двуспальную кровать. Пустая бутылка из-под «Риппла». Я вышел.

— Иди сюда,— сказала она.

Крохотная спаленка, скорее — альков. Диванчик с грязными простынями. Одеяло валялось на полу. Я расстегнул ширинку и вывалил его.

— Двадцать баксов,— сказала она.

— Сначала губами поработай над этим уебком! Отсоси его досуха!

— Двадцатку.

— Я цену знаю. Заработай. Выцеди мне яйца.

— Двадцатку *вперед*...

— Ах вот как? Я дам тебе двадцатку, а откуда я знаю, что ты не заорешь полиции? Откуда я знаю, что твой семифутовый братец-баскетболист не свалится с финкой на мою жопу?

— Двадцатку *вперед*. И не волнуйся. Я тебя отсосу. Я тебя хорошенько отсосу.

— Я тебе не верю, блядина.

Я застегнулся и свалил оттуда по-быстрому, сбежал по цементным лестницам. Добежал до низу, прыгнул в «фольксваген» и рванул домой.

Я запил. Просто звезды не в порядке.

Зазвонил телефон. Бобби.

— Ты посадил Айрис на самолет?

— Да, Бобби, и я еще хочу сказать тебе спасибо, что ты для разнообразия не влез своими лапами на этот раз.

— Слушай, Хэнк, это ты сам чего-то перемудрил. Ты старый, ты притаскиваешь к себе молоденьких курочек, а потом начинаешь психовать, когда подваливает молодой кошак. У тебя просто очко играет.

— Самосомнение... нехватка уверенности, а?

— Ну-у...

— Ладно, Бобби.

— В общем, Вэлери тут спрашивает, не хочешь ли ты зайти пропустить.

— Почему нет?

У Бобби была крутая шмаль, настоящая крутая шмаль. Мы дунули. И много новых кассет к стерео. К тому же у него был мой любимый певец, Рэнди Ньюмен, и он включил Рэнди, но только на среднюю громкость, потому что я так попросил.

И вот мы сидели, слушали Рэнди, курили, и тут Вэлери начала устраивать показ мод. У нее был десяток сексуальных прикидов из «Фредерикса». С той стороны двери в ванную висело 30 пар туфель.

Вэлери вышла и загарцевала на 8-дюймовых шпильках. Она едва могла идти. Пошарахалась по комнате, качаясь на этих каблуках. Зад у нее отклячивался, а крохотные соски, жесткие и напряженные, выпирали из-под прозрачной блузки. На лодыжке звякал тоненький золотой браслет. Она резко развернулась к нам лицом и проделала несколько легких сексуальных па.

— Боже,— вымолвил Бобби,— ох... господи!

— Господи ты боже мой царица небесная! — сказал я.

Когда Вэлери проходила мимо, я дотянулся и цапнул ее за жопу. Я жил. Ништяк. Вэлери нырнула в сральник сменить костюм.

С каждым новым выходом она становилась все лучше, все безумнее, дичее. Весь процесс двигался к какому-то оргазму.

Мы пили и курили, а Вэлери все выходила к нам и выходила. Дьявольское шоу просто.

Она села мне на колени, и Бобби щелкнул несколько фоток.

Ночь изнашивалась. Потом я вдруг оглянулся — Вэлери с Бобби не было. Я зашел в спальню — там лежала на кровати Вэлери, вся голая, если не считать шпилек. Тело у нее было твердым и стройным.

Бобби еще был одет — он сосал Вэлери груди, переходя от одной к другой. Ее соски гордо стояли.

Бобби поднял на меня взгляд:

— Эй, старик, я слыхал, ты выеживался, как здорово ты пизду ешь. Оцени.

Бобби нырнул и раздвинул Вэлери ноги. Волосы у нее на пизде были длинные, перепутанные и взъерошенные. Бобби залез прямо в них и стал лизать клитор. У него неплохо получалось, но не хватало воодушевления.

— Одну минутку, Бобби, ты неправильно делаешь. Давай я тебе покажу.

Я тоже туда опустился. Начал далеко сзади и медленно продвигался к ней. Потом дошел. Вэлери ответила. Причем слишком. Она обхватила ногами мне голову так, что ни вздохнуть, ни охнуть. Уши мои расплющились. Я вытащил голову.

— Ладно, Бобби, видишь?

Бобби не ответил. Он отвернулся и ушел в ванную. Ботинок и штанов на мне уже не было. Мне нравилось хвастаться ногами, когда я пил. Вэлери протянула ко мне руки и увлекла за собой на постель. Затем изогнулась и взяла мой хуй в рот. У нее по сравнению со многими получалось не очень. По старинке налегала на него всей головой и, помимо этого, мало что могла предложить. Работала она долго, и я уже чувствовал: вряд ли мне что-нибудь удастся. Я оттащил ее голову, положил на подушку и поцеловал ее. Затем оседлал. Я сделал 8 или 10 толчков, когда услышал за нами Бобби.

— Я хочу, чтобы ты ушел, мужик.
— Бобби, да что это с тобой?
— Я хочу, чтобы ты вернулся к себе.

Я вытащил, встал, вышел в переднюю комнату и надел штаны с ботинками.

— Эй, Четкий Папа,— позвал я Бобби,— что случилось?
— Я не хочу тебя тут видеть.
— Ладно, ладно...

Я вернулся к себе. Будто целая вечность прошла с тех пор, как я посадил Айрис Дуарте на самолет. Она уже, наверное, в Ванкувере. Вот черт. Спокойной тебе ночи, Айрис Дуарте.

97

Я получил письмо. Обратный адрес был где-то в Голливуде.

Дорогой Чинаски!

Я только что прочла почти все ваши книги. Я работаю машинисткой на Чероки-авеню. Я повесила ваш портрет над своим рабочим местом. Это пла-

кат с одного из ваших литературных вечеров. Люди меня спрашивают: «Кто это?» — и я отвечаю: «Это мой приятель», — и они говорят: «Боже ты мой!»

Я дала почитать своему начальнику ваш сборник рассказов «Зверь с тремя ногами», и он сказал, что ему не понравилось. Он сказал, что вы не знаете, как надо писать. Он сказал, что это говно и дешевка. Он по этому поводу сильно рассердился.

В общем, мне нравятся ваши вещи, и мне бы хотелось с вами встретиться. Говорят, что я довольно неплохо затарена. Хотите убедиться?

С любовью,

Валенсия.

Она оставила два телефонных номера — один на работе, один дома. Времени — около 2.30. Я набрал рабочий.

— Да? — ответил женский голос.
— Валенсия там?
— Это Валенсия.
— Это Чинаски. Я получил ваше письмо.
— Я так и думала, что вы позвоните.
— У вас сексуальный голос, — сказал я.
— У вас тоже, — ответила она.
— Когда я могу вас увидеть? — спросил я.
— Ну, сегодня вечером я не занята.
— Ладно. Давайте сегодня?
— Хорошо, — сказала она, — увидимся после работы. Можете меня встретить в баре на бульваре Кауэнга, в «Одиночном окопе». Знаете, где это?
— Да.

— Тогда увидимся около шести...

Я подъехал и остановился возле «Окопа». Зажег сигарету и немного посидел просто так. Потом вылез и зашел в бар. Кто из них тут Валенсия? Я стоял, меня никто не окликал. Я подошел к бару и заказал двойную «водку-7». И тут услышал свое имя:

— Генри?

Я обернулся — в кабинке сидела блондинка. Я взял стакан и подсел к ней. Лет 38 и совершенно не затарена. Ушла в семя, чуть-чуть толстовата. Груди очень крупные, но утомленно просели. Коротко подстриженные светлые волосы. Очень много грима на лице, да и на вид усталая. В брюках, кофточке и сапогах. Бледно-голубые глаза. Связки браслетов на каждой руке. Ее лицо ничего не выдавало, хотя когда-то она могла быть очень красивой.

— Какой, блядь, гнусный день,— сказала она.— За машинкой задницу отсидела.

— Давайте встретимся как-нибудь в другой вечер, когда вам будет лучше,— предложил я.

— А-а, блядь, все в порядке. Еще выпью одну и снова оживу.

Валенсия подозвала официантку:

— Еще бокал.

Она пила белое вино.

— Как пишется? — спросила она.— Новые книжки вышли?

— Нет, но сейчас пишу роман.

— Как называется?

— Пока нет названия.

— Хороший получится?

— Не знаю.

Мы оба помолчали. Я допил водку и заказал еще. Валенсия просто не мой тип ни в каком смысле. Мне она не нравилась. Есть такие люди — после первой же встречи начинаешь их презирать.

— Там, где я работаю, есть одна японка. Она делает все, чтобы меня уволили. С начальником-то у меня все ладится, а сучка эта каждый день мне подлянки кидает. Когда-нибудь я ей точно в зад ногой засажу.

— А сами откуда?
— Из Чикаго.
— Мне не нравился Чикаго,— сказал я.
— А мне Чикаго нравится.

Я допил свое, Валенсия допила свое. Потом подтолкнула мне счет.

— Вы не против заплатить? Я еще салат с креветками ела.

Я вытащил ключ, чтобы открыть дверцу.
— Это ваша машина?
— Да.
— И вы хотите, чтобы я в такой старой машине ехала?
— Слушайте, не хотите садиться — не садитесь.

Валенсия села. Вытащила зеркальце и начала подправлять лицо, пока мы ехали. До меня там недалеко. Я остановился.

Внутри она сказала:
— Ну у вас тут и грязища. Вам надо нанять кого-нибудь убраться.

Я вытащил водку и «7-АП» и налил в два стакана. Валенсия стянула сапоги.

— Где ваша машинка?
— На кухонном столе.
— У вас нет рабочего стола? Я думала, у всех писателей столы есть.
— У некоторых даже кухонных нет.
— Вы были женаты? — спросила Валенсия.
— Один раз.
— Что произошло?
— Мы друг друга возненавидели.
— Я была замужем четырежды. До сих пор вижусь со своими бывшими. Мы друзья.
— Пейте.
— Вы, кажется, нервничаете, — сказала Валенсия.
— Да нет, нормально.

Валенсия допила, затем вытянулась на тахте. Положила голову мне на колени. Я начал гладить ее по волосам. Налил ей еще и гладил дальше. Я заглядывал ей в кофточку и видел груди. Я склонился и длинно ее поцеловал. Ее язык метнулся ко мне в рот, вынырнул. Я ее ненавидел. Мой хуй начал вставать. Мы поцеловались еще раз, и я залез к ней в кофточку.

— Я знала, что когда-нибудь вас встречу, — сказала она.

Я снова поцеловал ее, на сей раз с некоторой жестокостью. Головой она почувствовала мой хрен.

— Эй! — воскликнула она.
— Это ерунда, — ответил я.
— Черта с два, — сказала она, — что ты хочешь сделать?
— Не знаю...
— Зато я знаю.

Валенсия встала и ушла в ванную. Вышла она уже голой. Залезла под простыню. Я выпил еще стаканчик. Потом разделся и забрался в постель. Стянул с нее простыню. Что за громадные груди. Она наполовину из грудей состояла. Я сжал одну рукой — потверже, как только мог — и пососал сосок. Тот не отвердел. Я перешел к другой и тоже пососал. Никакой реакции. Я поколыхал ее груди туда и сюда. Засунул между них хуй. Соски оставались мягкими. Сунулся было хуем ей в рот, но она отвернулась. Я уже подумал, не прижечь ли ей задницу сигаретой. Какая масса плоти. Изношенная, стоптанная потаскуха с улицы. Обычно бляди меня зажигали. Хер мой был тверд, но духа в нем не наблюдалось.

— Ты еврейка? — спросил я.
— Нет.
— Ты похожа на еврейку.
— Я не еврейка.
— Ты живешь в Фэрфаксе, правда?
— Да.
— А твои родители — евреи?
— Слушай, чего ты заладил — *евреи* да *евреи?*
— Не обижайся. У меня лучшие друзья — евреи.

Я снова потелепал ей груди.

— Ты, кажется, боишься,— сказала Валенсия.— Ты, кажется, зажат.

Я помахал хуем у нее перед носом.

— Вот *это* похоже на страх?
— Ужас какой. Откуда у тебя взялись такие толстые вены?
— А мне нравятся.

Я схватил ее за волосы, прижал головой к стене и всосался ей в зубы, глядя прямо в глаза. После этого начал играть ее пиздой. Долго она собиралась с мыслями. Потом начала раскрываться, и я засунул в нее палец. Нащупал клитор и стал его разрабатывать. Затем оседлал. Мой хуй был внутри нее. Мы в самом деле еблись. У меня не было никакого желания ее ублажать. Хватка у Валенсии была ничего. Я забрался в нее довольно далеко, но она, похоже, не реагировала. Плевать. Я качал и качал. Еще одна поебка. Научно-исследовательская. Не чувствуется, будто вторгаешься куда-то. Нищета и невежество порождают собственную истину. Она моя. Мы — два животных в лесу, и я ее убиваю. Она уже подступала. Я поцеловал ее — и губы ее наконец открылись. Я закопался еще глубже. Голубые стены смотрели на нас. Валенсия начала слегка постанывать. Это меня подстегнуло.

Когда она вышла из ванной, я уже оделся. На столе стояли два стакана. Мы из них медленно тянули.

— А почему ты живешь в районе Фэрфакса? — спросил я.

— Мне там нравится.

— Отвезти тебя домой?

— Если тебе не трудно.

Она жила в двух кварталах к востоку от Фэрфакса.

— Вон мой дом,— показала она,— с летней дверью.

— Милое местечко.

— Он и есть милый. Не хочешь зайти на минутку?

— А есть чего-нибудь выпить?

— Ты херес можешь?

— Конечно...

Мы вошли. На полу валялись полотенца. Проходя, она пнула их под кушетку. Затем появилась с хересом. Очень дешевое пойло.

— Где у тебя ванная? — спросил я.

Я нажал на слив, чтоб не было слышно, и вытравил херес наружу. Смыл еще раз и вышел.

— Еще налить?

— Конечно.

— Дети приходили,— сказала она,— поэтому в доме такой бардак.

— У тебя есть дети?

— Да, но о них Сэм заботится.

Я допил.

— Ну, ладно, слушай, спасибо за выпивку. Мне пора двигать.

— Ладно, мой номер у тебя есть.

— Точно.

Валенсия проводила меня до летней двери. Там мы поцеловались. Затем я дошел до «фольксвагена», влез в него и отъехал. Завернул за угол, остановился прямо посреди дороги, открыл дверцу и выблевал второй стакан.

98

Раз в три или четыре дня я виделся с Сарой — либо у нее, либо у меня. Мы спали вместе, но секса не было. Подбирались близко, но никогда не приступали всерьез. Заповеди Драйера Бабы блюлись крепко.

Мы решили провести праздники вместе у меня — и Рождество, и Новый год.

Сара подъехала на своем фургоне 24-го около полудня. Я посмотрел, как она паркуется, потом вышел навстречу. К крыше фургона были привязаны доски. Подарок на Рождество: она собиралась построить мне кровать. Моя нынешняя — чистое издевательство: просто коробка с пружинами, а из матраса кишки торчат. К тому же Сара привезла натуральную индюшку плюс гарниры. Я заплачу за них и за белое вино. И еще для нас обоих были маленькие подарки.

Мы внесли в дом доски, индюшку и прочую фигню. Я выставил наружу кроватную раму, матрас с изголовьем и положил на них табличку: «Бесплатно». Первым ушло изголовье, рама с пружинами — второй, и в конце концов кто-то забрал матрас. У нас бедный район.

Я видел кровать Сары, спал на ней, и мне понравилось. Я никогда не любил усредненных матрасов — по крайней мере, из тех, что мог себе позволить. Больше половины жизни я провел в постелях, более приспособленных для дождевых червей.

Сара сама себе сделала кровать и теперь собиралась построить еще одну такую же для меня. Крепкая деревянная платформа, на 7 ножках четыре-на-четыре (седьмая прямо посередине), а сверху — слой твердой 4-дюймовой пенорезины. Нормальные у Сары инженерные замыслы. Я держал доски, а она забивала гвозди. Недурно она с молотком управляется. Весу-то всего 105 фунтов, а гвоздь забить может. Отличная получится кровать.

Много времени это у Сары не отняло.

Затем мы ее испытали — не-сексуально,— а Драйер Баба улыбался нам с небес.

Мы поехали искать новогоднюю елку. Мне-то елку не сильно хотелось (для меня и в детстве Рождество не было счастливым), и, когда мы обнаружили, что все площадки пусты, я не очень расстроился. А Сара на обратном пути была несчастна. Но стоило прийти домой и пропустить по нескольку стаканчиков белого вина, как она воспрянула духом и принялась везде развешивать рождественские украшения, гирлянды и мишуру — кое-что мне прямо на голову.

Я читал, что в Сочельник и на Рождество люди совершают больше самоубийств, чем в другие времена года. Такой себе день рождения Христа — либо вовсе никакой.

От музыки по радио тошнило, от телевизора становилось еще хуже, и мы его выключили, и Сара позвонила матери в Мэн. Я тоже с мамой поговорил, и мама оказалась вовсе не дурна.

— Сначала,— призналась Сара,— я думала познакомить вас с мамой, но она старше тебя.

— Не стоит.

— У нее были славные ножки.

— Говорю же — не стоит.

— У тебя предубеждение против старости?

— Да, за исключением своей.

— Ты ведешь себя, как кинозвезда. У тебя всегда были женщины на двадцать или тридцать лет моложе?

— Когда мне было двадцать — нет.

— Тогда ладно. У тебя бывали женщины старше — то есть так, чтобы с ними жить?
— Да, когда мне было двадцать пять, я жил с тридцатипятилетней.
— И как?
— Ужасно. Я влюбился.
— А что ужасного?
— Она заставляла меня ходить в колледж.
— И это ужасно?
— Не в тот колледж, о котором ты думаешь. Она там была всеми преподами сразу, а я — всем студенчеством.
— Что с нею стало?
— Я ее похоронил.
— С почестями? Ты ее убил сам?
— Ее кир убил.
— Веселого Рождества.
— Еще бы. Расскажи мне о своих.
— Я пас.
— Слишком много?
— Слишком много, однако слишком мало.

Тридцать или 40 минут спустя в дверь постучали. Сара встала и открыла. Вошла секс-бомба. В самый что ни на есть канун Рождества. Я понятия не имел, кто она такая. В обтягивающем черном прикиде, а огромные груди ее, казалось, вот-вот вырвутся из лифа платья на волю. Величественно. Я никогда не видел таких грудей, эдак вот оформленных, — разве что в кино.
— Привет, Хэнк!

Она меня знала.

— Я Эди. Мы познакомились у Бобби как-то ночью.

— Да?

— Ты что, слишком пьян был и не помнишь?

— Здоро́во, Эди. Это Сара.

— Я Бобби искала. Подумала, может, он у тебя.

— Сядь выпей с нами.

Эди села в кресло справа от меня, очень близко. Ей было лет 25. Она зажгла сигарету и отхлебнула из стакана. Каждый раз, когда она перегибалась над кофейным столиком, я был уверен, что это произойдет, я был уверен, что эти груди выскочат. И боялся того, что́ могу сделать, если они выскочат. Бес его знает. Я никогда не был человеком грудей, я всегда был человеком ног. Но Эди и впрямь знала, как это *делать*. Я боялся и искоса поглядывал на ее груди, толком не понимая, чего мне хочется — чтоб они выпрыгнули или чтоб остались.

— Ты знаком с Мэнни,— сказала она мне.— Ну, у Бобби, помнишь?

— Ага.

— Мне пришлось дать ему под зад коленом. Слишком, блядь, ревнивый был. Даже нанял частного мудака за мной шпионить! Нет, ты представь! Просто мешок с говном!

— Ага.

— Ненавижу мужиков-попрошаек! Ненавижу лизоблюдов!

— Хорошего человека в наше время трудно найти,— заметил я.— Песня такая есть. Со Второй мировой войны. А еще другая была: «Ни с кем не сри под яблоней — ни с кем, кроме меня»*.

— Хэнк, ты лепечешь...— сказала Сара.

— Выпей еще, Эди,— сказал я и налил ей еще.

— Мужики — такие *дрыщи!* — продолжала та.— Захожу как-то на днях в бар. С четырьмя парнями — близкие друзья мои. Сидим там, хлещем пиво кувшинами, *ржем*, понимаешь, просто *оттягиваемся*, никого не трогаем. Тут у меня мысль возникла — нехило бы на бильярде сыграть. Мне нравится бильярд. По-моему, дама с кием — это класс.

— Я не умею в бильярд,— сказал я.— Я вечно сукно рву. И я даже не дама.

— Ну, в общем, подхожу я к столу, а там парень какой-то сам с собой режется. Я подхожу к нему и говорю: «Слушайте, вы за этим столом уже долго. Мы с друзьями хотим слегка сыграть. Вы не возражаете, если мы стол ненадолго займем?» Он оборачивается и смотрит на меня. Выжидает. А потом *ухмыляется* так и говорит: «Ну, ладно».

Эди разгорячилась и заскакала вокруг стола, рассказывая свою историю, а я тем временем давил косяка на ее буфера.

— Я возвращаюсь и говорю ребятам: «Стол — наш». Наконец этот тип за столом до последнего шара доходит, а тут подваливает его корефан и говорит: «Эй, Эрни, я слышал, ты стол уступаешь?» И знаешь, что он *отвечает?* Он говорит: «Да-а, отдаю вон той

---

* «Ты не садись под яблоней (ни с кем, кроме меня)» (1942) — песня Лью Брауна, Чарли Тобайаса и Сэма Степта, получила популярность благодаря исполнению оркестром Гленна Миллера.

суке!» Я это услышала, и у меня аж ПОБАГРОВЕЛО в глазах все! Этот тип нагнулся над столом последний шар послать, я беру кий и, пока он там изгибается, хрясь по башке со всей силы. Парень плюхнулся на стол, как мертвый. А в баре его знали, понабежали кореша, а пока суд да дело, мои друзья подвалили. Господи, *что за махаловка была!* Бутылки летят, зеркала бьются... Уж и не знаю, как мы оттуда выбрались, но выбрались. У тебя дури не найдется?

— Найдется, только я скручиваю неважно.

— Ниче, я сама.

Эди забила тугой тонкий штакет — профессионалка. Соснула его, вдыхая со свистом, потом передала мне.

— И вот, значит, возвращаюсь я туда на следующий вечер, уже одна. Хозяин, он же — бармен, меня узнал. Его зовут Клод. «Клод, — говорю я, — ты извини за вчерашнее, но тот тип возле стола — полная сволочь. Он меня сукой обозвал».

Я разлил всем снова. Еще минута — и ее груди выпрыгнут.

— Хозяин говорит: «Ладно, все нормалек, забудем». Гляжу — парень вроде ничего. «Что пьешь?» — спрашивает. Я тусуюсь по бару, пропускаю на шару два-три стаканчика, тут-то он и говорит: «Знаешь, мне бы еще одна официантка не помешала». — Эди разок дернула и продолжила: — Он мне о первой своей официантке рассказал: «Она мужиков-то завлекала, да с ней хлопот было много. Одних парней с другими стравливала. Постоянно на сцене была. Потом я обнаружил, что она на стороне подзарабатывает. Пользуется моим баром, чтоб пизденку свою пристраивать!»

— В самом деле? — спросила Сара.

— Он так сказал. Ладно, и вот он предлагает мне место официантки. И говорит: «Никакого жульничества на работе!» Я ему посоветовала поменьше пиздеть, я не из таких. И подумала, что, может, теперь получится скопить хоть немного и поступить в Калифорнийский универ, и стать химиком, и французский выучить — мне этого всю жизнь хотелось. Потом он говорит: «Зайди-ка сюда, я хочу тебе показать, где мы храним излишки товара, и к тому же у меня там есть форма, я хочу, чтобы ты ее примерила. Ее ни разу еще не надевали, я думаю, она как раз твоего размера». И вот я захожу в этот темный чуланчик с ним, и он там пытается меня облапать. Я его отталкиваю. Тут он говорит: «Ну, поцелуй меня только, слегонца, а?» — «Отъебись»,— говорю. Он лысый и толстый, и коротышка, и зубы вставные, и черные бородавки на щеках, а из них волосы растут. Он втащил меня туда — цап за жопу, а другой рукой — за сиськи, и обмусолить пытается. Я его опять отпихиваю. «У меня жена есть,— говорит он,— и я ее люблю, не беспокойся!» И снова на меня прыгает, а я ему коленом *сами-знаете-куда*. А у него там, наверное, вообще ничего нету, он даже не пикнул. «Я тебе *денег* дам,— говорит,— я с тобой хорошо *обращаться* буду!» Я ему говорю: сам жуй свое говно и хоть сдохни. Так я еще одну работу потеряла.

— Грустная история,— сказал я.

— Слушайте,— сказала Эди,— мне надо идти. Веселого Рождества. Спасибо за выпивку.

Она поднялась, и я проводил ее до двери, открыл. Она ушла по двору прочь. Я вернулся и снова сел.

— Ах ты сукин сын,— сказала Сара.

— Чего такое?

— Если б меня тут не было, ты бы ее выеб.

— Да я эту дамочку едва знаю.

— Такое вымя! Да ты просто в ужасе был! Ты даже *взглянуть* на нее боялся!

— Что ей, заняться больше нечем — шарахается повсюду перед самым Рождеством?

— А чего у нее самой не спросил?

— Она же сказала, что ищет Бобби.

— *Если бы меня здесь не было, ты бы ее выеб.*

— Не знаю. И не могу знать...

Тут Сара встала и завопила. Разразилась рыданиями и выскочила в соседнюю комнату. Я налил себе выпить. Цветные огоньки на стенах вспыхивали и гасли.

99

Сара готовила гарнир, а я сидел на кухне и разговаривал с ней. Мы оба потягивали белое вино.

Зазвонил телефон. Я сходил и ответил. Дебра.

— Я просто хотела пожелать тебе веселого Рождества, мокрая лапша.

— Спасибо, Дебра. И тебе тоже счастливого Санта-Клауса.

Мы поболтали, затем я вернулся и снова сел.

— Кто звонил?

— Дебра.

— Как она?

— Ничего, я так понял.
— Чего ей надо было?
— Передает поздравления.
— Тебе эта натуральная индюшка понравится, и фарш тоже хороший получился. Люди яд лопают, чистый яд. Америка — одна из немногих стран, где превалирует рак толстой кишки.

— Да, у меня в жопе часто чешется, но это просто геморрой. У меня его однажды уже вырезáли. Перед операцией они в кишки такую змею с лампочкой вгоняют и смотрят, рак ищут. А змея довольно длинная. И тебе ее в самое нутро всаживают!

Телефон зазвонил опять. Я сходил и взял. Кэсси.
— Как дела?
— Мы с Сарой индюшку готовим.
— Я по тебе соскучилась.
— И тебе веселого Рождества. Как на работе?
— Нормально. Гуляем до второго.
— С Новым годом тебя, Кэсси!
— Да что это с тобой такое?
— В голове немного шумит. Не привык я в такую рань белое вино пить.
— Позвони мне как-нибудь.
— Конечно.

Я вернулся в кухню.
— Это была Кэсси. Народ всегда на Рождество звонит. Может, и Драйер Баба звякнет.
— Не звякнет.
— Почему?
— Он никогда вслух не разговаривал. Никогда не говорил и никогда к деньгам не прикасался.
— Это неплохо. Дай попробовать гарнира.

— Валяй.
— Слушай — а здорово!

Потом телефон зазвонил снова. Так всегда. Стоит начать, и будет звонить и звонить. Я зашел в спальню и ответил.

— Алло,— сказал я.— Кто это?
— Ты сукин сын. Не узнаешь?
— Да нет, не совсем.— Какая-то пьяная тетка.
— Угадай.
— Постой. Я знаю! Это *Айрис!*
— Да, *Айрис!* И я беременна!
— Ты знаешь, кто отец?
— Какая разница?
— Наверное, ты права. Как там у вас, в Ванкувере?
— Нормально. До свидания.

Я снова зашел на кухню.

— Это была канадская танцовщица живота,— сообщил я Саре.
— Как у нее дела?
— Полна рождественского веселья.

Сара поставила индюшку в духовку, и мы вышли в переднюю комнату. Потрепались. Затем телефон зазвонил снова.

— Алло,— сказал я.
— Вы Генри Чинаски? — Молодой мужской голос.
— Да.
— Вы — Генри Чинаски, писатель?
— Ага.
— В самом деле?
— Ага.

— Ну, а мы — парни из Бель-Эра, и мы в натуре по вам тащимся, чувак! Мы так по вам тащимся, что хотим вас *вознаградить*, чувак!

— А?

— Ага, мы щас приедем и пива с собой привезем.

— Засуньте это пиво себе в задницу.

— Что?

— Я сказал, засуньте его себе в жопу!

Я повесил трубку.

— Кто это был? — спросила Сара.

— Я только что потерял трех или четырех читателей из Бель-Эра. Но оно того стоило.

Индюшка была готова, и я вытащил ее из духовки, выложил на блюдо, убрал машинку и все свои бумаги с кухонного стола и поставил туда индюшку. Начал ее разрезать, а Сара внесла овощи. Мы сели за стол. Я положил себе на тарелку, Сара — себе. Здорово смотрится.

— Надеюсь, эта, с сиськами, больше не придет, — сказала Сара. Мысль о ней, похоже, Сару очень расстраивала.

— Если придет, я ей выделю.

— *Что?*

Я показал на индюшку.

— Я сказал, выделю ей. Сама увидишь.

Сара закричала. Выскочила из-за стола. Она вся дрожала. Потом убежала в спальню. Я посмотрел на индюшку. Не елось. Снова нажал не на ту кнопку. Я вышел в переднюю комнату со стаканом и сел. Подождал минут 15, а потом засунул индюшку и овощи в холодильник.

Сара вернулась к себе на следующий день, а я съел бутерброд с холодной индюшкой часа в 3 дня. Около 5 в дверь ужасно забарабанили. Я открыл. Там стояли Тэмми с Арлиной. Они крейсировали на спидах. Вошли и заскакали по комнате, разговаривая одновременно.

— Есть чего-нибудь *выпить?*
— Блядь, Хэнк, у тебя есть хоть *чего-нибудь* выпить?
— Как твое Рождество, *блядь?*
— Ага, как твое, блядь, *Рождество*, чувак?
— В ле́днике есть пиво и вино,— сказал я им.

(Всегда можно определить старпера: он холодильник называет ледником.)

Они протанцевали на кухню и открыли ледник.
— Эй, да тут *индюшка!*
— Мы есть хотим, Хэнк! Можно индюшки?
— Конечно.

Тэмми вышла с ножкой и вгрызлась в нее.
— Эй, ужасная индюшка! Нужны специи!

Арлина вышла с ломтиками мяса в руках.
— Ага, ей специй не хватает. Слишком пресная! У тебя специи есть?
— В буфете,— ответил я.

Они запрыгнули обратно в кухню и принялись орошать индюшку специями.
— Вот так! Так-то лучше!
— Ага, теперь хоть какой-то *вкус* появился!
— Натуральная индюшка, вот говно!
— Да уж, говно!
— Я *еще* хочу!
— Я тоже. Но *специи* нужны.

Тэмми вышла и села в кресло. Она уже почти прикончила индюшачью ногу. Потом взяла косточку, надкусила и разломила пополам, начала жевать. Я был поражен. Она ела косточку от ноги, выплевывая осколки на ковер.

— Эй, ты же кость ешь!
— Ага, *клево!*

Тэмми убежала на кухню за добавкой.

Вскоре они обе оттуда вынырнули, каждая — с бутылкой пива.

— Спасибо, Хэнк.
— Ага, спасибо, чувак.

Они сели, высосали пиво.

— Ну ладно,— сказала Тэмми,— нам пора.
— Ага, мы поехали насиловать каких-нибудь молоденьких абитуриентов!
— Ага!

Обе подскочили и исчезли за дверью. Я вошел в кухню и заглянул в холодильник. Индюшка выглядела так, будто ее изувечил тигр: тушка попросту разорвана на куски. Непристойное зрелище.

Сара приехала ко мне на следующий вечер.
— Ну как индюшка? — спросила она.
— Ничего.

Она вошла и открыла холодильник. И закричала. И выбежала оттуда.

— Боже мой, что *случилось?*
— Тэмми с Арлиной заходили. Мне кажется, они неделю ничего не ели.
— Ох, меня тошнит. Сердце разрывается!

— Извини. Надо было их остановить. Они под аперами были.
— Ладно, остается одно.
— Что именно?
— Сварить тебе индюшачий суп. Схожу куплю овощей.
— Ладно.— Я дал ей двадцатку.

В тот вечер Сара приготовила суп. Он был вкусен. Уходя наутро, она проинструктировала меня, как его разогревать.

Тэмми постучалась ко мне около 4. Я впустил ее, и она двинулась прямиком на кухню. Открылась дверца холодильника.
— Эй, суп, а?
— Ага.
— Вкусный вообще?
— Ага.
— Не против, если я попробую?
— Валяй.

Я услышал, как она ставит его на плиту. Потом услышал, как она лезет туда ложкой.
— Боже! Да он *пресный!* Ему нужны *специи!*

Я слышал, как она ложкой сыплет в кастрюлю приправы. Затем пробует.
— Так *лучше!* Но еще нужно! Я же *итальянка*, знаешь? Так... вот... так лучше! Теперь пускай греется. Можно пива?
— Давай.

Она вышла с бутылкой и села.
— Ты по мне скучаешь? — спросила она.
— Так я тебе и сказал.

— Я, наверное, снова получу свою старую работу в «Игривом Манеже».

— Здорово.

— Там чаевые клевые дают. Один парень каждый вечер давал мне на чай по пять долларов. Он был в меня влюблен. Но ни разу на свидание не пригласил. Просто пялился, и все. Странный такой. Ректальным хирургом был и иногда спускал под столом, когда я мимо проходила. Я по запаху определяла, понимаешь.

— Ну, ты же его заводила...

— По-моему, суп готов. Хочешь?

— Нет, спасибо.

Тэмми зашла в кухню, и я услышал, как она ложкой выскребает кастрюлю. Ее не было долго. Потом вышла.

— Можешь занять мне пятерку до пятницы?

— Нет.

— Ну, хоть пару баксов.

— Нет.

— Тогда дай доллар.

Я выгреб мелочь из кармана. Получилось доллар и тридцать семь центов.

— Спасибо,— сказала Тэмми.

— Не за что.

И она исчезла за дверью.

Сара зашла на следующий вечер. Она редко заходила так часто: тут все дело в праздниках — все потеряны, полубезумны, испуганы. У меня было наготове белое вино, и я сразу налил нам обоим по стаканчику.

— Как в «Таверне» дела? — спросил я.

— Дела дерьмовы. Едва хватает, чтобы не закрыться.

— Где же все твои клиенты?

— Свалили из города; все куда-то подевались.

— Во всех наших планах бывают дырки.

— Не во всех. У некоторых постоянно все получается и получается.

— Это правда.

— Как суп?

— Почти кончился.

— Понравился?

— Мне много не досталось.

Сара зашла в кухню и открыла холодильник.

— Что произошло с супом? Он странно выглядит.

Я услышал, как она его пробует. После чего подбегает к раковине и выплевывает.

— Господи, да он отравлен. Что случилось? Что, Тэмми с Арлиной вернулись и *суп тоже* съели?

— Одна Тэмми.

Сара не стала кричать. Она просто вылила остатки супа в раковину и включила дробилку для мусора. Я слышал, как она всхлипывает, давится слезами. Крутое выпало бедной натуральной индюшке Рождество.

100

Новогодняя ночь — еще одна погань, которую надо пережить. Мои родители, бывало, всегда наслаждались ею, слушая, как Новый год приближается по радио, город за городом, пока не приходит в Лос-Анджелес. Взрывались петарды, ревели свистки и дудки, блевали пьяницы-любители, мужья заигрывали с чужими женами, а жены заигрывали с кем ни попадя. Все целовались, хватали друг друга за жопы в ванных и чуланах, а иногда и на виду у всех, особенно в полночь, и на следующий день происходили кошмарные семейные разборки, не говоря уже о Параде Турнира Роз и играх на Кубок розы*.

В канун Нового года Сара приехала пораньше. Ее возбуждали такие вещи, как «Волшебная гора»**, кино про космос, «Звездный путь»*** и определенные рок-группы, шпинат со сметаной и чистая пища вообще, но вместе с тем в ней было больше простого здравого смысла, чем в любой другой женщине из всех, что я встречал. Одна-единственная — Джоанна Дувр,— вероятно, могла сравниться с Сарой здравомыслием и добродушием. Сара же была симпатичнее и гораздо преданнее, чем все остальные мои тетки, поэтому наступавший год в конечном итоге не обещал быть слишком паршивым.

Мне только что по телевизору пожелал «счастливого Нового года» местный диктор-идиот. Не люблю, когда меня поздравляют с Новым годом незнакомые

---

* Кубок розы — ежегодный матч двух лучших (по выбору организаторов) команд студенческого футбола в г. Пасадина, Калифорния, который проводится с 1902 г. С 1916 г. турнир приурочивается к Фестивалю роз и проводится на Новый год, с 1932 г.— на стадионе «Розовая чаша».

** «Волшебная гора» — парк развлечений в Санта-Кларите, Калифорния, открылся в 1971 г.

*** «Звездный путь» (1966–1969) — американский фантастический телесериал, созданный Джином Родендерри и породивший многочисленные теле- и кинопродолжения.

люди. Откуда он знает, кто я такой? Может, я подвесил к потолку на проводе за лодыжки свою 5-летнюю дочь, засунул ей в рот кляп и медленно кромсаю на кусочки.

Мы с Сарой начали праздновать и выпивать, но напиваться сложно, когда полмира тужится напиться вместе с тобой.

— Ну что ж,— сказал я Саре,— неплохой был год. Никто меня не убил.

— И ты по-прежнему каждый вечер можешь выпивать и каждый день просыпаться к полудню.

— Продержаться бы еще годик.

— Это у тебя просто алкогольный гон.

В дверь постучали. Я глазам своим не поверил. Динки Саммерс, фолк-рокер, со своей подружкой Дженис.

— Динки! — заверещал я.— Эй, *бля*, чувак, как оно?

— Черт его знает, Хэнк. Просто решили вот зайти.

— Дженис, это Сара. Сара... Дженис.

Сара вышла и принесла еще два стакана. Я разлил. Разговор не клеился.

— Написал примерно десяток новых штучек. Мне кажется, у меня уже лучше получается.

— Я тоже так думаю,— вставила Дженис,— правда.

— Эй, слушай, чувак, помнишь тот вечер, который я перед тобой открывал... Скажи мне, Хэнк, я *настолько* был плох?

— Послушай, Динки, я не хочу тебя обижать, но я тогда пил больше, чем слушал. Я думал о себе — как придется выходить, и я готовился, собирался с духом, мне аж блевать хотелось.

— А я просто *обожаю* стоять перед толпой, и, когда до них добиваю и толпе нравятся мои вещи, я просто балдею на седьмом небе.

— С писательством по-другому. Все делаешь в одиночестве, с живой публикой не якшаешься.

— Может, ты и прав.

— Я там была,— вмешалась Сара.— Двое мужиков помогли Хэнку выйти на сцену. Он был пьян, и ему было худо.

— Слушай, Сара,— спросил Динки,— а мое выступление *действительно* плохо прошло?

— Отнюдь. Им просто Чинаски не терпелось. Все остальное их раздражало.

— Спасибо, Сара.

— Просто фолк-рок мне мало чего дает,— сказал я.

— А что тебе нравится?

— Почти все немецкие классики плюс несколько русских.

— Я написал штук десять новых.

— Может, мы что-нибудь послушаем? — предложила Сара.

— Но у тебя ведь гитары с собой нет, правда? — спросил я.

— О, *есть* у него, есть,— сказала Дженис,— она всегда с ним!

Динки встал, вышел и достал инструмент из машины. Потом сел, скрестив ноги, на ковер и начал свою банку настраивать. Сейчас у нас будут настоящие живые развлечения. Вскоре он запел. У него был густой сильный голос, отскакивал от стен. Песня про женщину. О надрыве между Динки и какой-то бабой. Вообще-то не очень фигово. Может, со сцены, когда народ платит, и вовсе нормально будет. Но когда они такие сидят прямо перед тобой на коврике, сказать сложнее. Слишком лично и неловко. Однако, решил я, он не совсем плох. Но беда с ним, беда. Стареет. Золотые кудри уже не совсем золотые, а глазастая невинность слегка осунулась. Скоро у него будут большие неприятности.

Мы зааплодировали.

— Перебор, мужик,— сказал я.

— Тебе действительно *понравилось*, Хэнк?

Я помахал в воздухе рукой.

— Ты же знаешь, я всегда по тебе подрубался,— сказал он.

— Спасибо, мужик.

Он перескочил к следующей песне. Она также была о женщине. О его женщине, о бывшей: шлялась где-то целую ночь. В песне звучал какой-то юмор, но я не уверен, нарочно ли он туда затесался. В общем, Динки допел, и мы похлопали. Он перешел к следующей.

На Динки снизошло вдохновение. В нем было много звука. Его ноги елозили и ежились в теннисных тапочках, и он давал гари. Нам каким-то образом явился *настоящий* он. Не смотрелся как надо и слушался не совсем как надо, однако на-гора выдавал гораздо лучше, чем бывает обычно. Мне стало погано от того, что я не могу похвалить его на голубом глазу. Но опять-таки: если солжешь человеку насчет его таланта лишь потому, что он сидит перед тобой, это будет самая непростительная ложь из всех, поскольку это все равно что сказать: валяй дальше, продолжай,— а таков в конечном итоге худший способ растратить жизнь человека без истинного таланта. Однако многие так и поступают — друзья и родственники главным образом.

Динки пустился в следующую песню. Он собирался преподнести нам все десять. Мы слушали и аплодировали, но мои аплодисменты были хотя бы самыми сдержанными.

— Вот третья строчка, Динки, мне она не понравилась,— сказал я.

— Но она мне необходима, понимаешь, потому что...

— Я понял.

Динки продолжал. Он спел все свои песни. Это заняло довольно много времени. Между песнями были паузы. Когда Новый год наконец наступил, Динки, Дженис, Сара и Хэнк по-прежнему были вместе. Но гитарный чехол, слава те господи, застегнули. Присяжные зависли.

Динки с Дженис уехали где-то около часу ночи, а мы с Сарой отправились спать. Мы начали обниматься и целоваться. Я, как я уже объяснял,— поцелуйный маньяк. Почти не могу с этим справиться. Великие поцелуи редки, крайне редки. В кино или по телевизору никогда не целуются как надо. Мы с Сарой лежали в постели, потираясь телами, и хорошо целовались, по-тяжелой. Она по-настоящему дала себе волю. Раньше все было одинаково. Драйвер Баба следил сверху — и она хватала меня за хуй, и я игрался с ее пиздой, и все заканчивалось тем, что она терлась моим хуем вдоль своей пизды, а наутро вся моя залупа была красной и стертой.

Мы перешли к трению. И тут она вдруг захватила рукой мой хрен и скользнула им себе в щель.

Поразительно. Я не знал, что мне делать.

Вверх и вниз, правильно? То есть, скорее, внутрь и наружу. Как на велосипеде ездить: такое не забывается. Она была поистине прекрасна. Я не мог сдержаться. Я схватил ее за рыжие с золотом волосы, притянул ее рот к своему и тут же кончил.

Она встала и ушла в ванную, а я посмотрел на голубой потолок спальни и сказал: Драйер Баба, прости ее.

Но поскольку он никогда не разговаривал и не прикасался к деньгам, от него и ответа не дождешься, да и не заплатишь ему.

Сара вышла из ванной. Фигурка тонкая — худенькая и загорелая, но обворожительная. Сара забралась в постель, и мы поцеловались. То был легкий любовный поцелуй открытыми ртами.

— С Новым годом тебя,— сказала она.

Мы уснули, обернутые друг вокруг дружки.

101

Я переписывался с Таней, и вечером 5 января она позвонила. Высокий возбужденный сексуальный голос, какой раньше был у Бетти Буп*.

---

* Бетти Буп (с 1930) — персонаж мультфильмов и комиков, придуманный американским мультипликатором Майроном Нэтвиком. Одна из ранних анимированных секс-символов.

— Я прилетаю завтра вечером. Заберешь меня в аэропорту?

— Как я тебя узнаю?

— На мне будет белая роза.

— *Клево.*

— Слушай, ты точно хочешь, чтобы я приехала?

— Да.

— Ладно, буду.

Я положил трубку. Подумал о Саре. Но мы ведь с Сарой не женаты. У мужчины есть право. Я — писатель. Я — грязный старик. Человеческие отношения все равно не складываются. Только в первых двух неделях есть какой-то кайф, потом участники теряют всякий интерес. Маски спадают, и проглядывают настоящие люди: психопаты, имбецилы, одержимые, мстительные, садисты, убийцы. Современное общество насоздавало собственных разновидностей, и все они пируют друг с другом. Дуэль со смертельным исходом — в выгребной яме. Максимум, на что можно надеяться в отношениях между двумя людьми, решил я,— это два с половиной года. У сиамского короля Монгута было 9000 жен и наложниц; у царя Соломона из Ветхого Завета — 700 жен; у Августа Сильного из Саксонии — 365 жен, по одной на каждый день года. Безопасность — в количестве.

Я набрал номер Сары. Та оказалась на месте.

— Привет,— сказал я.

— Я рада, что ты позвонил,— ответила она.— Я как раз о тебе думала.

— Как дела в здоровом «Забегае»?

— Неплохой день был.

— Тебе нужно поднять цены. Ты все раздаешь бесплатно.

— Если я выхожу по нулям, не нужно платить налоги.

— Слушай, мне сегодня вечером кое-кто позвонил.

— Кто?

— Таня.

— Таня?

— Да, мы переписывались. Ей нравятся мои стихи.

— Я видела письмо. То, что она написала. Оно у тебя дома валялось. Это та, что прислала фотографию, где пизду видно?

— Да.

— И она к тебе едет?

— Да.

— Хэнк, мне плохо, мне хуже, чем плохо. Я не знаю, что мне делать.

— Она едет. Я уже сказал, что встречу ее в аэропорту.

— Что ты пытаешься *сделать?* Что это значит?

— Может, я — нехороший человек. Бывают разные виды и степени, сама ведь знаешь.

— Это не ответ. А как же ты, а как же я? Как с нами быть? Терпеть не могу разыгрывать мыльную оперу, но я дала волю чувствам...

— Она приезжает. У нас с тобой, значит, конец?

— Хэнк, я не знаю. Наверное. Я так не могу.

— Ты была очень добра ко мне. Я вряд ли всегда знаю, что делаю.

— Сколько она здесь пробудет?

— Дня два или три.

— Ты что, не понимаешь, каково мне?

— Понимаю, наверное...
— Ладно, позвонишь, когда она уедет, тогда посмотрим.
— Ладно.

Я зашел в ванную и посмотрел на свое лицо. Ужас. Я выщипал несколько седых волосин из бороды и над ушами. Здравствуй, Смерть. Но мне досталось почти 6 десятилетий. Ты так часто промахивалась лишь на волосок, что я уже давно должен быть твоим. Хочу, чтобы меня похоронили у ипподрома... где слышно последний заезд.

На следующий вечер я сидел в аэропорту, ждал. Было еще рано, поэтому я пошел в бар. Заказал выпить и услышал чей-то плач. Оглянулся. За столиком в глубине всхлипывала женщина. Молодая негритянка — очень светлая — в облегающем синем платье, балдая. Ноги задрала на стул, платье сползло, а под ним — длинные, гладкие, аппетитные бедра. У каждого парня в баре наверняка стоял. Я не мог оторвать глаз. Раскалена докрасна. Я уже представлял ее на своей тахте, как она показывает мне всю эту ногу. Я купил еще выпить и подошел. Встал рядом, стараясь не показывать эрекцию.
— С вами все в порядке? — спросил я.— Может, вам помочь?
— Ага, купи мне «злюку».
Я вернулся со «злюкой» и сел. Она сняла ноги со стула. Я присел рядом в кабинке. Она закурила и прижалась ко мне бедром. Я тоже зажег сигарету.
— Меня зовут Хэнк,— представился я.
— Я Элси,— ответила она.

Я прижался к ней ногой, медленно подвигал ею вверх и вниз.

— Я поставляю водопроводные принадлежности,— сказал я.

Элси промолчала.

— Этот сукин сын меня бросил,— наконец произнесла она,— и я его ненавижу, боже ты мой. Если б ты знал, как я его ненавижу!

— Так бывает почти с каждым от шести до восьми раз.

— Вероятно, но мне от этого не легче. Я просто хочу его убить.

— Особо не бери в голову.

Я протянул под столом руку и сжал ей колено. У меня стоял так, что больно. Я был чертовски близок к оргазму.

— Пятьдесят долларов,— сказала Элси.

— За что?

— По-любому, как захочешь.

— Ты что, в аэропорту работаешь?

— Ага, печенье герлскаутское продаю.

— Извини, я подумал, с тобой что-то стряслось. Мне маму через пять минут встречать.

Я встал и отошел. *Шлюха!* Когда я оглянулся, Элси снова задрала ноги на стул, показывая больше, чем раньше. Я чуть было не вернулся. Черт бы тебя побрал в любом случае, Таня.

Танин самолет подлетел, приземлился и не разбился. Я стоял и ждал чуть позади столпотворения встречавших. Какой она окажется? Я не хотел думать о том, каким окажусь я. Пошли первые пассажиры — я ждал.

О, посмотрите на *эту!* Если б только *она* была Таней!

Или эта. Боже мой! Какая ляжка. В желтом, улыбается.

Или вон та... В моей кухне, моет посуду.

Или та... орет на меня, одна грудь вывалилась.

В этом самолете и впрямь было несколько настоящих *женщин*.

Я почувствовал, как кто-то похлопал меня сзади по спине. Я обернулся — за мной стояло крохотное дитя. Выглядела на 18, длинная тонкая шейка, немного округлые плечики, длинный нос, но грудки — да, *и* ножки тоже, и попка — да.

— Это я,— сказала она.

Я поцеловал ее в щеку.

— Багаж есть?

— Да.

— Пошли в бар. Ненавижу ждать багажа.

— Ладно.

— Вы такая маленькая...

— Девяносто фунтов.

— Господи...— Я раскрою ее надвое. Будет похоже на изнасилование малолетней.

Мы вошли в бар и сели в кабинку. Официантка попросила Танины документы. У той они были наготове.

— Выглядите на восемнадцать,— сказала официантка.

— Я знаю,— ответила Таня своим высоким голоском Бетти Буп.— Мне виски с лимонным соком.

— Дайте мне коньяку,— сказал официантке я.

Через две кабинки от нас квартеронка по-прежнему сидела, задрав платье на жопу. Трусики у нее были розовые. Она смотрела на меня, не отрываясь. Официантка принесла напитки. Мы начали их не спеша попивать. Я увидел, как мулатка встала. Покачиваясь, подплыла к нашей будке. Оперлась обеими руками на стол и нагнулась. От нее несло пойлом. Она посмотрела на меня.

— Так это — твоя *мать*, а, уебище поганое?
— Мама приехать не смогла.
Элси перевела взгляд на Таню:
— Ты сколько берешь, дорогуша?
— Отъебись,— сказала Таня.
— Отсасываешь хорошо?
— Продолжай в том же духе. Тогда из желтой станешь синей в подпалинах.
— И чем ты это сделаешь? Мешочком с дробью?

Элси отошла, покачав нам своей кормой. Она едва доползла до кабинки и опять вытянула эти свои достославные ноги. Ну почему я не могу обеих сразу? У короля Монгута было 9000 жен. Подумать только: 365 дней в году разделить на 9000. Никаких ссор. Никаких менструальных периодов. Никакой психической перегрузки. Лишь пир, и пир, и пир один. Должно быть, королю Монгуту было очень трудно умирать — или же очень легко. Среднего не бывает.

— Кто это? — спросила Таня.
— Это Элси.
— Ты ее знаешь?
— Она пыталась меня снять. Хочет пятьдесят долларов, чтобы взять за щеку.
— Она меня вывела... Я знала много гроидов, но...
— Что такое гроид?
— Гроид — это черномазый.

— А-а.
— Что, никогда не слышал?
— Ни разу.
— Так вот, а я знала много гроидов.
— Ладно.
— Хотя у нее *великолепные* ноги. Она чуть было *меня* не распалила.
— Таня, ноги — это лишь часть.
— Какая часть?
— Бо́льшая.
— Пошли багаж забирать...

Когда мы уходили, Элси заверещала нам вслед:
— До свиданья, *мать!*
Я так и не понял, к кому из нас она обращалась.

Приехав ко мне, мы уселись на тахте и начали пить.
— Ты несчастен оттого, что я приехала? — спросила Таня.
— С *тобой* я не несчастен...
— У тебя была подружка. Ты мне писал. Вы до сих пор вместе?
— Не знаю.
— Хочешь, чтобы я уехала?
— Вряд ли.
— Слушай, я считаю, что ты — *великий* писатель. Ты — один из немногих писателей, кого я еще могу читать.
— Да? А остальные мерзавцы кто?
— Сейчас ни одно имя в голову не лезет.

Я наклонился и поцеловал ее. Ее рот был открыт и влажен. Она сдалась легко. Ну и штучка. Девяносто фунтов. Как слон и церковная мышка.

Таня встала вместе со своим стаканом, поддернула юбку и села мне на колени верхом, лицом ко мне. Трусиков она не носила. Она начала тереться своей пиздой о мою восставшую плоть. Мы хватали друг друга, мы целовались, а она продолжала тереться. Очень эффективно. Извивайся, змееныш!

Затем Таня расстегнула на мне штаны. Взяла мой хуй и втолкнула себе в пизду. Начала скакать. Она это *умела*, всеми своими 90 фунтами. Я едва мыслил. Производил слабые, полуодушевленные движения, время от времени встречая ее. Иногда мы целовались. Отвратительно: меня насиловал ребенок. Она всем заправляла. Загнала меня в угол, в капкан. Безумие. Одна плоть, никакой любви. Мы пропитывали воздух вонью чистого секса. Дитя мое, дитя мое. *Как может твое крохотное тельце все это вытворять? Кто изобрел женщину? С какой конечной целью? Прими же этот столп! И мы ведь совершенно незнакомы!* Будто ебешь собственное *говно*.

Она работала, как обезьянка на поводке. Таня была верной читательницей всех моих работ. Она ввинтилась в меня. Это дитя кое-что знало. Она чувствовала мою му́ку. Она работала яростно, одной рукой играя со своим клитором, откинув назад голову. Мы вместе угодили в старейшую и восхитительнейшую на свете игру. Мы кончили одновременно, и оно все длилось и длилось, пока я не подумал, что сердце у меня сейчас остановится. Она опала на меня, крохотная и хрупкая. Я коснулся ее волос. Она была вся в поту. Затем оторвалась от меня и ушла в ванную.

Изнасилование ребенка, итог. Детей нынче учат хорошо. Насильник изнасилован сам. Предел справедливости. Они такие, эти «эмансипированные» женщины? Дудки, она просто-напросто горяча.

Таня вышла. Мы выпили еще. Черт возьми, она начала смеяться и болтать как ни в чем не бывало. Да, вот где собака зарыта. Для нее это просто упражнение, как пробежка или круг по бассейну.

Таня сказала:

— Наверное, мне придется съехать оттуда, где я живу. Рекс меня уже достал.

— О.

— Ну, *секса* у нас нет, и никогда не было, однако он такой ревнивый. Помнишь тот вечер, когда ты мне позвонил?

— Нет.

— Так вот, когда я повесила трубку, он аж телефон от стенки оторвал.

— Может, он тебя любит. Ты бы получше с ним обращалась.

— А ты сам хорошо обращаешься с теми, кто тебя любит?

— Нет, не хорошо.

— Почему?

— Я инфантил; я не справляюсь.

Мы пили весь остаток ночи, потом легли спать перед самой зарей. Мне не удалось раскроить эти 90 фунтов напополам. Она могла справиться и со мной, и со многими, многими другими.

102

Когда я проснулся через несколько часов, Тани в постели не было. На часах всего 9. Я нашел ее на тахте — она сидела и отхлебывала из пинты вискача.

— Господи, ну и рано же ты начинаешь.
— Я всегда просыпаюсь в шесть и сразу встаю.
— Я всегда встаю в полдень. Мы с тобой не совпадем.

Таня продолжала шпарить виски, а я вернулся в постель. Вставать в 6 утра — безумие. Должно быть, у нее нервы не в порядке. Неудивительно, что она ни шиша не весит.

Она зашла в спальню:
— Схожу погуляю.
— Давай.
Я снова уснул.

Когда я проснулся в следующий раз, Таня сидела на мне. Хуй у меня был тверд и похоронен у нее в пизде. Она снова на мне скакала. Она закидывала назад голову, вся изгибалась. Всю работу делала сама. Она тихонько ахала от восторга, ахи раздавались все чаще. Я тоже начал покряхтывать. Громче. Я чувствовал, что приближаюсь. Я уже там. Потом он произошел — хороший, долгий, жесткий оргазм. Затем Таня с меня слезла. Я по-прежнему оставался тверд. Таня опустила туда голову и, глядя мне прямо в глаза, стала слизывать сперму прямо с головки члена. Судомойка еще та.

Она встала и ушла в ванную. Я слышал, как набегает вода. Всего 10.15 утра. Я снова уснул.

103

Я повез Таню в Санта-Аниту. Сенсацией сезона был 16-летний жокей, скакавший со своим весовым преимуществом в 5 фунтов. Откуда-то с востока, в

Санта-Аните выезжал впервые. Ипподром предлагал приз в 10 000 долларов тому, кто правильно угадает победителя гвоздевого заезда, но его или ее выбор надо было вытягивать из остальных участников. На каждую лошадь по одному человеку — с этого все и начиналось.

Мы приехали где-то к 4-му заезду, а обсосы уже заполнили трибуны под завязку. Все места заняты, негде даже машину поставить. Ипподромные служители направили нас к ближайшему торговому центру. Оттуда нас должны были привезти на автобусе, а обратно после финального заезда явно придется тащиться пехом.

— Это безумие. Поехали лучше домой,— сказал я Тане.

Та отхлебнула из своей пинты.

— Поебать,— сказала она,— мы уже здесь.

Мы вошли внутрь — я знал одно особое местечко, удобное и уединенное, и повел Таню туда. Единственная неприятность — дети его тоже обнаружили. Они бегали вокруг, поднимая ногами пыль и вопя, но это все равно лучше, чем стоять.

— Мы уходим после восьмого заезда,— сказал я Тане.— Последние из этой толпы не выберутся отсюда до самой полуночи.

— На скачках, наверно, хорошо мужиков кадрить.

— Шлюхи в клубе работают.

— А тебя тут когда-нибудь снимали?

— Один раз, но это не считается.

— Почему?

— Я ее уже знал раньше.
— Ты разве не боишься чего-нибудь подцепить?
— Боюсь, конечно, поэтому большинство мужиков дает только за щеку.
— А тебе так нравится?
— Ну да, еще бы.
— Когда ставки делать?
— Сейчас.

Таня пошла со мной к окошечкам тотализатора. Я подошел к тому, что на 5 долларов. Она стояла рядом.

— А откуда ты знаешь, на кого ставить?
— Этого никто не знает. Но в основе своей система очень простая.
— Типа как?
— Ну, в общем и целом, лучшая лошадь стартует с почти равными шансами, и по мере того, как лошади становятся хуже, шансы нарастают. Но так называемая «лучшая» лошадь выигрывает один раз из трех с шансами меньше, чем 3 к одному.
— А можно ставить на всех лошадей в заезде?
— Да, если хочешь обнищать побыстрее.
— Много народу выигрывает?
— Я бы сказал, примерно один из двадцати или двадцати пяти.
— Зачем они сюда приходят?
— Я не психиатр, но я здесь. И могу вообразить, что пара-тройка психиатров тоже сюда ездит.

Я поставил 5 на победителя на 6-ю лошадь, и мы отправились смотреть заезд. Я всегда предпочитал лошадей с ранним стартом, особенно если они вылетают в последнем заезде. Игроки называли таких «сачками», но ведь всегда получаешь лучшую цену за те же самые способности, что и у «торопыг», финиширующих резко. Я получил 4 к одному за своего «сачка»; он опередил на 2 с половиной корпуса и оплачивался 10.20 долларами на каждые 2. Я был в выигрыше в 25.50 баксов.

— Давай возьмем чего-нибудь выпить,— предложил я Тане.— Здешний бармен делает лучшие «кровавые Мэри» во всей Южной Калифорнии.

Мы пошли в бар. Там попросили Танины документы. Мы получили напитки.

— Кто тебе нравится в следующем заезде? — спросила Таня.

— Заг-Зиг.
— Думаешь, выиграет?
— А у тебя две груди?
— А ты заметил?
— Да.
— Где тут дамская комната?
— Два раза направо.

Как только Таня ушла, я заказал еще одну «ка-эМ». Ко мне подошел черный парень. На вид ему был полтинник.

— Хэнк, старик, как поживаешь?
— Держусь.
— Мужик, мы в натуре по тебе скучаем на почте. Ты у нас такой смешной был. В смысле, нам тебя очень не хватает.

— Спасибо, скажи ребятам, что я привет передавал.

— А сейчас что делаешь, Хэнк?
— А, стучу на машинке.
— Это в каком смысле?

— Стучу на машинке...

Я поднял руки и попечатал по воздуху.

— В смысле, машинисткой в конторе?
— Нет, пишу.
— Что пишешь?
— Стихи, рассказы, романы. Мне за это платят.

Он посмотрел на меня. Потом отвернулся и отошел.

Вернулась Таня.
— Какой-то сукин сын пытался меня снять!
— Во как? Извини. Надо было пойти с тобой.
— Нет, какой *хам*, а? Терпеть не могу таких типов! *Мерзость* какая!
— Было б лучше, если б у них было хоть чуток оригинальности. У них просто нет воображения. Может, поэтому они совсем одни.
— Я поставлю на Заг-Зига.
— Пойду куплю тебе билетик...

Заг-Зиг просто не раскочегарился. Он пришел к воротам слабо, жокей хлыстом уныло сшиб побелку со столбика. Заг-Зиг хило оторвался, потом помчался вприскочку. Опередил всего одну лошадь. Мы вернулись в бар. Ну и заездик, бля, с 6-ю к 5-ти.

Мы взяли две «Мэри».

— Так тебе нравится, когда берут за щеку? — спросила Таня.
— Кто как. Некоторые это хорошо делают, большинство не умеет.
— Ты здесь когда-нибудь с друзьями встречаешься?

— Только что встретился, перед предыдущим заездом.

— С женщиной?

— Нет, с парнем, на почте работает. У меня вообще-то нет друзей.

— У тебя есть я.

— Девяносто фунтов ревущего секса.

— И это — *все*, что ты во мне видишь?

— Конечно нет. У тебя еще есть эти огромные-огромные глаза.

— Ты не очень-то мил.

— Пойдем, на следующий заезд успеть надо.

Мы успели на следующий заезд. Она поставила на свою, я — на свою. Оба проиграли.

— Поехали отсюда,— предложил я.

— Ладно,— согласилась Таня.

Вернувшись ко мне, мы сели на тахту выпивать. По сути, она неплохая девчонка. Есть в ней что-то печальное. Носит *платья* и шпильки, и лодыжки у нее ничего. Я не очень понимал, чего именно она от меня ожидала. Не хотелось ее обижать. Я ее поцеловал. Длинный, тонкий язычок затрепетал у меня во рту. Я подумал о серебристой рыбке тарпон. Столько печали, даже когда все получается.

Потом Таня расстегнула мне ширинку и взяла мой хуй в рот. Вытянула его и взглянула на меня. Она стояла на коленях у меня между ног. Смотрела мне прямо в глаза и обводила языком головку. У нее за спиной остатки солнца протекали сквозь мои грязные шторы. Потом она приступила. Она абсолютно не владела техникой; ничегошеньки не знала о том, как надо. Прямо и просто елозила башкой. Как лобовой гротеск прекрасно, но на одном гротеске не кончишь. Я до этого пил, и теперь мне не хотелось ранить ее чувства. *Поэтому я рванул в страну грез:* мы оба лежим на пляже, и нас окружает человек 45 или 50, мужчин и женщин, большинство — в купальных костюмах. Столпились вокруг тесным кругом. Солнце стоит высоко, море накатывает и откатывает, и его хорошо слышно. Время от времени две-три чайки вьют низкие круги у нас над головами.

Таня сосала и покусывала, а они смотрели, и я слышал их замечания:

— Господи, глянь, как захватывает!
— Дешевая охуевшая потаскуха!
— Отсасывает у мужика на сорок лет старше!
— Оттащите ее! Она ненормальная!
— Нет, постойте! Как набрасывается, *а?*
— И ПОСМОТРИТЕ на эту *штуку* только!
— УЖАС!
— Эй! Я ей щас в *жопу* засажу, пока она занята!
— Она СУМАСШЕДШАЯ! БЕРЕТ ЗА ЩЕКУ У ЭТОГО СТАРОГО МУДАКА!
— Давайте спичками подпалим ей спинку!
— СМОТРИ, ВО ДАЕТ!
— СОВСЕМ СПЯТИЛА!

Я нагнулся, схватил Таню за голову и всадил хуй прямо в центр ее черепа.

Когда она вышла из ванной, я уже приготовил два стакана. Таня отхлебнула и посмотрела на меня.

— Тебе понравилось, правда? Я так и поняла.
— Ты права,— ответил я.— Тебе симфоническая музыка нравится?

— Фолк-рок,— сказала она.

Я подошел к приемнику, передвинул на 160, включил его, врубил погромче. Приехали.

104

Назавтра я отвез Таню в аэропорт. Мы выпили в том же баре. Мулатки нигде не видать; такая нога сейчас с кем-то другим.

— Я тебе напишу,— сказала Таня.
— Хорошо.
— Ты думаешь, я потаскушка?
— Нет. Ты любишь секс, а в этом нет ничего дурного.
— Да ты и сам от него шалеешь.
— Во мне много пуританского. А пуритане наслаждаются сексом как никто.
— Ты правда ведешь себя невиннее всех моих знакомых мужиков.
— В каком-то смысле я всегда был девственником...
— Вот бы мне о себе так сказать.
— Еще выпьешь?
— Конечно.

Мы пили молча. Подошло время посадки. На прощанье я поцеловал Таню рядом с контрольным постом, спустился на эскалаторе. Возвращение домой прошло без событий. Я думал: что ж, я снова один. Надо хоть написать что-нибудь, еби его мать,— или же снова в дворники подаваться. Обратно на почту меня уже никогда не возьмут. Человек должен быть, как говорится, на своем месте.

Я въехал во двор. В почтовом ящике ничего. Я сел и набрал Сару. Та была в «Таверне».

— Как оно все? — спросил я.
— Эта сука уехала?
— Уехала.
— Давно?
— Только что посадил на самолет.
— Тебе она понравилась?
— У нее были кое-какие качества.
— Ты ее любишь?
— Нет. Послушай, мне бы хотелось тебя увидеть.
— Я не знаю. Мне было ужасно трудно. Откуда я знаю, что ты не поступишь так снова?
— Никто никогда не может быть вполне уверен в своих поступках. Ты и сама не знаешь, как поступишь.
— Я знаю, что я чувствую.
— Слушай, я ведь даже не спрашиваю, чем ты занималась, Сара.
— Спасибо, ты очень добрый.
— Я бы хотел тебя увидеть. Сегодня вечером. Приезжай.
— Хэнк, ну, я не знаю...
— Приезжай. Просто поговорим.
— Я дьявольски расстроена. Мне плохо было, как не знаю кому.
— Слушай, давай я так скажу: ты у меня — номер первый, а второго номера вообще не существует.
— Ладно. Буду около семи. Слушай, меня два клиента ждут...
— Хорошо. Увидимся в семь.

Я положил трубку. Сара и впрямь добрая душа. Потерять ее из-за Тани — просто смешно. Однако и Таня кое-что мне дала. Сара же заслуживает лучшего обращения. Люди обязаны друг другу некой верностью, что ли, даже если не женаты. В каком-то смысле доверие должно быть еще глубже именно потому, что не освящено законом.

М-да, нам нужно вино, хорошее белое вино.

Я вышел, сел в «фольксваген» и поехал к винной лавке рядом с супермаркетом. Мне нравится часто менять винные лавки, поскольку продавцы запоминают твои привычки, если приходишь денно и нощно и чуть ли не все скупаешь. Я ощущал их недоумение: почему это я еще не сдох? — и от этого мне становилось неуютно. Возможно, правда, они ни о чем подобном и не думают, но человек, в конце концов, становится параноиком, если у него по 300 бодунов в год.

В этой новой точке я нашел четыре бутылки хорошего белого вина и вышел с ними наружу. Снаружи стояли четверо пацанов-мексиканцев.

— Эй, мистер! Дай нам денег! Эй, мужик, ну дай денег-то!

— Зачем вам?

— Надо, мужик, надо, сам знаешь!

— Коки купить?

— Пепси-колы, чувак!

Я дал им 50 центов.

(БЕССМЕРТНЫЙ ПИСАТЕЛЬ ПРИХОДИТ НА ВЫРУЧКУ УЛИЧНЫМ БЕСПРИЗОРНИКАМ)

Они убежали. Я распахнул дверцу «фолька» и поставил вино на сиденье. Но тут мимо пронесся фургон, его дверца с лязгом распахнулась. Изнутри грубо выпихнули женщину. Молодая мексиканка, года 22, без грудей, в серых брючках. Черные волосы немыты и жидки. Мужик орал на нее из кабины:

— БЛЯДЬ ПРОКЛЯТАЯ! БОЛЬНАЯ ЕБАНАЯ БЛЯДЬ! ДАВНО ПОРА БЫЛО ДАТЬ ТЕБЕ ПИНКА ПОД СРАКУ!

— ТУПОЕ МУДАЧЬЕ! — орала в ответ та. — А ОТ ТЕБЯ ГОВНОМ ВОНЯЕТ!

Мужик выскочил из фургона и побежал за ней. Она рванула к винной лавке. Мужик увидел меня, бросил погоню, вернулся в кабину и с ревом дернул по стоянке, затем развернулся и укатил вниз по бульвару Голливуд.

Я подошел к ней:

— С вами все в порядке?

— Да.

— Я могу для вас что-нибудь сделать?

— Да, отвезите меня на Ван-Несс. Угол Ван-Несс и Франклина.

— Хорошо.

Она залезла в «фольксваген», и мы выехали на Голливуд. Я свернул вправо, потом влево — и мы оказались на Франклине.

— А у тебя много вина, а? — спросила она.

— Угу.

— Пожалуй, мне выпить надо.

— Выпить почти всем надо, только они об этом не знают.

— Я — знаю.

— Можем ко мне поехать.
— Ладно.
Я развернулся, направляясь обратно.
— У меня есть деньги,— сказал я.
— Двадцать баксов,— ответила она.
— За щеку берешь?
— Как никто другой.

Когда мы добрались до дому, я нацедил ей стакан вина. Оказалось теплым. Она не возражала. Я тоже выпил теплого. Потом стащил штаны и вытянулся на постели. Она вошла в спальню вслед за мной. Я вытянул из трусов свою квелую нитку. Девка на нее сразу набросилась. Кошмарно — совершенно никакого воображения.

Вот же срань, подумал я.

Я оторвал голову от подушки:

— Давай же, малышка, *начинай!* Какого *хуя* ты там делаешь?

У меня никак не получалось отвердеть. Она сосала и смотрела мне в глаза. Худшая сосюра, что у меня бывала в жизни. Девка потела минуты две, потом отползла. Вытащила из сумочки носовой платок и сплюнула в него, как будто сперму отхаркивала.

— Эй,— сказал я,— что за поеботину ты мне тут вешаешь? Я не кончил.

— Нет, кончил, кончил!

— Эй, ну уж *я-то* знаю!

— Ты спустил мне прямо в рот.

— Кончай херню пороть! Ну-ка *давай!*

Она начала заново, но так же погано. Я не стал ей мешать, надеясь на лучшее. Еще та блядина. Она кусала и сосала. Как будто лишь притворялась, что берет, как будто мы оба всего лишь притворялись. Мой хуй оставался мягок. Она продолжала.

— Ну ладно, ладно,— сказал я,— хватит уже. Заебало.— Я дотянулся до штанов и вытащил из кармана бумажник.— Вот твоя двадцатка. Теперь можешь идти.

— Как насчет прокатиться?
— Ты меня только что прокатила.
— Мне надо на угол Франклина и Ван-Несс.
— Ладно.

Мы вышли к машине, и я отвез ее на Ван-Несс. Отъезжая, я заметил, как она подняла руку с оттопыренным большим пальцем. Она ехала стопом.

Вернувшись, я позвонил Саре еще раз.
— Ну, как оно все? — спросил я.
— Сегодня — медленно.
— Ты по-прежнему приезжаешь вечером?
— Я же сказала, что приеду.
— У меня есть хорошее белое вино. Все будет как в старые времена.
— А ты еще с Таней встречаться собираешься?
— Нет.
— Не пей ничего, пока я не приеду.
— Ладно.
— Мне идти надо... Только что клиент зашел.
— Ладно. До вечера.

Хорошая женщина Сара. Мне следует подтянуться. Мужику нужно много баб, только если они все никуда не годятся. Мужик может вообще утратить свою личность, если будет слишком сильно хреном по сторонам размахивать. Сара заслуживает гораздо лучшего, нежели я ей даю. Теперь все зависит от меня. Я вытянулся на кровати и вскоре уснул.

Разбудил меня телефон.

— Да? — спросил я.
— Вы — Генри Чинаски?
— Да.
— Я всегда *обожала* вашу работу. По-моему, никто не пишет лучше вас!

Голос у нее был молодой и сексуальный.

— Я и впрямь кой-чего хорошего написал.
— Я знаю. Я знаю. У вас *в самом деле* были все эти романы с женщинами?
— Да.
— Слушайте, я тоже пишу. Я живу в Лос-Анджелесе, и мне бы хотелось приехать к вам повидаться. Я бы хотела показать вам свои стихи.
— Я не редактор и не издатель.
— Я знаю. Слушайте, мне девятнадцать лет. Я просто хочу приехать к вам в гости.
— Сегодня вечером я занят.
— Ой, да *любой* вечер подойдет!
— Нет, я не могу с вами увидеться.
— Вы правда тот самый Генри Чинаски, писатель?
— Ну еще бы.
— Я миленькая цыпа.
— Весьма вероятно.
— Меня зовут Рошель.
— До свиданья, Рошель.

Я положил трубку. Ну, вот я это и сделал — на сей раз.

Я зашел в кухню, открыл пузырек витамина Е, 400 международных единиц каждый шарик, и проглотил несколько, запив полстаканом воды «Перье». Хорошая у Чинаски будет ночь. Солнце наискось падало сквозь дыры в шторах, рисуя на ковре знакомый узор, а в холодильнике остывало белое вино.

Я открыл дверь и вышел на крыльцо. Там сидел незнакомый кот. Громадная тварь, кошак, с черной блестящей шерстью и светящимися желтыми глазами. Меня он не боялся. Подошел, урча, и потерся мне об ногу. Я хороший парень, и он это понимал. Животные такие штуки просекают. У них инстинкт. Я вернулся в дом, и он вошел следом.

Я открыл ему банку белого тунца «Стар-кист». Закатан в родниковой воде. Вес нетто 7 унций.

Все права защищены. Книга или любая ее часть не может быть скопирована, воспроизведена в электронной или механической форме, в виде фотокопии, записи в память ЭВМ, репродукции или каким-либо иным способом, а также использована в любой информационной системе без получения разрешения от издателя. Копирование, воспроизведение и иное использование книги или ее части без согласия издателя является незаконным и влечет уголовную, административную и гражданскую ответственность.

Литературно-художественное издание

POCKET BOOK

Чарльз Буковски

ЖЕНЩИНЫ

Ответственный редактор *А. Гузман*
Редактор *А. Грызунова*
Художественный редактор *А. Сауков*
Технический редактор *О. Шубик*
Компьютерная верстка *Н. Шабунина*
Корректор *М. Дылева*

ООО «Издательский Дом «Домино»
191014, Санкт-Петербург, ул. Некрасова, 60. Тел.: (812) 272-99-39.
E-mail: dominospb@hotbox.ru

ООО «Издательство «Э»
123308, Москва, ул. Зорге, д. 1. Тел. 8 (495) 411-68-86.
Өндіруші: «Э» АҚБ Баспасы, 123308, Мәскеу, Ресей, Зорге көшесі, 1 үй.
Тел. 8 (495) 411-68-86.
Тауар белгісі: «Э»
Қазақстан Республикасында дистрибьютор және өнім бойынша арыз-талаптарды қабылдаушының өкілі «РДЦ-Алматы» ЖШС, Алматы қ., Домбровский көш., 3«а», литер Б, офис 1.
Тел.: 8 (727) 251-59-89/90/91/92, факс: 8 (727) 251 58 12 вн. 107.
Өнімнің жарамдылық мерзімі шектелмеген.
Сертификация туралы ақпарат сайтта Өндіруші «Э»
Сведения о подтверждении соответствия издания согласно законодательству РФ о техническом регулировании можно получить на сайте Издательства «Э»
Өндірген мемлекет: Ресей
Сертификация қарастырылмаған

Подписано в печать 31.05.2016. Формат 76x100 ^{1}/$_{32}$.
Печать офсетная. Усл. печ. л. 19,0. Доп. тираж 4000 экз. Заказ 4058

Отпечатано с готовых файлов заказчика
в АО «Первая Образцовая типография»,
филиал «УЛЬЯНОВСКИЙ ДОМ ПЕЧАТИ»
432980, г. Ульяновск, ул. Гончарова, 14

ISBN 978-5-699-37887-6

В электронном виде книги издательства вы можете купить на **www.litres.ru**

ЛитРес:
один клик до книг

Оптовая торговля книгами Издательства «Э»:
142700, Московская обл., Ленинский р-н, г. Видное,
Белокаменное ш., д. 1, многоканальный тел.: 411-50-74.

По вопросам приобретения книг Издательства «Э» зарубежными оптовыми покупателями обращаться в отдел зарубежных продаж
International Sales: International wholesale customers should contact Foreign Sales Department for their orders.

**По вопросам заказа книг корпоративным клиентам,
в том числе в специальном оформлении,** *обращаться по тел.:
+7 (495) 411-68-59, доб. 2261.*

**Оптовая торговля бумажно-беловыми
и канцелярскими товарами для школы и офиса:**
142702, Московская обл., Ленинский р-н, г. Видное-2,
Белокаменное ш., д. 1, а/я 5. Тел./факс: +7 (495) 745-28-87 (многоканальный).

**Полный ассортимент книг издательства для оптовых покупателей:
В Санкт-Петербурге:** ООО СЗКО, пр-т Обуховской Обороны, д. 84Е.
Тел.: (812) 365-46-03/04.
В Нижнем Новгороде: 603094, г. Нижний Новгород, ул. Карпинского, д. 29,
бизнес-парк «Грин Плаза». Тел.: (831) 216-15-91 (92/93/94).
В Ростове-на-Дону: ООО «РДЦ-Ростов», 344023, г. Ростов-на-Дону,
ул. Страны Советов, 44 А. Тел.: (863) 303-62-10.
В Самаре: ООО «РДЦ-Самара», пр-т Кирова, д. 75/1, литера «Е».
Тел.: (846) 269-66-70.
В Екатеринбурге: ООО«РДЦ-Екатеринбург», ул. Прибалтийская, д. 24а.
Тел.: +7 (343) 272-72-01/02/03/04/05/06/07/08.
В Новосибирске: ООО «РДЦ-Новосибирск», Комбинатский пер., д. 3.
Тел.: +7 (383) 289-91-42.
В Киеве: ООО «Форс Украина», г. Киев,пр. Московский, 9 БЦ «Форум».
Тел.: +38-044-2909944.

**Полный ассортимент продукции Издательства «Э»
можно приобрести в магазинах «Новый книжный» и «Читай-город».**
Телефон единой справочной: 8 (800) 444-8-444.
Звонок по России бесплатный.

В Санкт-Петербурге: в магазине «Парк Культуры и Чтения БУКВОЕД»,
Невский пр-т, д.46. Тел.: +7(812)601-0-601, www.bookvoed.ru

Розничная продажа книг с доставкой по всему миру.
Тел.: +7 (495) 745-89-14.